100만 뷰, 프리미어 프로' 들의 유튜브 영상편집 테크닉

초판 인쇄 : 2023년 2월 15일
초판 발행 : 2023년 2월 15일

출판등록 번호 : 제 426-2015-000001 호
ISBN : 979-11-974536-4-9 03800

주소 : 강원도 횡성군 횡성읍 송전로 209
도서문의(신한서적) 전화 : 031) 942-9851 팩스 : 031) 942-9852
펴낸곳 : 책바세
펴낸이 : 이용태

지은이 : 신채원, 이용태
기획 : 책바세
진행 책임 : 네몬북
편집 디자인 : 네몬북
표지 디자인 : 네몬북

Published by f1books Co. Ltd Printed in Korea

100만 뷰 '프리미어프로'들의 유튜브 영상편집 테크닉

완벽한 편집을 위한 **스무** 가지 **특별한 레슨**이 담긴 책

베로북

동영상 편집 누구나 할 수 있다

프리미어 프로를 처음 접했던 25년 전이 생각난다. 컴퓨터 전공도 디자인 전공도 아닌 내가 재밌어 보여 무작정 컴퓨터를 구입하고 혼자서 끙끙거리며 배웠던 그때, 그 땐 정말 컴퓨터로 동영상 편집을 한다는 게 결코 쉽지 않았다. 배우고 싶어도 학원도 없었고, 관련 도서도 거의 없었기 때문이다. 또한 컴퓨터 성능이 지금과는 하늘과 땅 차이였기에 더더욱 어려웠다. 하지만 욕구라는 게 참 대단한 게, 없던 용기도 생겨 있는 돈 없는 돈 탈탈 털어 고가의 컴퓨터를 장만하고, 외국 도서와 헬프 문서를 번역해 가며 밤을 세워가며 공부를 했으니 말이다. 그런데도 힘든 줄 몰랐으니 욕구라는 녀석은 참 대단한 것 같다.

  이렇듯 본 도서는 필자처럼 아무 것도 모르는 분들을 위해 탄생된 책이다. 영상 및 디자인 전공자가 아니더라도 쉽게 이해하고 사용할 수 있도록 구성하였기 때문이다.

실무에서 곧바로 써먹을 수 있는 책

프리미어 프로를 사용한지 25년의 시간 동안 영화, 드라마, 광고, 강의, 책 그리고 유튜브 동영상 제작까지 참으로 많은 일들을 해왔다. 이 책을 통해 필자의 노하우를 독자들에게 전달해 주고자 한다. 많은 분량은 아니지만 실무에 정말 필요한 부분만을 알차게 다루었으며, 반드시 알아두어야 할 기능 소개와 사용법 그리고 예제를 통해 응용할 수 있는 다양한 방법들을 소개하였다.

유튜브 동영상 편집, 지금이 바로 적기

지금은 유튜브 시대이다. 유튜브에 개인 방송 채널이 우후죽순처럼 생겨나고, 방송을 통해 수익을 창출하며, 상업적이든 비상업적이든, 기업이든 개인이든 유튜브는 이제 우리 생활에 필수 요소가 되었다. 하지만 이제 시작이다. 앞으로 할 게 더 많다. 유튜브 콘텐츠 주제는 우리의 삶의 이야기처럼 무한하다. 이 책과 인연이 되었다면 주저하지 말고 지금 당장 시작하길 바란다.

  본 도서와 함께 필자는 [똥클(똥손 클래스)]라는 이름의 유튜브 채널을 개설하여 동영상 편집을 처음 시작하는 독자들의 성공을 위해 끊임없이 소통해 나갈 것이다.

본 도서의 원활한 학습을 위해 책바세 또는 네몬북 웹사이트에서 해당 도서의 학습자료 파일을 다운로드받아 활용한다.

학습자료받기

학습자료를 받기 위해 **책바세.com** 또는 **네몬북.com** 웹사이트에 접속한 후 **도서목록** 메뉴에서 해당 도서를 찾은 후 표지 이미지 하단의 **[학습자료받기]** 버튼을 클릭하여 구글 드라이브가 열리면 **[다운로드]** 버튼을 눌러 해당 도서의 학습자료를 받아 사용한다.

{ 목차 }

{ 목차 }

PART 02 기본 편집

{ 목차 }

PART 03 고급편집

{ 목차 }

PART 04 유튜브 편집

프리미어 프로 사용자가 알아야 할 용어들

16:9 동영상의 가로와 세로 화면 비율이 16:9인 고화질 비디오(HD: high definition video)를 말하며, 최근의 모든 영상 규격은 16:9 와이드 화면 비율을 차용하고 있다. 또한 이 비율은 초고화질 비디오인 UHD(ultra high definition video)에서도 사용되며, HD의 해상도인 1920x1080보다 훨씬 좋은 7680x4320까지 지원된다.

4:3 과거의 표준 화면 비율(SD: standard definition)로 해상도는 720x480이다.

AAC(Advanced Audio Coding: 고급 오디오 코딩) 압축된 디지털 오디오를 인코딩하는 표준 방법으로 AAC로 인코딩된 파일은 MP3 파일보다 뛰어난 음질을 가지고 있다.

AC3(Advanced Codec 3: 고급 코덱 3) 돌비 디지털(dolby digital) 포맷으로 압축된 오디오 형식으로 5.1 서라운드 오디오에 사용된다.

AIFF(Audio Interchange File Format: 오디오 교환 파일 형식) 애플이 개발한 크로스 플랫폼 오디오 파일 형식으로 WAV 파일과 마찬가지로 샘플 속도와 비트 뎁스 정보가 비압축, 즉 무손실 압축 포맷으로 되어있어 고품질 오디오 CD를 제작할 때 사용된다.

Alpha Channel(알파 채널) 이미지의 색상 채널인 RGB(빨강, 초록, 파랑)에 투명 정보가 포함된 또 하나의 채널로 종종 8비트 이미지에 사용되지만 일부 프로그램은 16비트만 지원된다. 프리미어 프로에서 이미지(동영상)를 사용할 때 알파 채널 영역은 투명하게 처리되어 다른 이미지와 합성할 수 있으며, 이미지의 검은색이 100%일 때 완전히 투명하고, 하얀색이 100%일 때 완전히 불투명하게 사용된다. TGA, TIFF, PNG, PSD, 애플 ProRes 4444 그리고 퀵타임 애니메이션 포맷이 알파 채널을 포함한다.

Aspect Ratio(종횡비) 필름 또는 비디오 프레임(화면)의 가로와 세로 비율을 말한다. 표준 해상도인 SD는 4:3, 고화질 HD는 16:9의 종횡비를 사용한다.

4:3의 종횡비

16:9의 종횡비

Audio Sample Rate(오디오 샘플 속도) 오디오 신호가 디지털 신호로 변환되는 과정에서 측정되는 초당 샘플링 레이트(비율, 속도)를 말한다. 높은 샘플 레이트는 고품질 오디오 파일이 만들어지며 파일의 크기도 증가된다.

Audio Waveform(오디오 파형) 시간에 따른 오디오 파형의 진폭 변화를 시각적으로 표시해 놓은 것이다. 드럼의 비트와 같이 짧고 시끄러운 소리일 수록 끝이 날카롭고 뾰족한 파형을 갖으며, 파형의 모양을 통해 오디오를 트리밍(자르기)하거나 편집 점을 찾을 수 있다.

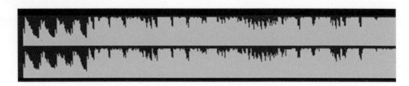

AVCHD 고화질(HD) 비디오 포맷(MPEG-4 파트 10 또는 H.264)으로 블루 레이 플레이어에서는 이것을 표준 적색 레이저 디스크를 사용하여 재생할 수 있다.

Bezier Curve(베지어 곡선) 키프레임 애니메이션 설정 시 부드러운 움직임을 만들고, 섬세한 마스크 모양을 만들기 위해 사용되는 곡선으로 곡선에 인접하는 선분의 조작은 핸들을 통해 이루어진다.

Bit Rate(비트 레이트: 데이터 전송률) 영상 및 오디오 데이터를 시간(초)당 전송하는 단위로 비트의 수가 높을수록 좋은 품질의 데이터(결과물)를 얻을 수 있지만 상대적으로 데이터의 용량이 커지기 때문에 적당한 비트 레이트를 사용해야 한다.

Broadcast Safe(브로드케스트 세이프) 방송에 적합한 영상의 휘도 및 색조에 대한 범위이다. 프리미어 프로에서는 방송 안전 범위 보호를 위해 브로드케스트 컬러 효과를 사용할 수 있다.

Chroma Key(크로마키) 비디오 클립의 배경을 빼내어 투명하게 처리를 한 후 다른 비디오(이미지)와 합성을 하기 위해 사용되는 기법이다. 배경은 일반적으로 파란색과 초록색을 사용하는데, 이것을 블루 스크린, 그린 스크린이라고 하며, 때론 알파 채널이나 루마 매트를 통해 합성 작업을 하기도 한다. 이러한 기법은 일기 예보나 교육물, 액션 및 SF 영화 등에서 흔히 볼 수 있다.

Codec(코덱) 비디오, 오디오, 이미지 파일에 대한 압축 및 압축 해제, 즉 인코딩(encoding)과 디코딩(decoding)을 위한 기술이다.

Color Balance(컬러 밸런스: 색상 균형) 영상의 RGB 색에 대한 균형잡힌 혼합을 의미하며, 프리미어 프로에서는 하이라이트(밝은 영역), 미드톤(중간 밝기 영역), 셰도우(어두운 영역)의 컬러 밸런스를 조정할 수 있다.

Color Correction(색 보정) 영상의 색을 다양한 형태로 보정하는 것으로 일반적으로 편집의 마무리 단계에서 진행된다. 프리미어 프로에서는 하이라이트(밝은 영역), 미드톤(중간 밝기 영역), 셰도우(어두운 영역)을 통해 영상의 색을 정밀하게 보정할 수 있다.

Compositing(합성) 두 개 이상의 비디오(이미지) 클립을 하나의 장면으로 합성하는 기법으로 모든 합성은 타임라인에서 이루어지며, 크로마키와 혼합 모드, 마스크, 루마 매트 등을 통해 작업이 이루어진다.

Composition Layer(컴포지션 레이어) 애프터 이펙트의 타임라인에서 사용되는 여러 개의 레이어들을 하나의 레이어로 합쳐놓은 것을 말한다. 하나로 합쳐진 컴포지션 레이어는 더블클릭하여 열어서 트리밍, 이펙트, 트랜지션 등의 작업을 할 수 있다. 때론 프리미어 프로에서 가져와 클립으로도 사용된다.

Contrast(콘트라스트: 대비) 이미지의 가장 밝은 부분과 가장 어두운 부분의 값 사이에 대한 차이를 말하며, 높은 콘트라스트 장면(이미지)은 딱딱하고 강하게 표현되고, 낮은 콘트라스트는 그와 반대로 표현된다.

Cross Dissolve(크로스 디졸브) 두 장면, 즉 클립과 클립의 장면전환이 이루어질 때 두 장면이 겹쳐지면서 전환되는 기법이다.

Cutaway(변시 전환) 현재 대상에 관련된 동일한 시간에 발생되는 장면에서 원치 않는 장면을 가려주기 위해 사용되는 기법으로 오디오는 일반적으로 변시 전환 동안 지속적으로 남아있도록 한다.

Data Rate(데이터 전송률) 초당 전송되는 데이터 전송량이다. 데이터 전송률이 높을수록 품질이 향상되며, 더 많은 시스템 리소스(프로세서 속도 및 저장 공간)를 필요로 한다.

Decibel(데시벨: dB) 사운드 레벨의 측정 단위이다. 소리의 크기를 설명하는데 사용되며, 1dB이 인간이 감지할 수 있는 가장 작은 소리이다. 유사한 것으로 가청 주파수(audible frequency)가 있는데, 인간은 보통 20~2만 헤르츠(Hz) 범위의 주파수를 가진 소리를 들을 수 있다.

DV(디지털 비디오) 8비트의 표준 영상 화질(SD)과 16비트, 48kHz 또는 12비트, 32kHz의 오디오 샘플링을 지원하는 방식이다. DVCAM 및 DVCPRO 등도 유사한 규격을 가지고 있지만 컴포넌트 신호에 따른 미세한 차이가 있다.

Ease In/Out 애니메이션의 움직임이 시작되거나 끝날 때 천천히 가/감속하는 설정이다. 이것은 자연스런 움직임을 위해 사용되는데, 현실에서 마찰에 의해 시뮬레이션되는 것을 유기적으로 시각화한다.

Edit Point(편집 점) 편집 점은 편집 작업 시 클립(장면) 또는 프로젝트의 시작 및 끝부분을 지정하는 편집 지점을 말한다. 또한 편집 점은 이전 클립의 끝 지점이 다음 클립의 시작 지점에 맞춰주는 포인트로도 사용된다.

Equalization(이퀄라이제이션) 보통 이퀄라이저 또는 EQ로 부르며, 오디오의 특정 주파수 대역의 레벨을 조정하여 사운드의 음색을 변형할 수 있다.

Exposure(노출) 영상(이미지)에 대한 빛의 양을 말하며, 노출은 영상의 전체적인 밝기뿐만 아니라 콘트라스트에도 영향을 준다.

Fade(페이드) 비디오 및 오디오가 시작되는 장면과 소리를 아무것도 없는(들이지 않는) 상태에서 시작하고 끝나는 것을 말하며, 시작되는 것을 페이드 인(fade in), 끝나는 것을 페이드 아웃(fade out)이라고 한다. 페이드는 일반적으로 검은색을 사용하지만 때론 하얀색이나 그밖에 색을 사용하는 경우도 있다.

Footage(푸티지) 프리미어 프로와 같은 비디오 편집 프로그램에서 작업을 하기 위해 가져온 클립(비디오, 오디오, 이미지 등)을 푸티지라고 하는데, 본 도서에서는 클립으로 합하여 표기한다.

Frame(프레임) 동영상(비디오 및 영화)의 가장 작은 단위인 하나의 스틸 이미지를 프레임이라고 한다. 일반적으로 TV는 30(29.97)FPS, 즉 초당 30개의 프레임으로 구성되며, 영화는 24개 그밖에 영상 규격에 따라 25나 60개의 프레임을 사용하기도 한다.

Frame Blending(프레임 혼합) 프레임과 프레임 사이를 혼합하여 동작을 자연스럽게 보여지도록 해주는 기술이다.

Frame In/Out(프레임 인/아웃) 피사체가 화면(프레임) 밖에서 안으로 들어오는 것을 프레임 인, 다시 화면 밖으로 나가는 것을 프레임 아웃이라고 한다.

Frame Rate(프레임 레이트) 영상 클립에서 초당 사용되는 프레임 속도, 즉 프레임 개수를 말한다.

Frame Size(프레임 크기) 프레임의 크기를 말하며, 프레임 크기는 해상도(resolution)에 영향을 준다.

Frequency(프리퀀시) 음향 신호의 Hz(헤르츠) 당 사이클에서 측정된 진동 수를 말하며, 기록의 각 음향 주파수는 오디오의 피치와 연관된다. 예를 들어 피아노의 키에 의해 발생된 각각의 음은 특정 주파수를 갖게 된다.

Gain(게인) 비디오 및 오디오 신호를 인위적으로 증폭할 때 사용되는데, 영상은 화이트 레벨을 증가하여 밝게 해주고, 오디오는 볼륨을 증가해 준다.

Gamma(감마) 이미지(영상)의 강도(밝기와 명암)를 설정하며, 감마 조정은 종종 맥과 윈도우즈의 그래픽 카드와 디스플레이 사이의 차이를 보상하는데 사용된다.

H.264 or H.265 MPEG-4 파트 10 또는 AVC(고급 비디오 코딩) 방식으로 촬영 및 배포할 수 있는 표준 압축 방식이며, 인터넷 스트리밍이나 모바일 장치에서도 범용적으로 사용된다.

HD(HighDefinition: 고화질 비디오) 표준 NTSC나 PAL보다 높은 해상도이며, 일반적인 해상도는 1280x720(720)과 1920x1080(1080i로 또는 1080p)이다. 참고로 [i]는 인터레이스 방식이며, [p]는 프로그레시브 방식이다.

HDCAM 8비트 고화질(HD) 디지털 비디오 테이프 레코더의 포맷으로 DCT의 압축된 3:1:1 녹화 방식에 1080i 호환 다운 샘플링 해상도(1440x1080)를 사용한다.

HDV DV 테이프에 고화질(HD) 비디오를 기록하는 형식으로 크로마 서브 샘플링 HDV는 8비트 샘플링과 MPEG-2 비디오 압축을 사용합니다. 비트 레이트가 19Mbps인 720 프로그레시브(1280x720)와 25Mbps의 1080 인터레이스(1920x1080) 두 가지 포맷이 지원된다.

Hue(휴: 색조) 영상에 대한 색상을 말한다.

Import(임포트: 가져오기) 작업을 하기 위해 미디어 파일(클립)을 가져오는 과정이다.

In/Out Point(시작/끝 점) 인 포인트는 영상 및 오디오가 시작되는 시점이며, 아웃 포인트는 끝나는 시점이다.

Interlace(인터레이스) 아날로그 방식의 상하 두 필드로 구성된 비디오 프레임 방식이며, 분할할 때의 주사 방법은 서로 다른 시간에 스캐닝된 홀수 및 짝수 라인이 교대로 이루어져서 하나의 화면으로 표현된다.

JPEG 스틸 이미지 파일 중 가장 대중적인 포맷 방식이다. 고도로 압축된 방식이며, 압축률에 비해 화질 손실률이 적기 때문에 DSLR이나 비디오 및 이미지 편집 프로그램에서 즐겨 사용된다.

Keyframe(키프레임) 움직임이 없는 영상(이미지)에 움직임을 주거나 이펙트(효과) 결과가 시간에 따라 변하도록 하기 위해 사용되는 프레임을 말합니다. 애니메이션이나 모션 그래픽 작업 시 키프레임은 매우 중요한 역할을 한다.

Keying(키잉) 크로마키(블루 스크린, 그린 스크린)나 루마 매트 등을 사용한 합성 작업이다.

Linear Editing(선형 편집) 디지털 비디오 편집, 즉 비선형 편집(non linear editing) 이전의 편집 방식으로 원본 마스터 테이프를 통해 다른 테이프로 하나하나 장면을 복사하면서 편집을 하게 된다. 이와 같은 편집 방식은 편집 과정 중 화질에 대한 손실률이 높다는 것이 가장 큰 단점이며, 최근에는 거의 사라진 편집 방식이다.

Lower Third(로워 써드) 프레임(화면) 하단 영역에 배치되며, 장면에 대한 부가적인 설명을 할 수 있도록 타이틀 및 간략한 자막을 표현하기 위해 사용된다. 예를 들어 스포츠 중계 시 선수의 이름이나 순위, 타율 등과 같은 기록 정보를 전달에 유용하다.

Luma(루마) 영상의 밝기(명도)를 나타내는 값의 범위이다.

Luma Key(루마 키) 영상의 가장 밝은 영역과 어두운 영역을 기준으로 합성을 하는 방식이다. 일반적인 크로마키는 파란색과 초록색 매트를 사용하지만 루마 키는 하얀색과 검정색의 차이를 통해 합성이 이루어진다. 루마 매트 작업 시 검정색(어두운) 영역은 투명하게 처리된다.

Marker(마커) 편집 시 특정 클립 및 장면의 위치 등을 표시하는 것으로 마커가 지정된 지점을 기준으로 클립을 배치하거나 편집할 수 있다.

MP3 MPEG-1 또는 MPEG-2 오디오 레이어 3의 표준 압축 포맷으로 인간이 들을 수 있는 소리 정보(가청 주파수)만 담고, 나머지는 제거하여 저용량 오디오 파일이 생성되도록 한다.

MPEG(Moving Picture Experts Group) MPEG-1을 포함하는 비디오 및 오디오 표준 압축 그룹으로 MPEG-2, MPEG-4도 여기에 포함된다.

MXF 영상 및 오디오를 위한 표준 파일 형식이다. 퀵타임(MOV) 파일과 마찬가지로 파일 내부에 프레임 레이트, 프레임 크기, 생성 날짜, 제작자 등의 정보가 포함되는데, 이러한 정보를 메타데이터라고 한다.

NLE(Non linear Editing) 선형 편집과 대비되는 비선형 편집이며, 디지털 편집이나 컴퓨터 편집이라고도 한다.

Non-drop Frame(넌 드롭 프레임) NTSC 영상의 프레임 레이트 중 30프레임을 모두 사용했을 때를 넌 드롭이라 하고, 29.97프레임으로 사용했을 때를 드롭이라고 한다. 이것은 흑백 TV에서 컬러 TV로 바뀌면서 색상 신호인 크로미넌스 (chrominance) 신호를 기존 신호에 섞어서 보냈을 때 생기는 문제를 보안하기 위해 사용됐다. 이렇게 프레임이 증가됨에 따라 1시간 기준의 재생 시간이 3.6초(3.6초 x 30프레임 = 108프레임)만큼 늘어나게 되기 때문에 시간을 정확하게 맞추기 위해서는 1분에 2프레임을 뺀 드롭 프레임으로 사용하게 된다.

Progressive(프로그레시브) 디지털 영상의 표준 표현 방식이며, 넌 인터레이스(non interlace) 또는 디인터레이스 (deinterlace)는 라고도한다. 이 방식은 인터레이스 방식과는 다르게 화면(프레임)을 한번에 순차적으로 표현한다.

NTSC(National Television Standards Committee) 국제 텔레비전 표준 위원회에서 정의된 비디오 표준 규격으로 아날로그 NTSC 방식의 영상은 프레임 당 525개의 비월 주사(인터레이스)가 사용되고, 초당 29.97프레임이 사용된다. 주로 한국, 미국 등에서 사용된다.

Offline Editing(오프라인 편집) 원본 영상 파일이 아닌 일반적으로 낮은 해상도의 프록시 파일을 사용한 편집을 말하며, 원본 클립의 지정된 경로에서 벗어나거나 삭제되었을 경우에도 오프라인 편집 상태가 된다. 후자의 경우에는 원본 파일을 다시 연결해주어야 한다.

PAL(Phase Alternating Line) 유럽 및 북한, 중국, 일본 등의 국가에서 사용되는 방식으로 이 방식은 NTSC와는 다르게 프레임 당 625개의 비월 주사(인터레이스), 25프레임이 사용된다.

Pitch(피치) 사운드의 높거나 낮은 주파수들은 각 음파 사이클 당 횟수에 따라 인식되는데, 음악 주파수에서 가장 일반적으로 사용하는 단어가 바로 피치이다. 느린 상태는 낮은 피치, 빠른 상태는 높은 피치를 생성한다.

Pixel(픽셀) 영상(이미지)을 표현하는 가장 작은 단위로 화소(점)라고도 한다. 하나의 화면(프레임)에 사용되는 픽셀이 많을수록 해상도가 좋아지며, 적을수록 해상도가 떨어지기 때문에 낮은 해상도에서는 화면을 확대했을 때 사각형 모양의 픽셀이 선명하게 드러난다.

높은 해상도(픽셀)의 영상   낮은 해상도(픽셀)의 영상

PNG(Portable Network Graphics: 이동성 네트워크 그래픽) 투명 정보가 포함된 이미지 형식이며, 압축 대비 해상도가 뛰어나 인터넷 및 영상편집 시 합성 작업을 위해 즐겨 사용된다.

Post Production(포스트 프로덕션) 영상물 제작에 있어 모든 작업이 완성되는 최종 편집 단계이며, 이와 같은 작업을 하는 업체를 칭하기도 한다.

Proxy File(프록시 파일) 작업 시 시스템에 부담을 줄이기 위해 고해상도의 파일을 저해상도의 프록시 파일로 트랜스코드(변환)하여 사용할 수 있다.

QuickTime(퀵타임) 애플의 크로스 플랫폼 멀티미디어 기술로 확장자는 MOV이다. 포스트 프로덕션, 비디오, 인터넷 등에서 널리 사용된다. 윈도우즈용 프리미어 프로에서 MOV를 사용할 경우 반드시 이 코덱을 설치해야 한다.

Render(렌더) 사용되는 미디어 파일을 정상적으로 볼 수 있게 하거나 최종 파일로 출력할 때의 과정이다. 렌더링된 파일은 다양한 형태로 재생할 수 있다.

Resolution(해상도, 품질) 해상도는 프레임 크기와 밀접한 관계가 있다. 영상의 픽셀 수가 많다는 것 또한 해상도가 높다는 것을 의미하지만, 스마트 기기에서는 높은 해상도의 파일이 문제가 될 수도 있으므로 적당한 해상도의 파일로 만들어주어야 한다.

Reverb(리버브) 소리가 벽이나 천장, 창문 등의 공간 내에서 음파에 부딪혀서 들리는 잔향이다.

RGB 빛의 3원색인 빨강, 초록, 파랑색을 말하며, 디지털 영상 및 이미지의 고유 색상이다.

Saturation(채도) 영상(이미지)의 색상에 대한 선명도이다.

Scene(장면) 같은 시간과 장소에서 촬영되는 하나의 장면을 말하며, 이러한 장면들이 모여 시퀀스가 되고, 최종적으로 하나의 완성된 프로그램(프로젝트)이다.

Sequence Clip(시퀀스 클립) 시퀀스는 프리미어 프로에서 비디오, 이미지, 오디오 등의 미디어 클립을 가져와 실제 편집 작업을 하는 공간(타임라인)이며, 시퀀스 자체를 일반 미디어 클립처럼 편집 작업에 사용할 수도 있다. 사용하기 위해서는 다른 시퀀스의 타임라인에 적용해야 한다.

Shot(샷, 쇼트) 하나의 완성된 영상물에 있어 가장 작은 단위의 세그먼트로 영상물은 샷 – 씬 – 시퀀스로 구성된다.

Sound Effects(음향 효과) 문을 닫는 소리나 개가 짖는 소리, 자동차 경적, 뱃고동 소리와 같은 음향 효과이다.

Special Effects(특수 효과) 모션 효과 및 합성을 위한 키잉 작업 등이 여기에 해당된다. 시각적인 요소를 강조하는 VFX(visual effects)와는 다르게 분류된다.

SD(표준 화질) NTSC 및 PAL 비디오의 표준 규격이다.

Stereo(스테레오) 두 개의 서로 다른 사운드 채널을 통해 소리를 전달하는 것을 스테레오라고 한다. 스테레오 채널은 가장 일반적으로 사용되며, 그밖에 하나의 채널인 모노(mone) 채널과 5.1 서라운드 채널 등이 있다.

Sync(Synchronization: 동기화) 영상의 움직임, 예를 들어 말하는 입모양과 소리가 일치되는 것을 말하며, 프리미어 프로에서는 싱크를 맞춰주거나 유지하기 위해 다양한 기능을 제공한다.

Third party Plug in(서드파티 플러그인) 공식적으로 하드웨어나 소프트웨어를 개발하는 업체 이외에 소규모의 개발자들에 의해 생산한 프로그램으로 특정 프로그램에 설치하여 새로운 기능으로 추가하여 사용한다. 이것은 메인 프로그램에 없는 기능을 보강하기 위한 부가적인 프로그램이기 때문에 대부분 독립적으로 실행되지는 않는다.

TIFF(Tagged Image File Format) 마이크로 소프트가 개발한 8비트 및 24비트 색상의 이미지 포맷이며, 투명 정보가 포함된 알파 채널을 지원한다.

Timecode(타임코드) 시간 정보를 말하며, 일반적으로 시간:분:초:프레임으로 구분된다.

Tint(색조) 색상의 엷고 짙음에 대한 강도이다. 예를 들어 세피아 톤을 추가하면 오래된 사진이나 영화처럼 표현할 수 있다.

Transition(장면전환) 장면이 바뀔 때를 말하며, 일반적으로 장면전환 효과를 적용하여 표현한다.

UHD(초고화질) 일반적으로 최소 3840x2160급의 비디오 해상도를 말하며, 주로 4K 영상이라고 한다.

Uncompressed(비압축) 압축을 하지 않은 최상의 해상도를 가진 영상(비디오)이다. 영상의 품질은 최상이지만 파일의 용량이 크다는 단점이 있기 때문에 편집 작업에서는 일반적으로 사용하지 않는다.

Variable Speed(가변 속도) 비디오 및 오디오 클립의 데이터 양에 따라 동적으로 변화는 속도이다. 영상 클립에 색상이 많이 사용된 장면과 조금 사용된 장면에서의 데이터 전송 속도를 가변적으로 조절하게 되면 균형적인 재생에 도움이 된다.

VCR(Videocassette Recorder) 비디오 카세트 레코더라고 하며, 흔히 말하는 VTR(video tape recoder)과는 다르다. 일반적으로 비디오 테이프에 녹화를 하거나 재생을 하기 위해 사용되며, 최근에 DVD 및 컴퓨터 플레이어로 인해 사라진 장치이다.

Viewer(뷰어) 타임라인에서 작업하는 모습을 보기 위해 사용되는 윈도우이며, 프리미어 프로에서는 프로그램/소스 모니터가 이와 같은 역할을 한다.

WAVE(또는 WAV) 가장 일반적으로 사용되는 비압축 오디오 포맷으로 원래의 음질이 보존되는 오디오 데이터를 저장하거나 오디오 CD를 제작하기 위해 사용된다.

Waveform Monitor(파형 모니터) 비디오 클립의 색상 및 휘도의 상대적 수준을 나타내는 모니터이다.

Widescreen(와이드스크린) 과거의 4:3 화면 비율보다 가로가 넓은 16:9 비율의 화면이다. 픽셀 비율은 1.85:1과 2.40:1이 사용한다.

XDCAM 테이프가 아닌 디스크에 직접 촬영(저장)되는 방식으로 MXF 컨테이너 파일 안에 DVCAM IMX 및 비디오를 기록하는 소니가 개발한 광디스크 포맷이다.

Y'CbCr 디지털 영상의 색 공간으로 Y는 루마, 즉 감마가 보정된 밝기를 말하고, CbCr은 파란색과 빨간색의 색차 정보이다. 세 개의 각 색 정보는 각각의 픽셀에 저장된다.

학습에 도움이 되는 웹사이트 목록

프리미어 튜토리얼 관련 웹사이트

https://helpx.adobe.com/premiere-pro/tutorials.html
https://www.youtube.com/watch?v=Hls3Tp7JS8E
https://www.youtube.com/watch?v=DLElzmuhrnY
https://www.premiumbeat.com/blog/15-premiere-pro-tutorials-every-video-editor-watch/
https://motionarray.com/tutorials/premiere-pro-tutorials
http://www.premierebro.com/blog/premiere-pro-cc-2018-tutorials

프리미어 플러그인 관련 웹사이트

http://www.redgiant.com
https://www.neatvideo.com
https://borisfx.com
https://www.digieffects.com
https://www.newbluefx.com
http://www.pixelan.com
http://revisionfx.com

음악 관련 웹사이트

http://www.motionelements.com/ko/music
https://bgmstore.net

무료 이미지(동영상) 제공 웹사이트

http://www.freepik.com
https://pixabay.com
http://blog.naver.com/PostView.nhn?blogId=udstar&logNo=150132811597

포트폴리오 관련 웹사이트

https://www.youtube.com/watch?v=ylO3vMsiS9c
https://www.youtube.com/watch?v=lqpNCcARxjo
https://helpx.adobe.com/premiere-pro/how-to/demo-reel-tips.html

Premiere Pro CC 2023 Guide for Beginner

Pr

프리미어 프로

PART 01

시작하기

Start

LESSON 01

프리미어 프로 설치하기

프리미어 프로를 설치하기 위해서는 어도비 크리에이티브 클라우드(adobe creative cloud)에서 설치 프로그램을 다운로드 받아야한다. 본 도서에서는 프리미어 프로(윈도우즈용) 최신 버전을 설치하여 사용할 것이다.

학습시간
약 03분

⏱ 어도비 크리에이티브 클라우드에서 다운로드받기

프리미어 프로를 다운로드 받기 위해서는 **어도비 크리에이티브 클라우드**로 들어가야 한다. 구글이나 다음, 네이버 등에서 **어도비**라고 검색하면 아래 그림처럼 어도비 크리에이티브가 검색된다. **프리미어 프로**를 클릭하여 웹사이트로 들어간다.

여기에서는 일단 **무료 체험판**을 클릭한다. 만약 구매를 원한다면 구매하기를 선택하면 된다.

무료 체험판은 7일간 무료로 사용할 수 있다. 무료 시험버전을 사용해 본 후 유료 버전을 구입하는 것을 권장한다. 학생, 교사, 비즈니스용이 아니라면 ❶**개인 사용자용**을 선택한 후 ❷**계속** 버튼을 누른다.

❶Premiere pro **플랜**을 선택한 후 ❷**계속** 버튼을 누른다. 참고로 Creative Cloud 모든 앱은 포토샵, 일러스트레이터, 애프터 이펙트 등 어도비 모든 제품을 구매할 때 사용된다.

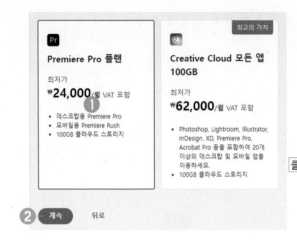

월이나 연간 구독에 대한 선택 창에서는 일단 **①월간 구독**을 선택한 후 **②계속** 버튼을 누른다.

결제 창이 뜨면 자신의 결제 수단을 선택한 후 결제 한 후 **무료 체험기간 시작** 버튼을 눌러 다운로드받으 면 된다.

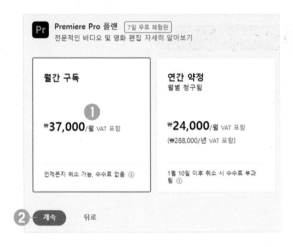

☑ 최소는 언제든지 가능하며, 프리미어 프로를 학습한 후 장기적으로 계속 사용할 것이라면 연간 약정으로 하는 것이 훨씬 저렴하다.

고객님을 위해 선별된 추가 예택 창이 뜨면 일단 프 리미어 프로만 다운로드받기 위해 **아니요** 버튼을 누 른다.

☑ 로그인이 되지 않으면 결제 창이 뜨지 않기 때 문에 로그인(어도비 계정이 없다면 만들어야 함)한 후 진행해야 한다.

팁 & 노트 💡 어도비 웹사이트에 로그인하기(계정 만들기)

프로그램을 결제하기 위해서는 어도비에 로그인을 해야 한다. 웹사이트 화면 우측 상단에 **로그인** 버튼을 누른다. 로그인 시 만약 로그인 정보, 즉 등록된 계정이 없다면 **계정 만들기**를 통해 새로운 계정(고객 정보)을 만들어야 한다. 참고로 구글이나 페이스북 계정이 있다면 이 계정으로도 로그인할 수 있다.

구글 계정을 선택했다면 아래 그림처럼 사용 중인 계정을 선택하여 로그인할 수 있다. 어도비의 다양한 혜택을 받고자 한다면 어도비 계정을 하나 만들어놓아야 한다.

⏱ 프리미어 프로 설치 전에 살펴보아야 할 것들

프리미어 프로를 설치하기 위해서는 하드웨어 및 운영체제가 적합한 상태인지 확인해 보아야 한다. 먼저 **64비트 프로세서**가 설치되어있는지 확인하기 위해 윈도우즈 화면 좌측 하단의 **[시작]** 메뉴에서 ❶❷**[우측 마우스 버튼]** – **[시스템]**을 선택한다. 이후 정보 섹션 창이 열리면 현재 사용되는 PC의 **시스템 정보**가 나타난다.

☑ 만약 위의 사양보다 낮다면 Pc의 시스템 사양을 높여주기를 권장한다.

프리미어 프로 설치 시 권장 사양

프리미어 프로를 정상적으로 설치(사용)하기 위해서는 **64비트** 기반의 운영체제인 Windows 7 또는 10 이상의 버전을 권장하며 그밖에 원활한 작업을 위해 i7(최소 i5) CPU와 16GB 이상의 메모리(RAM), 듀얼(2개) 모니터를 권장한다. 맥(Mac) 운영체제에서도 64비트 기반의 프로세서가 지원되는지 확인해야 하며, 운영체제 또한 OS X 10.11.4 버전 이상이 설치되어야 한다. 다음의 표를 참고한다.

	최소 사양 (HD 비디오 워크플로우용)	권장 사양 (HD, 4K 이상 워크플로우용)
프로세서	Intel® 6세대 이상 CPU 또는 AMD Ryzen™ 1000 시리즈 이상 CPU	Quick Sync를 탑재한 Intel® 7세대 이상 CPU 또는 AMD Ryzen™ 3000 시리즈 / Threadripper 2000 시리즈 이상 CPU
운영 체제	Microsoft Windows 10(64비트) 버전 1909 이상 - Premiere Pro 버전 22.0 이상은 Windows 11 운영 체제와 호환 NVIDIA GPU를 사용하는 시스템의 경우 Windows 11에 NVIDIA 드라이버 버전 472.12 이상이 필요합니다.	Microsoft Windows 10(64비트) 버전 1909 이상
메모리	RAM 8GB	듀얼채널 메모리: 16GB RAM(HD 미디어용) 32GB 이상(4K 이상)
GPU	GPU 메모리 2GB	GPU 메모리 4GB(HD 및 일부 4K 미디어) 6GB 이상(4K 이상)
Adobe Premiere Pro 지원 그래픽 카드	NVIDIA 그래픽의 경우 NVIDIA Studio Driver를 지원하는 GPU를 사용하는 것이 좋습니다. WINDOWS CUDA NVIDIA RTX A6000, NVIDIA RTX A5000, NVIDIA RTX A4000, NVIDIA RTX A3000, NVIDIA RTX A2000, NVIDIA Quadro RTX 8000, NVIDIA Quadro RTX 6000, NVIDIA Quadro RTX 5000, NVIDIA Quadro RTX 4000, NVIDIA Quadro RTX 3000, NVIDIA Quadro GV100, NVIDIA Quadro GP100, NVIDIA Quadro P6000, NVIDIA Quadro P5200, NVIDIA Quadro P5000, NVIDIA Quadro P4000, NVIDIA Quadro P2000, NVIDIA Quadro P2200, NVIDIA Quadro P1000, NVIDIA Quadro M6000, MAC METAL AMD Radeon™ Pro W5700X, AMD Radeon™ Pro 5700 XT, AMD Radeon™ Pro W5500X, AMD Radeon™ Pro 5500 XT, AMD Radeon™ Pro 5300, AMD Radeon™ PRO W6900X, AMD Radeon™ PRO W6800X Duo, AMD Radeon™ RX 6800, AMD Radeon™ RX 6900 XT, AMD Radeon™ VII, AMD Radeon™ Pro WX 4100, AMD Radeon™ Pro WX 5100, AMD Radeon™ Pro WX 7100, AMD Radeon™ Pro WX 9100, AMD Radeon™ Pro Vega II, MD Radeon™ Pro Vega II Duo, AMD Radeon™ Pro Vega 64x, AMD Radeon™ Pro Vega 64, AMD Radeon™ Pro Vega 56, AMD Radeon™ Pro Vega 48, AMD 통합 그래픽 Intel® Iris® Xe Graphics, Intel® Iris® Xe MAX Graphics, Apple M1, Apple M1 Pro, Apple M1 Max	
스토리지	설치를 위한 8GB의 하드 디스크 여유 공간, 설치 중 추가 공간 필요 이동식 플래시 스토리지에는 설치되지 않음 미디어용 추가 고속 드라이브	앱 설치 및 캐시용 고속 내장 SSD 미디어용 추가 고속 드라이브
디스플레이	1920 x 1080	1920 x 1080 이상 DisplayHDR 400(HDR 워크플로우용)
사운드 카드	ASIO 호환 또는 Microsoft Windows 드라이버 모델	ASIO 호환 또는 Microsoft Windows 드라이버 모델
네트워크 스토리지 연결	1기가비트 이더넷(HD만 해당)	10기가비트 이더넷(4K 공유 네트워크 워크플로우)

프리미어 프로 설치하기

어도비 크리에이티브 클라우드에서 다운로드받았다면 설치를 한다. 여기에서는 [학습자료] – [Setup] 폴더에 있는 프리미어 프로 설치 파일을 통해 설치해 본다.

윈도우즈 실시간 보호기 끄기

프리미어 프로를 설치하기 위해서는 윈도우 실시간 보호기를 꺼주어야 한다. 윈도우 좌측 하단의 [시작] 메뉴에서 ❶❷[우측 마우스 버튼] – [설정]을 선택한다. 설정 창이 열리면 ❸업데이트 및 보안을 선택한다.

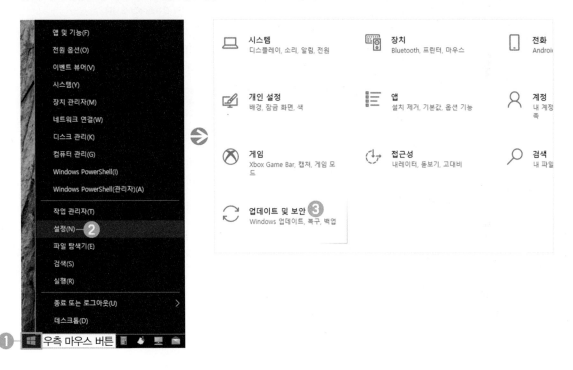

윈도우 보안 창이 열리면 ❶바이러스 및 위협 방지를 선택한다. 그다음 바이러스 및 위협 방지 설정의 ❷설정 관리를 선택한다. 실시간 보호 옵션의 스위치를 ❸끔으로 해준다. 경고 창이 나타나면 무시하고 수락한다. 참고로 프리미어 프로가 설치된 후엔 실시간 보호기를 다시 켜준다.

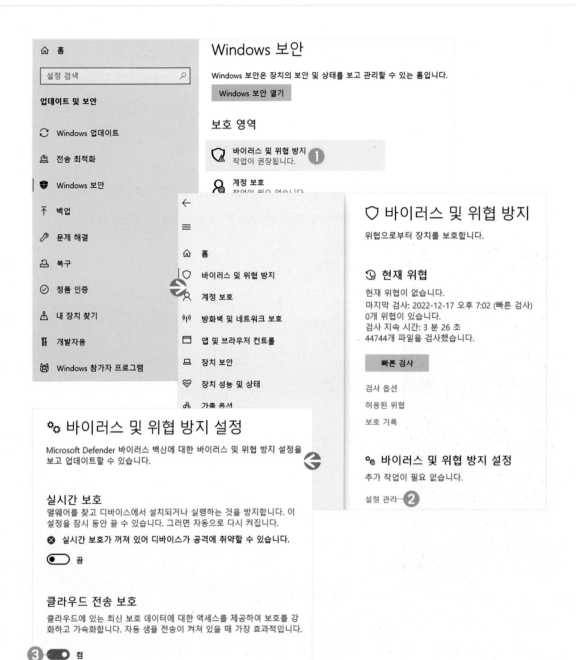

압축풀기

프로그램을 설치하기 위해 **[학습자료]** – **[Setup]** 폴더로 들어가 Adobe Premiere Pro 2023 v23 파일을 **더블**

❶**클릭**하여 열어준다. 이때 압축을 풀 수 있는 알집, 윈집 등이 설치되어있어야 한다. 압축 풀기 프로그램이 실행되면 ❷**압축을 풀어준다.**

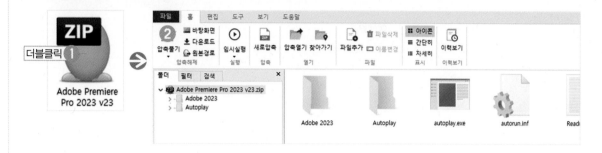

설치하기

압축이 풀리면 ❶[Adobe 2023] 폴더로 들어간 후 ❷Set-up 파일을 **더블클릭**하여 특별한 설정 없이 ❸**계속** 버튼을 눌러 설치를 진행하면 된다.

설치가 완료된 후 곧바로 실행하기 위해서는 [실행], 나중에 실행하기 위해서는 일단 [닫기] 버튼을 선택하면 된다. 이번에는 **[닫기]** 버튼을 눌러 창을 닫는다.

실행하기

설치가 완료됐다면 ❶**[시작]** 메뉴에서 방금 설치된 ❷**프로그램**을 선택하여 실행하거나 **바탕화면**에 등록된 **바로가기 실행** 파일을 **더블클릭**하여 프리미어 프로를 실행한다.

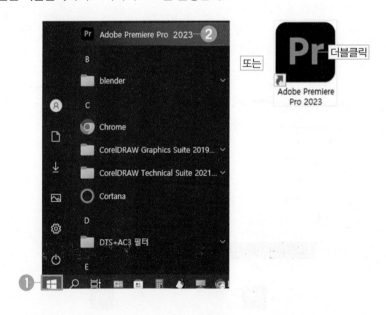

프리미어 프로 2023버전의 로고가 뜬 후 시작 창이 열리면 **새 프로젝트** 또는 **새 파일** 버튼을 눌러 새로운 프로젝트를 생성한다.

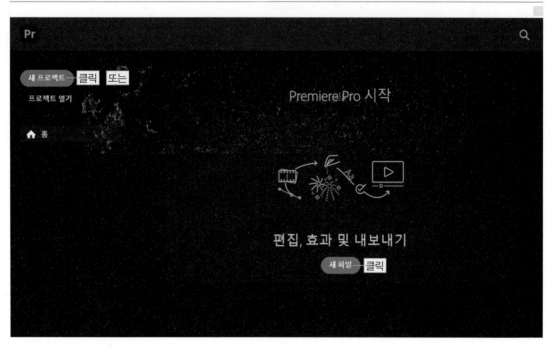

☑ 새 프로젝트 생성은 시작 창이 아닌 프리미어 프로의 [파일] – [새로 만들기] – [프로젝트] 메뉴를 통해서도 가능하다.

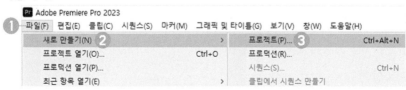

LESSON 02

작업 흐름 이해하기

하나의 프로그램을 이해하는 가장 빠른 방법은 해당 프로그램을
실행하여 프로그램이 어떻게 작동되는지 여러 기능들을 직접 사
용해 보는 것이다. 이러한 오버뷰(overview)는 세부적인 내용을 배
울 때에도 많은 도움이 된다.

학습시간
약 25분

🕐 시작하기 창 사용하지 않기 및 인터페이스 밝기 조정하기

프리미어 프로를 실행하면 시작 창이 열리는데, 때론 이 시작 창이 아주 거추장스러울 때가 있다. 먼저 시작 창
을 이후부터 뜨지 않도록 해보자. 그러기 위해 일단 우측 상단의 [닫기] 버튼을 눌러 시작하기 창을 닫는다.

시작하기 창 뜨지 않게 하기

작업 흐름에 대한 이해를 하기 전에 먼저 작업의 편의를 위해 시작하기 창이 뜨지 않도록 해보자. 프리미어 프
로 맨 위쪽 풀다운 메뉴의 ❶[편집(Edit)] 메뉴에서 ❷❸[환경 설정(Preference)] – [일반(General)]를 선택한다.

환경 설정 창의 일반 항목이 열리면 우측에 있는 [시작 시] 옵션에서 ❶❷[홈 표시]를 [최근 항목 열기]로 바꿔
준다. 그다음 ❸[확인] 버튼을 눌러 적용한다. 그러면 이후부터는 시작하기 창이 아닌 가장 최근에 작업한 프
로젝트가 자동으로 열린다.

환경 설정이 끝나면 이제 ❶❷[파일] – [종료] 메뉴 또는 [Ctrl] + [Q] 키를 눌러 프로그램을 **종료했다가 다시 실행**한다. 그러면 시작 화면 표시 창이 열리지 않고 최근 항목, 즉 프로젝트가 열리게 될 것이다.

인터페이스 밝기 설정하기

이번에는 프리미어 프로 인터페이스(Interface) 밝기를 설정을 해보자. 그러기 위해서는 앞서 살펴본 작업 환경 설정 창을 다시 열어주어야 하는데, 이번에는 ❶❷❸[편집] – [환경 설정] – [모양] 메뉴를 선택한다.

환경 설정 창의 [모양] 항목에서 ❶[명도]를 밝게 설정한다. 그다음 ❷[확인] 버튼을 클릭하여 적용한다. 작업 화면 밝기는 각자의 취향에 맞게 설정하면 된다.

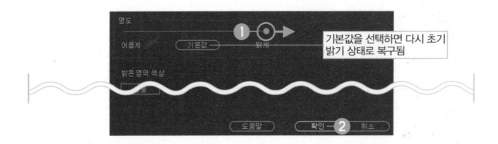

기본값을 선택하면 다시 초기
밝기 상태로 복구됨

⏱ 새로운 프로젝트 만들기

프리미어 프로의 **작업 흐름(workflow)**을 살펴보기 위해 하나의 이미지 파일을 이용하여 해당 프로그램에서 어떠한 작업이 가능한지 시연해 보도록 하자. 이번 학습에서는 아주 기본적인 작업 흐름에 대한 설명만 할 것이다. 작업을 처음 시작하기 위해서는 프로젝트를 생성해야 한다. 프로젝트를 만들기 위해 풀다운 메뉴의 **①②③[파일] - [새로 만들기] - [프로젝트]** 메뉴를 선택한다.

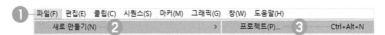

☑️ 즐겨 사용되는 메뉴의 단축키를 기억해 두면 해당 메뉴를 보다 신속하게 사용(적용)할 수 있다.

새 프로젝트 창이 열리면 먼저 적절한 작업 명, 즉 **①프로젝트 이름**을 입력한다. 그다음 프로젝트 파일이 저장될 위치(폴더)를 지정하면 되는데, 기본 위치보다 작업자가 원하는 위치로 설정하는 것이 좋다. 프로젝트 파일이 저장될 위치를 지정하기 위해 **②프로젝트 위치**에서 **③[위치선택]** 버튼을 클릭한다.

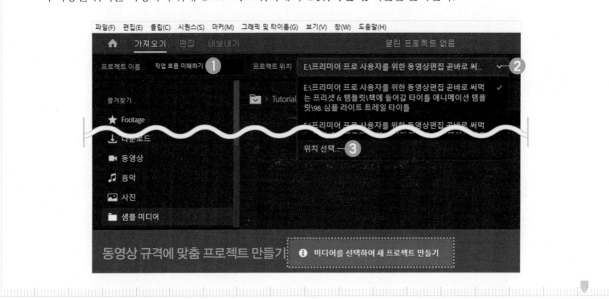

새 프로젝트가 저장될 경로 설정 창이 열리면 ❶**원하는 위치**를 찾아준 후 찾은 위치에 ❷**새로운 폴더**를 생성한다. 그다음 생성된 폴더(이미 폴더가 있다면 해당 폴더)를 선택한 후 ❸**[폴더 선택]** 버튼을 클릭하여 프로젝트가 저장될 위치를 선택한다.

프리미어 프로의 작업 과정

프리미어 프로는 하나의 프로젝트에 여러 개의 시퀀스(작업공간)를 만들어 다양한 미디어 파일(동영상, 이미지, 오디오, 자막 등)들을 가져와 작업하며, 때에 따라 시퀀스를 미디어 파일(클립)로 사용한다.

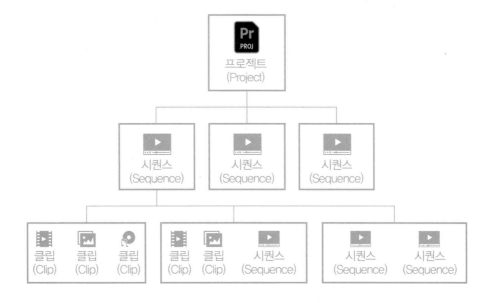

이제 새 프로젝트 창에서 [프로젝트 위치]를 보면 그림처럼 방금 지정된 위치로 바뀐 것을 알 수 있다. ❶새 시퀀스 의 이름을 입력하고 ❷[확인] 버튼을 눌러 새 프로젝트를 생성한다.

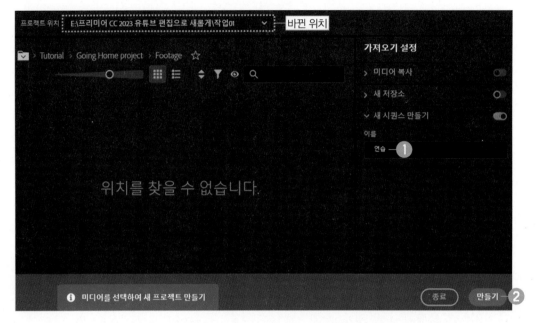

☑ 프로젝트가 하나의 전체 작업이라면 시퀀스는 프로젝트를 개별로 나눠서 작업(편집)을 하는 공간이다. 그러므로 복잡한 작업일수록 많은 시퀀스를 사용하게 된다.

프로젝트 설정 창 살펴보기 – 일반

프로젝트에 대한 세부 설정을 위해서는 ❶❷[파일] – [프로젝트 설정] 메뉴를 사용할 수 있다. 먼저 프로젝트 설정의 ❸[일반]에 대해 알아보자. 일반 설정 항목에서는 렌더 및 재생에 사용되는 엔진 설정과 비디오/오디오 표시 형식, 촬영된 영상을 동영상 파일로 생성하는 캡처에 대한 설정을 할 수 있다.

☑ 곧바로 작업에 들어가고자 한다면 지금의 프로젝트 설정 과정은 차후 다시 살펴보아도 된다.

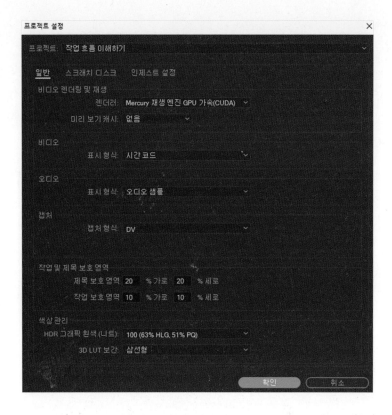

렌더러 작업 후 파일을 만들거나 작업한 내용을 재생(미리보기)할 때 사용될 렌더 엔진을 선택할 수 있다. PC에 장착된 그래픽 카드에 GPU 가속 칩이 사용되었다면 머큐리(mercury) 재생 엔진 GPU 가속(쿠다: CUDA) 방식을 사용하여 재생 속도를 향상시킬 수 있다.

비디오 – 표시형식 비디오 작업 시간을 표시하는 시간 단위를 설정할 수 있다. 일반적으로 시간:분:초:프레임(0:00:00:00) 단위로 사용되는 시간 코드(타임 코드) 방식이 사용되며, 때에 따라 영화 편집을 위한 피트 + 프레임 16mm 또는 35mm 방식과 애니메이션 작업에 주로 사용되는 프레임 방식을 사용할 수 있다.

오디오 – 표시형식 오디오 작업을 표시하는 시간 단위를 설정할 수 있다. 일반적으로 오디오 샘플 방식을 사용하며, 때에 따라 밀리초 방식을 사용하기도 한다.

캡처 16mm, 8mm, 6mm 등의 테이프로 촬영된 영상을 프리미어 프로에서 편집할 수 있도록 디지털 방식의 동영상(비디오) 파일로 변환할 때 사용된다. 하지만 요즘은 비디오 테이프가 아닌 동영상 파일(클립)로 만들어지기 때문에 캡처 기능은 거의 사용하지 않는다.

프로젝트 설정 창 살펴보기 – 스크래치 디스크

스크래치 디스크 항목에서는 캡처된 비디오와 오디오, 편집 작업 후 미리보기(프리뷰)할 때 생성되는 렌더 파일, 작업 중 자동으로 저장되는 프로젝트 파일, 다운로드 받은 라이브러리 그리고 애프터 이펙트에서 만들어진 모션 템플릿 파일이 저장될 위치(폴더)를 미리 설정할 수 있다. 기본적으로 이 경로들은 앞서 살펴본 프로젝트 파일이 저장되는 경로를 사용하게 된다.

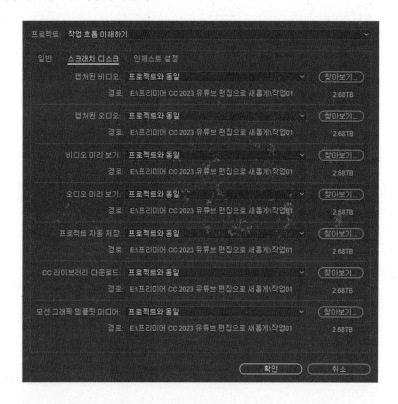

프로젝트 설정 창 살펴보기 – 인제스트 설정

작업에 사용되는 미디어(비디오, 오디오, 이미지) 파일들을 링크가 아닌 복사 방식으로 저장되는 파일들의 경로(폴더)를 설정할 수 있다. 기본적으로 이 경로들도 앞서 살펴본 프로젝트 파일이 저장될 경로로 사용하지만 때에 따라 다른 경로(외장 하드 디스크나 다른 드라이브)에 저장하기도 한다. 인제스트를 사용하기 위해서는 어도비 미디어 인코더(adobe media encoder)를 설치해야 한다.

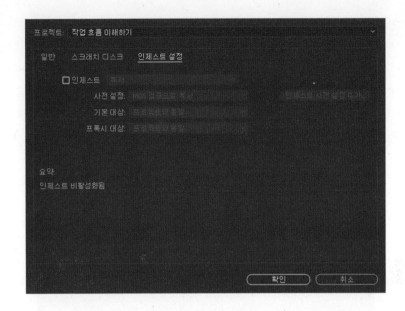

팁 & 노트 💡 어도비 미디어 인코더에 대하여

어도비 미디어 인코더는 앞서 설명한 인제스트 파일을 생성하기 위해 사용되지만 일반적으로 프리미어 프로에서 작업한 내용을 미디어(비디오, 오디오) 파일로 출력(파일 만들기)하기 위해 사용된다. 거의 모든 포맷을 인제스트, 코드 변환, 프록시 생성 및 출력할 수 있고 사전 설정, 감시 폴더, 대상 게시를 사용하여 워크플로우를 자동화할 수 있다. 미디어 인코더의 가장 큰 장점은 작업한 내용을 최종 출력할 때에도 프리미어 프로에서 다른 작업을 수행할 수 있다는 것이다. 미디어 인코더를 사용하기 위해서는 프로그램을 별도로 설치해야 한다. 앞서 살펴본 어도비 크리에이티브 클라우드에서 다운로드받을 수 있으며, 본 도서의 **[학습자료]** – [Setup] 폴더에서 Media_Encoder_Set-Up 파일을 통해 설치할 수도 있다.

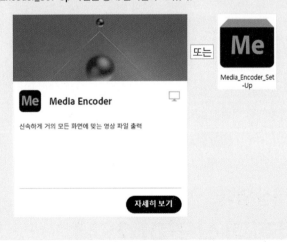

또는

Media_Encoder_Set
-Up

⏱ 새로운 시퀀스 만들기

프로젝트를 만들었다면 실제 작업을 하는 공간인 **시퀀스(sequence)**를 만들어야 한다. 시퀀스는 하나의 프로젝트에 반드시 하나 이상의 시퀀스를 사용해야 하며, 시퀀스는 사용되는 클립의 속성(비디오, 오디오 규격)에 맞게 설정해야 한다. 새로운 시퀀스를 만들기 위해서는 ❶❷❸[파일] – [새로 만들기] – [시퀀스] 또는 단축키 [Ctrl] + [N] 키 또는 프로젝트 패널 우측 하단에 있는 ❶❷[새 항목] – [시퀀스] 메뉴를 통해 가능하다.

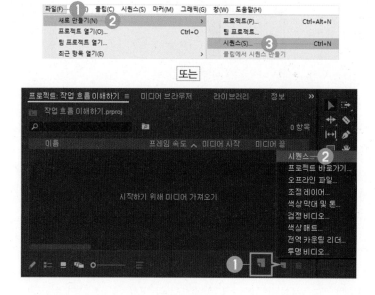

시퀀스 설정 창 살펴보기 – 시퀀스 사전 설정

시퀀스 사전 설정 항목에서는 미리 설정된 다양한 비디오 규격을 선택할 수 있다. 일반적으로 작업에 사용되는 비디오 클립(파일)과 동일한 규격을 사용한다. 예를 들어 DSLR 1080p30의 비디오 클립을 사용할 경우 해당 규격과 동일한 규격으로 설정해야 한다는 것이다.

시퀀스 설정 창 살펴보기 – 설정

설정 항목에서는 앞서 시퀀스 사전 설정 항목에서 설정한 규격에 대한 포맷, 프레임 크기, 픽셀 종횡비, 프레임 개수, 프레임 비율, 오디오 샘플 등과 같은 세부 속성을 설정할 수 있다. 참고로 유튜브 동영상의 일반적은 프레임 크기는 1920x1080이다.

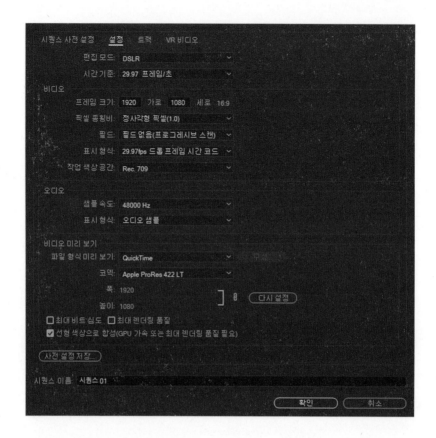

편집 모드 시퀀스의 비디오, 오디오에 대한 해상도, 화면 비율, 프레임 개수 등에 대한 규격 목록 중 작업에 사용되는 규격을 선택할 수 있다.

시간 기준 초당 사용되는 프레임 개수(frame rate)를 설정할 수 있다.

프레임 크기/픽셀 종횡비 화면의 가로/세로 크기와 비율을 설정할 수 있다.

필드/표시 형식(비디오) 아날로그 방식의 비디오 편집 시 사용되며, 필드(주사) 방식과 비디오에 대한 타임코드 형식을 설정한다. 일반적으로 비디오는 30(29.97)프레임을 사용하며, 극장용 영화는 24프레임을 사용한다.

채널 형식/샘플 속도 오디오 채널과 샘플링 품질을 설정한다. DV급 음질은 44,100 Hz(헤르츠)이며, DVD급 음질은 48,000 Hz로 사용한다.

표시 형식(오디오) 비디오에 대한 타임코드 형식을 설정한다. 일반적으로 오디오는 오디오 샘플 방식을 사용한다.

파일 형식 미리 보기/코덱 작업한 내용을 재생할 때의 형식과 압축 방식을 설정한다.

폭/높이 미리 보기할 때의 가로/세로 크기(비율)를 설정한다.

최대 비트 심도, 최대 렌더링 품질 가장 좋은 품질로 렌더링할 때 사용되며, 그만큼 렌더 시간이 오래 소요된다.

사전 설정 저장 설정된 속성(규격)을 저장한다. 저장된 규격은 시퀀스 사전 설정 목록에 등록되어 지속적으로 사용할 수 있다.

시퀀스 이름 새로 생성되는 시퀀스의 이름을 입력한다.

시퀀스 설정 창 살펴보기 – 트랙 및 VR 비디오

트랙 항목에서는 시퀀스(타임라인)에 사용한 비디오/오디오 트랙의 개수와 채널 등을 설정하며, **VR 비디오** 항목에서는 360 VR 작업을 하기 위한 설정을 할 수 있다. 사용하기 위해서는 **투영**을 **[등장방형]**으로 설정해야 한다. 시퀀스 설정은 작업 중 재설정이 가능하며, VR 비디오에 대해서는 차후 보다 자세히 살펴볼 것이다. 참고로 하단의 **사전 설정 저장**은 설정된 내용을 저장할 때 사용한다.

⏱ 작업에 사용할 미디어(비디오, 오디오, 이미지) 클립 가져오기

작업을 하기 위해서는 가장 먼저 작업에 사용될 파일(클립)들을 프로젝트 패널로 가져와야 한다. 참고로 프리미어 프로로 불러온 작업 소스, 즉 임포트된 파일은 공식적으로 **클립(clip)**이라고 한다. 이러한 클립은 편집 작업을 위한 동영상(비디오), 사진(정지 이미지), 그림(일러스트), 음악(오디오) 등의 클립으로 구분된다.

메뉴 또는 단축키로 가져오기

작업에 사용할 클립(미디어 파일)을 가져오는 방법은 여러 가지가 있다. 먼저 풀다운 메뉴의 맨 왼쪽에 있는 ❶ ❷**[파일] - [가져오기]** 메뉴를 클릭하여 선택해 본다. 그러면 파일을 불러올 수 있는 가져오기 창이 열리는데, 여기에서 작업에 사용될 미디어 클립이 있는 경로(폴더)를 찾아 원하는 클립을 선택한 후 [열기] 버튼을 누르면 된다. 일단 여기에서는 클립을 ❸**[학습자료] - [Video]** 폴더에 있는 ❹**몇 개의 파일**을 [Shift] 키 또는 [Ctrl] 키를 누른 상태에서 선택한 후 ❺**[열기]** 버튼을 눌러 가져온다.

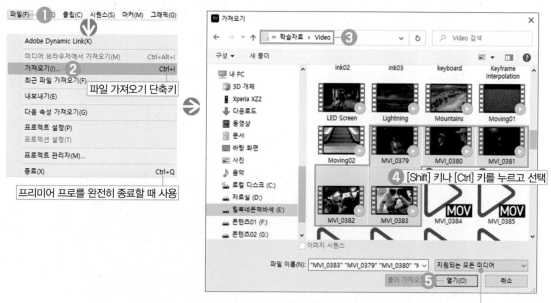

☑ 가져오기 창 오른쪽 하단의 **[지원되는 모든 미디어]**를 클릭하면 파일 형식들이 나타나는데, 이 형식들은 모두 프리미어 프로에서 사용할 수 있는 미디어 파일(클립) 형식이다. 그러므로 여기에서 볼 수 없는 파일 형식은 프리미어 프로에서 사용할 수 없다.

가져온 클립들은 프로젝트 패널의 작업 목록으로 적용된다. 참고로 프로젝트 패널 좌측 하단의 기능(버튼)들을 사용하여 클립이 나타나는 모습을 다양하게 설정할 수 있다.

팁 & 노트 💡 클립을 가져오는 또 다른 방법들

클립을 가져오는 또 다른 방법은 프로젝트 패널의 빈 곳에서 **우측 마우스 버튼**을 클릭하여 나타나는 메뉴에서 **가져오기** 메뉴를 선택하거나 **프로젝트 패널**의 **빈 곳을 더블클릭**하는 방법 그리고 폴더에서 **직접 드래그**하여 프로젝트 패널로 끌어오는 방법이 있다. 상황에 맞는 적절한 방법을 사용하면 된다.

시퀀스 생성하기

앞서 불러온 비디오 클립을 가지고 작업을 하기 위해서는 먼저 **시퀀스(sequence)**을 생성해야 한다. 시퀀스를 생성하는 방법은 앞선 학습에서 살펴보았지만 이번에는 다른 방법을 이용해 본다. 프로젝트 패널을 ❶**아이콘 보기**로 전환하여 클립의 모습을 썸네일 형태로 나타나게 한 후 적용된 클립 중 하나를 ❷❸**드래그 & 드롭(왼쪽 마우스 버튼으로 끌기)**하여 오른쪽 ❹**[미디어를 여기로 끌어 시퀀스를 생성합니다]**라고 쓰여있는 곳으로 갖다 놓는다. 그러면 드래그해 놓은 클립이 새로 생성된 시퀀스에 적용되며, 위쪽 프로그램 모니터에는 적용된 클립의 모습이 나타난다. 참고로 새로 생성된 시퀀스의 규격은 적용된 비디오 클립의 규격(가로세로 크기, 프레임 개수 등)에 맞게 자동으로 설정된다.

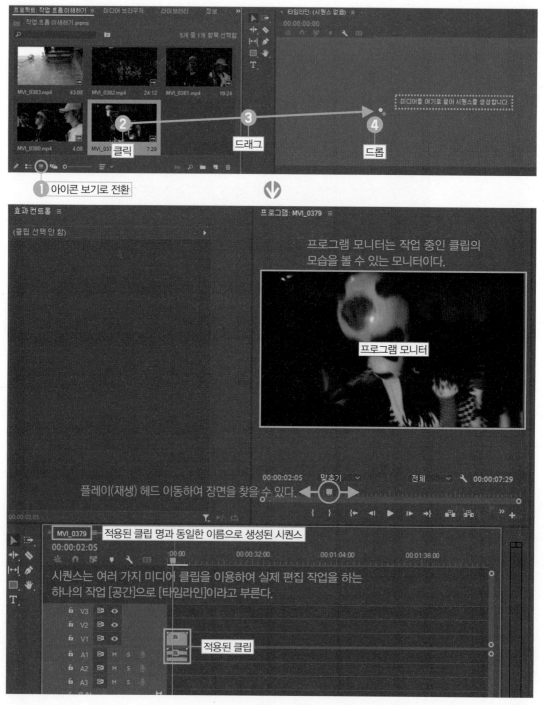

프로젝트: 작업 흐름 이해하기   미디어 브라우저   라이브러리   정보

작업 흐름 이해하기.prproj

5개 중 1개 항목 선택함

MVI_0383.mp4 43:08   MVI_0382.mp4 24:12   MVI_0381.mp4 19:24

MVI_0380.mp4 4:08   MVI_037 7:29

타임라인: (시퀀스 없음)

00:00:00:00

미디어를 여기로 끌어 시퀀스를 생성합니다.

② 클릭   ③ 드래그   ④ 드롭

① 아이콘 보기로 전환

효과 컨트롤

(클립 선택 안 함)

프로그램: MVI_0379

프로그램 모니터는 작업 중인 클립의
모습을 볼 수 있는 모니터이다.

프로그램 모니터

00:00:02:05   맞추기   전체   00:00:07:29

플레이(재생) 헤드 이동하여 장면을 찾을 수 있다.

00:00:02:05

MVI_0379   적용된 클립 명과 동일한 이름으로 생성된 시퀀스

00:00:02:05

00:00   00:00:32:00   00:01:04:00   00:01:36:00

시퀀스는 여러 가지 미디어 클립을 이용하여 실제 편집 작업을 하는
하나의 작업 [공간]으로 [타임라인]이라고 부른다.

V3
V2
V1
A1
A2
A3

적용된 클립

☑ 낮은 사양의 PC 사용 시 **아이콘 보기**로 전환하면 시스템이 불안정할 수 있으므로 **목록 보기**로 사용하
길 권장한다.

프로젝트 파일에 대하여 ■

프리미어 프로에서 최초로 만들어지는 프로젝트 파일은 **[.prproj]**의 확장자(포맷)를 갖게 된다. 이 prproj 파일은 비디오, 오디오, 이미지 클립뿐만 아니라 프리미어 프로(하나의 프로젝트)에서의 **작업 과정(내용)이 고스란히 보존된 파일**이다. 이 프로젝트 파일에 관한 몇 가지 중요한 것이 있다. 우선적으로 프로젝트 패널로 가져온 미디어 클립들은 프로젝트에 저장되는 것이 아니다. 예를 들어 하나의 동영상 파일을 프로젝트 패널로 가져왔을 때 가져온 동영상이 프로젝트의 일부로 함께 저장되어있다고 생각하겠지만 사실은 단순히 원본 동영상 파일이 링크된 가상의 클립일 뿐이라는 것이다. 그러므로 프로젝트 패널에 링크, 즉 가져온 파일의 원본이 있는 폴더에서 링크된 원본 파일을 삭제하거나 다른 폴더로 이동하게 되면 해당 프로젝트에서는 더 이상 링크된 동영상 파일을 사용할 수 없게 된다. 따라서 이러한 미디어 파일들은 하드 디스크의 어디에 위치하고 있는지 항상 숙지하고 있어야 한다.

이렇듯 클립을 가져오는 과정이 링크를 걸어주는 것이기 때문에 많은 클립들을 사용하더라도 prproj 파일의 크기는 거의 늘어나지 않는다. 작업을 하기 위해 수 많은 동영상과 음악 파일을 가져온다고 해도, 프리미어 프로에서는 이들 파일의 위치만 이용하여 필요할 때에만 링크하여 사용하기 때문에 용량에 대한 걱정은 하지 않아도 된다는 것이다.

프리미어 프로(CC 2018 이상의 버전)를 사용하면서 숙지하고 있어야 할 또 다른 하나는 한번에 여러 개의 프로젝트 파일을 열어서 사용할 수 있다는 것이다. 만약 특정 프로젝트를 열어놓고 작업하고 있는 상태에서 [파일] − [가져오기] 메뉴를 통해 다른 프로젝트를 가져오게 되면 전체 프로젝트 또는 프로젝트에 사용된 시퀀스만 별도로 선택해서 가져올 수 있다. 물론 이것은 현재 작업 중인 프로젝트에 또 다른 프로젝트를 가져올 수 있다는 것이지 동시에 두 프로젝트를 열어놓을 수 있다는 것은 아니다.

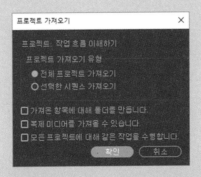

프로젝트 파일을 저장할 때의 팁 ■

프리미어 프로에서처럼 여러 가지 창의력을 필요로 하는 작업에서는 작업을 적절한 시간에 저장하고, 자주 저장하는 것이 중요하다. 만약 작업하던 파일을 실수로 날려버렸는데 복사본이 없다면 시간적으로나 정신적으로 큰 손실이다. 이것은 누가 가르쳐 주지 않아도 프로그램을 사용하다 보면 저절로 알게 되는 것이다. 이처럼 작업 중인 파일을 저장하는 것은 프로그램들을 사용할 때 매우 중요한 것이기 때문에 관련된 여러 저장 기능들에 대해 알아놓는 것이 좋다.

먼저 살펴볼 팁은 파일 메뉴에 있다. 파일 메뉴를 보면 **[복사본 저장]** 메뉴가 있다. 이 메뉴를 선택하면 현재 작업 중인 프로젝트 이름 뒤에 **[복사]**란 글자가 붙으면서 프로젝트 파일이 저장된다. 여기에서 만약 다시 한번 이 메뉴를 선택하게 되면 앞서 저장되었던 프로젝트 복사본 위에 덮어 씌워지게 된다. 이러한 방법은 저장한 프로젝트가 잘못되어 이전의 작업 내용으로 다시 돌아가야 할 때나 원본 프로젝트 파일이 손상되었을 때 매우 유용하다.

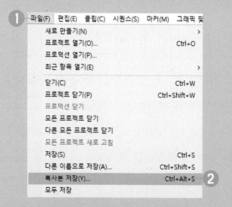

그밖에 일반적으로 사용하는 저장 메뉴는 **[저장]**인데, 단축키 **[Ctrl] + [S]**를 주로 사용하며, 새로운 이름으로 저장하기 위해서는 **[다른 이름으로 저장]** 메뉴를 사용한다. 또한 **[모두 저장]** 메뉴는 현재 열려있는 모든 프로젝트가 한꺼번에 저장된다. 프리미어 프로에서는 방금 살펴본 저장 방법 이외에 정해진 시간이 되면 자동으로 작업 내용이 저장되는 기능이 있다. 해당 기능은 **[편집]** – **[환경 설정]** – **[자동 저장]** 메뉴에서 찾을 수 있다. 여기에서는 자동 저장 간격과 최대 프로젝트 버전을 설정할 수 있다.

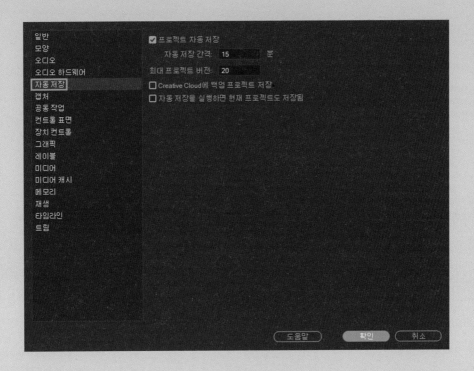

　프리미어 프로의 자동 저장 항목에서는 굳이 여러분이 직접 일일이 저장하지 않아도 설정된 시간 간격에 맞게 자동으로 파일을 저장할 수 있는 **프로젝트 자동 저장** 기능을 제공한다. 이 옵션을 체크하게 되면 얼마나 자주 파일을 자동으로 저장할 것인지에 대한 간격을 [자동 저장 간격]에서 분 단위로 설정할 수 있으며, [최대 프로젝트 버전]에서는 몇 개의 파일을 돌아가며 자동 저장할 것인지를 결정한다. 만약 이 값을 5로 설정한다면 프로젝트 파일을 5개를 만들어 설정된 시간 간격마다 돌아가면서 저장된다. 이것은 자동 저장을 5번 실행한 후 6번째는 다시 처음에 자동 저장되었던 프로젝트 파일에 지금 작업한 내용이 덮어씌워진다고 이해하면 된다. 참고로 [Creative Cloud에 백업 프로젝트 저장] 옵션을 체크하면 하드 디스크가 아닌 어도비 웹사이트의 클라우드 공간에 프로젝트 파일이 저장된다. 하지만 이 기능은 항상 인터넷 환경이 활성화되어있어야 하기 때문에 즐겨 사용되지는 않는다. 이와 같은 여러 저장 옵션들은 여러분의 작업에 많은 도움이 될 것이다.

⏱ 편집(트리밍)하기와 이펙트 적용하기

타임라인(시퀀스)에 편집할 클립을 갖다 놓았다면 이제 적용된 클립의 장면 중 불필요한 장면을 편집을 해보자. 이러한 편집을 **트리밍(trimming)**이라고 하며, 편집 후에는 장면에 효과(effect)를 적용하여 변화를 줄 수도 있다. 일반적으로 장면의 색상, 밝기, 채도 등의 색 보정 작업을 위해 사용되지만 장면에 반드시 효과를 적용해야 하는 것은 아니다.

간단한 편집하기 – 불필요한 장면 자르기

앞서 적용한 클립에서 불필요한 장면을 편집해 본다. 먼저 장면을 확대하기 위해 타임라인(시퀀스 공간) 좌측 하단에 **확대/축소** 기능을 이용하여 작업하기 좋은 상태로 확대한다. 그다음 클립의 **아웃 포인트(끝 점)**를 클릭 **& 드래그**하여 그림처럼 왼쪽으로 이동한다. 그러면 이동된 거리만큼 장면이 컷 편집되는데, 이것을 **트리밍(trimming)**이라고 한다. 이때 프로그램 모니터에는 편집되는 장면을 확인할 수 있기 때문에 원하는 장면을 정확하게 편집할 수 있다.

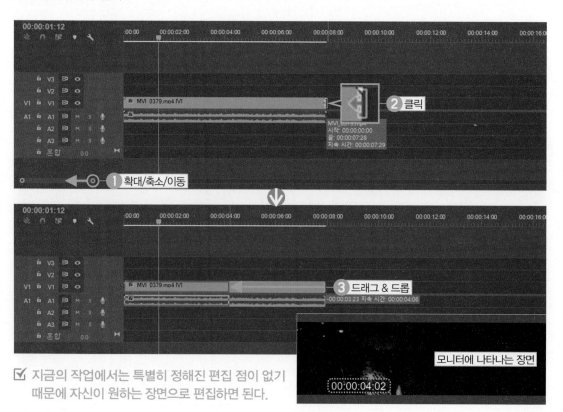

☑ 지금의 작업에서는 특별히 정해진 편집 점이 없기 때문에 자신이 원하는 장면으로 편집하면 된다.

계속해서 이번에는 클립의 ❶인 포인트(시작 점)를 ❷클릭 & 드래그하여 시작 장면을 기준으로 불필요한 장면을 편집해 준다. 그러면 편집된 시작 점 구간이 빈 영역으로 남게 된다. 시작 점 편집 후 생긴 빈 영역을 메꿔주기 위해 클립의 ❸안쪽 부분을 드래그하여 빈 영역으로 이동한다. 이처럼 클립의 이동은 클립의 안쪽 부분을 이용한다.

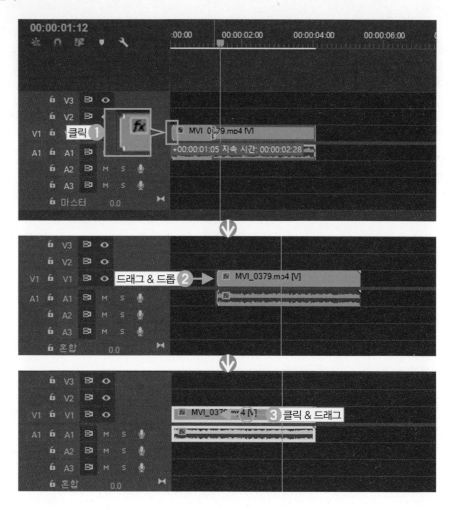

팁 & 노트 💡 클릭 & 드래그와 드래그 & 드롭에 대한 이해

클릭은 마우스 왼쪽 버튼을 눌러 **대상(클립, 기능, 메뉴 등)**을 **선택**하는 행위이고, **드래그**는 선택된 대상을 **끌어주는** 행위이며, **드롭**은 끌어온 대상을 **놓아주는** 행위이다. 쉽게 끌어다 놓기라고 이해하면 된다. 동영상 편집에서는 이처럼 클릭과 드래그 그리고 드롭을 자주 사용한다.

같은 방법으로 나머지 클립도 타임라인에 적용하여 필요한 장면만 남기고 컷 편집(트리밍) 후 그림처럼 뒤쪽에 차례대로 배치한다. 이때 클립의 길이가 각각 다르므로 타임라인을 확대/축소해 가며 편집을 하면 된다.

☑ 재생 헤드(play head)는 편집할 때 헤드 부분과 아래쪽 수직선 부분을 좌우로 드래그하여 장면을 찾아줄 때 사용한다. 재생 헤드는 타임 마커, CTI(커런트 타임 인디케이터), 플레이 헤드(파이널 컷) 등의 다양한 이름이 있지만 본 도서에서는 재생 헤드로 표기할 것이다.

여기에서 만약 편집된 5개의 클립(장면) 중 중간의 하나를 삭제해야 한다고 가정하고 그림처럼 ❶가운데 클립을 **선택**한 후 ❷[Delete] 키를 눌러 삭제(오디오 클립도 같이 삭제됨)한다. 그러면 삭제된 클립이 있던 곳은 빈자리로 남겨지게 된다.

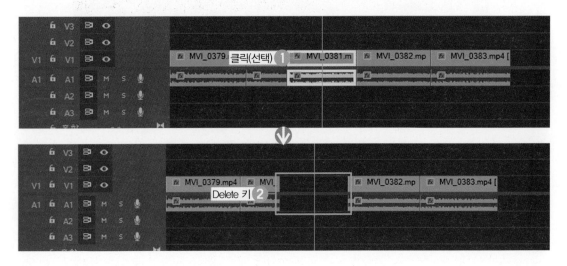

삭제된 빈 자리는 뒤쪽 클립을 하나씩 이동하여 메꿔줄 수도 있으나 **한꺼번에 메꿔주기** 위해 그림처럼 **빈 곳을 선택**한 후 [Delete] 키를 누른다. 그러면 빈 곳에 삭제되면서 뒤쪽 클립들이 자동으로 이동되어 메꿔진다.

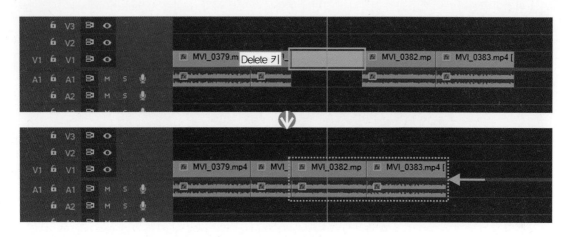

이번엔 삭제하면서 한꺼번에 빈 곳을 메꿔주는 방법에 대해 알아보기 위해 [Ctrl] + [Z] 키를 2번 눌러 삭제전으로 되돌아간다. 그다음 삭제할 클립을 선택한 후 [Shift] + [Delete] 키(편집 메뉴에 **잔물결 삭제**라는 메뉴의 단축키)를 눌러보자. 그러면 클립에 삭제되고 난 자리에 뒤쪽 클립들이 이동하게 된다. 이처럼 삭제된 클립의 빈 자리는 다양한 방법으로 메꿔줄 수 있다.

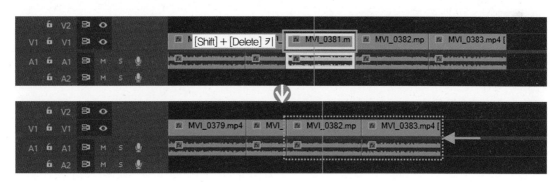

팁 & 노트 💡 언두와 리두의 활용법

언두(실행 취소: undo)는 **Ctrl+Z** 키를 눌러 작업을 취소할 때 사용되며, 반대로 복귀는 **리두**(다시 실행: redo)이며, 단축키는 **Ctrl+Shift+Z** 키이다. 이 단축키들은 [편집] 메뉴에서 확인할 수 있다.

이펙트(효과) 적용하기 – 간단한 색 보정하기

기본 편집이 끝났다면 이제 효과를 적용하여 장면에 변화를 주도록 하자. 효과를 사용하기 위해서는 프로젝트 패널 우측 상단에 있는 ❶[》] 모양의 **플라이아웃** 메뉴를 클릭한 후 ❷[**효과**] 패널을 선택하여 열어준다.

효과 패널을 보면 오디오 및 비디오에 대한 다양한 효과 목록들이 있다. 일단 ❶**비디오 효과** 폴더를 열고, ❷ **색상 교정** 폴더 안에 있는 ❸**색상 균형** 효과를 드래그하여 타임라인에 있는 첫 번째 비디오 클립 위로 갖다 놓는다.

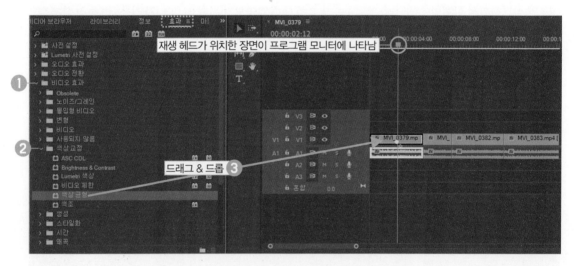

☑ 모든 비디오 효과는 지금처럼 적용할 비디오 클립에 갖다 적용하면 된다. 참고로 오디오 효과는 오디오 클립 위로 갖다 놓으면 된다.

효과 설정하기

효과가 적용되면 적용된 효과에 대한 세부 설정을 해야 한다. 앞서 적용한 색상 균형 효과는 장면의 색상, 밝기, 채도에 대한 설정을 할 수 있다. 효과 설정을 하기 위해 효과가 적용된 **클립을 선택**한 후 프리미어 프로 작업 인터페이스 상단의 [효과 컨트롤] 패널에서 앞서 적용된 [색상 균형] 효과를 열어보면 어두운, 중간, 밝은 영역 기준으로 빨강, 녹색, 파랑 3가지 색에 대한 설정할 수 있는 다양한 옵션들이 있는 것을 알 수 있다.

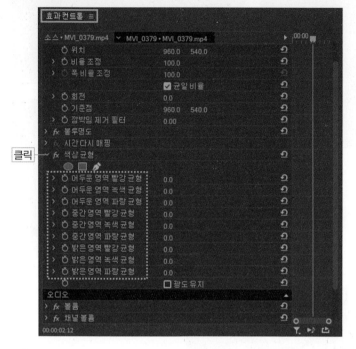

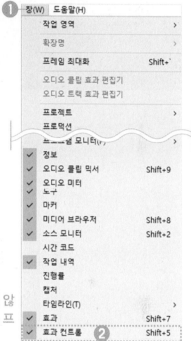

☑ 효과를 적용하면 자동으로 효과 컨트롤이 열리지만 만약 열리지 않는다면 [창] 메뉴에서 [효과 컨트롤]을 열어주면 된다. 창 메뉴는 프리미어 프로의 모든 작업 창(패널)들을 열거나 숨겨놓을 수 있다.

☑ 효과 컨트롤 패널에서는 기본적으로 장면에 모션(동작)을 주고, 투명도 설정을 위한 불투명도, 오디오 볼륨 설정을 위한 오디오 효과 항목을 제공한다.

간단하게 색상을 설정을 해보자. ❶어두운 영역 빨강 균형 값을 낮춰본다. 어두운 영역의 톤이 초록으로 바뀐 것을 알 수 있다. 옵션 설정은 수치를 직접 입력하거나 ❷슬라이더를 열어 조절할 수도 있다.

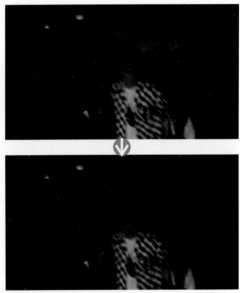

☑ 효과 컨트롤의 모든 옵션 설정은 수치를 직접 입력하거나 수치 및 슬라이더에서 **좌우로 드래그**하여 조
절할 수 있다.

파라미터 값 초기화하기

다시 원래 상태로 되돌려주기 위해 파라미터(수치 옵션) 우측에 있는 **매개 변수 재설정(reset)** 아이콘을 클릭하
여 초깃값으로 되돌려 준다. 이와 같은 방법은 모든 **옵션(파라미터)**에 대한 초깃값을 간편하게 설정할 수 있다.

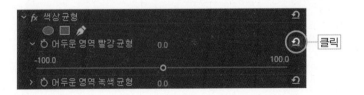

컬러 영상을 흑백 영상으로 만드는 것은 흔히 하는 작업이다. 흑백 영상을 표현할 수 있는 방법은 여러 가지가 있지만 이번에는 **색상 균형(HLS)** 효과를 적용하여 표현해 보도록 하자.

01 효과 적용하기(흑백 영상)

색상 균형(HLS) 효과를 적용하기 위해 **검색기**에서 ❶**색상 균형**이라고 입력한다. 그러면 2개의 색상 균형 효과가 검색되는데, 여기에서 ❷**색상 균형(HLS)**를 끌어다 **첫 번째 클립**에 적용한다.

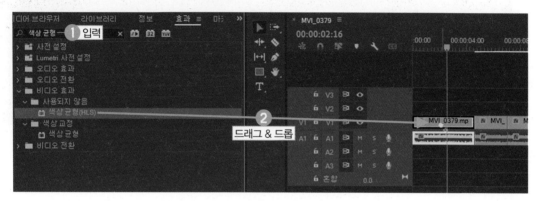

☑️ 프리미어 프로의 버전이 바뀔 때마다 효과의 위치가 변경되거나 사라지는 경우가 있기 때문에 효과의 이름을 검색기로 찾는 것도 하나의 방법이다.

효과 컨트롤에서 ❶**색상 균형(HLS)**의 ❷**채도 값**을 **-100**으로 설정하여 흑백으로 만들어준다.

02 흑백에서 컬러로 바뀌는 장면 만들기 – 시간에 따라 변하는 영상(키프레임 애니메이션)

이번에는 시간에 따라 서서히 컬러에서 흑백 또는 흑백에서 컬러로 바뀌는 장면을 표현해 보자. 이 작업을 하기 위해서는 **키프레임(keyframe)**을 이용해야 한다. 효과 컨트롤의 ❶**재생 헤드**를 **시작 시간**으로 이동한 후 ❷**채도**의 애니메이션 켜기/끄기를 클릭하여 **켜**준다. 그러면 현재 시간에 **키프레임**이 생성된다. 키프레임에 대해서는 차후 해당 학습에서 자세히 다룰 것이다.

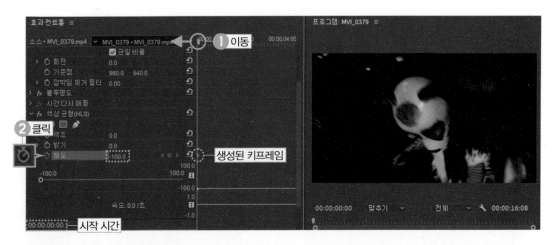

☑ **애니메이션 켜기/끄기** 아이콘을 켜면 다시 끌 때까지 지속되기 때문에 시간 이동 후 효과 값(변수)에 변화를 주면 새로운 키프레임이 추가되며, 이 기능을 끄게 되면 적용된 모든 키프레임이 삭제된다.

재생 헤드를 이동하여 시간을 ❶**1초 정도 뒤**로 이동한다. 그다음 ❷**채도** 값을 **0**으로 설정하여 원본의 모습(컬러로)으로 되돌려준다. 그러면 현재 시간에 키프레임이 생성된다. 이것으로 1초 동안 흑백에서 컬러로 바뀌는 장면이 만들어졌다.

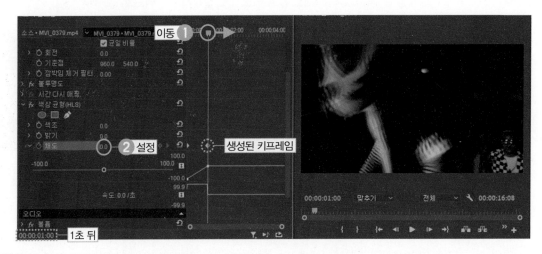

☑ [←], [→] 방향키를 누르면 재생 헤드를 1프레임씩 이동할 수 있다.

이번엔 2초 정도 컬러로 머물다가 마지막 1초 동안 다시 흑백으로 바뀌도록 해보자. 시간을 ❶3초로 이동한 후 ❷채도의 키프레임 추가/제거를 클릭하여 3초 지점에 키프레임을 추가한다. 지금 추가된 키프레임은 이전 키프레임과 채도 값이 동일하기 때문에 3초까지 아무 변화도 생기지 않는다. 그다음 ❸1초 뒤(전체 시간 4초)로 이동한 후 ❹채도 값을 다시 −100으로 설정하여 흑백으로 만든다. 살펴본 것처럼 키프레임을 사용하면 시간에 따라 다양한 변화(애니메이션)를 줄 수 있다.

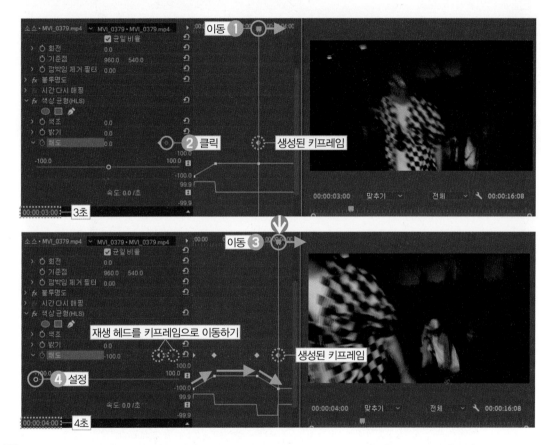

☑ 키프레임을 삭제하는 방법은 삭제할 키프레임으로 재생 헤드를 이동한 후 **키프레임 추가/제거**를 선택하면 된다.

프리뷰 ▶

작업한 내용 확인을 위한 재생(play)하기

작업 후에는 작업한 내용을 확인(재생) 해보는 것이 필요하다. 프리미어 프로에서는 몇 가지 방법을 통해 재생을 할 수 있다. 타임라인에 있는 **[재생 헤드]**는 장면을 확인할 수는 있지만 실제 재생 속도가 아니기 때문에 주로 편집 작업을 할 때에만 사용한다. 참고로 재생 헤드가 이동될 때의 시간은 타임라인 우측 상단의 **타임코드**를 통해 확인할 수 있다.

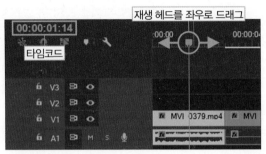

또 다른 재생 방법은 **스페이스바(spacebar)**를 누르는 것이다. 스페이스바를 누르면 재생 헤드가 위치한 지점부터 재생이 시작된다. 그러나 문제는 정상적인 속도로 재생이 되느냐는 것이다. 현재 타임라인 상단 **시간자**(time ruler) 부분에 **빨간색과 노란색**의 선이 있는데, **빨간색 영역**은 비디오 클립에 **효과**를 적용하여 원본과 달라진 지점을 뜻한다. 다시 말해 이 영역은 **정상적인 속도**로 재생되지 않는 영역이다. 물론 컴퓨터 성능에 따라 달라지지만 일반적으로 이 영역은 **프리 렌더**를 거쳐야만 정상적인 속도로 재생이 가능하다. 반대로 노란색 영역은 즉 **그래픽 카드(GPU - CUDA)**를 통한 연산으로 정상적인 재생이 가능한 영역이다.

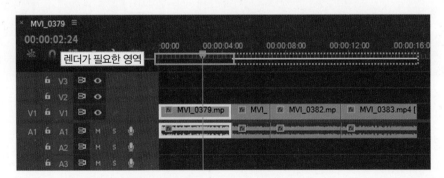

마지막으로 **[엔터]** 키를 누르는 재생법이 있다. 재생 헤드를 재생할 위치에 갖다 놓고 **[엔터]** 키를 눌러보면 렌더링 창이 열리고, 렌더링 진행 상태를 보여주며, 렌더링이 끝나면 자동으로 재생이 시작된다. 이때 빨간색이

었던 영역이 **초록색**으로 바뀌게 된다. 초록색 영역은 **프리 렌더**, 즉 정상적인 속도로 재생되는 영역이다.

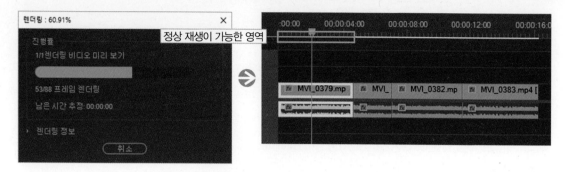

엔터 키를 통해 생성된 프리 렌더 장면 찾기

엔터 키를 눌러 프리 렌더된 초록색 영역은 별도의 파일로 만들어진다. 이것은 프리미어 프로에서 정상적으로 재생하기 위한 링크 파일이라고 이해하면 될 것이다. 그러므로 프리 렌더 파일이 삭제된다면 다시 렌더를 해야 한다. 여기서 잠깐 프리 렌더 파일이 어디에 저장되는지 확인해 보기 위해 **[파일]** – **[프로젝트 설정]** – **[스크래치 디스크]** 메뉴를 선택한다. 프로젝트 설정 창이 열리면 **[비디오/오디오 미리 보기]**에서 확인할 수 있다.

비디오/오디오 미리 보기 경로를 찾아 들어가 보면 프리미어 프로에서 자동 저장되는 몇 개의 폴더가 있을 것이다. 이 중 [Adobe Premiere Pro Video Previews] 폴더 안에는 해당 프로젝트 이름의 폴더가 있으며, 해당 이름의 폴더로 들어가 보면 앞서 프리 렌더를 통해 저장된 비디오 파일을 확인할 수 있다. 이 파일들이 바로 실시간 재생이 가능하도록 하는 프리뷰 파일이며, 엔터 키를 누를 때마다 새로운 파일이 생성된다. 이 파일은 작업이 완전히 끝날 때까지는 삭제하지 않는 게 좋다.

▲ 프리 렌더 파일

그래픽 가속 엔진 쿠다(CUDA)에 대하여 ■

프리미어 프로의 일부 효과는 정상적인 속도(렌더)로 재생하기 위해 인증된 그래픽 카드의 처리 기술을 활용할 수 있다. 동영상 편집 프로그램에서는 고성능 **머큐리(mercury)** 재생 엔진인 **쿠다(CUDA)** 기술을 활용하여 **향상된 렌더 속도**로 재생을 할 수 있도록 도와준다. 자신이 사용하는 PC의 그래픽 카드가 CUDA 기술이 지원되는지 확인 및 설정하기 위해서는 **[파일]** – **[프로젝트 설정]** – **[일반]** 메뉴의 **[비디오 렌더링 및 재생]**의 렌더러를 **[Mercury 재생 엔진 GPU 가속(CUDA)]**으로 설정해야 한다.

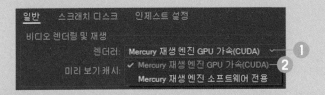

앞서 언급했듯 시간자에 표시된 노란색 영역은 그래픽 카드가 CUDA 기술을 지원하기 때문에 정상적인 속도로 재생이 가능하다. 자신이 사용하는 PC의 그래픽 카드가 CUDA 엔진이 지원되는지 확인하기 위해서는 윈도우즈 **시작 메뉴**에서 **[우측 마우스 버튼]** – **[장치 관리자]**를 선택하여 **디스플레이 어댑터**에서 확인할 수 있다. 만약 프리미어 프로에서 지원되지 않는 어댑터라면 지원되는 제품으로 교체하길 권장한다. 자세한 내용은 어도비 크리에이티브 클라우드 웹사이트에서 **[프리미어 프로 시스템 요구 사항]**으로 검색할 수 있다.

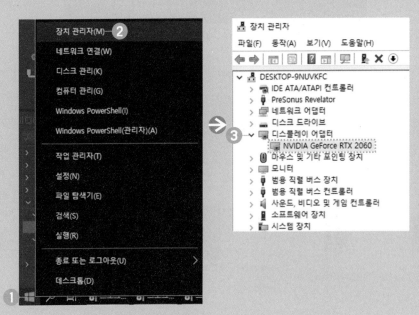

장면전환 효과 적용하기

장면전환(트랜지션) 효과는 각 장면과 장면이 바뀔 때 표현하는 효과이다. 장면전환 효과를 적용하기 위해 **효과** 패널에서 ❶**비디오 전환** 폴더를 열어준다. 여기에서는 일단 ❷**[몰입형 비디오]** 폴더를 열고 ❸**[VR Mobius 확대/축소]** 효과를 끌어서 첫 번째 클립과 두 번째 ❹**클립 사이**에 갖다 놓는다. 이렇듯 장면전환 효과는 **클립과 클립 사이**에 적용해야 한다.

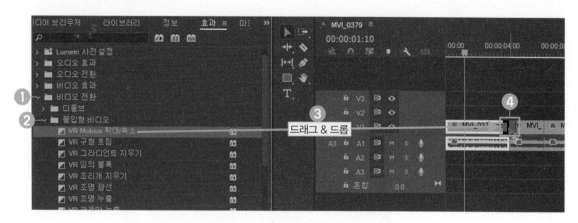

장면전환 효과가 적용된 구간을 확인하기 위해 **재생 헤드**를 **장면전환 효과 구간**으로 이동해 보면 방금 적용된 장면전환 효과가 어떤 효과인지 **프로그램 모니터**에서 볼 수 있다.

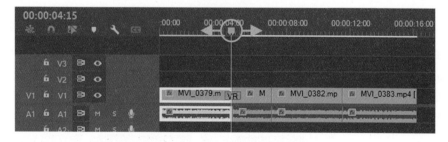

 장면전환 효과가 적용된 구간 역시 프리 렌더 구간으로 빨간색 영역으로 표시된다.

프리뷰 ▣

장면전환 효과 설정하기

장면전환 효과의 형태(방향, 색상, 지속시간 등)를 설정하기 위해서는 적용된 장면전환 효과를 **①선택**한 후 효과 패널에서 이루어진다. 장면전환 효과의 **효과 컨트롤**은 비디오 효과와는 다르게 장면전환 효과에 대해서만 설정할 수 있다. 각 설정 옵션들은 효과마다 다르지만, 공통적으로 효과가 **②지속되는 시간**, 방향, 정렬 등을 설정할 수 있다. 앞서 적용된 효과는 확대/축소, 가장자리를 부드럽게 하는 페더 등을 설정할 수 있다.

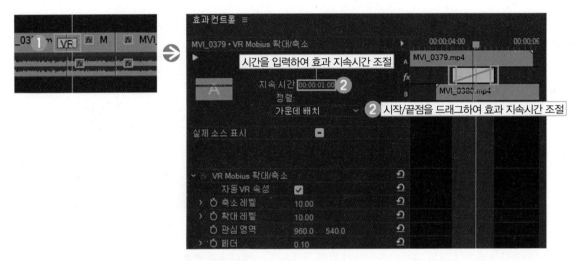

☑ 본 도서에서는 차후 주요 장면전환 효과에 대해 살펴볼 것이며, 모든 매뉴얼은 어도비 크리에이티브 클라우드에서 확인할 수 있다.

팁 & 노트 💡 프리미어 프로 한국어 도움말 활용하기

한국어 버전의 장점은 한글로 된 도움말을 활용할 수 있다는 것이다. **도움말(help)** 메뉴를 보면 **프리미어 프로 도움말** 메뉴가 있는 것을 알 수 있다. 이 메뉴는 주로 단축키 [F1] 키를 사용하게 되며, 이 메뉴가 실행되면 어도비 웹사이트가 열리면서 자연스럽게 도움말 페이지로 연결된다. 웹사이트에서 도움말과 튜토리얼 등 다양한 정보를 얻을 수 있다.

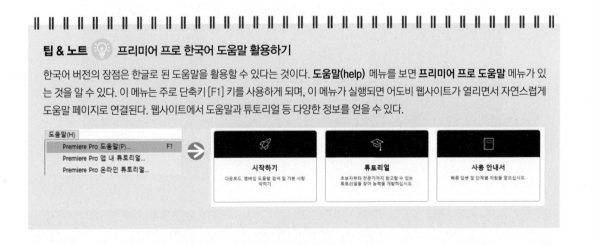

장면전환 효과 대체 및 삭제하기

작업을 하다 보면 장면전환 효과를 삭제하거나 다른 효과로 대체할 경우가 있다. 먼저 다른 효과와 대체해 보도록 하자. 이 방법은 아주 간단하다. 대체하고자 하는 **효과**를 끌어다 **적용된 효과 위에** 갖다 놓기만 하면 되기 때문이다. 필자는 가장 일반적이고, 자연스런 장면으로 바뀌는 디졸브 폴더의 **[교차 디졸브]** 효과를 적용해 보았다.

프리뷰

장면전환 효과를 완전히 제거하는 방법은 제거하고자 하는 장면전환 효과에서 ❶❷[우측 마우스 버튼] – [지우기] 메뉴를 선택하는 것이다.

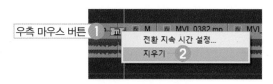

☑ 장면전환 효과가 지속되는 시간을 설정하는 또 다른 방법은 적용된 장면전환 효과의 시작 점과 끝 점을 직접 드래그하여 조절하는 것이다.

장면전환 효과의 시작/끝점

⏱ 오디오 적용 및 편집하기

동영상 편집 작업에서의 오디오는 배경음악(BGM)과 효과음 그밖에 내레이션 등으로 구분된다. 앞서 클립에 효과를 적용했기 때문에 이번 학습에서는 배경음악을 적용하고 볼륨 조절과 같은 간단한 편집 방법에 대해 알아보도록 하자.

오디오 클립 적용하기

오디오 클립도 비디오 클립과 동일한 방법으로 가져온다. ❶❷[파일] - [가져오기] 메뉴 또는 단축키 [Ctrl] + [I] 키를 눌러 ❸[학습자료] - [Audio] 폴더에 있는 ❹[HANG5VA(행오버)] 파일을 ❺열기한다.

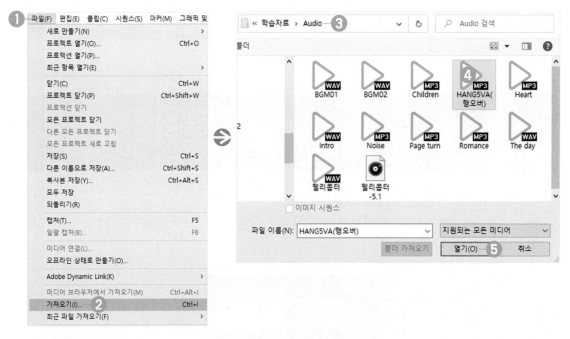

☑ 학습에 사용되는 오디오 또한 자신이 가지고 있는 것을 사용해도 상관없다. 참고로 HANG5VA(행오버)는 월드 디제이 페스티벌과 UMF 코리아, 태국, 중국, 일본 등 각종 페스티벌 섭외 1순위인 EDM 그룹의 뮤직비디오 클립이다.

오디오 클립은 타임라인의 AI, A2, A3이란 이름의 오디오 트랙에 적용할 수 있다. 3개의 트랙 중 다른 오디오와 겹쳐지지 않게 비어있는 트랙에 **끌어서 적용**한다. 필자는 A3 트랙에 적용하였다.

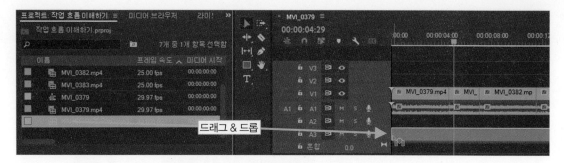

☑ 비디오 혹은 오디오 트랙은 상황에 따라 추가 및 삭제할 수 있다. 오디오 편집을 위한 트랙은 일반적으로 배경음악, 효과음, 내레이션 등의 세 가지 작업을 위해 사용된다.

오디오 편집하기

❶**축소** 후 적용된 오디오 클립의 길이를 조절(트리밍)하기 위해 오디오 클립의 ❷**인/아웃 포인트**를 이용하면 된다. 여기에서는 오디오 클립의 끝 점을 왼쪽으로 이동하여 그림처럼 비디오 클립의 길이에 맞춰준다.

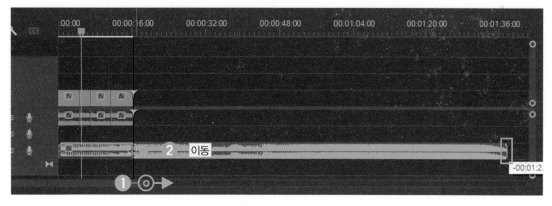

☑ [Alt] 키를 누른 상태에서 마우스 가운데(휠) 버튼을 회전하여 타임라인을 확대/축소할 수도 있다.

⏱ 자막 넣기와 최종 출력하기

오디오 편집이 끝났다면 이제 필요에 따라 자막을 넣는 것과 최종 출력, 즉 작업한 내용을 동영상 파일로 만드는 것이다. 이번에는 간단한 자막을 만든 후 최종적으로 파일을 만드는 방법에 대해 알아보도록 한다.

자막은 작품의 주제를 알리기 위한 타이틀과 특정 장면에 대한 소개 그리고 로고나 이미지를 이용한 서브 타이틀과 엔딩 크레딧으로 구분되며, 그밖에 제품 홍보를 위한 자막, 정보를 주기 위한 목적으로도 사용된다. 프리미어 프로는 **그래픽 및 타이틀**의 **텍스트**와 **문자 도구**를 통해 간편하게 자막을 만들 수 있다.

▲ 그래픽 및 타이틀 메뉴에서의 자막

▲ 자막 제작을 위한 문자 도구

간단하게 자막을 만들어보기 위해 타임라인의 **재생 헤드**를 자막이 적용될 위치로 이동한다.

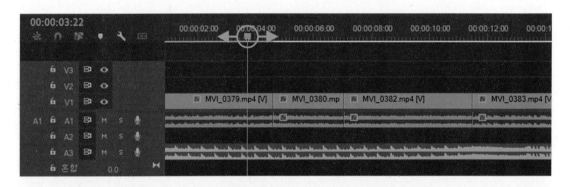

그다음 ❶❷❸[그래픽 및 타이틀] - [새 레이어] - [텍스트]를 선택한다. 그러면 재생 헤드가 위치한 시간과 **비어있는** V2 트랙에 [새 텍스트 레이어] 클립이 적용된다.

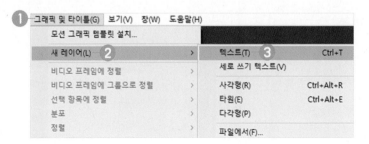

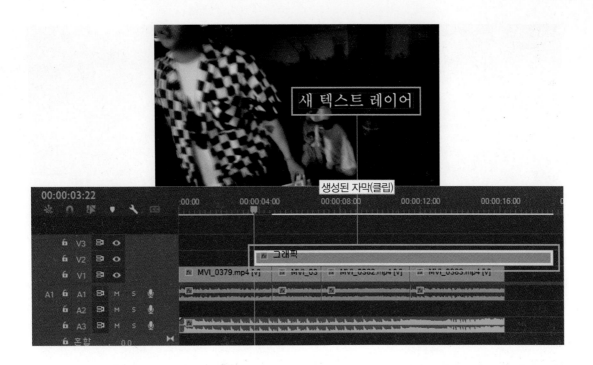

자막(글자) 수정하기

먼저 ❶[선택 도구]를 사용하여 자막의 위치를 원하는 위치로 이동(드래그)한 후 자막 글자를 ❷[더블클릭]한다. 자막에 사용될 글자를 ❸수정(입력)할 수 있는 상태로 전환되면 글자를 입력한다.

☑ 선택 도구는 가장 많이 사용되는 도구로 기본적으로 선택되어있는 상태이며, 작업에 사용되는 클립, 자막 등의 객체를 선택하고 이동, 수정, 삭제할 대상을 선택할 때 사용된다.

글자에 대한 글꼴, 정렬, 색상, 크기 등에 대한 설정은 [효과 컨트롤]에서 이루어진다. 먼저 소스 텍스트에서 원하는 글꼴로 바꿔주고, 크기와 색상도 바꿔본다.

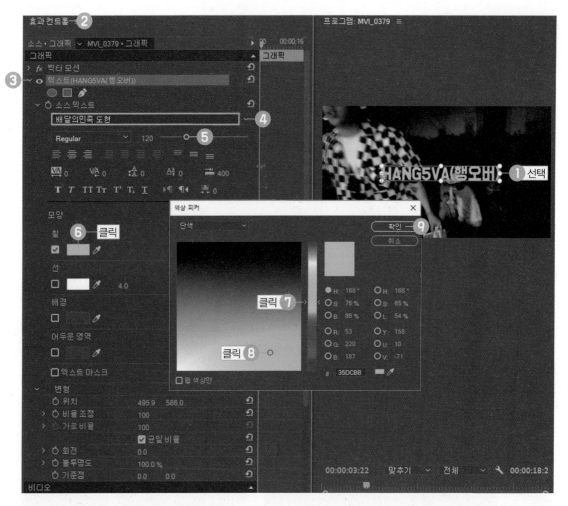

☑ [효과 컨트롤]의 [텍스트]에서 글꼴, 색상, 크기, 회전, 불투명도, 간격, 위치 등을 설정할 수 있다.

팁 & 노트 🔆 각 작업 패널(바) 크기 조절하기

작업 패널이 크기를 조절하는 방법은 작업 패널 사이에 마우스 커서를 갖다놓은 후 **커서의 모습**이 그림처럼 바뀔 때 클릭하여 원하는 크기로 조절할 수 있다.

효과 컨트롤 패널 하단에는 글자의 배경, 마스크, 위치, 비율, 회전, 투명도 등을 설정을 할 수 있는 옵션들이 있으며, [선] 옵션을 체크하여 글자에 테두리를 만들 수도 있다. 또한 [어두운 영역 옵션]을 체크하여 그림자 효과를 표현할 수 있다. 또한 각 옵션(파라미터)에 키프레임을 생성하여 시간에 따라 위치, 크기, 회전 등이 변하는 모션(애니메이션)을 표현할 수도 있다. 이 부분은 여러분이 직접 살펴보기 바란다.

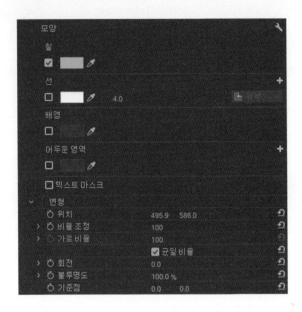

계속해서 글자 클립의 **끝 점**을 이동하여 그림처럼 자막이 나타날 원하는 구간만큼 조절한다.

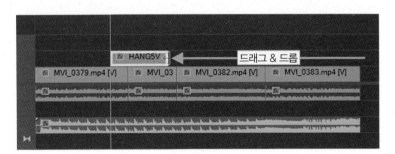

☑ 여러 개의 자막(글자)을 사용할 경우에는 글자 클립을 [Alt] 키를 누른 상태로 드래그하여 다른 곳으로 복사(복제)할 수 있다. 복사된 글자 클립은 원본과 다른 글자로 바꿔서 사용할 수 있다.

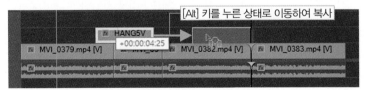

최종 출력하기 – 동영상 파일 만들기

자막까지 완성됐다면 이제 작업한 내용에 대한 최종 출력을 하기 위해 ❶[파일] – [내보내기] 메뉴를 살펴보자.
내보내기 메뉴에는 다양한 방식의 출력 메뉴(방식)를 제공한다. 일반적으로 비디오, 오디오, 이미지 파일로 만
들어주기 위해 맨 위쪽에 있는 ❷[미디어] 메뉴를 사용한다. 참고로 내보내기할 때 **타임라인(시퀀스)이 선택**되
어있어야 내보내기 메뉴가 활성화된다.

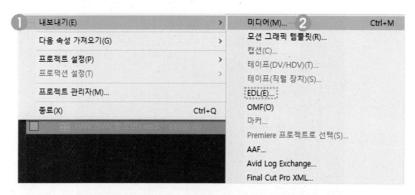

☑ 내보내기 메뉴에서는 그밖에 모션 그래픽 템플릿, 비디오 테이프로 녹화 그리고 프리미어 프로에서 작
   업한 내용을 파이널 컷 프로나 아비드 등의 동영상 편집 프로그램에서 가져와 작업할 수 있는 파일을
   만들어주는 메뉴들을 제공한다.

팁 & 노트 💡 EDL 파일에 대하여

EDL(edit decision list)은 서로 다른 프로그램, 공통점이 있는 프로그램 간에 작업 데이터를 공유하기 위한 언어이다. 이것은 프리
미어 프로에서 만든 작업 데이터를 다빈치 리졸브, 파이널 컷 프로 X, 베가스 프로 등의 비디오 편집 프로그램에서 가져와 사용(주
로 컷 편집하여 타임라인에 배치한 작업 내용 정도)할 수 있게 해준다. 이렇듯 EDL은 서로 다른 소프트웨어 간의 교류가 가능하도
록 해주는 역할을 한다. EDL의 불편한 점은 각 소프트웨어마다 다른 특성 및 기능(효과의 종류나 키프레임 방식 등)을 가지고 있
기 때문에 완전한 교류는 힘들다는 것이다. EDL 파일을 만들어주기 위해서는 [파일] – [내보내기] – [EDL] 메뉴를 선택하면 된다.

내보내기 창에서는 비디오/오디오 규격을 설정할 수 있다. 여기에서는 **포맷**을 가장 다양한 매체(유튜브, SNS,
스마트폰, 네비게이션 등의 모바일 장치)에서 사용되는 ❶[H.264]로 선택하고 나머지는 일단 기본 상태로 유
지한다. 동영상 ❷**파일명**과 파일이 만들어질 위치를 지정해 주기 위해 ❸**위치**를 선택한다.

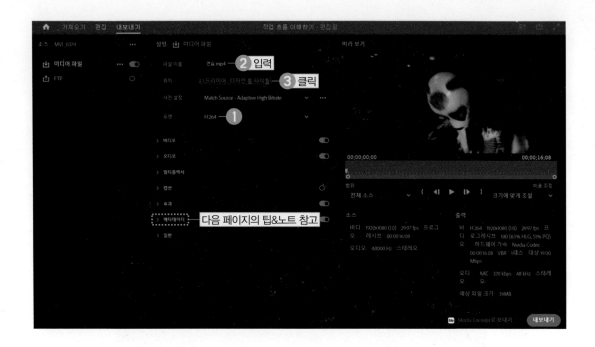

다른 이름으로 저장 창이 열리면 파일이 저장될 적당한 **위치(폴더)**를 지정한 후 **저장** 버튼을 누른다.

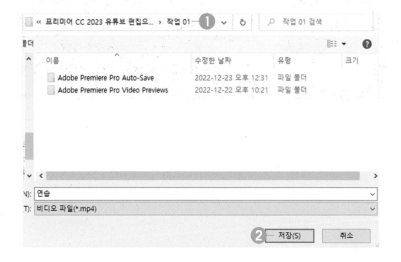

모든 설정이 끝났다면 내보내기 설정 창 하단에 있는 **[내보내기]** 버튼을 누른다. 렌더링 과정을 거쳐 최종 파일로 만들어지면 만들어진 파일이 문제가 없는지 확인해 본다. 만약 문제가 있다면 수정하여 다시 만들어준다.

지금까지 프리미어 프로의 작업 흐름에 대해 살펴 보았다. 살펴본 것처럼 비디오 클립이나 스틸(정지) 이미지 클립 등을 가져와 다양한 방법을 통해 작업을 할 수 있다는 것을 알 수 있다. 특히 효과나 애니메이션은 프리미어 프로에서 매우 전문화된 작업인 것을 알 수 있었을 것이다. 앞으로 이어질 학습을 통해 어떻게 그리고 왜 프리미어 프로를 사용해야 하는지에 대해 설명을 할 것이다. 하지만 자신이 더 훌륭한 에디터로 탄생되기 위해서는 프로그램을 창의적으로 사용하여 새로운 영상을 만들 수 있는 능력을 길러야 한다. 그러기 위해서는 프리미어 프로의 수많은 기능들을 사용해 보고 응용해 보는 수 밖에는 없다. 동영상 편집 시 만족스러운 결과물을 얻기 위해서는 전적으로 자신의 창의력에 달려 있다. 이제부터 프리미어 프로를 통해 자신의 상상력을 마음껏 펼쳐보기 바란다.

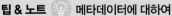

팁 & 노트 ☺ 메타데이터에 대하여

프리미어 프로에서는 선택된 클립의 메타데이터를 볼 수 있다. 이것은 동영상이나 이미지, 오디오 파일의 속성 정보를 기록한 것이라고 이해하면 된다. 메타데이터는 카메라로 촬영된 동영상 및 이미지 파일의 촬영 정보와 카메라에 대한 정보도 포함되어있다. 이렇듯 메타데이터는 클립의 길이, 코덱, 프레임 개수, 프레임 크기, 확장자, 샘플 레이트, 제작자, 저작권과 같은 파일에 대한 모든 속성에 대한 정보가 담겨있는 데이터이다. 이러한 메타데이터는 단순히 파일의 속성을 확인하기 위해서만 필요한 것이 아닌, 파일을 분류하기 위해서도 중요한 요소가 된다. 프리미어 프로에서의 메타데이터는 메타데이터 패널과 최종 출력 시 사용되는 내보내기 설정 창을 통해 확인 및 수정이 가능하다.

인터페이스 살펴보기

자신에게 맞는 인터페이스를 설정하는 프리미어 프로의 사용자 인
터페이스(UI: User Interface)와 프리미어 프로를 시작하기 전에 반
드시 알아두어야 할 몇 가지 개념과 단어들에 대해 살펴본다.

학습시간
약 15분

🕐 인터페이스 살펴보기

프리미어 프로는 전체 메뉴를 선택(사용)할 수 있는 풀다운 메뉴, 작업에 사용되는 파일을 가져와 관리를 해주
는 프로젝트 패널, 이펙트 설정을 위한 효과 컨트롤 패널, 실제 편집 작업을 하기 위한 타임라인(시퀀스) 패널
그리고 작업 정보와 오디오, 라이브러리, 자막(글자) 작업을 위한 그래픽 등의 패널로 구성되어있다.

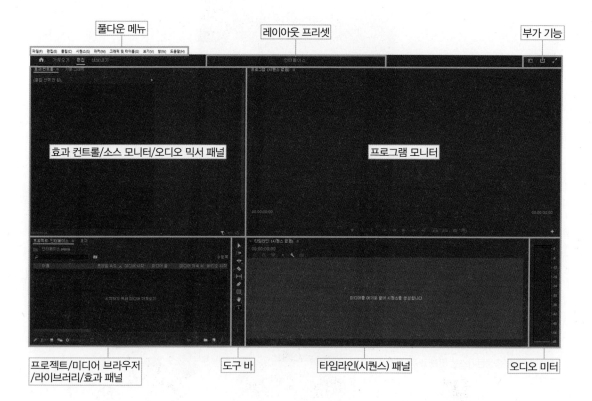

풀다운 메뉴 바	프로젝트 설정, 파일 가져오기, 새 시퀀스 만들기, 클립 복사, 자르기, 붙여넣기, 마커, 자막, 작업 창 열기/닫기 설정 등 프리미어 프로의 모든 작업 기능을 실행할 수 있는 곳이다. 또한 각 메뉴들은 단축키를 통해 실행이 가능하다.
레이아웃 프리셋	작업 상황에 맞는 레이아웃으로 신속하게 전환할 수 있다. 만약 다른 레이아웃을 이곳에 표시하고자 한다면 [창] – [작업 영역] – [작업 영역 편집] 메뉴를 사용한다.
부가 기능	작업 영역에서는 미리 설정된 레이어웃을 선택할 수 있으며, 타임라인의 작업 내용을 즉시 파일로 만들어 주는 빠른 내보내기, 전체 화면 동영상으로 재생하기 기능을 제공한다.
효과 컨트롤/소스 모니터/오디오 믹서 패널	기본적으로 4개의 작업 패널이 그룹 형태로 도킹된 패널로 효과 패널은 클립에 적용된 효과에 대한 설정을 하며, 소스 모니터는 각 클립을 개별 확인 및 편집할 수 있는 모니터이다. 오디오 믹서 패널은 오디오 설정을 위해 사용되며, 메타데이터 패널은 클립의 속성과 정보를 확인하고 설정한다. 프리미어 프로의 작업 패널은 다른 패널로 그룹화(도킹)할 수 있다.
프로그램 모니터	타임라인에 적용된 클립을 편집할 때 편집되는 과정을 실시간으로 볼 수 있게 해준다.
프로젝트/미디어 브라우저/라이브러리/효과 패널	기본적으로 일곱 개의 작업 패널이 그룹 형태로 도킹된 패널로 가져온 미디어 클립들을 관리하는 프로젝트 패널과 미디어 클립들을 직접 가져오는 미디어 브라우저, 라이브러리 관리, 클립 정보, 비디오/오디오 효과 및 장면전환 효과, 마커 그리고 작업한 과정이 기록된 작업 내역(history) 패널로 구분됩니다.
도구 바	타임라인에 적용된 클립을 편집할 때 사용되는 작업 도구들을 사용할 수 있다. 이 도구들을 통해 클립을 선택, 이동, 자르기, 글자(자막) 생성 등의 작업을 할 수 있다.
타임라인(시퀀스) 패널	시퀀스는 실질적인 편집 작업을 위한 공간이며, 타임라인이라고 한다. 타임라인에서는 작업 시간과 각 작업 트랙(비디오/오디오)을 통해 다양한 미디어 클립을 적용하여 편집을 할 수 있다.
오디오 미터	작업에 사용되는 오디오 클립의 볼륨 및 밸런스 등 오디오에 대한 정보를 표시한다.

팁 & 노트 프리미어 초기화 상태로 실행하기

프리미어 프로 사용 시 작업 환경이 엉켜 환경 설정을 초기화해야 할 경우 프리미어를 실행 한 후 즉시 [Ctrl] + [Alt] + [Shift] 키를 누르면 초기화된 상태로 실행할 수 있다.

⏱ 풀다운 메뉴 살펴보기

프리미어 프로에서 사용할 수 있는 모든 기능(메뉴)을 실행하는 곳으로 여기에서는 각 그룹별 메뉴에 대해서만 설명할 것이며, 나머지는 어도비 크리에이트 클라우드에서 살펴보기 바란다.

파일(File) 메뉴

새로운 프로젝트 및 시퀀스 그리고 자막 등을 생성하거나 프로젝트 저장하기, 작업을 위한 클립 가져오기 및 내보내기, 작업 중인 프로젝트 확인 및 설정, 관리 그밖에 다이내믹 링크를 통해 애프터 이펙트와 작업(시퀀스) 공유하기 그밖에 프로그램 종료에 대한 메뉴들로 구성되어있다.

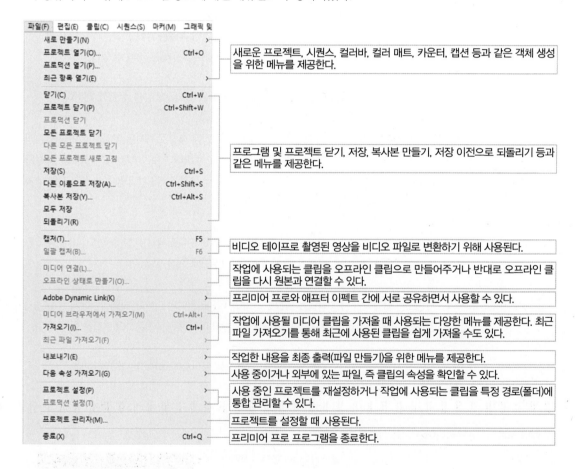

082 PART 01 시작하기

편집(edit) 메뉴

클립 선택하기, 선택된 클립 복사하기, 잘라내기, 붙여넣기, 복제하기, 클립의 특성(속성)을 다른 클립에 상속하기, 특성 지우기, 클립 찾기, 타임라인에 사용되지 않는 클립 제거하기, 오디오 편집을 위한 오디션 프로그램 실행하기, 단축키 및 작업 환경 설정에 대한 메뉴로 구성되어있다.

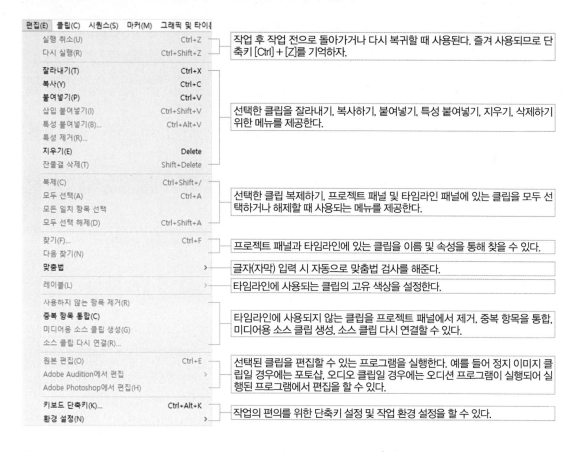

작업 후 작업 전으로 돌아가거나 다시 복귀할 때 사용된다. 즐겨 사용되므로 단축키 [Ctrl] + [Z]를 기억하자.

선택한 클립을 잘라내기, 복사하기, 붙여넣기, 특성 붙여넣기, 지우기, 삭제하기 위한 메뉴를 제공한다.

선택한 클립 복제하기, 프로젝트 패널 및 타임라인 패널에 있는 클립을 모두 선택하거나 해제할 때 사용되는 메뉴를 제공한다.

프로젝트 패널과 타임라인에 있는 클립을 이름 및 속성을 통해 찾을 수 있다.

글자(자막) 입력 시 자동으로 맞춤법 검사를 해준다.

타임라인에 사용되는 클립의 고유 색상을 설정한다.

타임라인에 사용되지 않는 클립을 프로젝트 패널에서 제거, 중복 항목을 통합, 미디어용 소스 클립 생성, 소스 클립 다시 연결할 수 있다.

선택된 클립을 편집할 수 있는 프로그램을 실행한다. 예를 들어 정지 이미지 클립일 경우에는 포토샵, 오디오 클립일 경우에는 오디션 프로그램이 실행되어 실행된 프로그램에서 편집을 할 수 있다.

작업의 편의를 위한 단축키 설정 및 작업 환경 설정을 할 수 있다.

팁 & 노트 💡 **실행 취소 및 다시 실행을 한꺼번에 실행하는 작업 내역 사용하기**

작업 내역에서는 작업을 한 후 이전/이후 작업 구간을 자유자재로 이동할 수 있다. 특히 언두/리두와 다르게 원하는 작업 구간을 한꺼번에 이동 및 복귀할 수 있다.

이동하고자 하는 작업 구간 클릭

클립(clip) 메뉴

클립의 이름을 수정하거나, 서브(하위) 클립 생성하기, 키프레임 애니메이션 설정, 오디오 게인 설정, 속도 조절, 시퀀스 동기화, 그룹 및 중첩(네스트), 멀티 카메라 편집 등에 대한 메뉴로 구성되어있다.

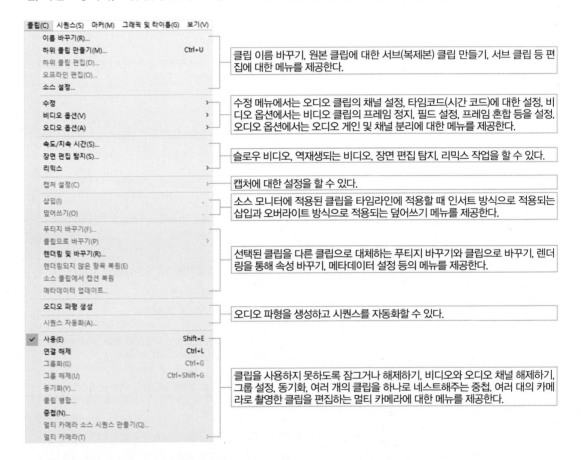

클립 이름 바꾸기, 원본 클립에 대한 서브(복제본) 클립 만들기, 서브 클립 등 편집에 대한 메뉴를 제공한다.

수정 메뉴에서는 오디오 클립의 채널 설정, 타임코드(시간 코드)에 대한 설정, 비디오 옵션에서는 비디오 클립의 프레임 정지, 필드 설정, 프레임 혼합 등을 설정, 오디오 옵션에서는 오디오 게인 및 채널 분리에 대한 메뉴를 제공한다.

슬로우 비디오, 역재생되는 비디오, 장면 편집 탐지, 리믹스 작업을 할 수 있다.

캡처에 대한 설정을 할 수 있다.

소스 모니터에 적용된 클립을 타임라인에 적용할 때 인서트 방식으로 적용되는 삽입과 오버라이트 방식으로 적용되는 덮어쓰기 메뉴를 제공한다.

선택된 클립을 다른 클립으로 대체하는 푸티지 바꾸기와 클립으로 바꾸기, 렌더링을 통해 속성 바꾸기, 메타데이터 설정 등의 메뉴를 제공한다.

오디오 파형을 생성하고 시퀀스를 자동화할 수 있다.

클립을 사용하지 못하도록 잠그거나 해제하기, 비디오와 오디오 채널 해제하기, 그룹 설정, 동기화, 여러 개의 클립을 하나로 네스트해주는 중첩, 여러 대의 카메라로 촬영한 클립을 편집하는 멀티 카메라에 대한 메뉴를 제공한다.

팁 & 노트 작업 레이아웃 초기 상태로 되돌리기

프리미어 프로의 작업 레이아웃은 [창] – [작업 영역] 메뉴를 통해서도 사용이 가능하며, 각 레이아웃은 마지막으로 설정했던 인터페이스를 기억한다. 예를 들어 [편집] 레이아웃을 선택하고, 이 레이아웃을 다른 형태로 설정한 후 [색상]이나 [효과] 레이아웃 등으로 변경했다가 다시 [편집]으로 돌아와보면 설정한 그대로 기억하고 있게 된다. 이러한 레이아웃을 다시 초기 상태로 되돌리기 위해서는 [저장된 레이아웃으로 재설정] 메뉴를 선택하면 된다.

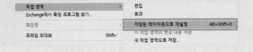

시퀀스(sequence) 메뉴

편집 작업을 하기 위한 공간인 시퀀스(타임라인)에서 렌더링, 트랙 추가/삭제, 확대/축소 등의 작업을 할 수 있는 메뉴로 구성되어있다.

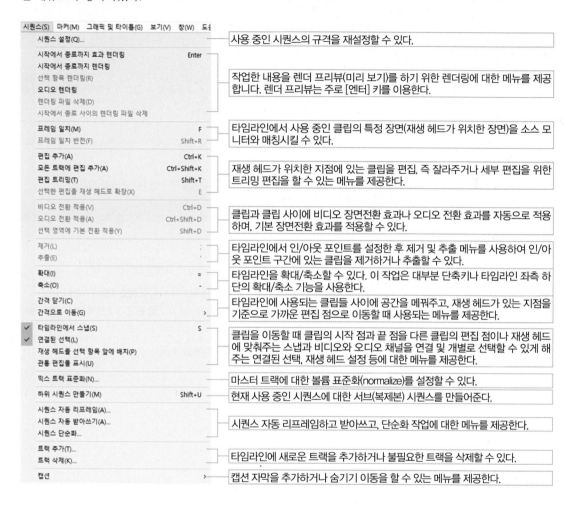

메뉴	설명
시퀀스 설정(Q)...	사용 중인 시퀀스의 규격을 재설정할 수 있다.
시작에서 종료까지 효과 렌더링 / 시작에서 종료까지 렌더링 / 선택 항목 렌더링(R) / 오디오 렌더링 / 렌더링 파일 삭제(D) / 시작에서 종료 사이의 렌더링 파일 삭제	작업한 내용을 렌더 프리뷰(미리 보기)를 하기 위한 렌더링에 대한 메뉴를 제공합니다. 렌더 프리뷰는 주로 [엔터] 키를 이용한다.
프레임 일치(M) / 프레임 일치 반전(F)	타임라인에서 사용 중인 클립의 특정 장면(재생 헤드가 위치한 장면)을 소스 모니터와 매칭시킬 수 있다.
편집 추가(A) / 모든 트랙에 편집 추가(A) / 편집 트리밍(T) / 선택한 편집을 재생 헤드로 확장(X)	재생 헤드가 위치한 지점에 있는 클립을 편집, 즉 잘라주거나 세부 편집을 위한 트리밍 편집을 할 수 있는 메뉴를 제공한다.
비디오 전환 적용(V) / 오디오 전환 적용(A) / 선택 영역에 기본 전환 적용(Y)	클립과 클립 사이에 비디오 장면전환 효과나 오디오 전환 효과를 자동으로 적용하며, 기본 장면전환 효과를 적용할 수 있다.
제거(L) / 추출(E)	타임라인에서 인/아웃 포인트를 설정한 후 제거 및 추출 메뉴를 사용하여 인/아웃 포인트 구간에 있는 클립을 제거하거나 추출할 수 있다.
확대(I) / 축소(O)	타임라인을 확대/축소할 수 있다. 이 작업은 대부분 단축키나 타임라인 좌측 하단의 확대/축소 기능을 사용한다.
간격 닫기(C) / 간격으로 이동(G)	타임라인에 사용되는 클립들 사이에 공간을 메꿔주고, 재생 헤드가 있는 지점을 기준으로 가까운 편집 점으로 이동할 때 사용되는 메뉴를 제공한다.
타임라인에서 스냅(S) / 연결된 선택(L) / 재생 헤드를 선택 항목 앞에 배치(P) / 관통 편집봄 표시(U)	클립을 이동할 때 클립의 시작 점과 끝 점을 다른 클립의 편집 점이나 재생 헤드에 맞춰주는 스냅과 비디오와 오디오 채널을 연결 및 개별로 선택할 수 있게 해주는 연결된 선택, 재생 헤드 설정 등에 대한 메뉴를 제공한다.
믹스 트랙 표준화(N)...	마스터 트랙에 대한 볼륨 표준화(normalize)를 설정할 수 있다.
하위 시퀀스 만들기(M)	현재 사용 중인 시퀀스에 대한 서브(복제본) 시퀀스를 만들어준다.
시퀀스 자동 리프레임(A)... / 시퀀스 자동 받아쓰기(A)... / 시퀀스 단순화...	시퀀스 자동 리프레임하고 받아쓰고, 단순화 작업에 대한 메뉴를 제공한다.
트랙 추가(T)... / 트랙 삭제(K)...	타임라인에 새로운 트랙을 추가하거나 불필요한 트랙을 삭제할 수 있다.
캡션	캡션 자막을 추가하거나 숨기기 이동을 할 수 있는 메뉴를 제공한다.

마커(marker) 메뉴

마커는 특정 지점(시간)에 표시를 하여 정교한 편집을 하기 위해 사용하거나 장면을 찾기 위한 마커로 프리미어 프로에서는 일반적으로 편집을 위한 마커와 씬(scene) 마커와 플래시 애니메이션의 큐 마커를 만들어주는 메뉴로 구성되어있다.

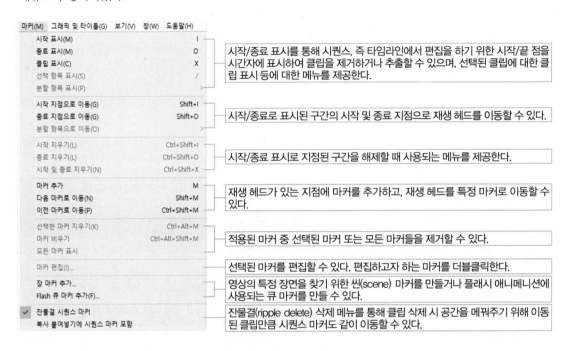

그래픽 및 타이틀(graphic & title) 메뉴

그래픽 템플릿 자막을 만들 수 있는 메뉴들로 구성되어있다.

> **똥클(똥손 클래스)**는 독자들을 위해 개설한 유튜브 채널이다. 본 도서에서 다루지 못한 다양한 동영상 편집 기법들을 지속적으로 업로드할 것이다.

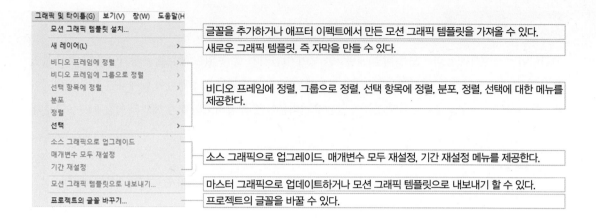

글꼴을 추가하거나 애프터 이펙트에서 만든 모션 그래픽 템플릿을 가져올 수 있다.

새로운 그래픽 템플릿, 즉 자막을 만들 수 있다.

비디오 프레임에 정렬, 그룹으로 정렬, 선택 항목에 정렬, 분포, 정렬, 선택에 대한 메뉴를 제공한다.

소스 그래픽으로 업그레이드, 매개변수 모두 재설정, 기간 재설정 메뉴를 제공한다.

마스터 그래픽으로 업데이트하거나 모션 그래픽 템플릿으로 내보내기 할 수 있다.

프로젝트의 글꼴을 바꿀 수 있다.

창(window) 메뉴

재생 시 프로그램 모니터에서 보여지는 해상도 설정, 눈금자와 안내선을 표시하거나 잠글 때 사용되는 메뉴로 구성되어있다. 프로그램 모니터에도 같은 기능들을 제공한다.

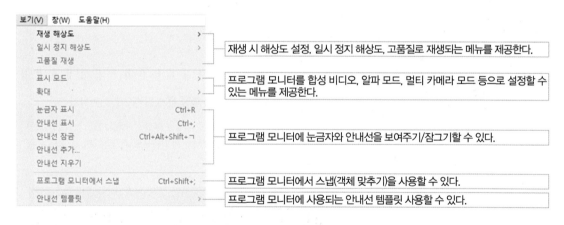

재생 시 해상도 설정, 일시 정지 해상도, 고품질로 재생되는 메뉴를 제공한다.

프로그램 모니터를 합성 비디오, 알파 모드, 멀티 카메라 모드 등으로 설정할 수 있는 메뉴를 제공한다.

프로그램 모니터에 눈금자와 안내선을 보여주기/잠그기할 수 있다.

프로그램 모니터에서 스냅(객체 맞추기)을 사용할 수 있다.

프로그램 모니터에 사용되는 안내선 템플릿 사용할 수 있다.

창(window) 메뉴

프리미어 프로에서 사용되는 모든 작업 패널들을 보이기/숨기기 할 수 있는 메뉴로 구성되어있다. 만약 불필요한 작업 패널이 인터페이스 화면에 표시될 경우에는 해당 작업 패널을 선택하여 해제하면 화면(인터페이스)에서 사라진다. 작업 패널이 어떤 것들이 있는지 여러분이 직접 살펴보면서 각 패널의 이름과 사용법에 대해 알아두기 바란다.

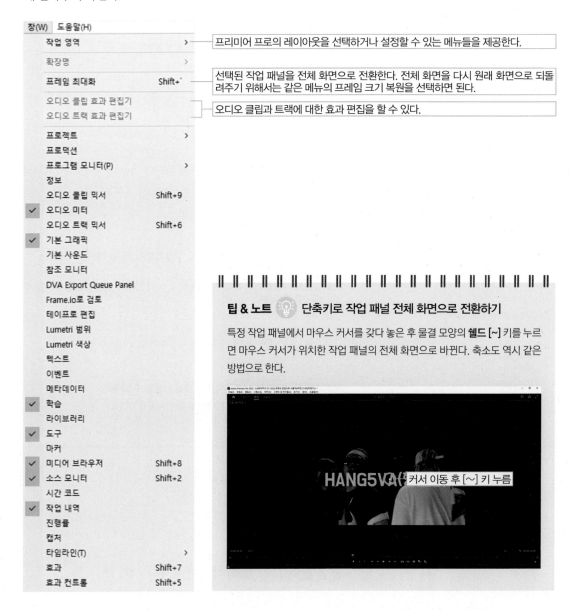

프리미어 프로의 레이아웃을 선택하거나 설정할 수 있는 메뉴들을 제공한다.

선택된 작업 패널을 전체 화면으로 전환한다. 전체 화면을 다시 원래 화면으로 되돌려주기 위해서는 같은 메뉴의 프레임 크기 복원을 선택하면 된다.

오디오 클립과 트랙에 대한 효과 편집을 할 수 있다.

팁 & 노트 💡 단축키로 작업 패널 전체 화면으로 전환하기

특정 작업 패널에서 마우스 커서를 갖다 놓은 후 물결 모양의 **쉘드 [~]** 키를 누르면 마우스 커서가 위치한 작업 패널의 전체 화면으로 바뀐다. 축소도 역시 같은 방법으로 한다.

HANG5VA(커서 이동 후 [~] 키 누름

도움말(help) 메뉴

프리미어 프로에서 사용되는 메뉴와 기능 그밖에 버전, 키보드(keyboard shortcuts) 등에 대한 정보를 도움말 문서를 통해 살펴볼 수 있다. 이와 같은 작업은 대부분 어도비 크리에이티브 클라우드에서 이루어진다. 그리고 새로운 버전이 출시할 경우 업데이트를 할 수 있다.

팁 & 노트 💡 사용자 언어(메뉴) 이중 언어로 바꾸기(Ctrl + F12)

기본적으로 프리미어 프로를 설치하면 **한글 버전**으로 설치되는데 만약 한글과 영문(또는 다른 언어)을 동시에 나타나도록 한다면 프리미어 프로가 실행된 상태에서 **[Ctrl] + [F12]** 키를 누른다. 콘솔 창이 뜨면 **플라이아웃** 메뉴에서 **Debug Database View** 메뉴를 선택한 후 **검색기**에 **Application**이라고 입력하여 **애플리케이션 랭귀지**가 나타나도록 한다. 그다음 **사용할 언어(한글 ko_KR/영문 en_US)**를 입력하고, **true**를 체크한 후 프리미어 프로를 **종료**했다 **다시 실행**하면 한글과 영문 메뉴가 동시에 나타난다.

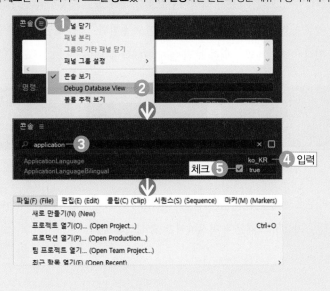

⏱ 레이아웃 프리셋 설정하기(인터페이스 설정)

우측 상단의 ❶**작업 영역(레이아웃 프리셋)**은 즐겨 사용되는 작업 레이아웃을 미리 만들어놓은 것이다. 각 작업 상황에 맞게 설정하면 보다 편리하게 작업을 수행할 수 있다. 예를 들어 기본 레이아웃인 편집에서 ❷**오디오**를 선택하면 오디오 작업에 적합한 레이아웃으로 전환된다. 자신에게 맞는 레이아웃으로 설정하여 사용하면 된다.

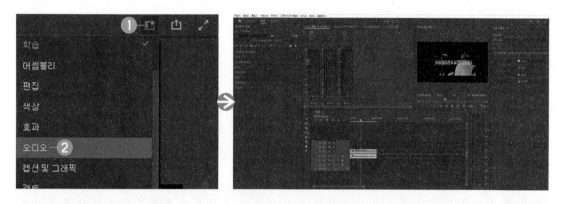

사용자 레이아웃 설정하기

프리미어 프로의 인터페이스는 패널과 프레임으로 이루어져 있다. 이 두 가지 요소를 통해 자신이 원하는 대로 레이아웃을 조절할 수 있으며, 사용자 레이아웃으로 등록해 놓고 사용할 수도 있다. **마우스 커서**를 각 **작업 패널 사이**에 갖다 놓고 **드래그**하여 작업 패널의 크기를 조절한다. 작업 패널 설정은 2개 혹은 3개의 패널을 동시에 조절할 수도 있다. 아래 3개의 그림을 보면 쉽게 이해할 수 있다.

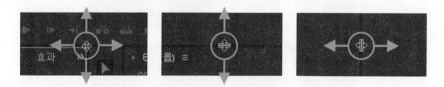

    위의 설명대로 **마우스 커서**를 각 작업 패널 사이로 갖다 놓고 자신이 원하는 레이아웃으로 설정해 본다. 설정이 잘못되면 리셋도 가능하기 때문에 걱정하지 말고 설정해 보자.

설정한 레이아웃 등록하기

앞서 설정한 레이아웃을 사용자 레이아웃에 등록하기 위해 ❶❷❸[창] - [작업 영역] - [새 작업 영역으로 저장] 메뉴를 선택한다. 새 작업 영역 설정 창이 열리면 적당한 ❹이름을 입력한 후 ❺적용한다. 그러면 사용자 정의의 새로운 레이아웃이 등록된다.

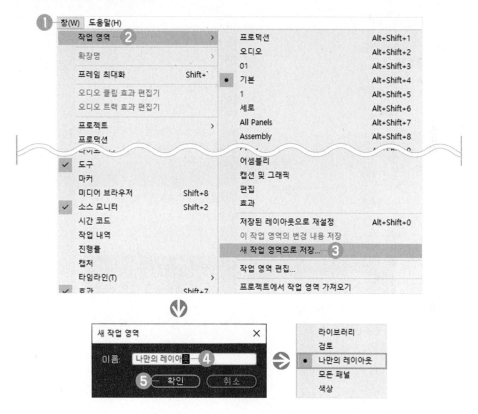

레이아웃 삭제하기

불필요한 레이아웃을 제거할 수 있다. ❶❷❸[창] - [작업 영역] - [작업 영역 편집] 메뉴를 선택하여 작업 영역 편집 창을 열어준 후 삭제하고자 하는 레이아웃을 ❹선택한 후 ❺[삭제] 버튼을 누르면 해당 레이아웃이 제거된다. 이후 ❻확인하면 된다.

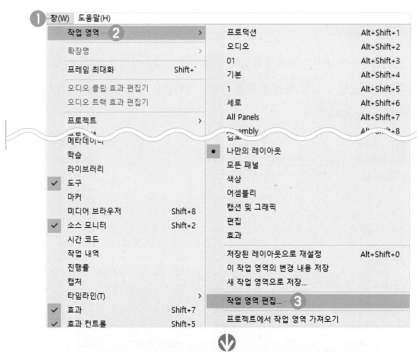

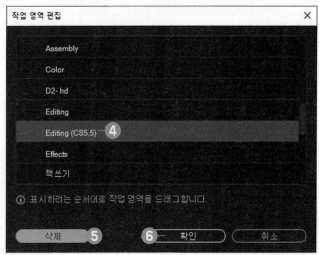

작업 패널 위치 이동하기 – 다른 프레임으로 도킹하기

프레임과 패널들은 자유롭게 위치 조정도 가능하다. 패널을 이동하기 위해 해당 패널의 **이름** 부분을 드래그하여 원하는 프레임으로 갖다 놓으면 되는데, 드래그할 때 마우스 커서의 위치에 따라 옅은 **보라색 사각형** 면들이 표시되는 것을 **드롭 존(drop zone)**이라고 한다. 다음의 그림처럼 이동할 작업 패널을 **드래그 & 드롭**하여 다른 작업 패널로 이동할 때 패널 가운데 부분에 **옅은 보라색** 사각형이 나타나면 해당 작업 패널에 그룹, 즉 도킹된다.

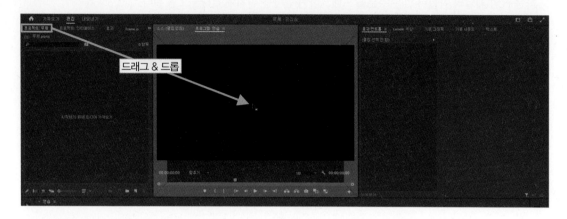

작업 패널 위치 이동하기 – 다른 위치에 개별로 사용하기

작업 패널을 다른 패널의 가운데가 아닌 **상하좌우** 드롭 존에 갖다 놓으면 해당 위치에 **새로운 프레임**으로 생성된다. 이것은 다른 패널뿐만 아니라 이동하는 패널 그룹의 드롭 존에서도 같은 결과를 얻을 수 있다.

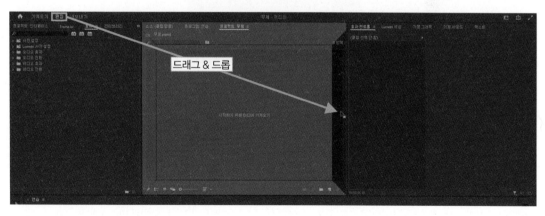

☑ 이동한 패널 다시 원래 위치로 이동할 수도 있다. [창] – [작업 영역] – [저장된 레이아웃으로 재설정] 메뉴 또는 [Alt] + [Shift] + [0]를 선택하여 해당 작업 패널을 원래 상태로 한번에 되돌릴 수 있다.

패널 그룹의 패널 위치 변경하기

패널 그룹에 있는 패널들의 위치는 사용 빈도에 따라 앞쪽으로 옮겨놓을 수 있다. 옮겨놓는 방법은 옮겨놓고자 하는 작업 패널의 이름이 있는 부분을 드래그하여 원하는 위치에 갖다놓으면 된다.

패널 닫기/열기

사용하지 않는 작업 패널은 패널 이름 왼쪽의 [X] 버튼을 클릭하여 해당 패널을 닫을 수 있으며, 다시 사용하고자 한다면 [창] 메뉴에서 열어놓을 패널을 선택하면 된다.

플라이아웃 메뉴 활용하기

플라이아웃 메뉴는 각 작업 패널 우측 상단에 있는 3개의 짧은 선으로 된 부분을 클릭하면 나타나는 메뉴이다. 이 플라이아웃 메뉴를 이용하여 해당 패널 닫기, 분리 등과 같은 공통된 기능이나 해당 패널에서만 사용되는 다양한 메뉴(기능)들을 이용할 수 있다. 지금까지 살펴본 방법을 통해 자신의 취향에 맞는 레이아웃으로 설정해 놓기 바란다.

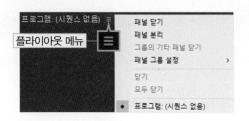

작업 패널과 도구 바 살펴보기

프리미어 프로의 작업 패널들과 도구들은 각기 다른 작업을 수행하기 때문에 각 패널과 도구들에 대한 이름과
사용법에 대해 알아두어야 한다. 이번에는 주요 패널과 도구들에 대해서 살펴본다.

프로젝트 패널 살펴보기

작업에 사용되는 모든 미디어 클립(스틸 이미지, 동영상, 오디오 등)을 가져오고, 시퀀스(타임라인), 자막, 모
양(shape) 그밖에 작업 아이템들을 관리하는 패널이다. 프로젝트 패널에서 관리되는 미디어 클립(파일)들은
각기 다른 아이콘 모양을 가지며, 폴더를 만들어 속성별로 구분해 놓을 수도 있다.

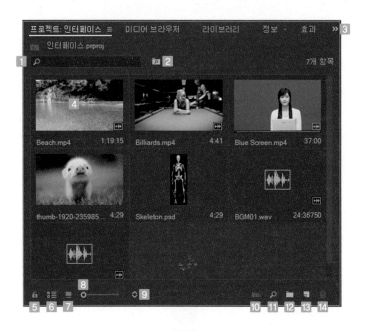

1️⃣ **저장소 콘텐트 필터링** 프로젝트 패널에 사용되는 클립을 찾아 선택해 준다. 입력된 글자(속성)에 맞는 클립을 찾을 때 유용하다.

2️⃣ **쿼리에서 새 검색 저장소 만들기** 검색할 클립의 속성을 구분하여 보다 세밀하게 클립을 찾을 수 있는 검색기를 제공한다.

3️⃣ **패널 플라이아웃 메뉴** 그룹 패널에서 숨겨진 패널을 찾아 열어준다.

4️⃣ **클립 보기** 비디오 클립을 미리 볼 수 있는 썸네일이다. 현재는 아이콘 보기로 설정되었을 때 나타나는 방식이며, 썸네일 위에 마우스 커서를 갖다 놓고 좌우로 드래그(이동)하면 해당 클립의 장면을 볼 수 있다.

5️⃣ **프로젝트 잠그기/해제하기** 프로젝트에 관리되는 모든 클립들을 사용하지 못하도록 잠가 둘 수 있다.

6️⃣ **목록 보기** 클립을 썸네일 보기가 아닌 목록 형태로 볼 수 있도록 해준다. 많은 클립들을 사용할 때 프로젝트의 공간을 줄일 수 있다.

7️⃣ **아이콘 보기** 클립을 썸네일 형태로 보여준다. 비디오/이미지 클립에 어떤 장면이 담겨있는지 가장 쉽게 파악할 수 있는 방식이다.

8️⃣ **확대/축소** 썸네일이나 목록의 크기를 조절한다.

9️⃣ **아이콘 정렬** 클립의 이름 및 시간 등의 속성을 기준으로 정렬할 수 있다.

🔟 **시퀀스 자동화** 선택한 클립을 자동으로 연결하여 시퀀스를 만들고, 타임라인에 적용한다.

⓫ **찾기** 프로젝트 패널에 있는 클립을 검색하여 찾아준다.

⓬ **새 저장소** 프로젝트 패널에 폴더를 생성하여 폴더별로 클립들을 관리할 수 있다.

⓭ **새 항목** 시퀀스, 조정 레이어, 컬러바 등의 새로운 작업 아이템을 생성한다.

⓮ **지우기** 불필요한 클립을 선택하여 삭제한다.

도구 바 살펴보기

편집 작업에 사용되는 도구들을 모아놓은 곳이다. 타임라인 패널에서 클립 선택하기, 자르기, 장면 찾기, 화면 줌 인/아웃, 모양 만들기, 자막 만들기 등의 도구들을 사용할 수 있다.

1 **선택 도구** 기본적으로 선택된 도구로 타임라인에 있는 클립을 선택하고, 이동, 인/아웃 포인트를 편집(트리밍)할 때 사용된다.

2 **앞/뒤 선택 도구** 선택한 클립을 기준으로 앞 혹은 뒤쪽에 있는 모든 클립을 한꺼번에 선택한다.

3 **잔물결 편집 도구** 클립의 재생 길이(속도)를 조절하며, 길이를 조절할 때 공간이 생기지 않도록 인접한 클립의 길이가 자동으로 조절되어 맞춰주며, 오디오 편집 시 리믹스 편집이 가능하다.

4 **자르기 도구** 클립에서 원하는 부분, 즉 장면을 잘라줄 수 있다.

5 **밀기 도구** 클립의 길이에는 변화가 생기지 않게 편집하거나 위치를 조정할 수 있다.

6 **펜 도구** 다양한 모양 아이템 객체를 만들 수 있다. 포토샵의 펜 도구와 같은 방법으로 사용된다.

7 **사각형 도구** 사각형, 원형, 다각형의 도형을 만들 수 있다.

8 **손 도구** 타임라인에서 원하는 작업 위치로 이동할 때 사용한다. 많은 클립을 사용할 때 원하는 장면으로 이동할 수 있지만 주로 마우스 휠(가운데) 버튼이나 아래쪽 스크롤 바를 사용하여 이동한다.

9 **문자 도구** 자막을 입력할 수 있다. 프로그램 모니터에 직접 입력하면 된다.

타임라인 패널 살펴보기

타임라인은 시퀀스가 생성되면 자동으로 나타나며, 미디어 클립을 편집 트랙에 갖다 적용한 후 자르거나 키프레임을 통한 애니메이션, 이펙트(효과) 적용, 변형 등의 실제 작업을 하는 공간이다. 타임라인 패널에서 제공되는 다양한 기능들을 통해 효율적인 편집을 할 수 있으며, 타임라인에 적용된 미디어 클립에서 우측 마우스 버튼을 눌러 나타나는 퀵 메뉴를 통해 신속한 작업을 할 수 있다.

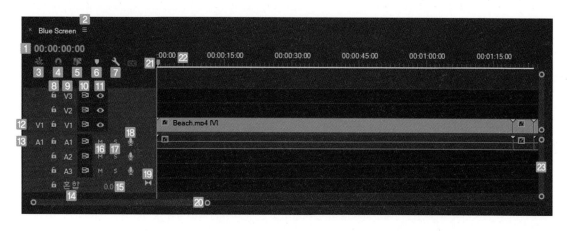

1 **타임코드(재생 헤드 위치)** 작업 시간에 대한 정보를 타임코드 형태로 나타내며, **시간:분:초:프레임** 단위로 구분한다. 타임코드 위에 마우스 커서를 갖다 놓고 좌우로 드래그하여 시간을 설정할 수 있으며, 클릭하여 직접 입력할 수도 있다.

② **플라이아웃 메뉴** 타임라인에서 제공되는 플라이아웃 메뉴를 사용할 수 있다.

③ **시퀀스 중첩 또는 개별 클립으로 삽입 또는 덮어쓰기** 시퀀스를 다른 시퀀스, 즉 타임라인에 클립 형태로 적용할 때 시퀀스 클립을 하나의 시퀀스 형태로 적용할 것인지, 시퀀스에 사용된 클립들을 개별로 분리된 상태로 적용할 것인지 설정할 수 있다.

④ **스냅** 클립을 이동할 때 다른 클립의 편집 점, 즉 인/아웃 포인트(시작/끝 점) 또는 재생 헤드에 정확하게 맞춰줄 수 있게 해준다.

⑤ **연결된 선택** 오디오가 포함된 비디오 클립을 동시에 이동하거나 해제하여 개별로 이동할 수 있게 해준다.

⑥ **마커 추가** 마커를 추가할 수 있다. 마커는 재생 헤드가 위치한 지점에 생성되며, 클립이 선택되면 클립 마커, 클립이 선택되지 않으면 시간자에 시퀀스 마커가 생성된다.

⑦ **타임라인 표시 설정** 타임라인 패널에 표시될 클립의 속성을 설정한다.

⑧ **트랙 잠금 켜기/끄기** 해당 트랙에 적용된 클립을 사용하지 못하도록 잠가둘 수 있다.

⑨ **트랙 대상 지정 켜기/끄기** 소스 모니터에 있는 클립을 타임라인에 적용할 때 적용되는 클립의 길이에 영향을 받거나 받지 않는 트랙을 선택할 수 있다.

⑩ **동기화 잠금 전환** 해당 트랙이 다른 트랙의 영향을 받지 않도록 설정한다.

⑪ **트랙 출력 켜기/끄기** 비디오 트랙에서 사용되며, 해당 트랙 클립들의 장면을 보이지 않도록 할 수 있다.

⑫ **비디오 클립 삽입 및 덮어쓰기** 소스 모니터에 있는 클립(비디오 부분)을 타임라인에 적용할 때 적용될 트랙을 선택할 수 있다. 선택된 트랙은 파란색으로 나타난다.

⑬ **오디오 클립 삽입 및 덮어쓰기** 소스 모니터에 있는 클립(오디오 부분)을 타임라인에 적용할 때 적용될 트랙을 선택할 수 있다. 선택된 트랙은 파란색으로 나타난다.

⑭ **혼합(마스터)** 오디오 클립 전체를 설정하는 마스터 트랙을 사용할 수 있다.

⑮ **트랙 볼륨** 마스터 트랙의 볼륨을 조절한다.

⑯ **트랙 음소거** 해당 오디오 트랙의 소리가 들리지 않도록 음소거할 수 있다.

⑰ **솔로 트랙** 해당 오디오 트랙의 소리를 솔로로 들을 수 있다.

⑱ **음성 더빙 기록** 마이크를 통한 내레이션 녹음에 사용할 녹음 트랙을 선택할 수 있다.

⑲ **오디오 채널 표시** 사용되는 오디오가 모노 혹은 스테레오, 서라운드 채널인지 확인할 수 있다.

⑳ **타임라인 확대/축소** 타임라인을 확대/축소할 수 있으며, 가운데 부분을 이동하여 원하는 시간대로 이동할 수도 있는데, 이것은 일종의 스크롤 바의 역할과 같다.

㉑ **재생 헤드** 재생 헤드가 있는 지점의 장면과 소리를 프로그램 모니터에서 보고 들을 수 있다. 재생 헤드는 편집 작업의 기준선으로 사용된다.

㉒ **시간자** 타임라인의 작업 시간에 대한 표시를 하며, 시퀀스 설정 시 표시 형식에 따라 단위가 달라진다.

㉓ **스크롤 바** 위/아래로 이동하여 트랙을 확인할 수 있다.

오디오 미터

오디오 클립의 dB(데시벨)을 램프를 통해 확인할 수 있으며, 아래쪽 [S] 버튼을 통해 좌우 채널의 소리를 개별로 들을 수 있다.

정보 패널

선택된 클립의 길이, 시작/끝 점, 재생 헤드가 위치한 지점의 시간 정보를 확인할 수 있다.

라이브러리 패널

이미지 및 동영상 마켓인 어도비 스톡에서 원하는 아이템 소스를 검색하여 곧바로 사용할 수 있다. 사용하기 위해서는 어도비 크리에이티브 클라우드에 로그인을 해야 한다.

Frame io

Frame.io는 촬영된 동영상을 실시간으로 클라우드에 전송하여 다른 작업자에게 공유할 수 있는 기능이다. 사용하기 위해서는 프레임닷아이오에 로그인해야 한다.

프로그램 모니터

프로그램 모니터는 타임라인에 적용된 클립을 편집할 때 편집되는 과정(재생 헤드가 위치한 지점)을 실시간으로 보여준다. 프로그램 모니터를 통해 타임라인의 클립을 제거하거나 추출할 수 있으며, 알파 및 멀티 카메라 편집 작업에도 유용하게 사용된다.

1 플라이아웃 메뉴 프로그램 모니터에서 제공되는 플라이아웃 메뉴를 사용할 수 있다.

2 재생 헤드 위치(타임코드) 프로그램 모니터의 재생 시간을 확인하고, 특정 장면을 찾아줄 수 있다.

3 확대/축소 레벨 선택 모니터의 화면 크기를 조절할 수 있다. 맞추기로 설정해 놓으면 프로그램 모니터 패널의 크기를 조절할 때 항상 같은 크기로 조절된다.

4 재생 해상도 선택 모니터 해상도를 설정한다. 전체로 설정하면 최상의 해상도로 보여지지만 재생 속도가 느려질 수 있다.

5 설정 프로그램 모니터에 대한 설정을 할 수 있다.

6 시작/종료 지속 시간 타임라인에 사용되는 마지막 클립을 기준으로 전체 작업 시간을 표시한다.

7 재생 헤드 프로그램 모니터에 나타나는 장면을 찾기 위한 재생 헤드이다.

8 마커 추가 프로그램 모니터에서 직접 마커를 추가할 수 있다.

9 시작/종료 표시 타임라인에 적용된 클립을 제거 및 추출하기 위한 시작과 종료 지점을 만들어준다.

10 시작/종료 지점으로 이동하기 시작과 종료로 표시된 구간의 시작 및 종료 지점으로 재생 헤드를 이동한다.

11 1프레임 이전/다음 단계 재생 헤드를 한 프레임 앞/뒤로 이동한다. 정교한 편집을 위해 사용된다.

12 재생/정지 켜기/끄기 타임라인에서 작업한 내용을 확인하기 위한 재생 및 정지를 할 수 있다. 주로 스페이스바를 사용한다.

13 제거 시작/종료로 표시된 지점의 클립을 제거한다. 잘려진 공간은 그대로 남아있다.

14 추출 시작/종료로 표시된 지점의 클립을 제거하며, 잘려진 공간은 뒤쪽 클립이 이동하여 메꿔준다.

15 프레임 내보내기 프로그램 모니터에서 보이는 장면을 정지 이미지 파일로 출력한다. 재생 헤드가 있는 지점의 장면을 PNG나 JPGE 등의 이미지 파일을 만들 때 유용하다.

16 프록시 켜기/끄기 저용량 프록시 파일을 사용할 경우 이 기능을 켜면 프록시 화면(화질)이 보이고, 끄면 원본 파일의 모습이 나타난다.

17 단추 편집기 프로그램 모니터 하단에 표시되는 기능 버튼을 추가 및 삭제할 수 있다.

팁 & 노트 💡 모니터에 기능 버튼 추가/삭제하기

모니터 하단의 기능 버튼들은 사용자에 의해 추가 및 제거할 수 있다. [단추 편집기] 버튼을 눌러 단추 편집기를 열고, 추가하고자 하는 버튼을 선택한 후 드래그하여 버튼들이 있는 바에 갖다 놓으면 되며 반대로 불필요한 버튼은 바에 있는 버튼을 드래그하여 바깥쪽으로 꺼내주면 된다.

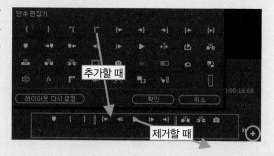

시퀀스 재설정에 대하여 ■

작업을 위해 만든 시퀀스(타임라인)는 사용되는 미디어 클립의 속성(비디오, 오디오 규격) 차이에 의해 작업 중 재설정을 통해 클립의 속성에 맞춰주어야 하는 경우도 생긴다. 작업 중 시퀀스를 재설정하기 위해서는 [시퀀스] – [시퀀스 설정] 메뉴를 이용한다.

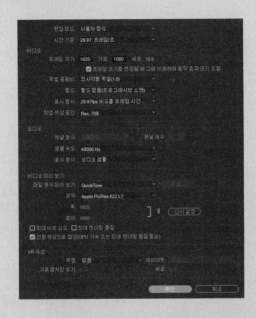

편집 모드 시퀀스의 비디오/오디오의 해상도, 화면 비율, 프레임 개수 등에 대한 규격을 선택할 수 있다.

시간 기준 초당 사용되는 프레임 개수(frame rate)를 설정할 수 있다.

프레임 크기/픽셀 종횡비 화면의 가로/세로 크기와 비율을 설정할 수 있다.

필드/표시 형식(비디오) 아날로그 방식의 비디오 편집 시 사용되며, 필드(주사) 방식과 비디오에 대한 타임코드 형식을 설정한다. 일반적으로 비디오는 30(29.97)프레임, 극장용 영화는 24프레임을 사용한다.

작업 색상 공간 프리미어 프로 작업 공간의 재현할 수 있는 색 범위를 선택할 수 있다. 수치가 높을수록 심화된 색 범위를 사용할 수 있다.

채널 형식/샘플 속도 오디오 채널과 샘플링 품질을 설정한다.

표시 형식(오디오) 비디오에 대한 타임코드 형식을 설정한다. 일반적으로 오디오는 오디오 샘플 방식을 사용한다.

파일 형식 미리 보기/코덱 작업한 내용을 재생할 때의 형식과 압축 방식을 설정한다.

폭/높이 미리 보기할 때의 가로/세로 크기를 설정한다.

VR 속성 프리미어 프로에서 360 VR로 촬영된 비디오를 편집할 때 사용되며, 사용하기 위해서는 투영을 [등장방형]으로 설정해야 한다.

사단법인 이음예술문화원 주요사업

E-um Prodigy Music Concours
이음 영재 음악 콩쿠르

E-um Prodigy Music Concert
이음 영재 음악 콘서트

E-um Piano Player Association
이음 피아노 연주자 협회

E-um Orchestra.
이음 오케스트라

E-um Youth Orchestra
이음청소년오케스트라

E-um Children's Choir
이음어린이합창단

E-um Amateur Competition
이음 아마추어 콩쿨대회

E-um Master Class
이음 마스터 클래스

E-um Orchestra Festival
이음 오케스트라 페스티벌

예술 문화의 창달과 교류 및 예술문화 발전에 기여하고,
문화예술의 창작, 보급, 예술인의 인재양성을 위해
2021년 설립된 비영리 사단법인입니다.

비 전

창조

평등 공헌

이음
사단법인 이음예술문화원
E-um Art & Culture Center

종류별 클립 가져오기

프리미어 프로는 표준 AVI, MP4를 비롯, 고화질 RED 포맷의 비디오, 디지털 카메라(DSLR)에서 사용되는 Raw 포맷 이미지, 포토샵의 PSD, 일러스트레이터의 AI나 플래시의 SWF 벡터 포맷 파일 등 수많은 파일 형식을 지원한다.

학습시간
약 07분

프리미어 프로의 가져오기 과정

프로젝트와 시퀀스 생성 후 다음 과정은 작업에 사용할 다양한 종류의 미디어 클립들을 가져오는 것이다. 클립을 가져오는 방법은 앞서 학습을 했지만 이번에는 종류별 다양한 클립을 가져오고, 그 과정에서 설정하는 방법까지 알아보도록 한다.

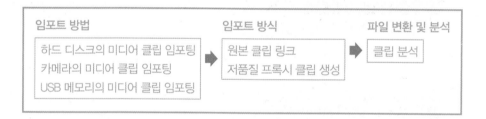

동영상 클립 가져오기

동영상 파일을 가져오는 방법은 매우 간단하며, 메뉴보다는 단축키 [Ctrl] + [I]키를 이용하게 된다. 물론 상황에 따라 프로젝트 패널의 빈 곳을 더블클릭하여 가져올 수도 있다. 프리미어 프로에서는 **외장 하드디스크**에 있는 동영상 클립(파일)과 카메라에 있는 동영상 클립 그리고 **SD 메모리 카드**에 있는 동영상 클립을 그대로 가져와 사용할 수도 있지만 가급적 PC에 내장된 **하드디스크**로 복사한 후 사용하는 것을 권장한다. USB를 이용하는 외장형 메모리(디스크)는 동영상 클립을 인식하는 속도가 느리며, 자칫 연결이 끊어졌을 때 문제가 될 수 있기 때문이다.

고용량 동영상(RED) 클립 프록시로 전환하기

레드(RED)나 알렉사(AleXa) 등의 카메라에서 촬영된 동영상은 주로 영화나 드라마 촬영을 위해 사용되는 고품질(4K, 8K 등) 동영상 클립을 말한다. 이 동영상 클립은 품질만큼이나 데이터(파일) 크기도 워낙 크기 때문에 원본을 그대로 사용하게 되면 웬만한 PC에서는 작업이 불가능할 정도로 속도가 느려진다. 그러므로 품질을 저하시켜 사용하는 **프록시(proxy)** 파일로 변환하여 작업의 부담을 줄여야 한다. 살펴보기 위해 [Ctrl] + [I] 키를 눌러 가져오기 창을 열어준 후 **[학습자료]** - [RED] 폴더에 있는 [A001.R3D] 파일을 가져온다.

☑ 프리미어 프로 2022 이상의 버전에서는 RED 카메라에서 촬영된 **R3D** 형식의 파일을 **코덱**을 설치하지 않아도 가져올 수 있다. 코덱에 대한 설명은 다음 페이지를 참고한다.

레드 클립을 가져오게 되면 다른 파일 형식과 마찬가지로 프로젝트 패널에 적용되며, 보통의 비디오 클립과 같은 아이콘(썸네일)으로 나타나는 것을 알 수 있다.

☑ 각 클립은 썸네일 우측 하단의 아이콘 모습을 통해 어떠한 파일 형식(동영상, 이미지, 오디오, 시퀀스 등)인지 구분할 수 있다.

방금 가져온 [A001.R3D] 레드 클립에서 ❶[우측 마우스 버튼]을 누른 후 나타나는 메뉴에서 ❷❸[프록시] - [프록시 만들기]를 선택한다.

코덱(codec)에 대하여 ■

코덱은 비디오, 오디오, 이미지 파일에 대한 압축 및 압축 해제, 즉 인코딩(encoding)과 디코딩(decoding)을 위한 기술로 **애플 ProRes는 퀵타임(MOV)** 표준 비디오 코덱이다. 만약 학습자료 이외에 여러분 개인이 촬영한 동영상을 사용할 경우 **MOV** 파일을 사용한다면 Apple(애플)사의 **Quicktime(퀵타임)** 코덱을 설치해야 한다. 물론 이것은 Mac(맥) 기반의 OS X 운영체제를 사용하는 분들이 아닌 Windows(윈도우즈) 운영체제를 사용하는 분들에게 해당된다. 윈도우즈를 사용을 할 경우에는 **퀵타임 플레이어**를 설치하는 것만으로도 퀵타임 코덱을 사용할 수 있다. 인터넷 검색을 통해 쉽게 설치할 수 있다.

  그밖에 AVI와 같은 일반적인 동영상을 가져올 때 문제가 된다면 해당 파일의 코덱을 확인한 후 적당한 코덱을 설치해야 하며, 이러한 것들은 대부분 통합 코덱을 설치하는 것으로 해결할 수 있다. 또한 동영상 파일 형식 중 **RED(레드)**라고 불리우는 **[R3D]** 고해상도 파일을 사용하기 위해서는 해당 코덱을 설치해야 한다. 코덱 설치는 https://www.red.com에 접속한 후 **[REDCINE-X PRO]**를 다운받아 설치하면 되며, 맥용 코덱이 필요하다면 **[RED APPLE WORKFLOW INSTALLER]**를 설치하면 된다. 또한 레드 코덱은 **학습자료** 폴더에 있는 **[Downloads - RED Digital Cinema]** 파일을 통해 해당 웹 사이트에 쉽게 접속할 수 있다.

프록시 만들기 창이 열리면 저품질(저용량) 프록시 파일로 만들어주기 위한 형식을 선택한다. 필자는 퀵타임(MOV) 파일로 만들기 위해 ❶QuickTime을 선택하였다. 그다음 세부 설정을 하기 위해 ❷**사전 설정**에서 원하는 포맷을 선택한 후 ❸**확인**하면 된다. 여기에서는 일단 아무거나 선택한다. 참고로 프록시를 사용하기 위해서는 **어도비 크리에이티브 클라우드**에서 받은 **어도비 미디어 인코더**가 설치되어있어야 한다.

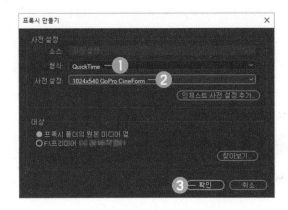

인제스트 사전 설정 추가 어도비 미디어 인코더에서 설정한 규격을 가져와 사용할 수 있다. 이것은 미디어 인코더가 설치되어있어야 한다.

대상 프록시 파일이 저장될 경로(폴더)를 선택한다. 별도로 원하는 위치가 있다면 찾아보기로 지정할 수 있다.

프록시 파일을 만들기 위한 미디어 인코더가 실행되고, 설정한 규격에 맞는 프록시 파일이 만들어진다.

방금 만든 프록시 파일이 저장된 폴더를 찾아 들어가보면 [Proxies]란 이름의 폴더에 [Aoo1_Proxy]란 MOV 파일이 생성된 것을 알 수 있다. 이제 이 비디오 클립이 고용량의 레드 파일을 대체하여 사용된다.

A001_Proxy ▲ 11MB   A001.R3D ▲ 62.5MB

☑️ 원본 레드 파일과 프록시 파일의 용량을 비교해 보면 **프록시** 파일이 **11MB**이며, **원본** 레드 파일은 **62.5MB**이다. 이렇게 줄어든 용량의 파일로 작업을 할 수 있다.

프록시 파일을 원본 파일로 교체하기

프록시 파일로 작업한 후 최종적으로 출력(파일 만들기)을 하기 위해서는 다시 고품질 원본 파일로 바꿔주어야 한다. 원본 파일로 전환하기 위해서는 프로젝트 패널에 있는 프록시 클립에서 ❶❷❸[우측 마우스 버튼] – [프록시] – [전체 해상도 미디어 다시 연결] 메뉴를 선택하면 된다.

연결 창이 열리면 다시 링크할 ❶원본 레드 파일이 선택된 것을 확인한 후 ❷[연결] 버튼을 클릭한다. 또 하나의 창이 열리면 방금 선택한 ❸원본 레드 파일을 선택한 후 ❹[확인] 버튼을 눌러 원본 파일로 교체한다.

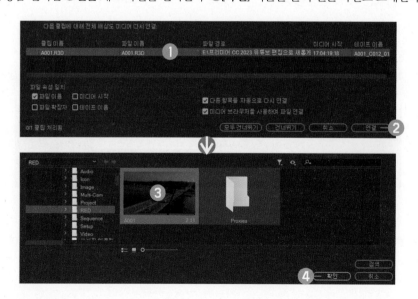

팁 & 노트 💡 스마트폰으로 촬영된 비디오 화면 비율에 대하여

스마트폰으로 촬영된 비디오는 쇼츠(숏품) 동영상에 적합한 **9:16** 비율이기 때문에 이 비율에 맞춘 별도의 시퀀스에서 사용해야만 촬영된 장면을 그대로 사용할 수 있다. 만약 일반적인 **16:9** 비율로 설정된 시퀀스에서 스마트폰 비디오를 사용하고자 한다면 화면 일부가 잘리게 되거나 강제적으로 맞춰진 비율에 맞게 사용해야 한다.

▲ 16:9 화면 비율과 맞지 않는 모습 ▲ 16:9 화면 비율에 강제로 맞춰 왜곡된 모습

◀ 스마트폰 원본 비디오

⏱ 스틸 이미지 클립 가져오기(JPG, PNG 파일 가져오기)

스틸(정지) 이미지 파일은 단순히 한 장의 사진 파일이며, 일반적으로 이미지 파일이라고 부른다. 이미지 파일은 비디오나 오디오와 다른 방식으로 가져오게 된다. 이미지 클립은 한 장으로 된 정지 이미지 형태이기 때문에 한 장의 이미지가 사용되는 길이(시간)을 조절해야 하기 때문이다. 역시 [Ctlr] + [I] 키를 눌러 가져오기 창을 열어준 후 ❶[학습자료] – [Image] – [Image19] 세로로 촬영된 이미지 파일을 ❷열기한다.

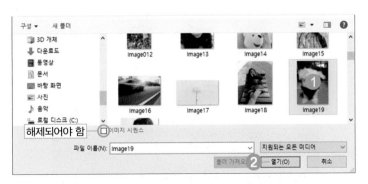

☑ 번호가 붙은 이미지 파일을 가져올 때 하나의 파일만 가져와야 한다면 가져오기 창 하단의 [이미지 시퀀스]가 해제되어야 선택된 이미지 하나만 가져올 수 있다.

스틸 이미지 기본 길이 설정하기

방금 가져온 이미지 클립을 드래그하여 프로젝트 패널 하단의 [새 항목] 아이콘 위로 갖다 놓는다. 그러면 해당 이미지 클립과 **동일한 속성(규격)**의 시퀀스가 생성되며, V1 트랙에 자동으로 적용된다.

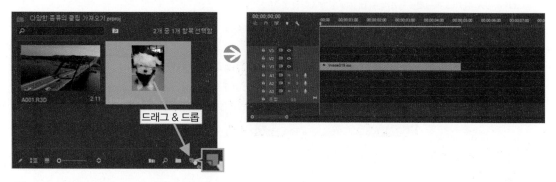

☑ 위의 방법 또한 앞서 사용했던 타임라인으로 직접 적용하는 것과 동일한 결과가 나타난다.

새로 생성된 시퀀스의 타임라인을 보면 ❶**이미지 클립**의 전체 길이가 ❷**5초(4초 29프레임)**인 것을 알 수 있다. 이렇듯 스틸 **이미지의 기본 길이**는 환경 설정에서 설정된 값에 의해 정해진다.

☑ 단축키 [↑] 또는 [↓]를 사용하여 재생 헤드를 클립의 시작/끝 점으로 쉽게 이동할 수 있다.

참고로 이미지 클립의 길이도 시작 점과 끝 점을 이동하여 원하는 길이로 조절할 수 있다. 다만 이미지 클립은 동영상과 다르게 한 장면(프레임)으로만 이루어진 클립이기 때문에 조절된 길이만큼 정지 장면이 지속될 뿐이다.

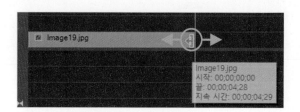

정지 이미지의 기본 길이를 설정하기 위해 ❶[편집] – [환경 설정] – [타임라인] 메뉴를 선택한다. 타임라인 항목의 ❷[스틸 이미지 기본 지속 시간]을 보면 5초로 설정된 것을 알 수 있다. 이제 이 시간을 10초로 수정한 후 ❸[OK] 버튼을 클릭하여 적용하면 이후부터는 정지 이미지 클립의 기본 길이는 10초로 사용된다.

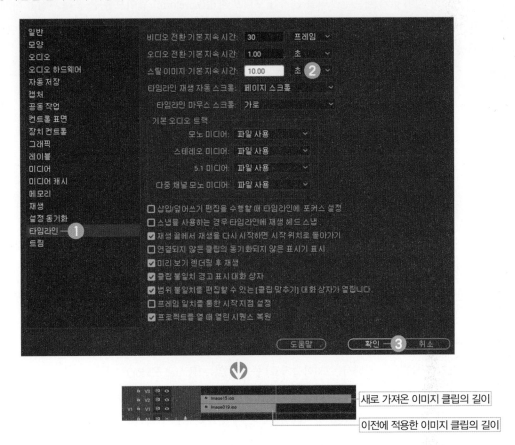

새로 가져온 이미지 클립의 길이

이전에 적용한 이미지 클립의 길이

비디오/오디오 전환 기본 지속 시간 비디오와 오디오 장면전환 효과의 기본 길이를 설정한다.

타임라인 재생 자동 스크롤 스페이스바 또는 엔터 키를 통해 타임라인에서 재생할 때 가려졌던 클립들의 모습이 타임라인에 나타나는 방식을 설정한다.

스냅을 사용하는 경우 타임라인에 재생 헤드 스냅 재생 헤드를 이동할 때 클립의 인/아웃 포인트(시작/끝 점)에도 스냅이 작동되도록 설정한다.

⏱ 오디오 클립 가져오기

오디오 클립을 가져올 때는 특별한 설정이 없으며, 동영상처럼 오디오 클립 자체의 길이로 사용된다. 오디오 클립은 장면(화면)이 없기 때문에 소리를 듣거나 **오디오 파형(waveform: 웨이브폼)**을 통해 편집을 하게 되며, 프리미어 프로에서는 일반적으로 고음질 WAV 파일이나 MP3와 같은 압축형 파일 형식과 5.1 서라운드 채널인 AAC 파일 형식 등을 사용한다.

◀ 오디오 클립의 웨이브폼

오디오 클립 형식 변환하기 – 오디오 CD에서 트랙 추출하기

포맷 팩토리(format factory)는 미디어 파일 변환할 수 있는 프로그램이다. 오디오 CD에 있는 트랙을 WAV, MP3, WMA, ACC, AC3 등의 오디오 포맷으로 추출할 수 있으며, 대부분의 미디어 파일 형식을 다른 형식의 파일로 변환할 수도 있다. 예를 들어 WAV를 MP3로 변환이 가능하다는 것이다. 이것은 비단 오디오뿐만 아니라 동영상과 이미지 포맷도 서로 다른 형식으로 변환이 가능하며, DVD에 있는 영상을 AVI나 MOV, MP4 등의 파일로 추출이 가능하다.

포맷 팩토리를 사용하기 위해서는 ❶[학습자료] 폴더에 있는 [Format Factory – 무료 미디어 파일 변환기] 파일을 통해 포맷 팩토리 웹사이트로 들어가서 ❷한국어로 ❸다운로드받은 후 설치한 후 실행하면 된다. 자세한 사용법은 해당 사이트의 스크린 샷을 참고하거나 인터넷 검색을 통해 살펴보기 바란다.

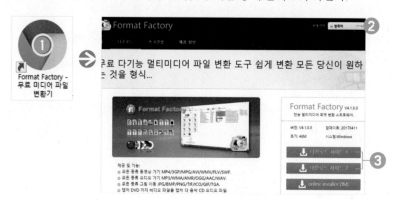

저작권 없는 음원을 제공하는 웹사이트 알아두기 ■

최근엔 유튜브에서도 저작권 문제가 없는 음원을 제공하는 채널이 늘어나고 있는데, 다음 몇몇의 채널을 이용하여 음원의 저작권 문제를 해결해 보자. 큐알 코드를 촬영(스마트폰의 모든 카메라 가능)하여 웹사이트로 들어간다. 그밖에 ROYALTY FREE MUSIC과 **유튜브 스튜디오(오디오 보관함)** 등도 살펴보기 바란다.

NCS	VLOG	브금 저장소	데이드림 사운드

저작권 없는 동영상을 제공하는 웹사이트 알아두기 ■

고화질 동영상이나 CG로 제작된 동영상을 저작권 없이 사용할 수 있는 웹사이트도 증가하고 있다. 다음의 몇몇 웹사이트를 활용해 보자.

VELOSOFY	VIDEVO	MAZWAI	SHUTTERSTOCK

저작권 없는 이미지를 제공하는 웹사이트 알아두기 ■

무료 이미지 소스를 제공하는 웹사이트는 가장 일반화되어있다. 다음의 저작권 없는 무료 이미지들을 제공하는 웹사이트들을 활용해 보자.

PIXABAY	UNSPLASH	BURST	FREEPIK

깨진 클립(파일) 다시 연결하기 ■

작업에 사용되는 파일의 경로가 바뀌거나(하드 디스크 이름이 바뀌었을 때도 해당됨) 파일이 삭제되면 프로젝트 패널과 시퀀스(타임라인)에 있는 클립들은 **물음표(?)** 모양의 아이콘과 **빨간색 배경**으로 표시된다. 원본 파일에 연결된 경로를 인식하지 못하는 것이기 때문이다. 이럴 땐 경로가 깨진 클립 위에서 **[우측 마우스 버튼] - [미디어 연결]** 메뉴를 사용하여 원본 파일을 찾아 다시 링크해 주면 된다.

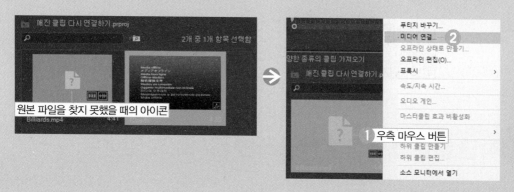

그림처럼 미디어 연결 창이 열리면 연결하고자 하는 클립을 확인한 후 **[찾기]** 버튼을 클릭하여 원본 파일을 찾아 링크를 해주면 된다. 이 작업 과정은 앞서 학습한 **프록시** 파일을 연결할 때와 동일하다.

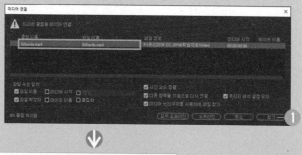

깨진 원본이 다시 연결된 모습

⏱ 알파 채널(투명)이 포함된 이미지 클립 가져오기

알파 채널(alpha channel)은 이미지에 투명한 정보가 포함된 파일을 말하며, JPGE나 BMP 형식은 포함되지 않고, PNG, TIFF, GIF 형식에서 사용된다. 투명 정보가 포함된 이미지는 투명한 곳에 다른 이미지(장면)와 합성된 장면을 연출할 수 있다. 살펴보기 위해 먼저 **[학습자료] - [Project]** 폴더에서 **[알파 채널]** 프로젝트 파일을 실행한다. 그러면 프로젝트 패널에 이미지 2개가 있는 것을 알 수 있으며, 소녀 인형 이미지가 V1(비디오 1) 트랙에 적용되어있는 것을 알 수 있다.

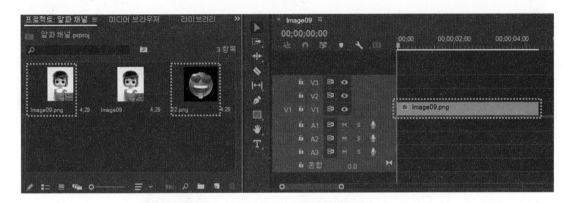

여기에서 귀여운 **아이콘 이미지(12.png)** 클립을 드래그하여 위쪽 **비디오 2(V2)** 트랙에 적용한다.

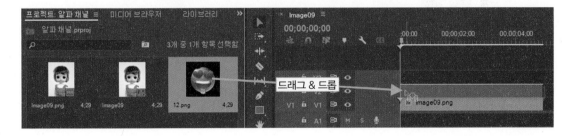

그러면 위쪽 트랙에 적용된 아이콘 이미지의 빨간색 하트와 웃는 모습의 파란색 캐릭터를 제외한 나머지 영역이 투명한 **알파 채널**이기 때문에 투명하게 처리되어 투명한 영역에는 아래쪽 트랙의 소녀 인형의 모습이 나타나는 것을 알 수 있다. 이렇듯 알파 채널이 포함된 이미지를 사용하면 위아래 두 트랙에 사용된 이미지(동영상 포함)를 자연스럽게 합성할 수 있다.

◀ 타임라인에서의 결과

☑ 프리미어 프로에서는 알파 채널이 포함된 이미지(동영상 포함)를 가져왔을 때 투명한 영역을 자동으로 빼주기 때문에 아래 그림처럼 자연스런 합성이 이루어진다.

▲ 위쪽 이미지

아래쪽 이미지 ▶

◀ 합성된 모습

알파 채널 속성 설정하기

프리미어 프로에서는 알파 채널 속성을 자동으로 분석하여 빼주는데 만약 알파 채널을 사용하지 않거나 알파 채널 영역을 반전 혹은 알파 채널 적용 방식을 변경해야 할 경우에는 별도의 설정이 필요하다. 알파 채널의 속성을 설정하기 위해서는 알파 채널이 포함된 이미지 클립에서 ❶❷❸[우측 마우스 버튼] - [수정(modify)] - [푸티지 해석(interpret footage)] 메뉴를 사용하면 된다.

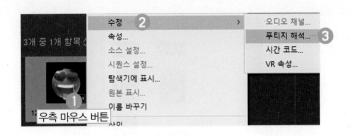

클립 수정 창이 열리면 **푸티지 해석(interpret footage)** 항목의 **알파 채널**에서 알파 채널에 대한 설정을 할 수 있다. 만약 알파 채널 영역의 경계가 깔끔하지 않게 처리된다면 **곱하기 방식**을 변경해 보고, 알파 채널을 사용하지 않을 것이라면 **무시**, 영역 반전을 원한다면 **반전**을 사용하면 된다.

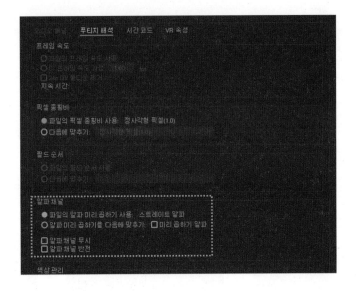

⏱ 포토샵(PSD) 이미지 클립 가져오기

포토샵 파일인 PSD는 기본적으로 알파 채널이 포함되어있으며, 다른 이미지 파일과는 다르게 작업 내용이 각각의 **레이어 구조**로 되어있어 사용된 레이어들을 개별로 사용할 것인지 아니면 통합된 상태로 사용할 것인지 설정을 할 수 있다. 또한 레이어에서 사용된 이미지를 크기별로 사용할 것인지 아니면 전체 작업 크기로 사용할 것인지에 따라 설정이 달라진다. 살펴보기 위해 [Ctrl] + [I] 키를 눌러 가져오기 창을 열어준 후 ❶❷[학습자료] - [Image] 폴더에서 ❸[동물원] 파일을 가져온다.

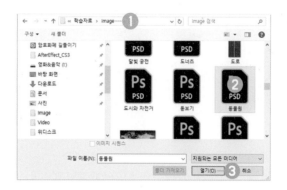

클립을 가져오기 위한 [Ctrl] + [I] 키는 기억하기로 하자.

포토샵 도큐먼트 규격에 맞게 불러오기

포토샵 파일을 가져오면 첫 번째 그림처럼 **레이어 파일 가져오기** 설정 창이 열린다. 현재는 가져오기 방식이 기본 설정인 **[모든 레이어 병합]**으로 되어있는데, 포토샵에서 사용된 모든 레이어를 하나로 합쳐서 사용한다는 의미이며, 포토샵에서 사용된 **작업(도큐먼트)** 규격을 그대로 반영하여 프리미어 프로의 시퀀스 규격으로 사용되는 방식이다. 여기에서는 일단 기본 설정 상태에서 ❶**[확인]**을 해보자. 그다음 가져온 포토샵 클립을 ❷ **[새 항목]**에 적용해 보면 포토샵에서 작업한 규격과 모든 레이어가 하나로 합쳐진 상태로 적용되는 것을 알 수 있다.

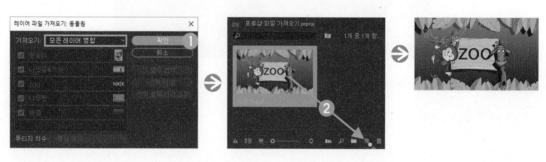

이번에는 다른 방법으로 가져오기 위해 다시 **[동물원]** 파일을 가져온다. 이번에는 가져오기를 ❶**[병합된 레이어]**로 설정하고 ❷**[원숭이]** 레이어만 해제한 후 ❸**[확인]**을 한다. 그다음 ❹**[새 항목]**에 적용하여 새로운 시퀀스를 만들어준다. 그러면 역시 앞선 방식과 마찬가지로 포토샵 도큐먼트 규격과 동일하게 적용되는 것을 알 수 있다. 하지만 **해제된 원숭이** 레이어는 시퀀스에 포함되지 않은 것을 알 수 있다.

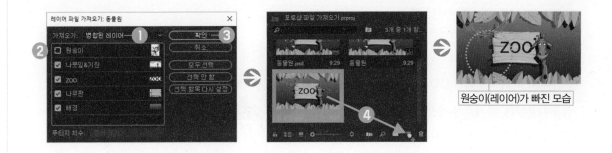

원숭이(레이어)가 빠진 모습

개별 레이어로 가져오기

이번에는 포토샵에서 사용된 레이어를 **개별**로 가져오기 위해 역시 앞서 가져왔던 [동물원] 파일을 다시 한번 가져온다. 가져오기를 ❶[개별 레이어]로 설정한 후 ❷[원숭이] 레이어만 체크한 후 ❸확인한다. 이때 아래쪽 푸티지 치수는 ❹[문서크기]로 사용한다. 그다음 ❺[새 항목]을 통해 새로운 시퀀스를 만들어보면 원숭이 레이어만 적용된 것을 알 수 있다.

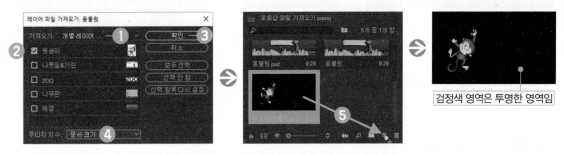

검정색 영역은 투명한 영역임

☑ 개별 레이어로 가져올 때 푸티지 치수를 문서 크기로 설정하면 포토샵 도큐먼트 크기로 사용되며, 레이어 크기로 가져오면 해당 레이어 크기로 사용된다. 아래 두 그림을 비교해 보면 쉽게 이해할 수 있다.

▲ 문서 크기로 가져온 모습　　　　▲ 레이어 크기로 가져온 모습

☑ 레이어 크기로 가져오면 해당 레이어의 크기가 프리미어 프로의 시퀀스 크기가 되며, 이미 사용되고 있는 시퀀스(타임라인)에 적용하면 해당 레이어 크기가 그대로 유지된다.

시퀀스 생성하여 가져오기

마지막으로 포토샵의 도큐먼트 크기의 시퀀스를 만들어 가져오는 방법에 대해 살펴보기 위해 [동물원] 파일을 가져온 후 가져오기를 ①[시퀀스]로 설정한 후 ②[확인]한다. 이때 아래쪽 푸티지 치수 역시 ③[문서 크기]를 사용한다. 가져온 후의 모습은 이전과는 다르게 폴더가 생성된 것을 알 수 있는데, 이 폴더를 ④[더블클릭]해 보면 폴더 안에는 포토샵에서 사용된 모든 레이어가 있으며, 맨 아래쪽에는 [동물원]이란 이름의 시퀀스가 생성된 것을 알 수 있다. 이처럼 시퀀스 형태로 포토샵 파일을 가져오게 되면 포토샵 도큐먼트 규격과 동일한 규격의 시퀀스가 자동으로 생성된다.

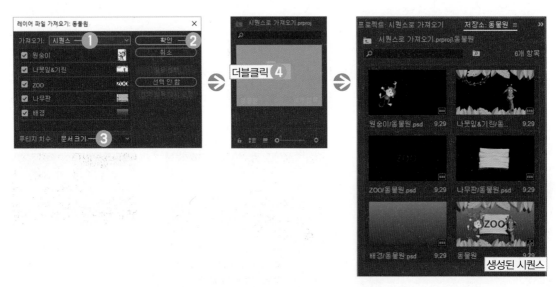

☑ 시퀀스 폴더에서 다시 원래 위치로 되돌아오려면 프로젝트 상단의 해당 시퀀스를 선택하면 된다.

⏱ 번호가 붙은 시퀀스(sequence) 이미지 클립 가져오기

번호가 붙은 **시퀀스 파일은 낱장**으로 된 스틸 이미지를 순서대로 붙여서 사용하는 것이다. 시퀀스 파일은 주로 3D 프로그램에서 제작된 결과물(애니메이션)이나 타임 랩스(time lapse 또는 인터벌) 촬영을 통한 이미지들을 동영상처럼 표현할 때 사용된다. 살펴보기 위해 [학습자료] - [Project] - [관객] 프로젝트 파일을 열어준다. 관객 프로젝트에는 [LED Screen]이라는 클립이 타임라인에 적용된 것을 알 수 있다.

알파 채널이 포함된 시퀀스 이미지 클립 가져오기

알파 채널이 포함된 시퀀스 이미지 클립은 주로 다른 영상과 합성을 위해 사용한다. 살펴보기 ❶[학습자료] – [Sequence] – [시퀀스-관객환호] 폴더에서 ❷[관객환호_00000] 파일을 선택하고 ❸[이미지 시퀀스] 옵션을 체크한 후 ❹[열기] 버튼을 눌러 가져온다.

☑ 시퀀스 파일은 **이미지 시퀀스를 체크**해야만 번호 파일들이 합쳐지며, **선택한 파일 번호부터** 뒷번호 파일이 순서대로 이어진다.

가져온 관객환호 파일을 위쪽 **V2 트랙**에 적용한 후 확인(재생)해 보면 LED 스크린 앞으로 관객들이 환호하는 실루엣 동영상이 나타나는 것을 알 수 있다.

팁 & 노트 💡 알파 채널 경계에 대하여

알파 채널을 사용할 때 경계가 깨끗하지 않을 때가 있다. 이럴 땐 앞서 학습한 것처럼 알파 채널 클립에서 **[우측 마우스 버튼]** – **[수정] – [푸티지 해석]** 메뉴에서 **알파 채널** 항목의 몇몇 옵션을 통해 가장 깨끗하게 처리되는 방식을 사용하면 된다.

▲ 파일의 알파 미리 곱하기 사용 시   ▲ 알파 미리 곱하기를 다음에 맞추기(미리 곱하기 알파) 사용 시

타임 랩스(인터벌) 촬영 파일 가져오기

일정한 간격으로 연속 촬영된 이미지도 시퀀스 파일처럼 사용할 수 있다. 이번에는 타임 랩스로 촬영된 이미지 파일을 시퀀스 형태로 가져와 시간(속도)을 설정하는 방법에 대해 알아보자. ❶[학습자료] – [Sequence] – [Time lapse] 폴더에서 ❷[Sunset_000000] 파일을 선택한 후 ❸[이미지 시퀀스]를 체크하여 ❹열기한다.

가져온 Sunset 파일을 ❶새로운 시퀀스(타임라인)에 적용해 보면 클립의 전체 길이가 ❷3초인 것을 알 수 있다.

Sunset 파일은 일몰되는 과정을 타임 랩스로 촬영된 것으로 [스페이스바]를 눌러 확인해 보면 아주 느린 속도로 일몰되는 장면이 표현되는 것을 알 수 있다.

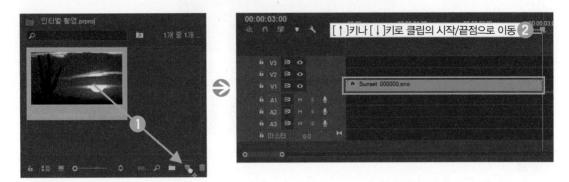

시퀀스 파일의 프레임 레이트 설정하기

프레임 레이트(프레임 개수)를 조절하는 방법은 몇 가지 있다. 그중 가장 일반적으로 사용하는 **푸지티 해석**에 대해 살펴보기 위해 앞서 프로젝트 패널에 적용한 Sunset **시퀀스** 클립에서 ❶❷❸[**우측 마우스 버튼**] – [**수정 (Modify)**] – [**푸티지 해석(interpret footage)**] 메뉴를 선택한다.

푸티지 해석 창의 프레임 속도 항목에서 파일의 **프레임 속도 사용(frame rate)**을 확인해 보면 현재는 기본적으로 29.97(frames per second)프레임으로 되어있다. 이 프레임 개수(레이트)를 조절하기 위해 아래쪽 [**이 프레임 속도 가정**]을 ❶15프레임으로 줄여준 후 ❷확인하면 30에서 15프레임으로 줄어들었기 때문에 재생 속도도 그

만큼 느려지기 때문에 클립의 최종 길이가 **3초에서 6초**로 늘어나게 된다.

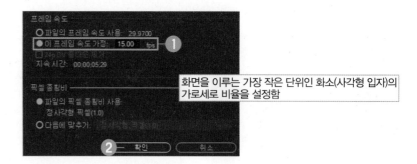

화면을 이루는 가장 작은 단위인 화소(사각형 입자)의 가로세로 비율을 설정함

이제 클립의 **끝 점(아웃 포인트)**을 우측으로 드래그하여 더 이상 늘어나지 않을 때까지 늘려준다. 이것으로 시퀀스 클립이 **6초**가 되었으며, 재생을 해보면 속도도 느려진 것을 알 수 있다.

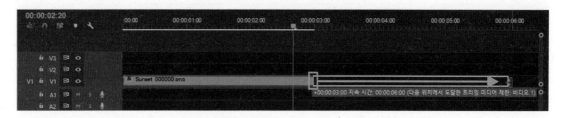

☑ 클립의 재생 속도를 조절하는 또 다른 방법은 도구 바의 **속도 조정 도구**를 이용하거나 **클립 속도/지속 시간** 기능을 사용할 수 있는데, 이 방법에 대해서는 차후 해당 학습 편에서 살펴볼 것이다.

⏱ 미디어 브라우저에서 가져오기

미디어 브라우저에서도 클립을 가져올 수 있다. ❶**미디어 브라우저**에서는 사용할 클립이 있는 곳으로 가서 적용할 클립을 ❷**직접 드래그**하여 ❸**소스 모니터**나 **타임라인**에 적용하면 된다. 살펴본 것처럼 작업에 사용할 미디어 클립은 미디어 브라우저 또는 프로젝트 패널 중 상황에 맞게 사용하면 된다.

소스 모니터에 적용 또는

타임라인에 적용

즐겨 사용하는 폴더 즐겨 찾기로 등록하기

미디어 브라우저를 사용할 때 작업에 자주 사용되는 클립들이 있는 폴더는 **즐겨 찾기**로 등록해 놓을 수 있다. 예를 들어 ❶**학습자료**의 Video 폴더를 즐겨 사용한다면 해당 폴더에서 ❷❸[우측 마우스 버튼] - [즐겨찾기에 추가] 메뉴를 선택하면 **즐겨찾기**에 해당 폴더가 등록되어 원하는 파일을 쉽게 찾아 사용할 수 있다.

Premiere Pro CC 2023 Guide for Beginner

Pr

프리미어 프로

PART 02

기본편집
Basic editing

LESSON 05

소스 모니터를 이용한 편집

PC 프로그램을 사용하는 넌리니어(non linear) 편집에서의 어셈블과 러프 편집은 편집에 사용될 클립들을 가져와 세부 편집을 하기 전의 가편집을 단계를 말한다. 이번 학습에서는 소스 모니터를 활용한 어셈블 편집을 하는 방법에 대해 알아본다.

학습시간 약 05분

소스 모니터로 클립 적용 및 편집하기

프리미어 프로에서의 기본 편집법은 편집할 클립을 먼저 소스 모니터에 갖다 놓고 **어셈블 편집**을 한 후 타임라인으로 적용하는 것이다. 물론 필자는 이 방법을 선호하지 않지만 사용자의 취향은 다양하기 때문에 한번쯤 살펴보는 것이 필요하다. 살펴보기 위해 **[학습자료] - [Project] - [소스 모니터를 이용한 어셈블 편집]** 프로젝트 파일을 실행한다.

소스 모니터에 클립 적용하기

프로젝트 패널에 있는 클립을 소스 모니터에 적용하는 방법은 여러 가지가 있다. 먼저 메뉴를 사용하여 적용하는 방법에 대해 알아보자. 앞서 실행한 프로젝트를 보면 4개의 비디오 클립이 있다. 그중 **[Salad days03.mp4]** 파일에서 ❶❷**[우측 마우스 버튼] - [소스 모니터에서 열기]** 메뉴를 선택한다. 그러면 비어있던 회색의 **소스 모니터**에 해당 클립의 모습이 나타난다.

이번에는 나머지 **3개**의 클립을 ❶**모두 선택(Ctrl 키를 누른 상태로 선택)**한 후 드래그하여 위쪽 **소스 모니터**로

갖다 놓는다. 선택된 3개의 클립이 한꺼번에 적용되었다. 소스 모니터의 ❷플라이아웃 메뉴를 보면 방금 적용된 4개의 클립이 적용된 것을 알 수 있으며, 작업에 사용할 클립을 필요에 따라 선택할 수 있다. 또한 닫기 메뉴를 통해 불필요한 클립을 소스 모니터에서 제거할 수도 있다.

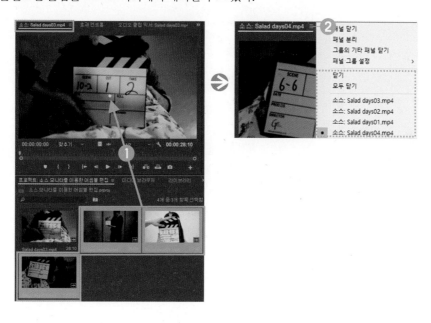

시작/끝 점 편집하기(어셈블 편집)

이제 클립의 앞뒤 장면, 즉 마크 인/아웃(mark in/out)을 지정하여 어셈블 편집 점을 지정해 본다. 먼저 ❶[Salad days01] 클립부터 편집해 보자. 재생(스페이스바)하거나 ❷재생 헤드를 이동하여 그림처럼 ❸마크 인이 될 장면을 찾아준 후 ❹[시작 표시(마크 인)] 버튼을 누른다. 그러면 현재 장면이 편집 점(인 포인트)으로 지정된다.

이번에는 **마크 아웃**이 될 장면을 찾아준 후 [**종료 표시(마크 아웃)**] 버튼을 누른다. 그러면 현재 장면이 편집 점 (아웃 포인트)으로 지정된다. 이와 같은 방법으로 특정 클립의 인/아웃 포인트를 지정하는 것이 어셈블 편집이라 할 수 있다.

어셈블 편집한 클립(장면) 타임라인에 적용하기

이제 타임라인에 적용해야 할 차례이다. 그러기 위해 먼저 타임라인(시퀀스)가 생성되어야 한다. [Ctrl] + [N] 키를 눌러 시퀀스하지 않고 이번에는 그냥 **소스 모니터**에 있는 **클립(화면)**을 **드래그**하여 아무 것도 없는 **빈 타임라인** 패널에 적용해 보자. 그러면 동영상 클립과 같은 **속성(규격)**의 시퀀스가 **생성**되면서 적용된다.

☑ 소스 모니터에서 클립을 드래그하여 적용할 때 아래쪽 [**비디오 또는 오디오만 드래그**] 아이콘을 끌어서 적용하게 되면 해당 아이콘 기능에 맞는 부분만 타임라인에 적용된다.

비디오만 적용됨 ━ 오디오만 적용됨

이번에는 **삽입(Insert: 인서트)** 기능을 사용하여 적용하기 위해 먼저 소스 모니터의 클립을 ❶[Salad days02]로 바꿔(이전 페이지 참고)준 후 원하는 장면을 ❷**마크 인/아웃(시작/종료 표시)** 지점으로 지정한다. 그다음 ❸**타임라인의 재생 헤드**를 앞서 적용한 클립의 끝 점에 갖다 놓고, 소스 모니터의 ❹**[삽입]** 버튼을 누른다. 재생 헤드가 위치한 지점을 기준으로 두 번째 클립이 적용됐다. 이러한 편집을 **3점 편집**이라고 한다.

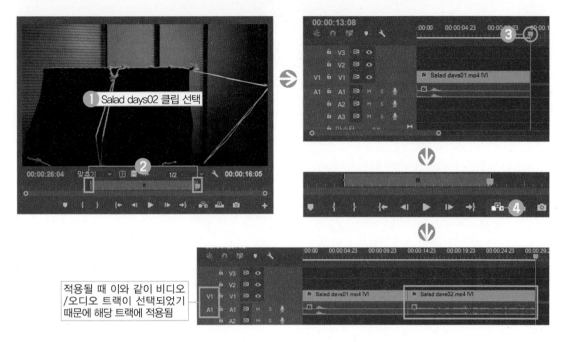

이번에는 클립 사이에 적용해 보기 위해 이번엔 소스 모니터의 클립을 ❶[Salad days03]으로 바꿔준 후 ❷**마크 인/아웃(시작/종료 표시)** 지점을 만들어준다. 그다음 타임라인의 ❸**재생 헤드**를 두 번째 적용한 **클립 가운데** 부분에 갖다 놓고, 소스 모니터의 ❹**[삽입(인서트)]** 버튼을 누른다.

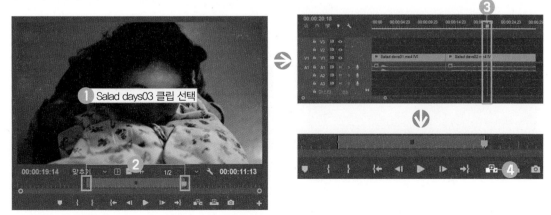

그러면 재생 헤드가 위치한 지점을 기준으로 적용되는데, 이때 앞서 적용된 두 번째 클립이 잘려지고, 잘려진 뒤쪽 부분은 적용된 클립(Salad days03)의 **길이만큼** 뒤쪽으로 밀려난다.

이번에는 **덮어쓰기**(overwrite: 오버라이트) 기능을 사용하여 적용해 보기 위해 소스 모니터의 클립을 ❶[Salad days04]로 바꿔준 후 ❷마크 인/아웃(시작/종료 표시) 지점을 만들어준다. 그다음 타임라인의 ❸재생 헤드를 앞서 적용한 클립(Salad days01)의 **가운데** 부분에 갖다 놓고 ❹[덮어쓰기] 버튼을 누른다. 그러면 재생 헤드가 위치한 지점을 기준으로 클립(Salad days04)의 **길이만큼** 첫 번째 클립(Salad days01)을 **덮어씌워**지게 된다. 이처럼 삽입과 덮어쓰기는 서로 다른 결과를 보여준다.

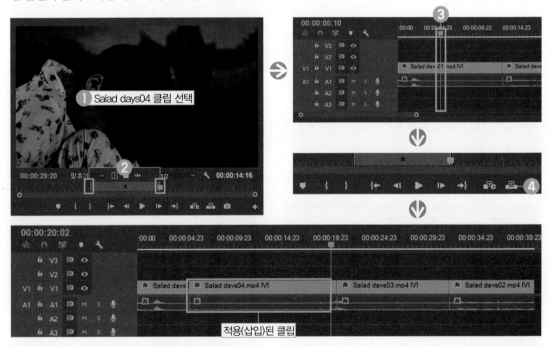

스키머로 미리 보기와 포스터 프레임 지정하기 ■

스키머(skimmer)는 프로젝트 패널에 있는 비디오 클립 위에 마우스 커서를 갖다 놓았을 때 **커서의 위치에** 따라 해당 클립의 장면이 보이게 하는 편리한 기능이다. 만약 비디오 또는 오디오 클립의 소리까지 듣고자 한 다면 해당 클립을 클릭한 후 아래쪽 재생 슬라이더를 조정하면 됩니다.

커서가 있는 곳의 장면

소스 모니터에서 편집된 시작/끝점

클릭했을 때의 재생 슬라이더

스키머 기능을 이용하면 해당 비디오 클립의 포스터 프레임을 지정할 수 있다. **포스터 프레임**은 특정 클립 이 어떤 내용을 담고 있는지 기억하기 좋은 핵심 장면을 표시하는 것이다. 포스터 프레임을 지정하기 위해 원 하는 장면에서 **[우측 마우스 버튼] – [포스터 프레임 설정]** 메뉴를 선택한다. 그러면 해당 클립의 아이콘(썸 네일)이 해당 장면으로 지정되며, 커서를 다른 곳에 위치했을 때에도 해당 클립의 썸네일은 항상 방금 지정 된 포스터 프레임의 장면으로 표시된다.

포스터 프레임으로 지정된 장면

LESSON 06

타임라인을 이용한 편집

타임라인은 다양하고 세밀한 편집이 가능하기 때문에 실제 편집은 대부분 타임라인에서 이루어진다. 필자도 타임라인에 직접 적용한 후 편집법을 선호하지만 이것은 누구를 따라하기 보다는 자신의 취향에 맞는 방법을 선택하는 것이 좋다.

학습시간 약 45분

⏱ 하나의 시퀀스에 속성(규격)이 다른 클립 사용하기

편집에 사용하는 클립의 속성(규격)이 모두 같다면 문제가 되지 않지만, 클립의 속성이 서로 다를 경우에는 특정 클립의 속성에 맞게 시퀀스를 설정해야 한다. 살펴보기 위해 [학습자료] - [Project] - [타임라인을 이용한 편집] 프로젝트 파일을 실행한다. 실행된 프로젝트에는 5개의 클립과 [MVI_0379]란 이름의 클립이 타임라인에 적용된 상태이다.

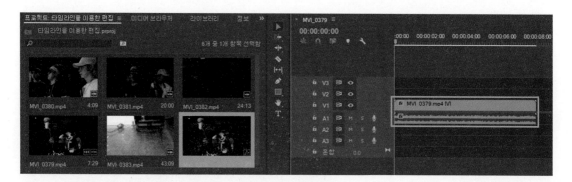

클립 속성 확인하기

프로젝트 패널에 있는 5개의 클립에 대한 속성을 확인해 보도록 하자. 먼저 타임라인에 적용된 [MVI_0379] 클립을 프로젝트 패널에서 선택한 후 ❶❷[우측 마우스 버튼] - [속성(properties)] 메뉴를 선택한다. 속성 창을 보면 해당 클립의 이미지 크기가 1920x1080, 프레임 속도(개수)가 29.97이라는 것을 알 수 있다.

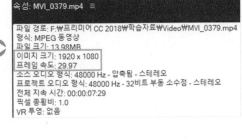

그밖에 [MVI_0380]부터 [MVI_0383] 클립을 모두 확인해 보면 이미지 크기가 **1280x720**, 프레임 속도가 **25프레**임이라는 것을 알 수 있다. 이것으로 처음 살펴본 **[MVI_0379]** 클립만 나머지 클립들과 속성이 다르다는 것을 알 수 있다.

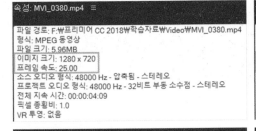
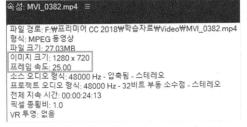

시퀀스 속성 확인하기

이번에는 현재 사용되는 시퀀스 속성에 대해 알아보기 위해 ❶❷[시퀀스] - [시퀀스 설정] 메뉴를 선택한다. 이때 타임라인이 선택(활성화)되어야 시퀀스 설정 메뉴를 사용할 수 있다.

시퀀스 설정 창을 보면 타임라인에 적용된 [MVI_0379] 클립의 속성과 같은 시간 기준(프레임 속도)이 29.97프레임, 프레임 크기(이미지 크기)가 1920x1080으로 설정된 것을 알 수 있다. 확인 후 창을 닫고 나온다.

이제 속성이 다른 [MVI_0380] 클립을 타임라인의 V2 트랙에 적용해 본다. 그러면 현재 시퀀스보다 작기 때문에 화면이 작게 나타나는 것을 알 수 있다.

시퀀스 규격에 프레임(화면) 크기 맞추기

시퀀스보다 작은 클립을 시퀀스 크기에 맞춰주기 위해 적용한 [MVI_0380] 클립을 **선택**한 후 ❶❷[**우측 마우스 버튼**] - [**프레임 크기로 비율 조정**] 메뉴를 선택한다. 그러면 현재 시퀀스 규격에 맞춰진다. 이와 같은 방법으로 시퀀스의 규격보다 작거나 혹은 큰 클립의 크기를 맞춰줄 수 있다.

☑ 현재 시퀀스와 클립의 크기와 비율이 모두 다르다면 [**프레임 크기로 설정**] 메뉴를 사용해야 한다.

시퀀스 속성을 재설정하기 위해 타임라인에 적용된 **모든 클립을 선택**한 후 [Delete] 키를 눌러 삭제한다. 그러면 프로젝트 패널의 시퀀스가 아무 것도 없는 상태(검정색)로 바뀌게 된다.

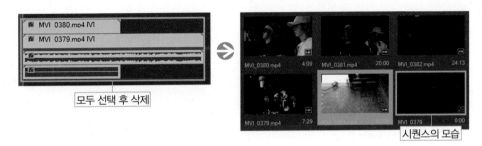

모두 선택 후 삭제

시퀀스의 모습

☑ 클립의 복수 선택은 [Ctrl] 또는 [Shift] 키를 누른 상태에서 해당 클립을 클릭하는 것이다. 보다 자세한 방법은 다음 학습에서 살펴볼 것이다.

클립 삭제 후 [MVI_0379] 클립이 아닌 그 외의 속성이 다른 클립 중 **하나(MVI_0380)**를 타임라인에 적용한다. 그러면 클립 불일치 경고 창이 뜨는데, 현재의 시퀀스 규격과 적용되는 클립의 규격이 다를 때 나타나는 대화 상자이다. 현재의 시퀀스 규격을 지금 적용한 클립의 규격에 맞추고자 한다면 [시퀀스 설정 변경] 버튼을 누르면 된다. 이와 같은 방법으로 시퀀스 설정을 간단하게 수행할 수 있다.

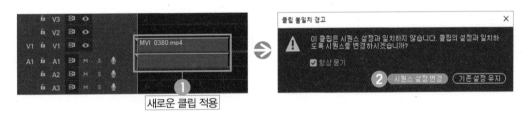

새로운 클립 적용

☑ 속성이 다른 클립들을 하나의 시퀀스에서 사용할 경우에는 작은 규격의 클립보다는 큰 규격의 클립(시퀀스)에 맞추는 것이 해상도면에서 유리하다.

⏱ 클립 선택, 복사, 이동, 삭제, 붙여넣기

편집에서 가장 기본이 되는 것은 클립을 선택하고, 복사, 이동, 삭제, 붙여넣기 하는 것이다. 이번 학습에서는 **선택 도구**를 이용하여 클립을 다루는 가장 기본적인 방법에 대해 알아본다.

클립 선택 및 이동하기

클립을 선택한다는 것은 선택된 클립을 이동, 복사, 삭제, 효과 적용, 속성 설정 등의 작업을 하기 위한 것이다. 이번 학습에서는 타임라인에서의 선택과 이동에 대해 살펴볼 것이다. 살펴보기 위해 [학습자료] - [Project] - [클립 선택 이동] 프로젝트 파일을 실행한다. 실행된 프로젝트에는 4개의 클립이 타임라인에 적용된 상태이다. 이제 ①[선택 도구]를 사용하여 이 4개의 클립 중 ②두 번째 클립을 선택한다.

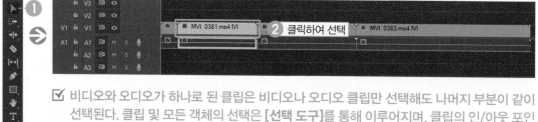

☑ 비디오와 오디오가 하나로 된 클립은 비디오나 오디오 클립만 선택해도 나머지 부분이 같이 선택된다. 클립 및 모든 객체의 선택은 [선택 도구]를 통해 이루어지며, 클립의 인/아웃 포인트를 이용한 편집 또한 선택 도구를 사용한다.

방금 선택된 클립 중 비디오 부분만 위쪽 V3 트랙으로 드래그(이동)해 본다. 그러면 오디오 부분은 원래 위치에 그대로 남아있는 것을 알 수 있다. 여기에서 오디오 부분도 아래 트랙으로 내리고자 한다면 오디오 부분을 선택한 후 아래로 내려주면 된다. 계속해서 비디오 클립을 오른쪽으로 이동해 본다. 그러면 오디오도 같이 이동된다. 이처럼 클립의 이동은 다른 트랙이나 다른 시간대로 이동하기 위한 것이다.

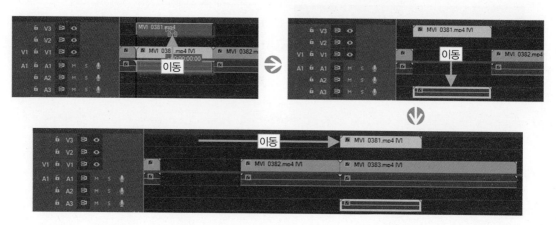

이번에는 여러 개의 클립을 선택하는 방법에 대해 알아보자. 클립의 복수 선택은 몇 가지 방법이 있다. 먼저 우측 하단의 **빈 트랙**에서 ①②③[**클릭 & 드래그 & 드롭**]하여 사각형 영역을 좌측 상단까지 만들어준다. 그러면 사각형 영역에 포함된 클립이 한꺼번에 선택된다. 선택된 클립은 한꺼번에 이동 및 삭제할 수 있다.

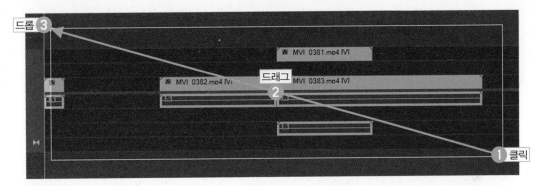

☑ 선택된 **클립**을 **해제**하기 위해서는 [Ctrl] + [Shift] + [A] 키를 누르거나 타임라인의 **빈 곳**을 **클릭**하는 것이다.

원하는 클립만 복수 선택하기 위해서는 [Shift] 키를 누른 상태에서 클립을 선택하면 된다.

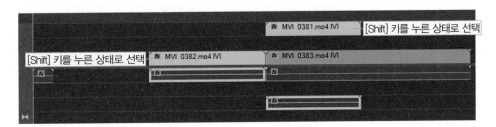

타임라인에 있는 모든 클립을 선택하고자 한다면 [Ctrl] + [A] 키를 누르면 되며, [편집] 메뉴의 [모두 선택] 메뉴로도 전체 선택을 할 수 있다.

특정 클립을 기준으로 뒤쪽의 클립을 모두 선택하고자 한다면 ❶[앞으로 트랙 선택 도구]를 이용하여 ❷첫 번째 클립을 선택하면 된다. 그러면 트랙의 개수와 상관없이 뒤쪽(오른쪽)의 모든 트랙의 클립들이 선택된다.

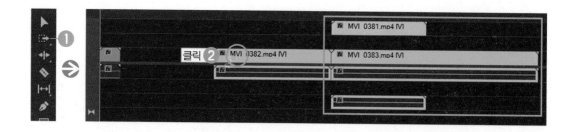

그러나 [Shift] 키를 누른 상태로 클립을 선택하면 선택한 클립이 있는 트랙의 뒤쪽 클립들만 선택된다.

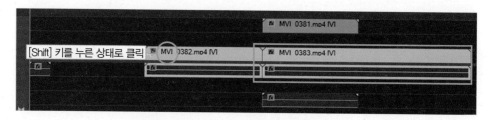

☑ 트랙 선택 도구에서 [뒤로 트랙 선택 도구]를 위와 반대로 앞쪽(왼쪽)에 있는 클립들을 선택할 수 있다.

클립 삭제하기

클립을 삭제하는 방법은 아주 간단하다. 삭제할 클립을 선택한 후 [Delete] 키를 누르면 되기 때문이다. 학습을 위해 [학습자료] – [Project] – [클립 삭제] 프로젝트 파일을 실행한다. 현재 타임라인에는 4개의 클립이 3개의 트랙에 적용된 상태이다. 여기에서 **첫 번째** 클립을 삭제하기 위해 **선택(클릭)**한다. 그다음 [Delete] 키를 눌러 삭제한다. 그러면 삭제된 클립의 길이만큼 공간이 남아있게 된다.

삭제 후 남은 공간에 다른 클립을 갖다 놓거나 뒤쪽 클립들을 끌어다 메꿔주어야 한다. 하지만 뒤쪽에 클립들이 많다면 이 또한 쉬운 작업이 아니다. 이럴 땐 앞서 살펴보았듯 **빈 곳(트랙)**을 선택한 후 [Delete] 키를 눌러 간편하게 원하는 결과를 얻을 수 있다.

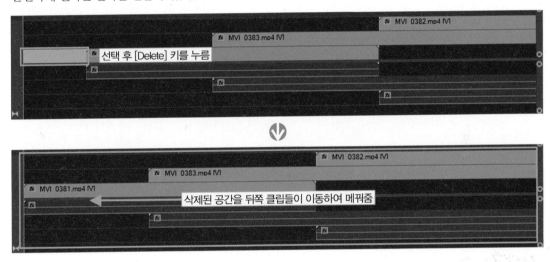

이번에는 클립을 삭제할 때 삭제된 공간을 뒤쪽 클립들이 자동으로 메꿔주는 방법에 대해 알아보기 위해 [Ctrl] + [Z] 키를 눌러 삭제되기 전으로 복귀한다. 그다음 삭제할 첫 번째 클립을 다시 선택한다.

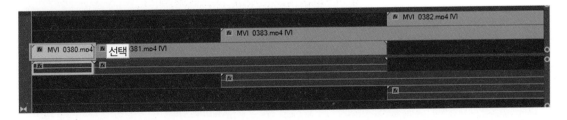

이제 ❶❷[편집] – [잔물결 삭제(ripple delete)] 메뉴를 선택하거나 단축키 [Shift] + [Delete] 키를 누른다. 그러면

선택된 클립이 삭제되고, 삭제된 공간은 뒤쪽 클립들이 이동하여 메꿔준다.

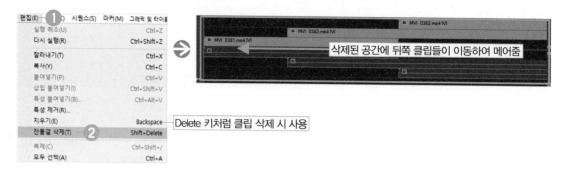

비디오/오디오 분리하여 개별로 선택, 이동, 삭제하기

비디오와 오디오가 하나로 연결된 클립에서 비디오 혹은 오디오 부분만 이동하거나 삭제하기 위해서는 분리하고자 하는 클립에서 ❶❷[우측 마우스 버튼] – [연결 해제] 메뉴를 선택하면 된다. 여기에서 오디오 부분을 선택한 후 ❸[Delete] 키를 눌러보면 오디오 부분만 삭제된다. 이렇듯 분리된 클립은 독립적으로 사용할 수 있다.

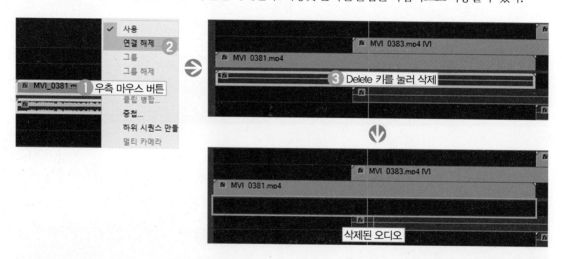

팁 & 노트 💡 분리된 클립 다시 합쳐주기

분리된 클립을 다시 합쳐주기 위해서는 합쳐주고자 하는 클립들을 선택한 후 [우측 마우스 버튼] – [연결] 메뉴를 선택하면 된다. **연결** 메뉴는 **클립(비디오/오디오)**을 이 분리되었을 때에만 사용할 수 있는 메뉴이다. **연결 해제** 메뉴를 사용했을 때 바뀐 메뉴이기 때문이다.

이번에는 도구를 이용하여 클립을 분리해 본다. 학습을 위해 방금 분리된 클립을 [연결] 메뉴를 통해 다시 합쳐준 후 타임라인 좌측 상단의 ❶[연결된 선택] 도구를 클릭하여 해제(회색)한다. 그다음 ❷오디오 부분을 드래그하여 우측으로 이동해 보면 오디오 부분만 이동되는 것을 알 수 있다.

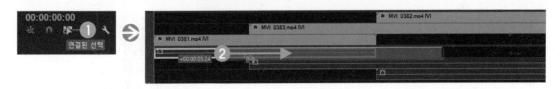

이동 후 비디오와 오디오 클립을 보면 원래의 **싱크(동기화)**가 어긋나 두 클립의 **시작 점** 부분에 **빨간색 숫자**가 나타난다. 이 수치를 통해 두 클립이 얼마큼 싱크가 틀어졌는지 알 수 있다. 하지만 연결된 선택 도구는 비디오/오디오 부분을 분리할 수는 있지만 완전히 분리되는 것이 아니다.

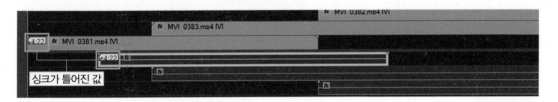

클립 복사 및 붙여넣기

클립을 복사한다는 것은 복사된 클립을 다른 곳에 반복적으로 사용하기 위해서이다. 살펴보기 위해 프로젝트를 **초기 상태**로 해준다. ❶❷[파일] – [되돌리기] 메뉴를 선택하고 ❸**예**를 한다. 이 메뉴는 마지막으로 저장되었던 상태로 프로젝트를 한번에 복귀시킬 때 사용한다.

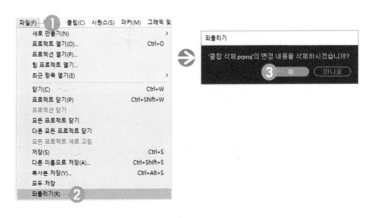

이제 복사할 클립을 ❶선택한 후 ❷❸[편집] – [복사] 메뉴를 선택하거나 단축키 [Ctrl] + [C] 키를 누른다. 일반적으로 복사는 단축키를 사용하기 때문에 꼭 기억해 두자.

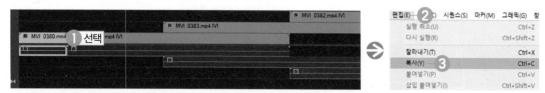

복사된 클립을 붙여넣기 위해 ❶재생 헤드를 붙여놓을 지점으로 이동하고, 붙여놓을 ❷트랙을 선택한다. 여기에서는 비디오 V2, 오디오 A2 트랙에 적용되도록 선택하였다. 그다음 ❸❹[편집] – [붙여넣기] 메뉴 또는 단축키 [Ctrl] + [V] 키를 눌러 붙여넣기 한다. 그러면 방금 설정한 지점과 트랙에 적용된다.

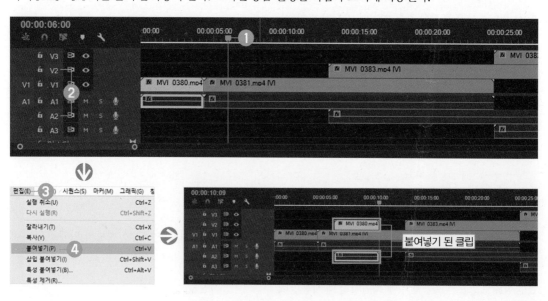

이번에는 **인서트(삽입)** 메뉴를 통해 붙여넣기 하기 위해 앞선 학습 그대로 유지된 상태에서 ❶❷[편집] – [**삽입 붙여넣기**] 메뉴 또는 [Ctrl] + [Shift] + [V] 키를 누른다. 그러면 클립 사이에 붙여넣기 된다.

스냅을 이용한 클립의 이동

스냅은 클립을 이동하고, 편집 점, 즉 클립의 인/아웃 포인트나 마커가 있는 지점에 다른 클립의 인/아웃 포인트나 재생 헤드에 **정확하게 맞춰주기** 위한 기능이다. 앞서 붙여넣기 한 2개의 클립 중 앞쪽 클립을 왼쪽으로 이동해 본다. 이동하다 보면 아래쪽 클립의 시작 점 부분에 정확하게 맞춰지는 것을 알 수 있다. 현재 스냅이 켜진 상태이기 때문이다.

 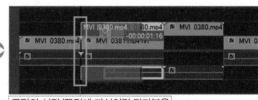

클립의 시작/끝점에 자석처럼 달라붙음

이번에는 ❶**스냅을 끄고** 클립을 ❷**이동**해 본다. 붙여넣기 된 클립 중 두 번째 클립을 왼쪽으로 이동한다. 그러면 방금 전과는 다르게 클립의 시작/끝 점을 무시하고 그냥 지나치는(겹쳐지는) 것을 알 수 있다. 이처럼 스냅은 편집 점에 정확하게 일치시키기 위해 사용되기 때문에 평소에는 켜놓고 작업하는 것이 좋다.

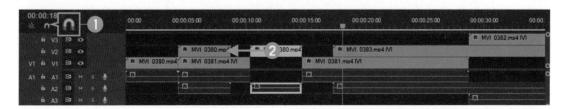

🕐 트랙 추가/삭제하기

트랙은 타임라인에서 실제 편집을 하기 위한 곳이며, 편집에 사용되는 비디오와 오디오 트랙을 원하는 만큼 추가할 수 있다. 살펴보기 위해 [학습자료] - [Project] - [트랙 추가 삭제] 프로젝트 파일을 실행한다. 실행된 프로젝트에는 3개의 트랙에 클립이 모두 적용된 상태이다.

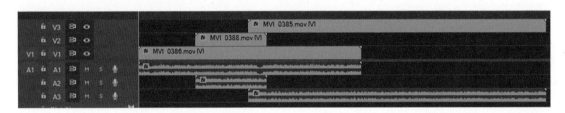

클립을 드래그하여 트랙 추가하기

트랙을 추가하는 방법은 몇 가지가 있다. 먼저 가장 쉽게 트랙을 추가하는 방법을 살펴보기 위해 프로젝트 패널에서 클립 하나를 드래그하여 V3 트랙 위쪽의 **빈 곳**에 갖다 놓는다. 그러면 빈 곳에 새로운 트랙이 생성되면서 클립이 적용된다. 이처럼 클립을 갖다 놓는 것으로도 간단하게 트랙을 추가할 수 있다.

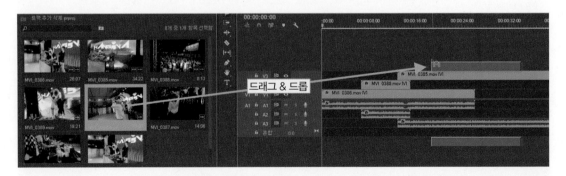

메뉴를 사용하여 트랙 추가/삭제하기

새로운 시퀀스 설정 시에는 트랙이 몇 개가 필요할지 모르기 때문에 대부분의 트랙 추가는 앞선 방법이나 이번에 살펴볼 방법을 사용하게 된다. 살펴보기 위해 [시퀀스] 메뉴를 보면 **트랙 추가/삭제** 메뉴가 있지만 일반적으로 **타임라인**의 **트랙 리스트**에서 직접 사용하기 때문에 사용 빈도가 낮다. 아무 ❶**트랙 리스트**에서 [우측 마우스 버튼]을 클릭하면 다양한 트랙 추가/삭제 관련 메뉴가 나타난다. 트랙 하나 추가/삭제는 **하나의 트랙**을 추가하거나 삭제할 때 사용되며, 아래쪽의 여러 트랙 추가/삭제는 트랙 설정 창을 제공한다. 여기에서는 ❷[여러 트랙 추가] 메뉴를 선택해 본다. 트랙 추가 설정 창이 열리면 ❸**비디오 트랙 2개**, ❹**오디오 트랙**은 0으로 설정한 후 ❺**확인**한다. 그러면 비디오 트랙만 2개 더 추가된다.

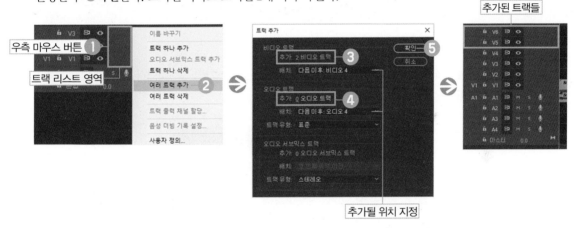

이번에는 불필요한 트랙을 삭제해 본다. 트랙 리스트에서 ❶❷[우측 마우스 버튼] - [여러 트랙 삭제]를 선택한 후 트랙 삭제 창에서 비디오 트랙만 삭제하기 위해 ❸[비디오 트랙 삭제]를 체크하고, 삭제될 대상 트랙은 ❹[모든 빈 트랙]으로 설정하여 ❺**확인**을 하면 사용되지 않는 모든 트랙이 삭제된다.

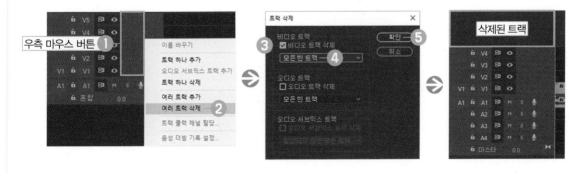

트랙의 높이 조절하기

트랙의 기본 높이는 비디오 클립의 장면(썸네일)이 보이지 않을 정도로 얇게 설정된 상태이다. 트랙의 높이 조절은 **트랙과 트랙 사이**에 마우스 커서를 갖다 놓고 원하는 높이만큼 드래그하면 된다.

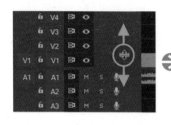 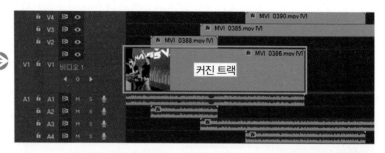

또 다른 방법으로는 높이를 조절하고자 하는 **트랙 리스트** 부분을 [**더블클릭**]하는 것이다. 그러면 해당 트랙이 정해진 높이만큼 커진다. 다시 더블클릭하면 원래 높이로 돌아온다.

☑ 트랙 이름은 트랙이 커졌을 때 이름 위에서 [**우측 마우스 버튼**] – [**이름 바꾸기**] 메뉴를 통해 바꿔줄 수 있다.

트랙(track) 이해하기 ■

트랙(track)은 일종의 레이어(layer: 계층구조)와 같은 것으로 정렬 순서(stacking order)에 따라 표현되는 부분이 달라진다. 예를 들어 타임라인 상에서 하나의 트랙이 다른 트랙보다 위쪽에 있게 되면 아래쪽 트랙에 있는 클립(동영상 및 이미지)의 모습이 위쪽 트랙의 모습에 가려지게 된다.

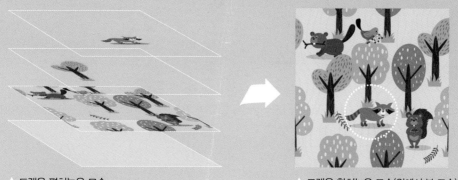

▲ 트랙을 펼쳐놓은 모습   ▲ 트랙을 합쳐놓은 모습(위에서 본 모습)

위의 그림에서 왼쪽은 여러 개의 트랙을 이해하기 좋게 펼쳐놓은 모습이고, 오른쪽은 왼쪽 그림의 트랙들을 하나로 합쳐놓은 것이다. 이렇듯 각각의 트랙에 서로 다른 장면이 담겨있으며, 장면의 투명한 부분(알파 채널)은 아래쪽 트랙과 합성된 결과물을 얻을 수 있다. 만약 위와 같은 트랙 구조에서 맨 위쪽에 있는 **너구리**를 나무가 있는 아래쪽 트랙으로 이동하게 되면 아래 그림처럼 나무에 가려져서 보이지 않게 된다. 이렇듯 트랙은 복잡한 작업을 단순화할 수 있는 최적의 공간이다.

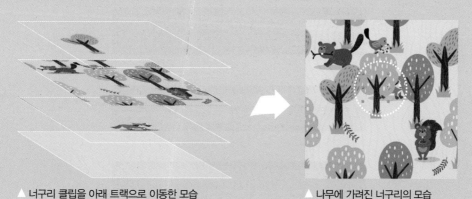

▲ 너구리 클립을 아래 트랙으로 이동한 모습   ▲ 나무에 가려진 너구리의 모습

LESSON 07

편집 도구를 이용한 편집

편집 도구는 기본적으로 클립을 타임라인에 적용하고, 클립의 인
/아웃 포인트를 이용한 편집(트리밍)과 같은 기본적인 작업부터 세
밀한 편집을 위해 사용된다. 이번 학습에서는 주요 편집 도구에 대
해 알아본다.

학습시간
약 25분

⏱ 선택 도구를 이용한 편집

선택(selection) 도구는 클립을 선택 및 이동, 자리바꿈, 클립의 인/아웃 포인트(시작/끝 점)를 이동하여 트리밍
편집 등 다양하게 활용된다. 단축키는 [V]이다.

이번 학습부터는 자신이 촬영한 클립(동영상, 오디오, 이미지 등)을 사용해도 상관없다.

인/아웃 포인트를 이용한 트리밍 편집

선택 도구는 기본적으로 클립의 시작/끝 점을 이용한 **트리밍 편집**이 가능하다. 아래 그림처럼 **클립의 시작 점**
을 잡고(클릭하고) 우측으로 드래그하거나 반대로 **클립의 끝 점**을 잡고 좌측으로 드래그하여 불필요한 장면
을 편집할 수 있다. 이때 **트리밍**되는 길이가 클립 아래쪽에 표시된다.

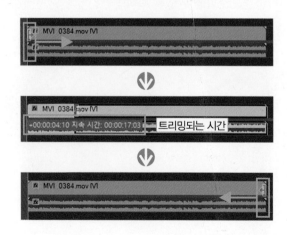

팁 & 노트 💡 핸들(handle)이란?

핸들은 클립의 시작 점(In Point)과 끝 점(Out Point)을 기준으로 **트리밍**되어 **사라진 장면(구간)**을 말한다. 이 구간은 핸들링하여 다시 복구할 수 있는 구간이기도 하다. 참고로 장면전환 효과(트랜지션)를 적용할 때에도 핸들링이 가능한 영역(구간)이 있어야 보다 자연스러운 장면전환이 연출된다. 이 부분은 차후 장면전환 효과에 대한 학습에서 자세히 살펴볼 것이다.

한 프레임씩 트리밍되는 넛지 편집 – 작은 트림 편집

넛지(nudge)는 한 프레임씩 **미세하게 트리밍**을 할 때 사용되는 기능이다. 편집 도구에 있는 기능은 아니지만 선택 도구를 이용해야 하기 때문에 살펴보도록 한다. 넛지 편집은 주로 단축키를 사용하기 때문에 [Ctrl] + [←] 또는 [Ctrl] + [→] 키를 기억하자. 살펴보기 위해 클립의 **인 포인트** 또는 **아웃 포인트**를 **선택(클릭)**한다. 그러면 선택한 엣지 부분이 **빨간색**으로 표시된다. 그다음 [Ctrl] + [←] 또는 [Ctrl] + [→] 키를 몇 번 눌러보면 1프레임 씩 트리밍되는 것을 알 수 있다. 이렇듯 넛지 편집은 프레임 단위의 세밀한 편집을 할 때 사용된다. 참고로 넛지 편집 단축키에 [Shift] 키를 더하면 **5프레임** 간격으로 편집할 수 있다.

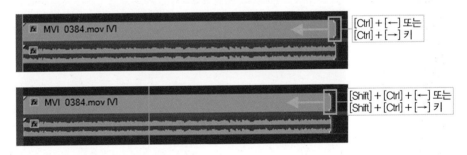

Shift 키 넛지 편집 시 간격 설정은 [편집] - [환경 설정] - [트림] 메뉴를 선택한 후 환경 설정 창에서 [복수 트림 오프셋] 시간을 원하는 간격(프레임)으로 설정하면 된다.

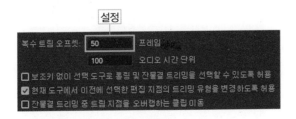

🕐 잔물결 편집 도구를 이용한 편집

잔물결 편집(ripple edit) 도구에서는 3개의 편집 도구가 제공되는데, 먼저 맨 위쪽에 있는 [**잔물결 편집 도구**]에 대해 알아본다. 잔물결 편집 도구에 대해 살펴보기 위해 2개의 클립을 타임라인에 적용한 후 적용된 두 클립의 인/아웃 포인트를 적당히 편집해 준다.

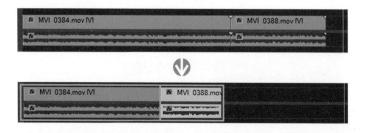

그다음 ❶**잔물결 편집 도구**를 선택한 후 ❷**클립과 클립** 사이에 커서를 갖다 놓으면 클립의 아웃 포인트에 **노란색 대괄호**가 표시된다. 이 상태가 바로 잔물결 편집 모드이다. 이 상태에서 **좌우로 드래그해** 보면 두 클립의 인/아웃 포인트를 기준으로 트리밍된다. 이때 잘려진 길이만큼 뒤쪽 클립이 이동하여 공간을 메꿔준다.

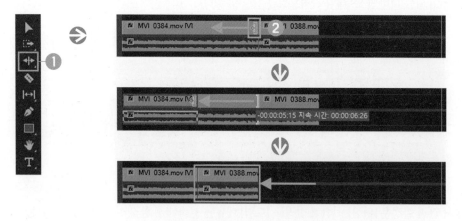

잔물결 편집을 할 때 **프로그램 모니터**를 보면 두 클립의 편집 장면을 쉽게 확인할 수 있다.

잔물결 편집 모드에서도 **넛지 편집**이 가능하다. 선택 도구처럼 인/아웃 포인트 지점을 클릭하면 **노란색**으로 표시되며, 이때 단축키 [Ctrl] + [←] 또는 [Ctrl] + [→] 키를 사용하여 한 프레임씩 트리밍하거나 [Shift] 키를 더해 **50프레임**(앞서 환경 설정에서 50프레임으로 설정했기 때문)씩 트리밍할 수 있다.

롤링 편집 도구를 이용한 편집

롤링 편집도 잔물결 편집처럼 클립과 클립 사이에 커서를 갖다 놓고 편집을 하는 도구이다. 롤링 편집 도구를 사용하기 위해 잔물결 편집 도구를 ①**꾹 누르고(클릭하고) 있으면** 나타나는 도구에서 ②**선택**한다.

이번에도 역시 인/아웃 편집이 된 2개의 클립을 사용한다. 편집된 두 클립 사이에 커서를 갖다 놓으면 **양방향 빨간색 화살표** 모양의 커서로 바뀌면 이때 좌우로 드래그하여 트리밍한다. 참고로 롤링 편집 모드는 잔물결 편집과는 다르게 잘려진 길이만큼 뒤쪽 클립의 **장면(편집된)**이 **핸들링**되어 공간을 메꿔준다. 즉 편집되는 두 클립의 전체 길이에는 영향을 주지 않는다는 것이다.

롤링 편집 모드에서도 넛지 편집이 가능하다. 인/아웃 포인트 지점을 클릭(노란색으로 표시)한 후 단축키 [Ctrl] + [←] 또는 [Ctrl] + [→] 키를 사용하여 한 프레임씩 또는 [Shift] 키를 더해 더 많은 간격으로 트리밍할 수 있다.

☑️ 같은 도구 그룹에 있는 **속도 조정 도구**와 **리믹스 도구**는 각각 클립의 속도를 조절하는 학습과 오디오 편집 편에서 살펴볼 것이다.

⏱️ 밀어넣기 도구를 이용한 편집

이번에는 밀어넣기 도구와 밀기 도구에 대해 알아본다. 이 도구는 앞서 살펴본 잔물결 편집 도구와 롤링 편집 도구와 유사하다. 먼저 **밀어넣기(Slip)** 도구에 대해 알아보자. 밀어넣기 도구는 편집된 1개의 클립에서도 사용이 가능하며, 클립의 **가운데 부분을 좌우로 드래그**하여 장면을 바꿔줄 때 사용한다. 살펴보기 위해 편집(트리밍)된 3개(1개도 가능)의 클립을 준비한다.

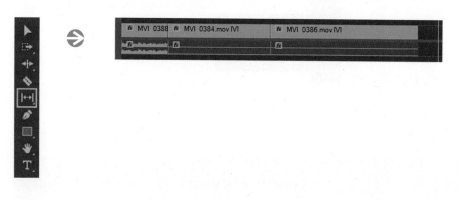

3개의 클립 중 **가운데 클립**의 중간 부분을 좌우로 드래그해 보면 클립의 길이는 유지된 상태에서 인/아웃 지점의 장면만 순환되면서 편집되는 것을 알 수 있다. 밀어넣기 도구 역시 프로그램 모니터에서 편집되는 장면을 확인할 수 있다.

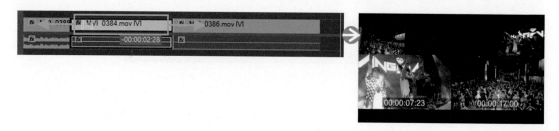

밀어넣기 도구는 편집이 된 클립이라면 아무 클립에서도 사용이 가능하다. **세 번째 클립**의 가운데 부분을 좌우로 드래그해 보면 역시 클립의 길이에는 영향을 주지 않고, 앞/뒤 장면만 바뀌는 것을 알 수 있다.

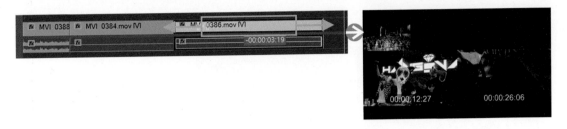

밀기 도구를 이용한 편집

밀기(slide) 도구 또한 **클립의 가운데** 부분을 좌우로 드래그하여 편집한다. 밀기 도구를 사용하기 위해서는 밀어넣기 도구를 ❶**꾹 누르고(클릭하고)** 있으면 나타나는 도구에서 ❷**선택**한다.

편집된 3개의 클립을 준비한 후 3개의 편집된 클립 중 **가운데 클립**의 중간 부분을 좌우로 드래그해 보면 클립을 좌우로 드래그할 때 이동되는 방향에 따라 왼쪽 혹은 오른쪽 클립의 인/아웃 포인트가 트리밍된다. 클립이 오른쪽으로 이동되면 좌측 클립의 아웃 포인트가 늘어나고, 우측 클립의 인 포인트는 트리밍된다는 것이다.

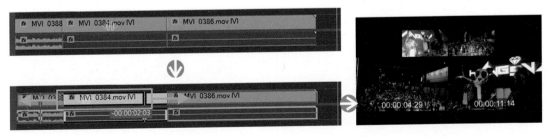

☑ 밀어넣기 도구와 비슷해 보이지만, 밀기 도구는 이동되는 클립의 거리만큼 양쪽에 있는 클립의 길이에 영향을 주게 된다.

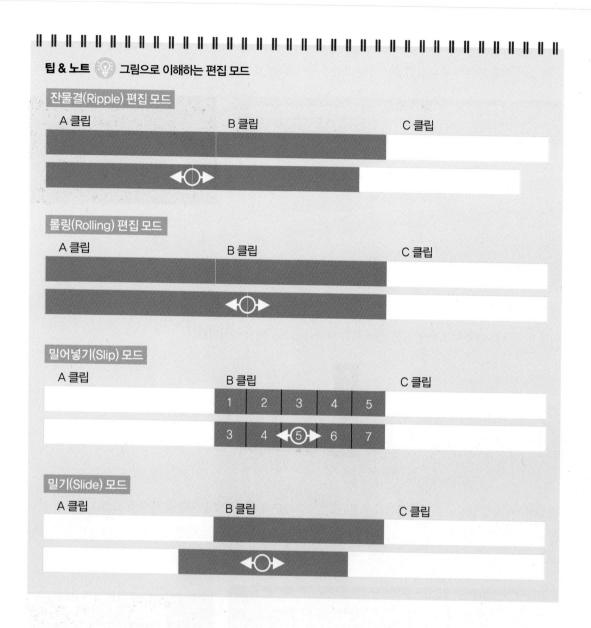

단축키를 이용한 클립(장면) 자리 바꾸기

편집 후 특정 클립(장면)의 위치를 서로 바꿔주어야 할 경우에는 단축키 [Ctrl] 키를 누를 상태에서 클립을 드래 그하여 원하는 해당 위치로 옮겨 놓으면 된다. 그림처럼 4개의 클립을 타임라인에 적용한 후 [Ctrl] 키를 누른 상태로 **세 번째** 클립을 이동하여 **두 번째** 클립의 자리와 바꿔주면 두 클립의 자리가 서로 바뀐다. 이때 마지막

네 번째 클립 앞에는 세 번째 클립의 길이만큼 공간이 생기게 되는데, 앞서 학습한 대로 **빈 곳**을 선택 및 **삭제 (delete)**하여 메꾸거나 네 번째 클립을 직접 드래그하여 메꿔주면 된다.

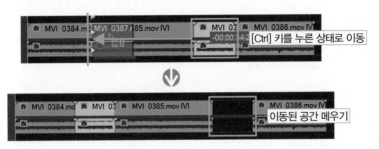

🕐 자르기 도구를 이용한 클립 자르기

자르기(razor) 도구는 클립을 잘라 분할하여 개별로 사용하거나 불필요한 클립(장면)을 삭제할 때 사용된다. 잘라주고자 하는 클립 2개를 V1과 V2 트랙에 적용한 후 **[자르기 도구]**를 선택하여 **커서**를 클립의 자르고자 하는 곳으로 이동한 후 **클릭**한다. 그러면 클릭한 지점의 클립이 잘려진다.

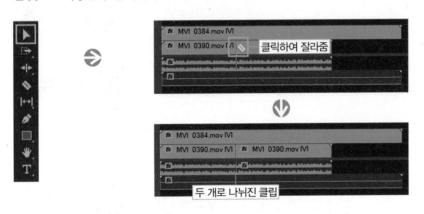

이번에는 자르고자 하는 지점으로 커서를 이동한 후 **[Shift]** 키를 누른다. 그러면 칼 모양의 커서가 양날로 바뀌게 되는데, 이때 클릭하면 클릭한 지점(시간대)의 **모든 클립들**이 잘려진다.

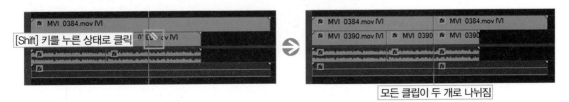

메뉴와 단축키를 이용한 클립 자르기

이번에는 메뉴와 단축키를 이용하여 클립을 잘라주는 방법에 대해 알아보기 위해 먼저 3개의 클립을 그림처럼 V1, V2, V3 트랙에 각각 적용해 놓는다.

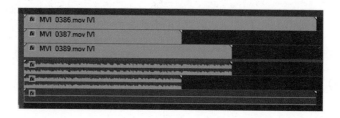

클립을 잘라주기 위해 ❶**재생 헤드**를 자르고자 하는 지점으로 이동한 후 ❷**V2**와 **A2 트랙만 켜주고** 나머지 트랙은 비활성화한다.

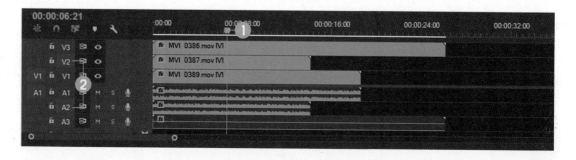

이제 ❶❷[시퀀스] - [편집 추가(add edit)] 메뉴를 선택하거나 단축키 [Ctrl] + [K] 키를 누른다. 그러면 재생 헤드와 선택된 V2, A2 트랙의 클립만 잘려지는 것을 알 수 있다.

계속해서 선택된 트랙과 상관없이 재생 헤드가 있는 지점의 **모든 클립**들을 잘라주는 방법에 대해 알아보기 위해 먼저 재생 헤드를 자르고자 하는 지점으로 이동한다.

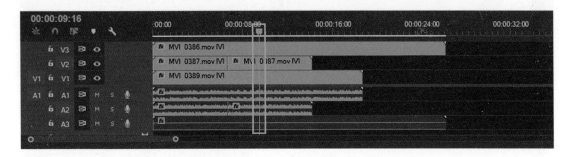

이번엔 ❶❷[시퀀스] – [모든 트랙에 편집 추가(add edit to all tracks)] 메뉴를 선택하거나 단축키 [Ctrl] + [Shift] + [K] 키를 누른다. 그러면 재생 헤드가 위치한 지점의 모든 클립들이 잘려진다. 이와 같은 방법으로 클립들을 잘라줄 수 있으며, 편집 추가 메뉴는 즐겨 사용되므로 단축키 [Ctrl] + [K]를 기억해 두자.

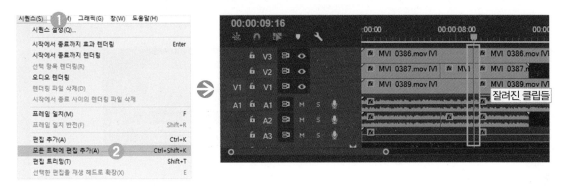

⏱ 펜 도구를 이동한 클립 투명도 조절

펜(pen) 도구는 일반적으로 마스크나 도형을 만들 때 사용하지만 비디오 클립의 투명도나 오디오 클립의 볼륨을 조절할 때도 사용된다. 살펴보기 위해 2개의 비디오 클립을 그림처럼 위/아래 트랙에 적용한 후 투명도 조절을 위해 위쪽 트랙의 높이를 ❶키워(트랙 리스트를 더블클릭해도 됨)준다. 그러면 **불투명도 조절 선**이 나타나는데, ❷**선택 도구**를 사용하여 이 ❸**조절 선을 아래로** 조금 내려본다. 조절 선을 아래로 내릴수록 해당 클립이 투명해져 위아래 클립이 서로 교차되어 나타나는 것을 알 수 있다.

위/아래 트랙의 클립이 교차된 모습 ▶

이번에는 펜 도구를 사용하여 불투명도 조절 선에 조절 포인트를 생성해 보기 위해 **[펜 도구]**를 선택한 후 그림처럼 조절 선에 **①마우스 커서**를 갖다 놓고 **②클릭**한다. 그러면 클릭한 지점에 **조절 포인트**가 생성된다.

페이드 인/아웃되는 장면 만들기

불투명도 조절 포인트로 투명했다가 나타나고, 다시 투명해 지는 **페이드 인/아웃**(fade in/out) 효과를 표현해 본다. 앞서 살펴본 방법으로 조절 선에 **①4개의 포인트**를 추가한다. 그다음 **②첫 번째 포인트**와 **마지막 포인트**를 그림처럼 맨 아래로 내려주고, 가운데 있는 두 포인트는 맨 위쪽으로 올려준다. 여기에서 아래쪽 **③V1 트랙**을 **꺼주면** 해당 트랙의 클립이 보이지 않기 때문에 불투명도를 조절한 위쪽 트랙의 클립이 처음엔 투명(검정)했다가 서서히 나타났다 사라지는 **페이드 인/아웃** 장면이 만들어진다.

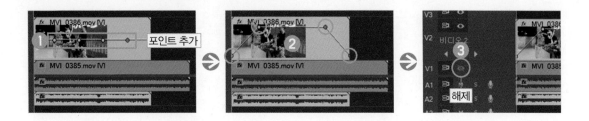

☑ **조절 포인트 삭제**는 포인트를 선택(클릭) 후 [Delete] 키를 누르면 된다. 펜 도구에 대해서는 차후 해당 학습에서 보다 자세히 살펴볼 것이다.

클릭 후 [Delete] 키

팁 & 노트 💡 모니터 해상도에 대하여

프로그램 및 소스 모니터는 편집되는 모습이 화면에 나타나기 때문에 해상도 설정이 중요한다. 해상도가 너무 높게 설정되면 재생 속도가 느려질 수 있기 때문에 작업 상황에 따라 모니터 해상도를 적절하게 조절해야 한다. 만약 재생 속도가 느려진다면 모니터의 **[재생 해상도 선택]**를 낮춰준다. [전체]가 가장 높은 해상도이며, 아래로 내려갈수록 해상도가 낮아진다.

LESSON 08

정교한 편집에 사용되는 기능들

정교한 편집이란 장면을 프레임 단위로 확대해서 하는 편집을 말한다. 프리미어 프로에서는 정교한 편집을 위해 트림 패널과 마커 등의 기능을 이용할 수 있다.

학습시간
약 22분

🕐 트림 패널을 이용한 세밀한 편집

트림(trim) 편집은 프로그램 모니터를 트림 모드로 전환하여 모니터의 장면을 보면서 세부 편집을 하기 위한 편집 방법이다. 트림 편집을 위한 모드로 전환하기 위해서는 잔물결 편집이나 롤링 편집 도구를 사용해야 한다. 살펴보기 위해 먼저 **편집된 3개의 클립**을 준비한다.

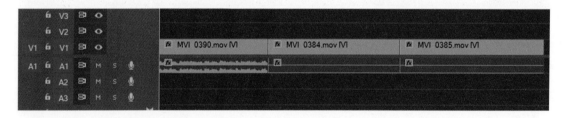

트림 패널 열어주기

트림 모니터는 편집 작업 시 즉각적으로 전환할 수 있다. 먼저 ❶[**선택 도구**]를 사용하여 적용된 3개의 클립 중 **첫 번째** 클립의 ❷**아웃 포인트**를 [**더블클릭**]한다. 그러면 아웃 포인트 지점에 **빨간색 대괄호** 표시가 나타나며, 프로그램 모니터에서 트림 모니터로 전환된다. 트림 모니터는 항상 두 개의 화면이 나타나며, 두 개의 화면 중 좌측은 앞 장면(클립), 우측은 뒤 장면(클립)을 나타낸다.

프레임 단위로 편집하기

트림 모니터 하단에 있는 버튼 기능들을 이용하여 세부 편집을 해본다. 먼저 [-50] 버튼(앞서 넛지 편집 시 50으로 설정한 수치)을 한 번 클릭한다. 그러면 선택된 아웃 포인트가 왼쪽으로 50프레임만큼 트리밍되며, 그 만큼의 공간이 생기는 것을 알 수 있다.

다시 원래 상태로 복귀하기 위해 ❶[+50] 버튼을 누른다. 이번에는 ❷[-1] 버튼을 눌러본다. 그러면 **1프레임**이 트리밍된다. 하지만 트리밍된 1프레임을 눈으로 확인하기는 쉽지 않다. 확인하기 위해서는 타임라인을 확대하는 수밖에는 없다. 여기에서 중요한 것은 **편집 도구**를 사용하여 트림 편집을 할 때 트리밍된 길이만큼 **공간**이 생긴다는 것이다.

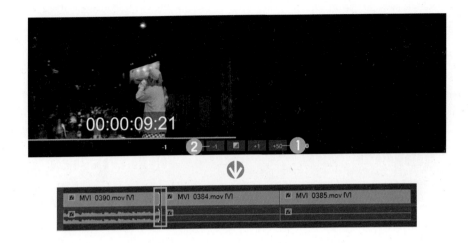

이러한 문제가 생기지 않도록 하기 위해서는 편집 도구를 통한 트림 편집보다는 **잔물결 편집 도구**나 **롤링 편집 도구**를 사용한 트림 편집을 권장한다. 이번에는 잔물결 편집 도구를 이용하여 트림 편집을 하기 위해 먼저 [+1] 버튼을 누르거나 [Ctrl] + [Z] 키를 눌러 앞서 트리밍된 지점을 다시 원래 상태로 복구한다.

이제 ①[잔물결 편집 도구]를 선택한 후 편집될 지점을 ②[더블클릭]한다. 그러면 그림처럼 **노란색 대괄호** 표시가 나타나며, 트림 모니터로 전환된다.

트림 모니터에서 [-50] 버튼을 눌러보면 선택된 지점이 왼쪽으로 50프레임만큼 트리밍되며, 트리밍된 후의 모

습을 보면 트리밍된 길이만큼 뒤쪽 클립들이 이동하여 공간을 메꿔주는 것을 알 수 있다. 이것이 잔물결 편집 도구와 선택 도구의 차이다. 마찬가지로 **롤링 편집 도구**도 도구의 특성에 맞게 트림 편집을 할 수 있다.

☑️ **트림 해제하기**는 클립의 가운데 부분이나 타임라인의 빈 곳을 클릭하는 것이다.

복수 트림 오프셋 재설정하기

현재 −50, +50으로 설정된 **복수 트림 오프셋**의 값을 재설정하기 위해 **[편집]** − **[환경 설정]** − **[트림]** 메뉴를 선택한 후 **[복수 트림 오프셋]**에서 수치를 기본값인 5로 수정하여 5프레임 단위로 트리밍되도록 한다.

기본 장면전환 효과 적용하기

트림 모니터의 장점은 정교한 편집 작업 이외에 클립과 클립 사이에 장면전환 효과를 적용할 수 있다는 것이다. 물론 여기에서 적용되는 효과는 기본 장면전환 효과인 **교차 디졸브**이다. 살펴보기 위해 트림 모니터 하단의 버튼 중에서 가운데 있는 **[선택 영역에 기본 전환 적용]** 버튼을 눌러본다. 그러면 현재 선택된 지점의 두 클립 사이에 기본 비디오 전환 효과인 교차 디졸브가 적용된다.

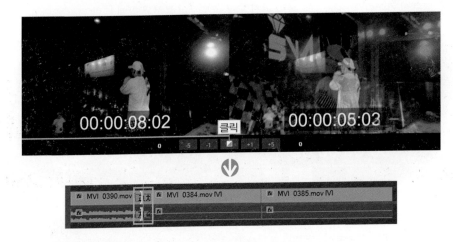

⏱ 마커를 이용한 정확한 편집

마커(marker)는 클립이나 시간자의 특정 지점을 표시하기 위해 사용되며, 표시된 지점은 클립과 클립의 위치를 맞춰주거나 영상과 오디오의 싱크를 맞춰주는 등의 작업 그리고 작업 지시 상황을 메모할 때에도 사용되며, 타임라인의 편집 점을 지정하기 위한 마크 인/아웃 영역을 만들 때에도 사용된다.

마크 인/아웃 사용하기

마크 인/아웃(mark in/out)은 편집될 구간을 지정하여 구간에 포함된 클립을 제거하거나 추출 또는 최종 출력되는 구간으로 사용된다. 살펴보기 위해 그림처럼 3개의 클립을 각각 V1, 2, 3 트랙에 갖다 놓는다.

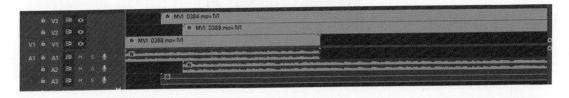

마크 인을 만들 지점으로 ❶재생 헤드를 이동한 후 ❷❸[마커] – [시작 표시] 메뉴를 선택하거나 단축키 [I]를 누른다. 그러면 재생 헤드가 위치한 지점에 마크 인이 적용된다.

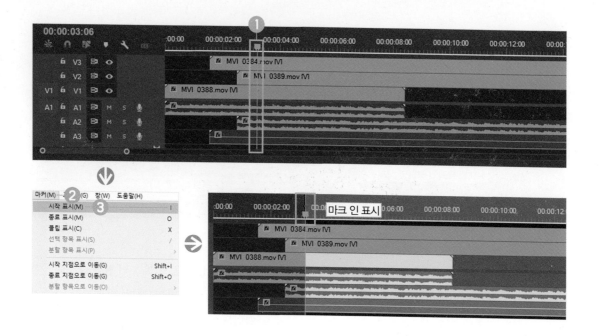

이번엔 마크 아웃을 만들기 위해 원하는 ❶위치를 지정한 후 ❷❸[마커] – [종료 표시] 메뉴를 선택하거나 단축키 [O]를 누른다. 이것으로 마크 아웃 표시까지 만들어졌다.

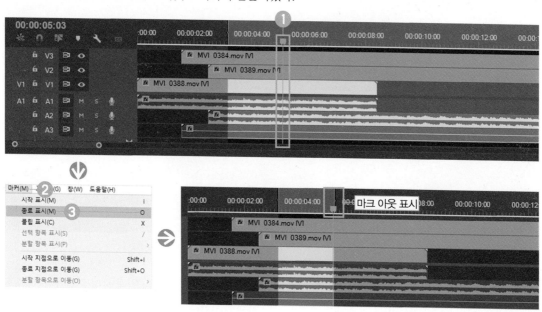

이제 마크 인/아웃으로 지정된 구간에 포함된 클립을 제거하거나 추출할 수 있게 되었다. 먼저 [Delete] 키를

눌러본다. 그러면 마크 인/아웃 구간에 포함된 클립 중 V1과 A1, 2, 3 트랙의 클립만 삭제된 것을 알 수 있다. 현재 V1과 A1, 2, 3 트랙이 선택되어있기 때문이다.

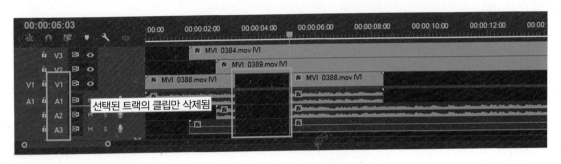

이번에는 프로그램 모니터의 제거 버튼을 이용하여 삭제해 보기 위해 [Ctrl] + [Z] 키를 눌러 **편집 전**으로 돌아간 후 앞서 선택되지 않던 V2, 3 트랙까지 선택한다. 그다음 프로그램 모니터의 [**제거**] 버튼 또는 단축키 [;]를 누른다. 그러면 V2와 V3 트랙에 있는 클립까지 모두 삭제되는 것을 알 수 있다. 하지만 앞서 살펴본 [Delete] 키를 눌렀을 때와 마찬가지로 삭제된 공간이 그대로 남아있게 된다.

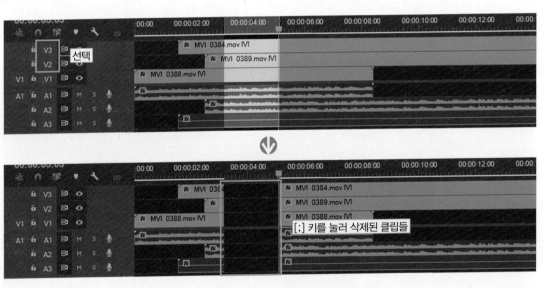

이번엔 프로그램 모니터의 추출 버튼을 사용하기 위해 [Ctrl] + [Z] 키를 눌러 다시 원래 상태로 되돌아간 후 프로그램 모니터의 [**추출**] 버튼 또는 단축키 [']키를 누르면 삭제된 공간엔 뒤쪽 클립들이 이동하여 메꿔주는 것을 알 수 있다.

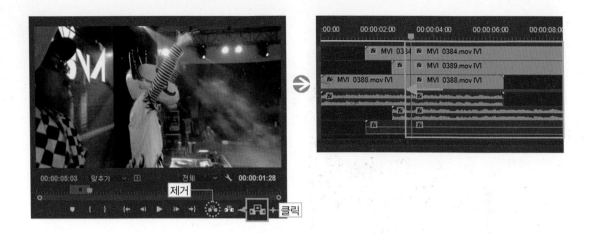

팁 & 노트 💡 **마크 인/아웃 구간 제거하기**

마크 인/아웃 구간을 없애주기 위해서는 **[마커]** 메뉴의 **[시작/종료 지우기]**나 **[시작 및 종료 지우기]** 메뉴를 사용한다.

시작 지우기(L)	Ctrl+Shift+I
종료 지우기(L)	Ctrl+Shift+O
시작 및 종료 지우기(N)	Ctrl+Shift+X

소스 모니터를 이용한 분할 항목 표시 만들기

비디오와 오디오가 있는 클립을 사용할 경우 비디오와 오디오에 대한 마크 인/아웃 지점을 개별로 지정할 수 있다. 살펴보기 위해 클립을 **소스 모니터**로 갖다 놓은 후 재생 헤드를 ❶마크 인이 될 지점으로 이동한다. 그 다음 ❷❸❹[마커] - [분할 항목 표시] - [비디오 시작] 메뉴를 선택하면 비디오 부분에만 마크 인이 표시된다.

☑ **시작/종료 지점으로 이동** 및 **분할 항목으로 이동** 메뉴를 통해 재생 헤드를 이 구간으로 이동할 수 있다.

마크 아웃 지점도 ❶재생 헤드를 이동한 후 ❷❸❹[마커] - [분할 항목 표시] - [비디오 종료]를 선택하면 된다.

이번엔 **오디오**에 대한 마크 인/아웃 구간을 만들기 위해 마크 인이 될 지점으로 ❶**재생 헤드**를 이동한 후 ❷❸
❹[마커] - [분할 항목 표시] - [오디오 시작] 메뉴를 선택한다.

같은 방법으로 [오디오 종료] 메뉴를 선택하여 오디오 부분의 마크 아웃점을 만들어줄 수 있다.

이제 소스 모니터에서 마크 인/아웃으로 설정된 클립을 **삽입**이나 **덮어쓰기** 버튼 또는 직접 **드래그**하여 타임
라인에 적용하면 비디오와 오디오가 서로 **다른 길이**로 적용된다. 이와 같이 비디오와 오디오를 개별로 **분할**

편집하는 것을 [L컷]이나 [J컷]이라고 한다.

☑️ **분할 항목 표시**는 비디오와 오디오의 최종적으로 사용될 구간만을 사용하기 위해서이다. 이 작업에서의 비디오/오디오 동기화는 해당 클립을 **연결 해제**한 후 맞춰주어야 한다.

팁 & 노트 💡 클립 표시와 선택 항목 표시의 차이

마크 인/아웃 구간 만들기 작업에서 **선택된 클립**의 길이에 대한 마크 인/아웃 구간 또는 **타임라인**에서 사용되는 **모든 클립**에 대한 마크 인/아웃 구간을 지정할 수 있다. [마커] – [클립 표시] 메뉴는 모든 클립에 대한 마크 인/아웃 구간, [마커] – [선택 항목 표시]는 선택한 클립에 대한 마크 인/아웃 구간을 지정할 때 사용된다.

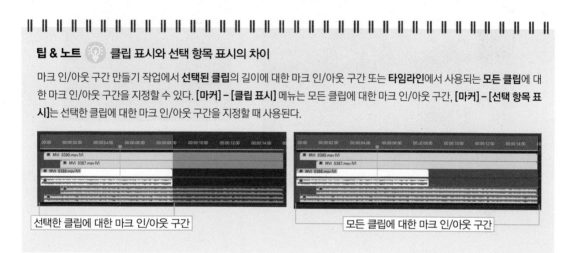

선택한 클립에 대한 마크 인/아웃 구간 | 모든 클립에 대한 마크 인/아웃 구간

4점 편집하기

일반적으로 **소스 모니터**에 적용된 클립의 **시작과 끝 점**을 편집한 후 타임라인에 있는 클립의 **시작 또는 끝 점**(재생 헤드포함)에 적용하는 것을 **3점 편집**이라고 하며, **4점 편집**은 적용될 클립의 **시작과 끝 점** 그리고 적용되는 지점의 **시작과 끝 점(마크 인/아웃 구간)**이 일치되도록 하는 것이다. 4점 편집을 하기 위해 그림처럼 타임라인에 클립을 하나 적용한 후 [I]과 [O] 키를 사용하여 마크 인/아웃 구간을 만들어준다.

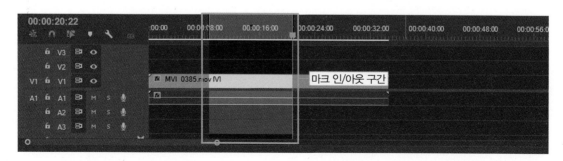

이번에는 **소스 모니터**로 클립을 하나 갖다 놓은 후 ❶**마크 인/아웃 구간**을 만들어준다. 하단에 있는 [시작 표시]와 [종료 표시] 버튼이나 단축키 [I]와 [O] 키를 사용해도 된다. 그다음 지정한 마크 인/아웃 구간을 **타임라인**에 지정된 **마크 인/아웃 구간**에 적용하기 위해 ❷[삽입] 버튼을 누르면 **클립 맞추기** 창이 열리는데, 여기에서 일단 ❸[클립 속도 변경(채우기)] 옵션을 체크한 후 ❹[확인]을 한다.

시작/종료 표시 버튼 또는 단축키 [I]와 [O] 키를 사용

그러면 클립의 길이는 적용될 **마크 인/아웃 구간**에 맞게 **속도가 조절**되어 적용된다. 예를 들어 적용되는 클립의 길이가 적용될 구간의 길이보다 짧거나 길다면 속도를 느리게 하거나 빠르게 하여 적용된다는 것이다.

속도가 조절된 클립에 표시되는 아이콘

[Ctrl] + [Z] 키를 눌러 방금 작업 것을 취소한 후 다시 소스 모니터의 [삽입] 버튼을 누른다. 클립 맞추기 창이 열리면 이번엔 ❶[소스 종료 지점 무시]를 체크한 후 ❷**적용**한다. 그러면 적용되는 클립의 마크 아웃 지점을 무시한 채 소스 모니터에서 지정된 구간이 그대로 적용된다. 가령 적용되는 클립의 길이가 적용될 구간보다 길다면 적용되는 클립의 **끝 점**이 조절되어 맞춰진다는 것이다.

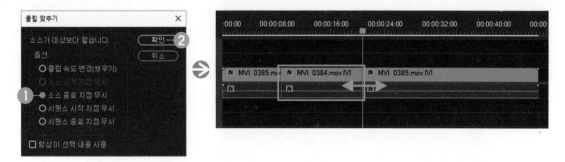

☑️ **시퀀스 시작/종료 지점 무시**는 인/아웃 지점을 무시하고, 적용되는 클립의 길이가 맞게 적용된다.

시퀀스 마커 만들기

마커는 시간자에 만들어지는 **시퀀스 마커**와 클립에 만들어지는 **클립 마커**가 있다. 이 두 마커는 전체 작업 시간과 각 클립에 대한 특정 지점을 표시할 때 사용된다. 먼저 **시퀀스 마커**를 만들어보기 위해 그림처럼 타임라인에 몇 개의 클립을 적용한 후 **재생 헤드**를 시퀀스 마커가 적용될 위치로 이동한다.

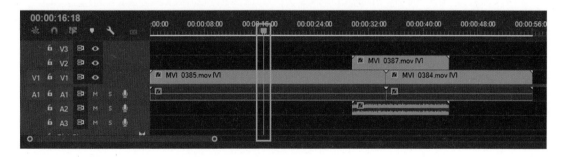

이제 시퀀스 마커를 적용하기 위해 ❶❷[마커] – [마커 추가] 메뉴 또는 단축키 ❸[M](영문 입력모드에서) 또는 타임라인의 좌측 상단 도구 중 [마커 추가] 버튼을 누른다. 이때 타임라인에는 아무 클립도 선택되지 않아야 한다. 그러면 재생 헤드가 위치한 지점에 시퀀스 마커가 적용된다.

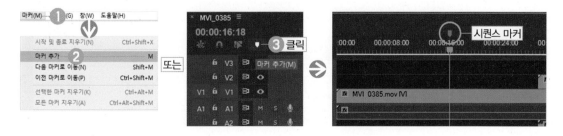

마커가 적용된 후 우측에 있는 V2 트랙의 클립을 좌측으로 이동해 보면 방금 만든 마커에 이동되는 클립의 **시작 점(또는 끝 점)이 정확하게 맞춰(스냅이 켜졌을 경우)지는** 것을 알 수 있다. 이처럼 시퀀스 마커는 작업 전체 시간에 대한 작업 지점 표시로 사용된다.

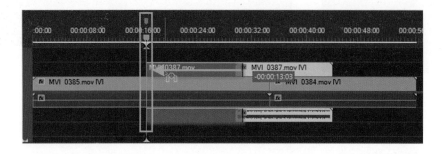

클립 마커 만들기

클립 마커는 시퀀스 마커와는 다르게 클립의 특정 장면이나 사운드에 적용하여 다른 클립의 **시작/끝 점**을 맞춰주거나 비디오와 오디오의 동기화 작업을 할 때 사용된다. 클립 마커를 만들기 위해 먼저 **마커가 적용될 클립**을 ❶**선택**한 후 마커가 적용될 지점으로 ❷**재생 헤드**를 갖다 놓는다. 그다음 앞서 시퀀스 마커를 만들 때처럼 메뉴를 사용하거나 단축키 **[M](영문 입력모드에서)** 또는 타임라인에 있는 ❸**마커 추가** 버튼을 사용하면 된다.

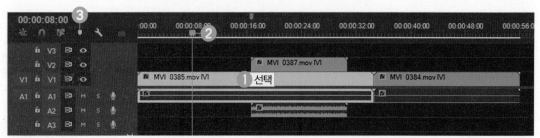

주변의 클립을 클립 마커가 있는 곳으로 이동해 보면 클립 마커에 정확하게 맞춰지는 것을 알 수 있다.

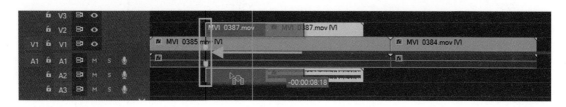

마커 삭제하기

마커 삭제는 시퀀스 마커와 클립 마커가 서로 다르다. **시퀀스 마커**의 삭제는 **타임라인**이 **활성화**된 상태에서 **[마커] - [선택한 마커 지우기]**나 **[모든 마커 지우기]** 메뉴를 사용하면 되지만, **클립 마커**는 메뉴가 아닌 **소스 모니터가 활성화**되어야 가능하다. 클립 마커를 삭제하기 위해 해당 클립을 ❶**[더블클릭]**하여 소스 모니터를 열어준다. 소스 모니터가 열리면 삭제하고자 하는 ❷**마커를 클릭(선택)**한 후 ❸❹**[마커] - [선택한 마커 지우기]** 메뉴를 선택한다. 그러면 선택한 클립 마커가 삭제된다.

삭제된 후의 모습을 보면 소스 모니터와 클립에 있던 모두 마커가 모두 제거된 것을 알 수 있다.

▲ 소스 모니터에서 삭제된 모습

타임라인 클립에서 삭제된 모습 ▶

☑ **클립 마커**는 **소스 모니터**에서 이동하며, **시퀀스 마커**는 **타임라인**에서 직접 이동한다.

마커 편집하기

마커의 이름과 색상을 수정하거나 마커에 대한 설명(주석)을 달거나 그밖에 장(snene) 마커, 웹 링크, 플래시 큐 포인트로 사용할 수 있다. 시퀀스 마커는 타임라인에서, 클립 마커는 소스 모니터에 적용된 마커를 **[더블클릭]**하여 마커를 설정할 수 있다. 살펴보기 위해 편집할 일단 시퀀스 마커를 ❶**[더블클릭]**하여 편집기를 열어준다. 마커 편집기가 열리면 일단 마커의 ❷❸**이름과 주석(설명)**을 입력하고, ❹**마커 색상**을 변경(필자는 빨간색으로 했음)한다. 그리고 ❺**마커 방식**은 **설명** 마커로 사용한다. ❻**적용** 후 마우스 커서를 ❼**시퀀스 마커**로 가져가면 방금 설정한 마커의 이름과 주석이 나타난다.

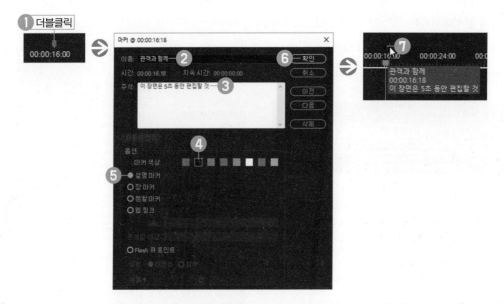

☑ 마커는 주로 마커의 이름과 주석을 다는 작업을 하지만 DVD 제작 시 장면을 찾아주는 **장(scene) 마커**와 재생 시 특정 장면(시간)에서 웹사이트가 열리는 **웹 링크** 그리고 플래시 스크립트를 입력할 수 있는 **플래시 큐 포인트**로도 사용한다.

팁 & 노트 💡 웹 링크의 활용

웹 링크는 비디오 클립을 재생할 때 특정 장면(시간)에서 웹사이트가 연결되는 링크 기능이다. 마커 편집기의 **웹 링크**를 체크하면 아래쪽 URL과 프레임 대상이 활성화되는데, **URL**에 연결될 웹사이트 **주소**를 입력하고, **프레임 대상**에는 비디오가 재생될 프레임 (홈페이지 제작 시 정해놓은 프레임 이름) 이름을 입력하면 된다.

잔물결 시퀀스 마커 활용하기

잔물결 시퀀스 마커는 클립을 삭제하거나 마크 인/아웃 구간을 삭제했을 때 그 길이만큼 시퀀스 마커의 위치 도 이동되거나 그대로 머물도록 할 때 사용되는 메뉴이다. 현재는 [마커] – [잔물결 시퀀스 마커(ripple sequence maker)] 메뉴가 활성화된 상태이다. 이 상태에서 클립을 **삭제(shift 키를 누른 상태로 삭제)**해 보면 삭제된 클립 의 길이만큼 시퀀스 마커도 이동되는 것을 알 수 있다.

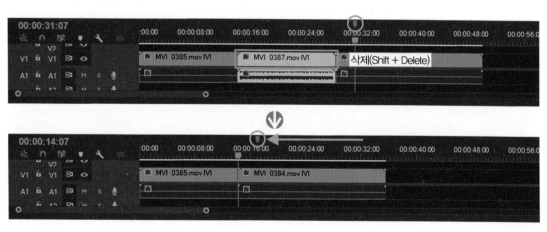

비디오 효과와 장면전환 효과

이펙트(효과)는 장면에 모자이크를 처리하고, 색상을 바꾸고, 모양을 변형하는 등의 변화를 줄 때 사용된다. 프리미어 프로에서는 다양한 비디오 효과와 장면과 장면이 바뀔 때 사용되는 장면전환(트랜지션) 효과를 제공한다.

학습시간
약 45분

🕐 비디오 효과 사용하기

프리미어 프로의 비디오 효과는 실용적으로 사용할 수 있는 다양한 종류의 효과들을 제공한다. 먼저 비디오 효과를 적용하는 다양한 방법과 주요 효과에 대해 살펴보자.

비디오 효과 적용하기 – 기본적인 방법

비디오 효과를 적용하는 첫 번째 방법은 적용할 효과를 드래그하여 적용될 클립 위로 갖다 놓는 것이며, **두 번째** 방법은 적용될 **①클립**을 **선택**한 후 적용할 **②효과**를 **더블클릭**하는 것이다.

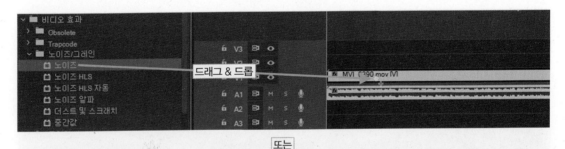

또는

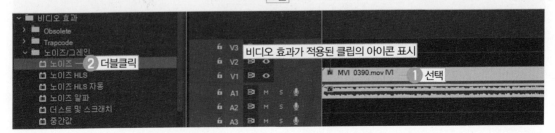

여러 개의 클립에 특정 효과를 **한꺼번**에 **적용**하고자 한다면 적용하고자 하는 클립을 모두 선택한 후 효과를 드래그하여 적용하거나 더블클릭하여 적용하면 된다.

비디오 효과 적용하기 – 마스터 클립에 적용하기

세 번째 방법은 **마스터 클립**, 즉 편집되지 않은 원본 클립에 직접 효과를 적용하는 것으로 효과가 적용된 클립을 타임라인에서 **반복 사용(적용)**했을 때에도 **효과**는 그대로 **보존**된다. 마스터 클립을 만들기 위해 프로젝트 패널에 있는 클립을 ❶소스 모니터에 갖다 놓은 후 **효과 패널**에서 적용하고자 하는 비디오 효과를 소스 모니터의 **마스터 클립**에 갖다 ❷**적용**한다. 이것으로 해당 클립에 적용된 효과는 지울 때까지 보존된다.

비디오 효과 적용하기 - 조정 레이어에 적용하기

네 번째 방법은 **조정 레이어**에 효과를 적용하여 하위 트랙의 클립에 영향을 주는 것이다. 살펴보기 위해 몇 개의 클립을 가져와 그림처럼 V1, 2, 3 트랙에 배치한다.

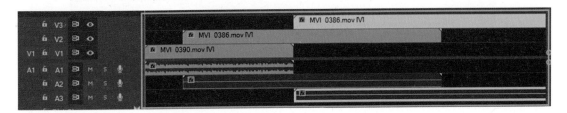

그다음 프로젝트 패널 우측 하단에 있는 ❶❷[새 항목] - [조정 레이어(adjustment layer)]를 선택한다. 조정 레이어 창이 열리면 규격을 현재 **시퀀스**와 동일한 ❸**규격**으로 설정한 후 ❹**적용**한다.

 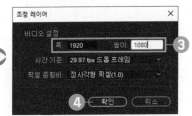

방금 만든 **조정 레이어**를 타임라인 ❶**맨 위쪽 트랙(V4)** 트랙에 갖다 놓는다. 현재는 V4 트랙이 없지만 위쪽 빈 곳으로 갖다 놓으면 자동으로 V4 트랙이 생성된다. 그다음 조정 레이어의 ❷**끝 점(아웃 포인트)**을 우측으로 드래그하여 원하는 길이만큼 늘려준다.

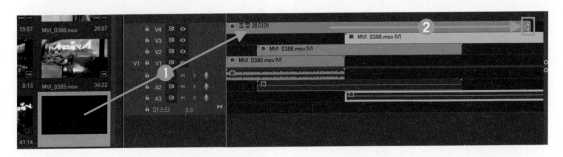

효과 패널에서 적용하고자 하는 효과를 ❶❷**조정 레이어**에 적용한다. 필자는 흑백 효과를 적용하였다. 적용

후의 모습을 보면 **조정 레이어(길이만큼)** 하위에 있는 클립들이 모두 흑백 영상으로 바뀐 것을 알 수 있다. 이처럼 조정 레이어에 적용된 효과의 결과는 하위 트랙에 있는 클립에 영향은 준다. 조정 레이어는 **셀로판지**에 효과를 주는 것과 같다.

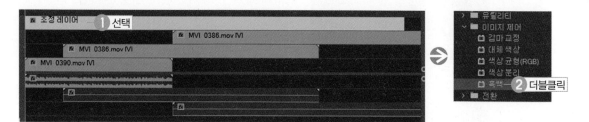

프리뷰

비디오 효과 설정하기

이번에는 효과 설정에 대해 알아보자. 효과 설정 방법은 비슷하기 때문에 여기에서 살펴보지 않는 효과에 대해서는 여러분이 직접 적용 후 설정해 보기 바란다. 먼저 [학습자료] - [Video] 폴더에서 ❶[Tulip]을 가져와 타임라인에 적용한 후 효과 패널에서 ❷❸[모자이크] 효과를 적용한다.

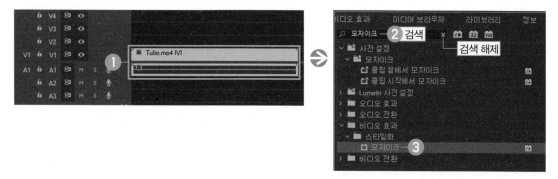

☑ 효과 패널의 **검색기(저장소 필터링)**에서 적용하고자 하는 효과의 이름을 입력하여 찾을 수 있다.

❶**효과 컨트롤** 패널에서 적용한 ❷**모자이크 효과**를 열고 ❸**가로/세로 블록** 값을 조절한다. 설정 후의 모습을 보면 튤립의 모습에 모자이크(픽셀)가 처리된 것을 알 수 있다.

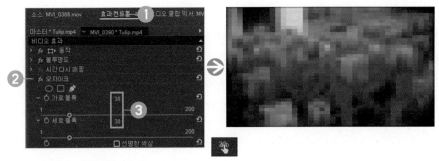

☑ 마우스 커서를 **수치(파라미터)** 위에 놓고 좌우로 드래그하여 값을 설정할 수도 있으며, [Shift] 키를 누르면 수치 값이 빠르게 반응한다.

계속해서 [**선명한 색상**] 옵션을 체크해 본다. 장면의 색상이 더욱 선명해진 것을 알 수 있다. 이처럼 효과 컨트롤의 파라미터를 설정하면서 결과를 확인할 수 있다. 같은 방법을 통해 나머지 효과에 대해서도 살펴본다.

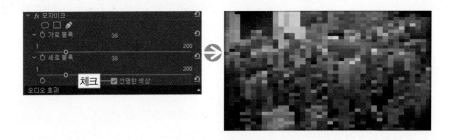

마스크 효과 사용하기

모든 효과에는 마스크 효과가 제공된다. 마스크는 장면의 특정 영역에만 효과를 표현할 때 사용되는 기능으로 원과 사각형의 기본 마스크와 펜 도구(자유로운 그리기 베지어)를 사용하여 원하는 모양의 마스크를 만들어 줄 수 있다. 일단 마스크를 생성하기 위해 모자이크 효과 바로 아래쪽에 있는 [**타원 마스크 만들기**]를 클릭하여 가운데에 원형 마스크를 생성한다. 적용된 결과를 보면 마스크가 적용된 영역만 모자이크가 처리되고 나머지 영역은 원본의 모습이 그대로 나타난다. 참고로 마스크는 여러 개를 생성할 수 있다.

마스크 효과 설정하기(포인트 추가/삭제, 크기, 위치, 회전, 범위)

마스크 효과의 경계를 부드럽게 해주기 위해서는 **마스크 페더** 값을 증가하며, 마스크 영역의 **투명도**는 마스크 **불투명도** 값을 조절한다. **마스크 확장** 값을 조절하여 마스크 영역을 확장/축소할 수도 있다. 이와 같은 작업은 **프로그램 모니터**에서도 가능하다. 일단 프로그램 모니터에서 **4개**의 **포인트**를 드래그하여 **원의 크기**를 그림처럼 튤립 한 송이에 맞게 조절한다.

마스크의 경계를 부드럽게 해주기 위해 프로그램 모니터에 적용된 마스크의 밖으로 뻗어 나온 2개의 포인트 중 **가장 바깥쪽**에 있는 **포인트(원)**를 드래그하여 마스크 경계를 부드럽게 해준다. 안쪽에 있는 **마름모 모양**의 포인트를 이동하여 마스크 영역을 확장/축소할 수 있다.

마스크 포인트 추가하기

마스크의 변형은 **마스크 패스(선)** 위에 마우스 커서를 갖다 놓으면 생기는 **펜 도구**일 때 클릭하여 마스크 포인트를 만든 후 포인트를 원하는 모양으로 이동하는 것이다. 이때 포인트 양쪽으로 **베지어 핸들(컨트롤 핸들 또는 탄젠트)**을 이동해 보면 마스크 포인트 주변의 모양이 세부적으로 다듬어진다.

마스크 위치 및 회전하기

마스크의 **이동**은 마스크 안쪽 영역에 마우스 커서를 갖다 놓으면 생기는 **손바닥** 모양일 때 **드래그**하여 원하는 위치로 이동할 수 있으며, 마스크의 **회전**은 마스크 바깥쪽으로 마우스 커서를 갖다 놓으면 생기는 **양방향 곡선 화살표**일 때 드래그하여 회전할 수 있다.

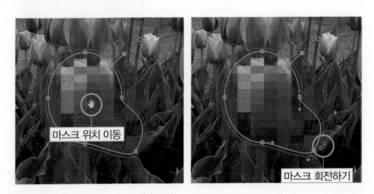

마스크 포인트 삭제하기

불필요한 마스크 포인트는 삭제하고자 하는 포인트 위에 마우스 커서를 갖다 놓은 후 [Ctrl] 키를 누르면 **펜 도구에 마이너스(−)** 모양이 나타날 때 해당 포인트를 클릭하여 삭제한다.

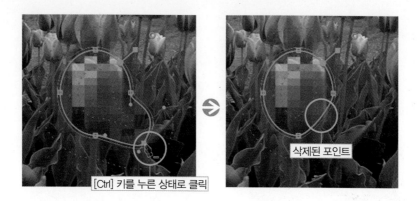

[Ctrl] 키를 누른 상태로 클릭 / 삭제된 포인트

직선/곡선으로 마스크 전환하기

마스크는 직선과 곡선 형태로 사용된다. 현재는 부드러운 곡선 형태의 원형 마스크이지만, 직선으로 전환하고자 한다면 **전환할 포인트** 위에 마우스 커서를 갖다 놓은 후 **[Alt]** 키를 누르면 **뽀족한 모양의 선**이 나타날 때 클릭하면 된다. 직선을 곡선으로 전환할 때에도 같은 방법으로 전환할 수 있다.

[Alt] 키를 누른 상태로 클릭 / 직선으로 전환된 모습

마스크 영역 반전하기

마스크 영역의 반전은 효과 컨트롤 패널의 마스크에서 **[반전됨]** 옵션을 체크하면 된다.

마스크 영역이 반전된 모습

마스크 영역으로 추적하기(모션 트래킹)

마스크는 마스크가 적용된 장면 속 물체(피사체)의 변화에 따라 같이 움직여주는 **모션 트래킹(추적하기)**이라는 기능을 제공한다. 살펴보기 위해 그림처럼 가운데 튤립 모양에 맞게 마스크 모양을 만들어준다. 똑같은 모양이 아니라도 상관없으므로 앞서 살펴본 **마스크 포인트 추가, 이동** 등의 방법으로 모양을 만들어주면 된다.

튤립 모양의 마스크 만듦

추적(트래킹)하기 전에 먼저 추적 방법에 대해 알아보기 위해 ①**[추적 방법]** 버튼을 클릭한다. 그러면 추적 방법에 대한 **세 가지 메뉴**가 나타나는데, 위치는 위치에 대한 추적만 하며, 위치 및 회전은 위치와 회전에 대한 추적을 하며, 위치, 비율 및 회전은 모든 변화에 맞게 추적을 한다. 일반적으로 모든 변화에 반응하는 세 번째 ②**위치, 비율 및 회전** 메뉴를 사용한다.

☑ **회전**은 추적(트래킹) 대상 물체가 회전할 때 회전하는 각도에 맞게 추적하며, **비율**은 크기가 변하는 물체의 크기에 맞게 추적하는 방식이다. 즉 마스크도 같이 회전하며, 크기가 변한다는 것이다.

이제 마스크 영역이 움직이는 튤립의 움직임에 맞게 추적(트래킹)하기 위해 ①**시간(재생 헤드)을 시작 프레임(마스크가 시작되는 장면)**으로 이동한 후 ②**[선택한 마스크 앞으로 추적]** 버튼을 클릭한다. 그러면 추적이 진행되며, 진행률을 확인할 수 있다.

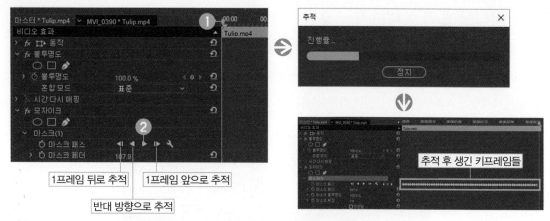

1프레임 뒤로 추적   **1프레임 앞으로 추적**

반대 방향으로 추적

추적 후 생긴 키프레임들

☑ 추적이 잘못되면 잘못된 장면(프레임)으로 이동한 후 다시 추적하면 되며, 때에 따라 반대 방향으로 추적하는 경우도 있다.

프리뷰 ▶

‖‖

팁 & 노트 💡 새로 설정된 효과 사전 설정(프리셋)에 등록하기

효과를 적용한 후 설정된 파라미터 값을 지속적으로 사용하고자 한다면 사전 설정 저장을 사용하여 등록할 수 있다. 등록할 효과에서 **[우측 마우스 버튼] - [사전 설정 저장]** 메뉴를 선택한 후 적당한 이름과 유형 선택 그리고 설명을 입력한 후 적용하면 효과 패널의 **사전 설정(preset)** 폴더에 등록되어 지속적으로 사용할 수 있다.

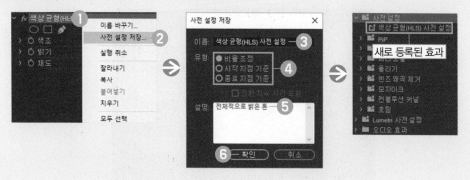

⏱ 주요 비디오 효과 살펴보기

프리미어 프로는 실무에 적합한 다양한 비디오 효과를 제공한다. 이번 학습에는 그룹별 주요 비디오 효과에 대해 살펴본다. 일부는 **사용되지 않음** 폴더에 포함되거나 위치가 변경될 수 있으니 검색기를 통해 찾아보아야 한다. 살펴보지 않은 효과들은 직접 클립에 적용하거나 어도비 크리에이티브 클라우드를 통해 살펴보기 바란다.

▲ 가나다순으로 되어있는 한글 버전　　▲ ABC순으로 되어있는 영문 버전

Lumetri 사전 설정(Lumetri Presets)

루메트리 사전 설정은 미리 설정된 색상 효과를 통해 간편하게 색 보정 작업을 할 수 있는 색상 효과로 일반적인 색상 효과와 제품별 카메라 장치에 따른 색상 효과로 구성되어있다. 이 색상 효과를 사용하면 영상의 색온도, 톤, 필름룩 등의 색상 효과를 쉽게 표현할 수 있다.

이미지(장면)에 잡티와 스크래치 등을 표현할 때 사용하는 노이즈와 그레인 효과들을 제공한다.

원본 이미지 ▶

노이즈(Noise) 이미지(장면) 전체에서 픽셀 값을 임의로 변경하여 잡티를 만들어준다.

더스트 및 스크래치(Dust & Scratches) 이미지(장면)의 픽셀과 픽셀 사이를 유사하게 변경함으로 노이즈 및 결함을 줄여준다.

모노 또는 입체 이미지(장면)를 360 VR 카메라로 촬영한 것처럼 VR 광선, 구, 투영 등의 효과들을 제공한다.

원본 이미지 ▶

VR 구 회전(VR Rotate Sphere) 기울기와 각 축에 대한 회전 값을 설정하여 실제 360 VR 카메라를 통해 촬영된 영상을 만들어줄 수 있다.

VR 색수차(Chromatic Aberrations) 모노 또는 입체 이미지(장면)의 색상 채널의 위치를 조절하여 옵셋 효과를 표현할 수 있다.

VR 평면―구 변환(VR Plane to Sphere) 모노 또는 입체 이미지(장면)에 텍스트, 로고, 그래픽 및 기타 2D 요소를 추가할 수 있다.

VR 프랙탈 노이즈(VR Fractal Noise) 360 VR 영상 느낌의 프랙탈 노이즈를 만들어준다.

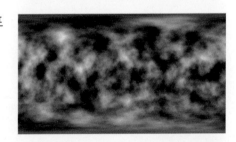

VR 흐림(VR Blur) 360 VR 영상 느낌의 흐림(블러) 효과를 만들어준다.

변형(Transform)

이미지(장면)를 좌우, 상하로 뒤집어주거나 가장자리를 부드럽게 해주는 페더, 상하좌우를 잘라주는 자르기 효과들을 제공한다.

원본 이미지 ▶

가로로 뒤집기(Horizontal Flip) 이미지(장면)를 가로 방향으로 뒤집어준다.

가장자리 페더(Edge Feather) 이미지(장면)의 가장자리를 부드럽게 처리한다.

세로로 뒤집기(Vertical Flip) 이미지(장면)를 세로 방향으로 뒤집어준다.

자르기(Crop) 이미지(장면)를 상하좌우로 잘라준다.

비디오(Video)

이미지(장면)를 고선명의 HDR로 설정하고, 이미지 위에 글자 및 타임코드, 클립의 이름을 나타나게 해주는 효과들을 제공한다.

원본 이미지 ▶

SDR 일치(SDR Conform) 이미지(장면)를 보다 사실적으로 표현하기 위한 HDR(하이 다이내믹 레인지)를 설정할 수 있다.

단순 텍스트(Simple Text) 이미지(장면) 위에 글자를 입력하여 나타나게 해준다. 텍스트 편집을 통해 글자를 입력할 수 있다.

글자를 입력합니다.

시간 코드(Timecode) 이미지(장면) 위에 타임코드를 표시한다. 주로 비디오 클립을 사용할 때 재생 시간을 표현하기 위해 사용된다.

사용되지 않음(Obsolete)

새로운 버전에 밀려 사라진 효과 중에 아직 쓸만한 효과들을 모아놓은 이펙트 폴더이다. 색 보정, 흐림(블러), 밝기 등에 대한 설정을 할 수 있는 효과들을 제공한다.

원본 이미지 ▶

RGB 곡선(RGB Curves) 이미지(장면)의 색상을 R(빨강), G(초록), B(파랑) 세 가지 색상 설정 곡선을 통해 설정한다.

어두운 영역/밝은 영역(Shadow/Highlight) 이미지(장면)의 밝은 영역과 어두운 영역의 대비 효과를 표현할 수 있다.

자동 색상(Auto Color) 이미지(장면)의 색상을 자연스런(정상적인) 색상으로 자동 보정해 준다. 컬러 밸런스를 자동으로 맞춰 줄 때 유용한다.

색상 교정(Color Correction)

이미지(장면)의 색상을 교정, 즉 색 보정 작업을 할 수 있는 ASC CDL, Lumitri 색상, 명도 및 대비, 색상 균형, 색조, 채널 혼합 등의 효과들을 제공한다.

원본 이미지 ▶

ASC CDL 이미지(장면)의 색상을 ASC(미국 촬영 감독 협회)에서 규정하는 빨강, 초록, 파랑의 색 채널을 총 9개 단위로 나뉘어 색상을 설정할 수 있다.

균일화(Equalize) 이미지(장면)의 픽셀 값을 변경하여 보다 일관성 있는 명도와 색상으로 균일화한다.

명도 및 대비(Brightness & Contrast) 이미지(장면)에 명도 및 대비를 조정한다. 이미지의 밝고 어두운 영역에 대한 대비 효과를 표현할 때 유용하다.

비디오 제한(Video Limiter) 이미지(장면)의 광도 및 색상을 최대한 보존 및 제한하여 방송용 신호에 적합하게 해준다.

색상 균형(Color Balance) 이미지(장면)의 어두운 영역, 중간 영역 및 밝은 영역에 있는 빨강, 녹색, 파랑의 색 채널 양을 조정한다.

색상 균형(HLS) 이미지(장면)의 색상(색조), 밝기, 채도 값을 조정한다.

색상 변경(Change Color) 이미지(장면)의 특정 색상을 스포이트로 지정하여 지정된 색상을 다른 색상으로 바꿔준다.

색상 유지(Leave Color) 이미지(장면)의 특정 색상을 스포이트로 지정하여 지정된 색상은 보존하고 나머지 색상은 흑백으로 만들어준다.

색조(Tint) 이미지(장면)의 색상을 듀오톤으로 조정한다. 흰색과 검정색을 사용할 때 검정색을 변경하여 세피아톤 효과를 표현할 수 있다.

생성(Generate)

이미지(장면)에 있는 내용과는 상관없이 클립 전체를 그라디언트, 격자(그리드), 렌즈 플레어, 셀, 원 등의 모양으로 만들어주는 효과들을 제공한다. 여기에서 제공되는 효과를 적용하기 위해 사용되는 클립은 동영상이나 이미지 클립보다는 아무것도 없는 색상 매트를 사용하기도 한다.

원본 이미지 ▶

4 색상 그라디언트(4–Color Gradient) 4개의 색상 포인트를 사용하여 색상을 설정하며, 원본과 혼합된 결과물을 만들어줄 수도 있다.

격자(Grid) 이미지(장면)에 격자 무늬를 만들어준다. 혼합 모드를 설정하여 원본과 격자 무늬를 모두 표현할 수도 있다.

경사(Ramp) 이미지(장면)에 두 가지 색상의 그라디언트를 만들어준다. 그라디언트는 선형과 방사형을 사용할 수 있으며, 원본과 혼합할 수도 있다.

렌즈 플레어(Lens Flare) 촬영 시 렌즈에 들어오는 빛 효과를 표현할 수 있다.

선 그리기(Write-on) 이미지(장면) 위에 선을 그려준다. 그림이나 사인이 그려지는 애니메이션을 만들 수 있다. 애니메이션은 브러쉬 위치에 키프레임 만들어 표현한다.

조명(Lightning) 번개 치는 효과를 표현할 수 있으며, 번개의 색상, 속도, 줄기, 두께 등을 조절할 수 있다.

페인트 통(Paint Bucket) 이미지(장면)의 특정 색상을 스포이트로 지정하여 지정된 색상 영역에 단일 색상을 적용한다.

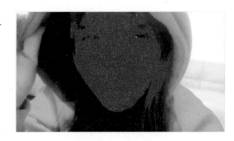

스타일화(Stylize)

이미지(장면)에 모자이크를 처리하거나 빛, 노출, 엠보, 판화 등으로 스타일을 바꿔줄 때 사용되는 효과들을 제공한다.

원본 이미지 ▶

가장자리 거칠게 하기(Roughen Edges) 이미지(장면) 가장자리를 그런지 스타일로 거칠게 처리한다. 처리된 여백은 투명하여 하위 클립의 모습이 나타난다.

가장자리 찾기(Find Edges) 이미지(장면)의 가장자리를 강조한다. 가장자리는 흰 배경 위의 어두운 선이나 검은 배경 위의 색상이 적용된 선으로 나타나기 때문에 입체적인 스케치 효과를 표현할 수 있으며, 반전시키면 네거티브 필름화할 수도 있다.

고대비(Threshold) 이미지(장면)를 단조로운 느낌의 판화로 찍어낸 듯한 느낌으로 만들어준다.

복제(Replicate) 하나의 이미지(장면)를 여러 개의 멀티 스크린으로 만들어준다.

브러쉬 모양 선(Brush Strokes) 이미지(장면)를 거친 점묘화 느낌의 그림으로 만들어준다.

색상 엠보스(Color Emboss) 이미지(장면)의 가장자리를 선명하게 하고 강조하여 부조 느낌이 들도록 해준다. 엠보스 효과와 비슷하지만 색상 엠보스 효과는 색상을 그대로 표현(보존)할 수 있다.

텍스처화(Texturize) 하위 클립(이미지)을 해당 효과가 적용된 상위 이미지(장면) 클립의 텍스처로 사용한다. 텍스처로 사용될 이미지는 항상 하위 트랙에 존재해야 하며, 밝고 어두운 대비가 뚜렷한 이미지가 효과적이다.

포스터화(Posterize) 이미지(장면)의 각 색상 채널에 대해 색조 레벨(명도 값) 수를 설정하여 단조로운 이미지로 만들어준다.

시간(Time)

시간 효과는 비디오 클립에만 사용할 수 있으며, 주로 빠르게 움직이는 영상의 연속되는 잔상이나 픽셀 왜곡, 시간 왜곡(타임워프)과 같은 VFX(Visual Effect: 시각적 특수 영상)를 표현하기 위해 사용된다.

원본 이미지(비디오) ▶

시간 변형(Timewarp) 움직이는 물체에 대한 속도 및 흐름 그리고 장면을 자르는 등의 효과를 표현할 수 있다. 물체를 갑자기 빠르게 움직이고자 할 때 효과적이며, 때론 초고속 카메라를 통해 촬영된 슬로우 모션을 표현할 때에도 사용된다.

시간 포스터화(Posterize Time) 동영상의 중간 프레임(장면)들을 탈락시켜 툭툭 끊기는 스트로브 효과를 표현할 수 있다.

에코(Echo) 움직이는 물체에 잔상을 만들어준다. 빠르게 움직이는 물체에 더욱 효과적이다.

왜곡(Distort)

이미지(장면)를 거울에 반사되게 하거나 모서리를 이용하여 변형을 주고, 둥근 형태, 확대, 물결치는 장면 등을 표현할 수 있는 효과들을 제공한다.

원본 이미지 ▶

거울(Mirror) 거울에 반사되는 이미지(장면)를 만들어준다. 반사되는 각도를 다양하게 조절할 수 있다.

돌리기(Twirl) 이미지(장면)의 가운데 부분을 기준으로 소용돌이치듯 회전시킨다.

렌즈 왜곡(Lens Distortion) 이미지(장면)를 볼록한 모니터(TV 브라운관)처럼 왜곡시킨다. 곡률을 줄여 이미지에 테두리를 표현할 때에도 유용하다.

롤링 셔터 복구(Rolling Shutter Repair) 롤링 셔터는 스마트폰이나 DSLR과 같은 카메라로 비디오 촬영 시 카메라를 빠르게 움직일 때 물결이 치듯 출렁이는 왜곡 현상으로 이러한 문제의 장면을 안정화해 준다.

▲ 효과 전

효과 후 ▶

모퉁이 고정(Corner Pin) 4개의 포인트를 이용하여 이미지를 왜곡시킨다. TV 속에 들어간 화면이나 엔딩 크레딧 배경을 만들 때 유용하다.

흔들림 안정화(Warp Stabilizer) 흔들리는 화면을 안정화시켜 줄 수 있다.

오프셋(Offset) 이미지(장면)를 특정 방향으로 패닝한다. 패닝된 이미지 영역은 반대쪽에 표시된다.

파도 비틀기(Wave Warp) 이미지(장면)를 물결이 출렁이는 장면으로 만들어준다.

원근(Perspective)

이미지(장면)에 입체적인 느낌이 드는 버튼, 그림자, 두께 등을 만들어주는 효과들을 제공한다.

원본 이미지 ▶

가장자리 경사(Basic 3D) 이미지(장면)의 테두리를 돌출형 입체 버튼 느낌으로 만들어준다.

그림자 효과(Drop Shadow) 이미지(장면)에 그림자를 만들어준다. 그림자가 나타나게 하기 위해서는 이미지(클립)의 크기가 시퀀스보다 작아야 하며, 그림자의 거리를 조정할 수 있어 공간감을 느끼게 해준다. 글자(자막)에 사용하면 입체적인 느낌의 2D 글자를 표현할 수 있다.

기본 3D(Basic 3D) 이미지(장면)를 입체 공간에 있는 느낌으로 만들어준다. 이미지의 가로 및 세로 축을 중심으로 회전하고, 당기거나 밀 수 있으며, 반사면을 만들어 회전된 표면에 반사되는 조명을 적용할 수도 있다.

유틸리티(Utility)

시네온(Cineon) 비디오 클립의 색상 변환을 보다 자세하게 설정할 수 있다. 이 효과를 사용하기 위해서는 시네온 파일을 가져온 후에 클립을 시퀀스에 추가해야 한다.

이미지 제어(Image Control)

이미지의 감마, 색상 대체, 색상 균형, 분리, 컬러를 흑백으로 바꿔주는 효과들을 제공한다.

원본 이미지 ▶

감마 교정(Gamma Correction) 이미지(장면)의 어두운 영역과 밝은 영역을 더욱 밝게 또는 어둡게 한다.

대체 색상(Color Replace) 이미지(장면)에서 선택한 색상을 다른 색상으로 대체하고 회색 레벨은 유지한다.

색상 분리(Color Pass) 이미지(장면)에서 지정된 단일 색상을 제외하고, 나머지 영역을 회색으로 변환한다. 이 효과를 통해 이미지의 특정 영역의 색상을 강조할 수 있다.

전환(Transition)

전환은 장면전환 효과처럼 장면과 장면이 바뀔 때 사용되는 효과들을 제공한다. 이 효과들은 클립과 클립 사이가 아닌 위쪽 트랙의 비디오 클립에 효과를 적용한 후 파라미터 값에 키프레임을 생성하여 다음 장면이 보이도록 애니메이션화해야 한다.

▲ 효과가 적용되는 상위 클립　　　　　　　▲ 다음 장면으로 사용될 하위 클립

닦아내듯 지우기(Gradient Wipe) 이미지(장면)의 어두운 영역을 시작으로 밝은 영역을 닦아내듯 지워준다. 지워지는 영역에는 하위 클립의 모습이 나타난다.

방사형 지우기(Radial Wipe) 시계 바늘이 회전되듯 이미지(장면)가 지워진다. 시간의 흐름을 암시할 때 유용하다.

베니스식 차양(Venetian Blinds) 지정된 방향 및 폭을 설정하여 이미지(장면)를 여러 개로 잘라준다.

블록 디졸브(Block Dissolve) 임의 블록에서 클립이 사라지도록 한다. 블록의 폭과 높이(픽셀 단위)는 개별적으로 설정할 수 있다.

선형 지우기(Linear Wipe) 이미지(장면)를 설정한 방향으로 단순하게 지워준다.

조정(Adjust)

이미지(장면)의 색상, 밝기, 채도에 대한 보정 작업을 할 수 있는 효과들과 실내 조명 효과를 제공한다. 여기에서 제공되는 효과 중 대부분은 색상 교정 폴더에서 제공되는 효과들을 사용하기 때문에 사용 빈도가 낮다.

원본 이미지 ▶

조명 효과(Lighting Effects) 이미지(장면)에 실내 조명을 켜놓은 효과를 표현할 수 있다. 사용할 수 있는 조명은 주변광을 포함하여 최대 6개이다.

레벨(Levels) 밝은 영역, 중간 영역, 어두운 영역을 기준으로 밝기를 조정한다. 밝은 영역은 더욱 밝게, 어두운 영역은 더욱 어둡게 하는 대비 효과에 유용한다.

채널(Channel)

이미지(장면)의 색상, 밝기, 채도에 대한 채널 정보를 계산하여 색 보정 작업 및 혼합 작업을 위한 효과를 제공한다.

원본 이미지 ▶

매트 설정(Set Matte) 매트 레이어로 설정된 클립의 알파 채널(투명 영역) 또는 밝기, 색상 채널을 이용하여 합성을 한다.

▲ 매트 클립   ▲ 원본 이미지   ▲ 합성 결과

반전(Invert) 이미지(장면)의 전체 색상이나 개별 색상 채널을 이용하여 반전된 효과를 얻을 수 있다.

복합 산술 연산(Compound Arithmetic) 이미지(장면)를 보조 소스 클립과 함께 색상, 밝기, 채도 등의 채널을 수학적 연산으로 합성한다. 이것은 일반적으로 사용되는 혼합 모드보다 복잡한 연산 결과물을 만들 수 있다.

혼합(Blend) 이미지(장면)와 지정된 레이어의 색상, 밝기, 채도 값을 이용하여 합성한다. 이것은 일반적으로 사용되는 혼합 모드와는 다르게 원하는 합성 클립(트랙)을 선택할 수 있다.

키잉(Keying)

이미지(장면)의 색상, 밝기, 채도, 알파 채널 등을 이용하여 합성을 할 때 사용되는 효과들을 제공한다. 일반적으로 크로마키 합성 작업 시 가장 많이 사용된다.

루마 키(Luma Key) 이미지(장면)의 광도 또는 명도 값을 빼준다. 주로 밝고 어둠이 뚜렷한 클립을 사용된다.

▲ 원본 클립　　　　　　▲ 하위 이미지 클립　　　　　　▲ 합성 결과

매트 제거(Remove Matte) 알파 채널 이미지(장면)의 색상이 미리 곱해진 클립에서 색상 언저리를 제거한다. 이 효과는 알파 채널을 개별 파일의 텍스처와 결합하는 데 유용하다.

색상 키(Color Key) 이미지(장면)의 특정 색상(파랑/초록/빨강)을 빼준다.

▲ 원본 클립　　　　　　▲ 하위 이미지 클립　　　　　　▲ 합성 결과

알파 조정(Alpha Adjust) 이미지(장면)의 알파 채널 영역을 빼준다.

▲ 원본 클립(알파 채널 포함)　　　　　▲ 하위 이미지 클립　　　　　　▲ 합성 결과

울트라 키(Ultra Key) 이미지(장면)의 특정 색상(파랑/초록/빨강)을 빼준다. 세부 설정이 가능하여 블루/그린 스크린 등의 크로마키 작업 시 가장 많이 사용되는 효과이다.

▲ 원본 클립　　　　　　▲ 하위 이미지 클립　　　　　　▲ 합성 결과

이미지 매트 키(Image Matte Key) 효과 컨트롤에서 외부의 이미지를 가져와 알파 채널 또는 루마(음영) 매트 영역을 빼준다.

차이 매트(Difference Matte) 비디오 클립에서 움직이는 특정 물체만 사용하기 위한 키 효과로 오른쪽 그림에서 움직이는 백조만 다른 배경과 합성하고 싶다면, 백조가 없는 연못을 같은 앵글로 촬영한 후 두 클립의 색상, 밝기, 채도 차이를 빼서 백조만 나타나도록 할 수 있다.

트랙 매트 키(Track Matte Key) 매트로 사용되는 클립(비디오/이미지)의 알파 채널 또는 루마(명암) 영역을 빼서 효과가 적용된 이미지(장면)와 합성한다. 매트 클립이 동영상일 경우에는 그림처럼 잉크가 번지는 장면을 원본 이미지와 합성할 수 있다.

▲ 매트 클립　　　　　▲ 원본 이미지　　　　　▲ 합성 결과

흐림/선명(Blur & Sharpen)

이미지(장면)를 흐리게 하거나 선명하게 해주는 다양한 효과들을 제공한다. 장면 전체를 흐리게 하는 가우시안 흐림 효과, 특정 방향으로 흐리게 하는 방향 흐림 효과, 이미지를 선명하게 해주는 선명 효과, 색상 채널별로 흐리게 해주는 채널 흐림 효과, 이미지 가장자리의 색상 대비를 높여주는 언샵 마스크 효과 등을 제공한다.

▲ 원본 이미지　　　　　　　　　▲ 흐림 효과(가우시안)가 적용된 모습

⏱️ 장면전환 효과 사용하기

비디오 전환은 장면과 장면이 바뀔 때 사용되는 장면전환(transition) 효과이다. 이번 학습에서는 비디오 전환 효과를 적용하는 다양한 방법과 주요 효과에 대해 살펴본다.

▲ 가나다순으로 되어있는 한글 버전

▲ ABC순으로 되어있는 영문 버전

장면전환의 구조(원리)

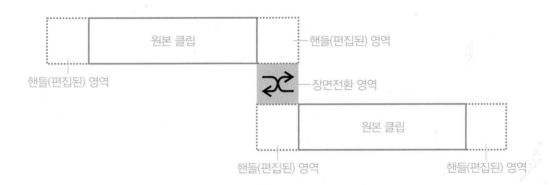

장면전환 효과 적용하기 – 기본적인 방법

장면전환 효과는 기본적으로 클립과 클립 사이에 적용한다. 이때 위의 그림처럼 효과가 적용될 두 클립의 아웃/인 포인트 지점에 **핸들(handles)** 영역이 있어야 자연스러운 장면전환이 표현된다. 물론 핸들 영역이 없어도 효과는 적용은 되지만 효과가 지속되는 구간의 장면이 정지 상태로 처리되기 때문에 가급적 클립을 어느 정도 **편집(트리밍)**해 놓는 것이 좋다. 예를 들어 1초의 장면전환을 사용되기 위해 클립에 **1초** 이상의 핸들이 필요한데, 효과로 사용되는 구간이 이 핸들 영역을 끄집어내어 사용하기 때문이다.

장면전환 효과를 적용하는 여러 방법 중 가장 일반적인 것은 효과를 **직접 끌어다(드래그)** 적용하는 것이다.

장면전환 효과 적용하기 – 선택된 지점에 적용하기

클립의 ❶인 포인트 또는 아웃 포인트를 선택한 후 ❷[시퀀스] –[선택 영역에 기본 전환 적용] 메뉴를 선택하거나 단축키 [Shift] + [D] 키를 사용하면 선택된 지점에 기본 비디오 전환 효과인 교차 디졸브 효과가 적용된다.

장면전환 효과 적용하기 – 재생 헤드가 위치한 지점에 적용하기

클립과 클립 사이에 ❶재생 헤드를 갖다 놓은 후 ❷[시퀀스] – [비디오 전환 적용] 메뉴 또는 단축키 [Ctrl] + [D] 키를 사용하면 재생 헤드가 위치한 지점에 기본 비디오 전환 효과인 교차 디졸브 효과가 적용된다.

☑ 재생 헤드를 클립과 클립 사이에 쉽게 이동하기 위해 [↑] 또는 [↓] 키를 사용한다.

장면전환 효과 적용하기 – 모든 클립 사이에 적용하기

모든 클립 사이에 한꺼번에 적용하기 위해 적용할 모든 클립을 선택한 후 [시퀀스] – [비디오 전환 적용] 메뉴 또는 단축키 [Ctrl] + [D] 키를 누르면 선택된 모든 클립 사이에 교차 디졸브 효과가 적용된다.

모든 클립 선택

▲ 선택된 모든 클립 사이에 장면전환 효과가 적용된 모습

기본 장면전환 효과 바꾸기

메뉴나 단축키 사용 시 적용되는 장면전환 효과는 교차 디졸브 효과이다. 만약 기본 효과인 교차 디졸브를 다른 효과로 바꿔주고자 한다면 바꿔주고자 하는 **장면전환 효과**에서 ❶[**우측 마우스 버튼**]을 클릭하면 나타나는 메뉴에서 ❷[**선택한 항목을 기본 전환으로 설정**] 메뉴를 선택하면 된다. 기본 장면전환 효과는 테두리가 **파란색**으로 표시된다.

장면전환 효과 설정하기

장면전환 효과의 설정은 대부분 효과가 지속되는 길이, 즉 시간이다. 효과의 지속 시간은 클립과 클립 사이에 적용된 효과의 **인/아웃 포인트**를 통해 조절할 수 있으며, 적용된 효과를 **더블클릭**하여 지속 시간을 입력하거나 효과 컨트롤 패널에서 효과가 지속되는 시간을 조절할 수도 있다.

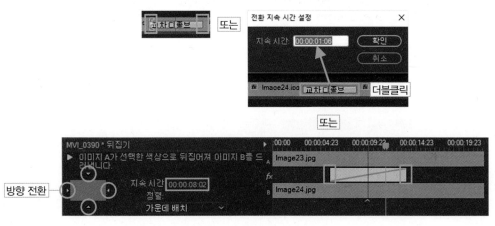

☑ 장면전환 효과 컨트롤 패널은 장면전환 효과를 클릭(선택)했을 때 활성화된다.

장면전환 효과 대체 및 삭제하기

적용된 장면전환 효과는 다른 장면전환 효과를 적용하여 대체하며, 불필요한 장면전환 효과는 삭제할 효과를 선택한 후 [Delete] 키를 누르거나 해당 효과 위에서 [우측 마우스 버튼] – [지우기] 메뉴를 선택하면 된다.

⏱ 주요 장면전환 효과 살펴보기

이번 학습에는 그룹별 주요 장면전환 효과에 대해 살펴본다. 본 도서에서의 비디오 효과는 한글 버전이기 때문에 영문 버전의 이름과 위치가 다를 수 있으며, 일부 효과들은 **사용되지 않음** 폴더에서 확인하기 바란다.

3D 동작(3D Motion)

앞 장면이 회전되거나 뒤집어지면서 뒤 장면으로 바뀌는 장면전환 효과들을 제공한다.

▲ 앞 장면　　　　　　　　▲ 뒤 장면

뒤집기(Flip Over) 앞쪽 장면이 뒤집어지면서 뒤쪽 장면이 나타난다. 뒤집어지는 방향과 화면 분할, 배경 색상 등을 설정할 수 있다.

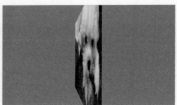

큐브 회전(Cube Spin) 입체 큐브 모양의 앞쪽 장면이 회전되면서 뒤쪽 장면이 나타난다. 회전되는 방향은 상하좌우로 설정할 수 있다.

디졸브(Dissolve)

장면전환 효과 중 가장 많이 사용되는 효과로 자연스럽게 바뀌는 장면을 위한 효과들을 제공한다.

 ▲ 앞 장면　　　▲ 뒤 장면

검정으로 물들이기(Dip to Black) 앞 장면이 서서히 어두워졌다 밝아지면서 다음 장면이 나타난다. 페이드인/아웃과 같은 느낌을 표현한다.

교차 디졸브(Cross Dissolve) 앞/뒤 장면이 자연스럽게 바뀌는 가장 기본적인 장면전환 효과이다.

추가 디졸브(Additive Dissolve) 앞 장면의 밝기가 밝아지면서 뒤 장면으로 바뀐다.

몰입형 비디오(Immersive Video)

비디오 효과에서 살펴본 것처럼 모노 또는 입체 이미지를 실제 360 VR 카메라로 촬영된 영상처럼 장면전환되는 효과들을 제공한다.

▲ 앞 장면   ▲ 뒤 장면

VR Mobius 확대/축소(VR Mobius Zoom) 앞 장면이 작은 구형에서 점점 커지면서 뒤 장면으로 바뀐다.

VR 구형 흐림(VR Spherical Blur) 앞 장면이 흐린 원형의 모습으로 바뀌면서 뒤 장면이 나타난다.

VR 임의 블록(VR Random Blocks) 앞 장면이 사각형 블록 모양으로 형성되면서 뒤 장면으로 바뀐다.

VR 조명 광선(VR Light Rays) 앞 장면에 빛이 뻗어 나오면서 뒤 장면으로 바뀐다.

VR 조명 누출(VR Light Leaks) 조명 색상에 노출된 장면 효과로 장면전환된다.

밀기(Slide)

장면을 분할하거나 특정 방향으로 밀면서 장면전환되는 효과들을 제공한다.

▲ 앞 장면　　　　　▲ 뒤 장면

가운데 분할(Center Split) 앞 장면이 4개로 분할되면서 뒤 장면이 나타난다. 가장자리의 색상과 두께를 설정할 수 있다.

띠 밀기(Band Slide) 앞 장면이 여러 개로 분할된 조각들이 흩어졌다 뒤 장면으로 다시 합쳐진다.

밀어내기(Bush) 뒤 장면이 특정 방향으로 이동하면서 앞 장면을 밀어낸다. 두 장면 사이의 두께와 색상을 설정할 수 있으며, 밀어내는 방향을 설정할 수 있다.

조리개(Iris)

카메라의 조리개가 열리듯 여러 가지 모양으로 펼쳐지는 장면전환 효과들을 제공한다.

▲ 앞 장면　　　　　　　▲ 뒤 장면

조리개 다이아몬드형(Iris Diamond) 앞 장면이 다이아몬드 모양으로 열리면서 뒤 장면이 나타난다. 테두리의 두께와 색상을 설정할 수 있다.

조리개 원형(Iris Round) 앞 장면의 가운데로 원형의 구멍이 열리면서 뒤 장면이 나타난다.

지우기(Wipe)

여러 가지 모양들이 형성되면서 다음 장면으로 바뀌는 효과들을 제공한다.

▲ 앞 장면 　　　　　　　▲ 뒤 장면

나선형 상자(Spiral Boxes) 앞 장면이 소용돌이 치는 모양의 띠가 형성되면서 뒤 장면이 나타난다.

닦아내듯 지우기(Gradient Wipe) 외부에서 가져온 이미지로 장면전환된다. 장면전환 방향은 이미지의 어두운 영역부터 시작되며, 이미지 경계를 부드럽게 하여 자연스러운 전환 효과를 연출할 수 있다. 잉크(먹물) 번지는 효과가 대표적이다.

바둑판(Checker Board) 앞 장면에 체크 무늬가 나타나면서 뒤 장면의 모습으로 바뀐다.

 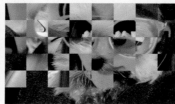 

바람개비(Spiral Boxes) 앞 장면이 여러 개의 바람개비 모양으로 분할되면서 뒤 장면의 모습으로 바뀐다.

방사형 지우기(Radial Wipe) 앞 장면이 방사형 모양으로 회전하면서 뒤 장면의 모습으로 바뀐다.

임의 지우기(Random Wipe) 앞 장면에 작은 블록들이 렌덤하게 생성되면서 뒤 장면의 모습으로 바뀐다.

페인트 튀기기(Paint Splatter) 앞 장면에 잉크 방울이 떨어지면서 뒤 장면의 모습이 나타난다.

페이지 벗기기(Page Peel)

책장이 넘어가면서 장면전환이 되는 효과들을 제공한다.

▲ 앞 장면   ▲ 뒤 장면

페이지 넘기기(Page Turn) 앞 장면이 책장이 넘어가듯 장면전환된다. 이 효과는 평면적으로 넘어가는 효과이다.

페이지 벗기기(Page Peel) 앞 장면이 책장이 넘어가듯 장면전환된다. 이 효과는 입체적으로 책장이 넘어간다.

확대/축소(Zoom)

교차 확대/축소 효과 하나만 제공되며, 앞 장면이 확대되면서 뒤 장면으로 바뀌는 장면전환 효과이다. 이미지의 확대되는 지점을 설정할 수 있다.

팁 & 노트 🔅 서드파티(플러그인)에 대하여

플러그인(plug in)은 프리미어 프로에서 표현할 수 없거나 부족한 기능을 대신하기 위해 사용되는 일종의 보조 프로그램이다. 주로 효과나 장면전환, 타이틀과 같은 작업을 위해 사용되며, 플러그인을 설치하게 되면 그 종류에 따라 비디오/오디오 효과 및 장면전환 목록에 새롭게 추가된다. 대표적으로 레드자이언트, 보리스 FX 등이 있으며, 최근엔 무료 플러그인도 꾸준하게 배포되고 있다.

01 점프 컷을 표현하기 위해 **[학습자료]** – **[Video]** 폴더에 있는 **[Salad days02]** 파일을 타임라인에 적용하고, **시작 점**과 **끝 점**을 배우가 화면에 보이기 시작하는 ❶**프레임 인**과 완전히 나간 ❷**프레임 아웃**까지 편집한다.

02 단축키 **[Ctrl]** + **[K]**를 이용하여 배우가 화면에 어느 정도 ❶**들어온 상태**의 지점과 ❷**밖으로 나가기** 시작하는 지점을 잘라준다.

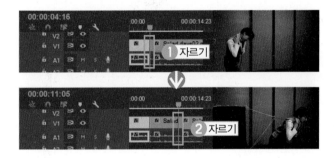

잘려진 장면(클립) 중 가운데 클립을 ❶**삭제**한 후 삭제된 공간을 뒤쪽 클립을 이동하여 ❷**메꿔**주고, 남겨진 두 클립과 클립 사이에 ❸**[교차 디졸브]** 효과를 적용하면 점프 컷이 완성된다.

LESSON 10

오디오 편집

오디오 편집의 기본은 불필요한 부분을 트리밍하거나 볼륨 조절,
페이드 인/아웃, 채널 설정, 잡음(노이즈) 제거 등과 같은 작업들이
다.

학습시간
약 25분

오디오 최적화하기

오디오 편집에 앞서 비디오에 포함된 오디오나 그밖에 오디오 클립의 문제를 해결한 후 편집을 하는 게 좋다.
일반적으로 오디오에 대한 문제는 촬영 시 생긴 노이즈(잡음), 레코딩 시 유입되는 험(hum) 노이즈, 오디오 좌
우 채널에 관한 문제, 소리가 지나치게 높거나 낮음 등이 있다.

오디오 볼륨 균형 맞추기 – 노멀라이즈

오디오 클립들은 서로 다른 환경에서 제작되었기 때문에 볼륨 레벨이 같지 않을 확률이 높다. 그러므로 모든
오디오는 편집 작업에 앞서 볼륨 균형을 맞춰주어야 한다. 학습을 위해 [학습자료] - [Multi-Cam] 폴더에 있는
두 [Multi-Cam01, 02] 클립을 가져와 타임라인에 나란히 적용해 보면 그림처럼 Multi-Cam01 클립의 오디오 **파
형(웨이브 폼)**이 더 작다는 것을 알 수 있다.

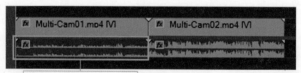

오디오 파형이 더 작은 상태

표준 오디오 볼륨을 설정하기 위해 앞쪽 [Multi-Cam01] 클립 위에서 ❶❷[우측 마우스 버튼] - [오디오 게인]
메뉴를 선택한다. 기본적으로 [게인 조정] 옵션이 체크된 상태이며, 값은 ❸0dB(데시벨)로 설정되어있다. 일단
기본 값으로 ❹적용해 본다. 그러면 해당 클립의 오디오 볼륨에 변화가 생기지 않았다는 것을 알 수 있다. 그
이유는 현재 오디오 클립에 대한 볼륨을 표준 상태로 인식하고 있기 때문이다.

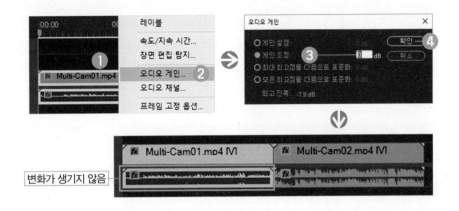

같은 방법으로 다시 한번 **오디오 게인 설정 창**을 열어준 후 이번에는 ❶[**최대 최고점을 다음으로 표준화**] 옵션을 **체크**한 후 기본 값 그대로 ❷**적용**해 본다. 그러면 이제 해당 클립의 볼륨이 높아진 것을 알 수 있다.

게인 설정 게인 값을 원하는 값으로 설정할 수 있다. 이 옵션은 개별 값으로 조정되기 때문에 아래쪽 게인 조정에는 영향을 주지 않는다.

게인 조정 게인 값을 원하는 값으로 설정할 수 있다. 이 옵션 값을 설정할 때 위쪽 게인 설정 값에도 영향을 준다.

최대 최고점을 다음으로 표준화 0.0dB 미만의 임의 값으로 설정할 수 있으며, 선택한 오디오 클립의 최대 진폭은 설정된 값으로 조정한다. 예를 들어 최고 진폭이 −6dB인 하나의 오디오 클립의 최대 최고점을 다음으로 표준화 값이 0.0dB로 설정되어있을 경우 게인이 +6dB만큼 조정된다.

모든 최고점을 다음으로 표준화 0.0dB 미만의 임의 값으로 설정할 수 있으며, 선택한 오디오 클립의 모든 최고 진폭은 설정된 값으로 조정된다. 예를 들어 최고 진폭이 −6dB인 하나의 오디오 클립의 모든 최고점을 다음으로 표준화 값이 0.0dB로 설정되어있을 경우 게인이 +6dB만큼 조정된다.

오디오 볼륨 균형 맞추기 – 노이즈 제거

노이즈는 일반적으로 촬영 시 현장에서 생긴 것과 레코딩 시 유입되는 전기 신호인 **험(hum)** 노이즈 등이 있다. 험 노이즈는 사람의 목소리나 악기와는 다른 주파수 대역을 가지고 있으며, 지속적인 형태로 유입되기 때문에 비교적 간단하게 제거할 수 있다. 학습을 위해 [학습자료] – [Video] – [Children] 클립을 가져와 타임라인에 ❶ 적용한 후 들어(이어폰을 통해)보면 쉬~ 하는 험 노이즈가 들리는 것을 알 수 있다. 효과 패널의 [오디오 효과] – [노이즈 감소/복원]에서 ❷[노이즈 제거] 효과를 [Children] 클립에 적용한다. 그리고 다시 들어보면 노이즈가 거의 들리지 않을 정도로 줄어든 것을 알 수 있다.

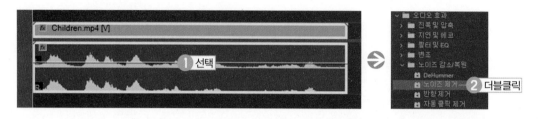

효과를 적용해도 노이즈 소리가 들린다면 **효과 컨트롤** 패널에서 적용된 [**노이즈 제거**] 효과의 [**편집**] 버튼을 클릭하여 노이즈에 대한 세부 설정을 할 수 있다.

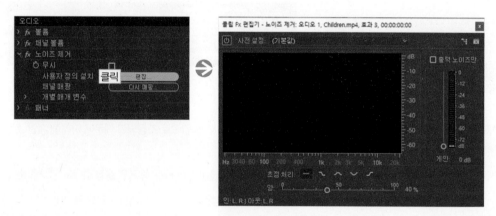

☑️ 강력한 노이즈 제거 프로그램인 **오디션(audition)**은 프리미어 프로와 같은 어도비 제품이다. 오디션을 이용한 노이즈 제거법은 오디오 편집 마지막에 다루고 있다.

⏱️ 트리밍 편집과 볼륨 조절하기

오디오 클립의 트리밍은 기본적으로 비디오 클립의 트리밍과 동일하지만 볼륨 조절은 오디오 클립에서만 할 수 있는 작업이며, 구간별 볼륨 설정도 가능하다.

오디오 클립 편집하기

학습을 위해 비디오에 오디오가 포함된 **클립**(필자는 Salad days01.mp4 사용)을 하나 가져와 타임라인에 적용한다. 오디오 편집도 마찬가지로 클립의 **인/아웃 포인트**를 드래그하여 원하는 지점으로 트리밍하면 된다. 하지만 오디오는 소리를 들어야 정확한 편집이 가능하기 때문에 일단 **재생(스페이스바나 엔터 키)**을 하여 들어보는 것이 중요하다.

오디오 파형을 참고하면서 편집을 하고자 한다면 파형을 좀 더 크게 한 후 작업을 하는 것이 좋다. **트랙 리스트**를 [**더블클릭**]하거나 트랙과 트랙 사이에 마우스 커서를 갖다 놓고 위/아래로 드래그하여 원하는 크기만큼 조절하면 된다.

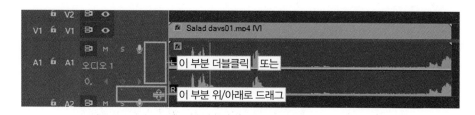

타임라인의 오디오 트랙에서도 부족하다면 **소스 모니터**의 [**설정**] 버튼 메뉴에 있는 [**오디오 파형**] 메뉴를 선택하여 소스 모니터를 오디오 파형으로 전환하여 편집할 수도 있다.

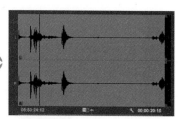

▲ 소스 모니터의 오디오 파형의 모습

잘못된 오디오 교체하기

비디오에 포함된 오디오가 잘못되었을 경우에는 먼저 비디오와 오디오를 서로 분리해야 한다. 학습을 위해 **[학습자료]** – **[Video]** – **[Children]** 파일을 가져와 타임라인에 적용한 후 클립 위에서 ❶❷**[우측 마우스 버튼]** – **[연결 해제]** 메뉴를 선택한다.

분리된 클립 중 오디오 부분을 선택한 후 [Delete] 키를 눌러 삭제한다.

삭제한 오디오와 대체할 오디오를 가져오기 위해 ❶❷**[학습자료]** – **[Audio]** 폴더에 미리 준비된 **[Children]** 오디오 클립을 가져온 후 삭제된 오디오 트랙에 갖다 놓는다.

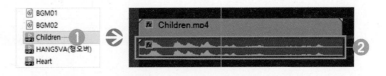

분리된 비디오와 오디오 합쳐주기

적용된 오디오 클립을 비디오 클립과 합쳐주기 위해 **비디오와 오디오 클립을** ❶**모두 선택**한 후 ❷**[우측 마우스 버튼]** – **[연결]** 메뉴를 선택하여 선택된 비디오와 오디오를 하나로 합쳐준다.

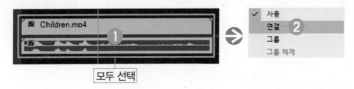

☑ **연결**은 비디오와 오디오의 동기화 작업까지 할 수 있는 완전한 하나의 상태이지만, **그룹**은 단순히 하나로 합쳐 이동 및 삭제 등과 같은 작업을 위해 묶어놓는 것이다.

오디오 채널 설정하기

오디오 채널의 설정은 문제가 있는 채널을 제거하거나 채널(스테레오 채널인 경우)을 서로 교환할 때 사용한다. 만약 작업 중인 오디오 클립의 특정 채널에 문제가 있다면 해당 오디오 클립에서 **①②[우측 마우스 버튼]** − **[오디오 채널]** 메뉴를 선택하여 **클립 수정** 설정 창이 열리면 오디오 채널 항목의 **③클립** 1에서 L(왼쪽)과 R(오른쪽)을 체크하거나 해제하면 해당 채널에 대한 소리는 들리지 않게 된다. 오디오 채널에 문제가 있다면 이와 같은 방법으로 설정을 할 수 있다.

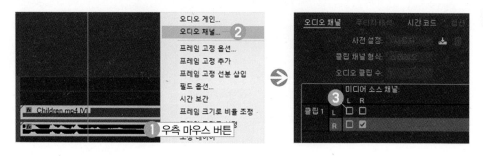

오디오 볼륨 조절하기 − 클립에서 직접 조절하기

오디오의 볼륨 조절은 오디오 클립에서 직접 조절하는 방법과 효과 컨트롤에 있는 오디오 효과의 볼륨에서 조절하는 방법 그리고 오디오 클립 믹서 패널에서 조절하는 세 가지 방법을 사용한다. 학습을 위해 오디오 클립이나 오디오가 포함된 **비디오 클립**(필자는 MVI 0382.mov 사용)을 하나 가져와 타임라인에 적용한다.

오디오 클립에서 직접 볼륨을 조절하기 위해 해당 오디오 클립이 있는 **트랙 리스트**를 **①[더블클릭]**하거나 직접 크기를 조절해서 키워주면 오디오 클립 가운데에 **수평선**이 나타난다. 이 선이 바로**②** **볼륨 조절 선**이며, 이 선을 **위/아래**로 이동하여 볼륨을 조절할 수 있다.

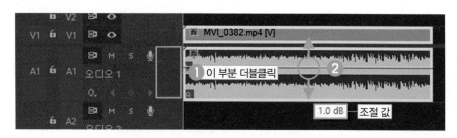

오디오 볼륨 조절하기 - 효과 컨트롤에서 조절하기

이번에는 효과 컨트롤 패널의 오디오 효과를 이용하여 볼륨을 조절해 본다. 앞서 **적용된** 클립(MVI 0382)을 **선택**한다. 효과 컨트롤 패널이 나타나면 오디오 항목의 **[볼륨]** - **[레벨]**에서 **볼륨**을 조절할 수 있다. 레벨 값을 직접 입력하여 조절하거나 레벨 값 위에 마우스 커서를 갖다 놓고 좌우로 드래그하여 볼륨을 조절할 수도 있으며, 레벨 아래쪽의 슬라이더를 좌우로 이동하여 조절이 가능하다.

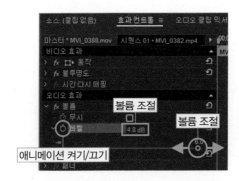

☑ 효과 컨트롤에서 볼륨을 조절할 때 레벨 좌측에 있는 **애니메이션 켜기/끄기**가 켜져있는지 혹은 꺼져 있는지 주의해야 한다. 이 기능은 기본적으로 **켜져있기** 때문에 **볼륨 조절**할 때 **재생 헤드**의 위치에 따라 키프레임이 만들어질 수 있기 때문이다.

팁 & 노트 💡 클리핑(clipping)과 오디오 미터에 대하여

볼륨이 지나치게 높으면 **클리핑 노이즈(clipping noise)**가 발생된다. 클리핑은 음량이 **0dB**을 넘어간다는 것을 의미하며, 0dB이 초과되면 출력되면서 0dB 이하로 잘려나가면서 생기는 일종의 **변형 음**이다. 우측 오디오 미터 상단을 보면 0데시벨이 넘은 부분이 **빨간색 피크**로 나타난 것을 볼 수 있는데, 이것이 바로 클리핑되었다는 의미이다. 만약 이와 같은 현상이 발생되면 볼륨을 낮춰 문제를 해결해야 한다.

오디오 볼륨 조절하기 - 오디오 클립 믹서에서 볼륨 조절하기

오디오 클립 믹서 패널로 이동해 본다. 오디오 클립 믹서를 보면 현재 사용되고 있는 오디오 트랙의 개수만큼

사용되는 것을 알 수 있다. 여기에서 해당 오디오 트랙의 볼륨을 조절하면 된다. 오디오 클립 믹서에서는 볼륨뿐만 아니라 오디오 채널의 **균형(balance)**를 설정할 수도 있다. 오디오 믹서 상단을 보면 **파란색**으로 L과 R이 있는데, L을 클릭하면 왼쪽 채널의 소리만 들리고, R을 클릭하면 오른쪽 채널의 소리만 들리게 된다.

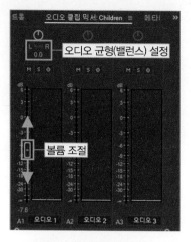

☑ 오디오 균형은 효과 컨트롤의 볼륨에 있는 **[패너]** 옵션과 같은 역할을 한다.

시간에 따라 달라지는 볼륨 애니메이션 만들기 – 페이드 인/아웃 효과

볼륨에 키프레임을 사용하면 시간에 따라 볼륨이 달라지는 애니메이션을 만들어줄 수 있다. 시간에 따라 볼륨을 조절해야 하는 내레이션 작업에 유용하다. 이전 학습에 사용된 클립을 그대로 사용해 본다. **효과 컨트롤**에서 ❶**재생 헤드**를 **시작 프레임**으로 이동한 후 **레벨** 값을 ❷**가장 낮은 값**으로 설정하여 소리가 들리지 않게 한다. 그다음 ❸**[애니메이션 켜기/끄기]**를 켜주면 해당 시간에 **키프레임**이 생성된다. 참고로 지금의 작업은 비디오 클립에서 페이드 인/아웃 효과를 만들 때와 같다.

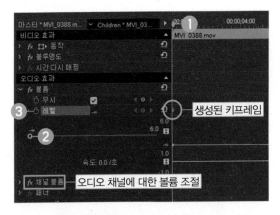

☑ 채널 볼륨을 사용하면 오디오의 각 채널(왼쪽/오른쪽)에 대해서도 개별적으로 볼륨을 조절할 수 있다.

시간을 ❶1초 뒤로 이동한 후 레벨 값을 기본 값인 ❷0으로 설정하여 키프레임을 추가한다. 이것으로 시작 프레임부터 1초까지 소리가 들리지 않았다가 서서히 원래 상태로 커지는 **페이드 인(fade in)**이 완성되었다.

    계속해서 일정한 시간 동안 머물러있는 볼륨을 만들어주기 위해 **시간을 ❸7(끝나기 1초 전)초**에 갖다 놓고, ❹**[키프레임 추가/제거]**를 클릭한다. 그러면 해당 시간대에 키프레임이 추가되는데, 추가된 키프레임은 이전 키프레임의 **볼륨 값**과 같기 때문에 이 구간에는 볼륨에 대한 변화가 생기지 않는다.

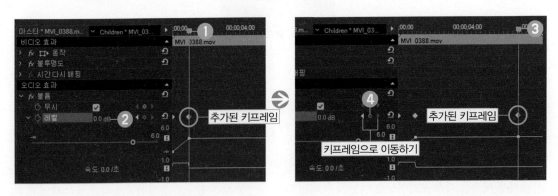

마지막으로 **페이드 아웃(fade out)**을 만들어주기 위해 **시간을 ❶마지막 프레임**으로 이동한 후 ❷**레벨 값을 가장 낮은 값**으로 설정한다. 그러면 역시 해당 시간대에 키프레임이 추가된다. 이와 같은 방법으로 오디오의 볼륨을 시간의 변화에 맞게 조절할 수 있다.

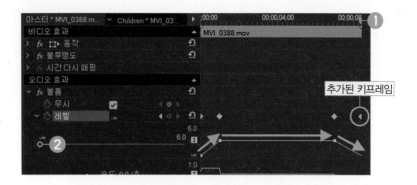

팁 & 노트 🔆 혼합(마스터) 볼륨에 대하여

마스터(혼합) 트랙은 타임라인에서 사용되는 모든 오디오 트랙에 대한 볼륨을 조절할 수 있다. 혼합 트랙을 사용하기 위해서는 채널 표시 아이콘을 더블클릭하여 트랙을 열어주어야 하며, 키프레임을 생성하여 시간에 따라 볼륨 조절이 되는 애니메이션을 만들어줄 수도 있다.

볼륨 패너 사용하기 – 스테레오 패너 사용하기

패너(panner)는 오디오의 채널(스테레오일 경우 좌우 채널)을 조절하기 위한 기능이다. 패너를 이용하면 스피커를 통해 들리는 소리를 좌우로 설정하고, 키프레임으로 시간에 따라 변화되는 팬 효과도 가능하다. 사용하기 위해서는 해당 오디오 트랙의 ❶[키프레임 표시] 버튼을 클릭하여 열리는 메뉴에서 ❷❸[트랙 패너] – [균형]을 선택하면 된다. 그러면 오디오 트랙의 가운데에 **균형(패너)** 설정을 위한 **조절 선**이 나타나는데, 이 조절 선을 위/아래로 이동하여 좌우 채널의 비율 설정과 키프레임을 생성하여 시간에 따라 변하는 패너 효과도 가능하다.

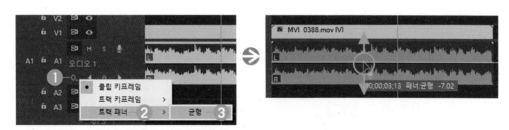

☑ 키프레임 표시에서는 **클립 키프레임**과 **트랙 키프레임**에 대한 애니메이션 작업 상태를 열어 확인 및 설정할 수 있다.

볼륨 패너 사용하기 – 5.1 서라운드 패너 사용하기

서라운드 패너(surround panner)는 기본적으로 **5.1 채널**을 갖게 되며, 초기 상태는 전방 좌우, 중앙, 후방 좌우, 우퍼(저음: LFE) 채널의 위치가 모두 앞쪽 중앙에 배치된다. 서라운드 채널은 일반적으로 입체 음향을 위해 사용되며, 5.1 서라운드 채널을 사용하기 위해서는 **시퀀스**를 만들 때 ❶**트랙 탭**에서 오디오 항목의 마스터를 ❷5.1로 설정해야 한다.

학습을 위해 [학습자료] – [Audio] 폴더에서 ❶[헬리콥터]와 [헬리콥터-5.1] 파일을 가져와 먼저 ❷❸[헬리콥터 -5.1] 클립을 오디오 트랙에 적용한다. 그러면 자동으로 5.1 채널 트랙에 적용되며, 세부 설정을 위해 5.1 아이 콘을 **더블클릭**하면 그림처럼 5.1 채널이 나타나는 것을 알 수 있다. 재생을 해보면 헬리콥터(소리)가 회전되면 서 들리는 것을 알 수 있다.

☑ 완전한 입체감을 느끼기 위해서는 5.1 서라운드 시스템(스피커)이 설치되어야 한다.

이번에는 5.1 채널에 대한 설정을 위해 앞서 적용했던 [헬리콥터-5.1] 클립은 **삭제**한다. 그다음 [헬리콥터] 클립을 원하는 트랙에 갖다 놓는다. 그러면 [헬리콥터-5.1] 클립을 사용했을 때와는 다르게 **단일 채널(모노)**의 오디오라는 것을 알 수 있다. 이제 이 모노 채널을 5.1 채널로 설정을 하기 위해 **트랙 리스트**를 [**더블클릭**]한다.

그다음 ❶[키프레임 표시] 버튼을 클릭한 후 ❷[트랙 패너] 메뉴를 보면 5.1 채널에 대한 채널 메뉴가 있는 것을 알 수 있다. 여기에서 원하는 채널을 선택할 수 있다. 일단 ❸[전방-후방]에 대한 채널을 선택한다.

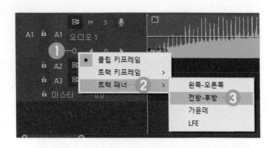

5.1 서라운드 채널 구조

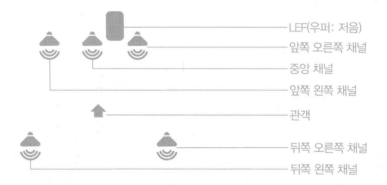

5.1 채널 패너로 전환되면 ❶재생 헤드를 시작 프레임으로 이동한 후 ❷[키프레임 추가/제거] 아이콘을 클릭하여 키프레임을 생성한다. 그다음 시간을 이동하여 ❸❹전후방에 대한 소리 설정을 한다.

☑ 위와 같은 방법으로 5.1 채널에 대한 방향 설정을 할 수 있으며, 같은 방법으로 나머지 채널에 대해서도 설정을 해본다. 5.1 채널 오디오 파일을 만들기 위해서는 출력 시 오디오 채널을 5.1 채널로 설정하면 된다.

오디오 작업에서 빼놓을 수 없는 것은 마이크를 이용한 **내레이션** 작업이다. 내레이션 작업은 기본적으로 방음 장치가 잘 되어있는 전문 스튜디오에서 진행되지만, 이와 같은 조건이 충족된다면 방이나 사무실 같은 곳에서도 작업이 가능하다. 프리미어 프로에서의 내레이션 작업은 매우 간단하다. 녹음을 하기 위해 해당 트랙의 **[음성 더빙 기록]** 버튼만 누르면 되기 때문이다.

레코딩이 시작되면 마이크를 통해 녹음을 하면 되며, 녹음이 끝나면 다시 **[음성 더빙 기록]** 버튼을 누르면 녹음이 끝나게 되며, 녹음이 끝난 후에는 해당 트랙에 오디오 클립이 만들어진다.

☑ 녹음된 파일은 프로젝트 패널에 등록되며, 원본 파일은 현재 프로젝트 파일이 있는 폴더에 저장된다.

팁 & 노트 💡 **내레이션 작업 시 소리가 안 들어 올 때**

마이크를 통한 내레이션 작업 시 소리가 들어오지 않는다면 대부분 오디오 장치에 대한 설정에 문제가 있기 때문이다. 이런 땐 **[편집] - [환경 설정] - [오디오 하드웨어]** 메뉴에서 **기본 입력 장치**에 대한 설정을 현재 사용하는 **장치(사운드 카드)**로 설정해 주면된다.

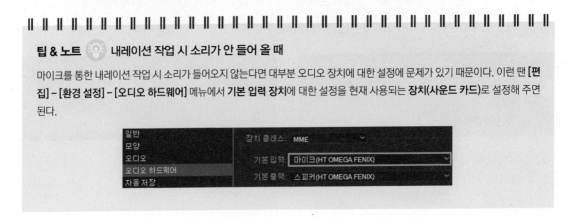

오디션을 이용한 노이즈 제거에 대하여 ■

오디션은 전문 오디오 편집 프로그램으로 프리미어 프로와 함께 사용하면 매우 유용하다. 여기에서는 오디션을 이용하여 노이즈를 제거하는 방법에 대해 간단하게 살펴본다. 먼저 [학습자료] – [Audio] 폴더에서 [Noise] 파일을 가져와 타임라인에 적용한 후 클립 위에서 [우측 마우스 버튼] – [Adobe Audition] 메뉴를 선택합니다. 그러면 오디션 프로그램이 실행(설치되었을 경우)된다.

오디오 클립에서 **노이즈**가 있는 구간을 드래그하여 선택한 후 [효과] – [노이즈 감소/복원] – [노이즈 프린트 캡처] 메뉴를 선택하여 선택된 영역에 대한 **노이즈 분석**한다.

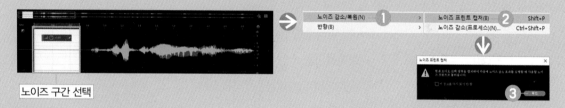

노이즈 구간 선택

앞서 선택된 **노이즈 구간**을 해제한 후 다시 [효과] – [노이즈 감소/복원] – [노이즈 감소(프로세스)] 메뉴를 선택한다. 앞서 분석된 데이터를 토대로 별도의 설정 없이 [적용] 버튼을 누르고 나온다. 최종 결과를 보면 설정된 주파수 대의 노이즈가 완전히 제거된 것을 알 수 있다.

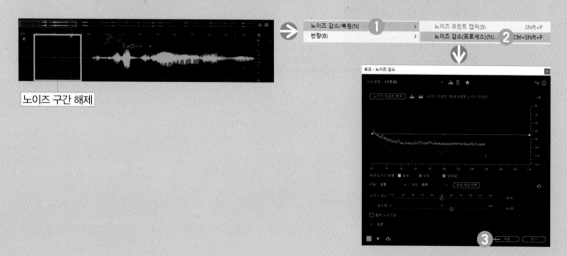

노이즈 구간 해제

오디오 리믹스에 대하여 ■

편집된 영상에 맞춰 오디오(음악) 작업을 하는 것을 결코 쉬운 일이 아니다. 이러한 까다로운 오디오 작업도 프리미어 프로의 리믹스(remix)를 통해 간편하게 해결할 수 있다. 학습을 위해 **[학습자료] – [Project]**의 **[오디오 리믹스]** 프로젝트를 실행한다. 이 프로젝트에는 편집된 4개의 영상 클립과 영상보다 긴 오디오(음악) 클립이 적용된 상태이다.

편집된 영상의 길이만큼 오디오 클립의 길이를 맞출 때 일반적으로 오디오 클립의 끝 점을 이동하여 마지막 영상 클립의 길에에 맞춰줄 것이다. 하지만 이와 같은 방법은 잘려진 오디오 클립의 마지막에 음악이 갑자기 끝나는 문제가 생긴다. 오디오 클립의 전체 음악을 사용하며 영상이 길이에 맞게 자연스럽게 연결되는 리믹스 작업을 하기 위해 오디오 클립위에서 **[우측 마우스 버튼] – [리믹스] – [리믹스 속성]** 메뉴를 선택한다.

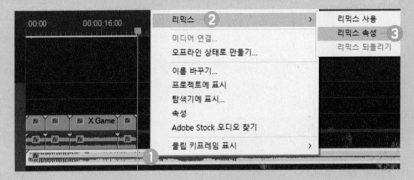

☑ 리믹스 메뉴는 동영상과 하나(연결)로 된 오디오 클립이 아닌 독립 오디오 클립에서만 사용할 수 있다.

☑ **리믹스 사용**은 설정된 리믹스 값을 해당 오디오 클립에 그대로 사용할 때의 메뉴이고, **리믹스 되돌리기**는 해제할 때 사용되는 메뉴이다.

기본 사운드 패널의 **편집** 탭이 활성화되면 현재의 오디오 클립이 어떤 유형인지 선택한다. 현재는 음악 클립이기 때문에 **음악**을 선택하면 된다. 세부 설정으로 전환되면 **지속 시간**의 **방법**은 **리믹스**로 해주고 **대상 지속**

시간을 편집된 영상의 전체 길이보다 **3~5초** 정도 짧게 설정한다. 여기에서 지정된 시간보다 5초 더 길게 리믹스되기 때문이다. 그밖에 옵션은 기본 값을 그대로 유지한 상태로 타임라인의 오디오를 들어보면 설정된 옵션 값에 맞게 오디오 클립이 자연스럽게 리믹스되어 편집된 길이에 맞춰진 것을 알 수 있다.

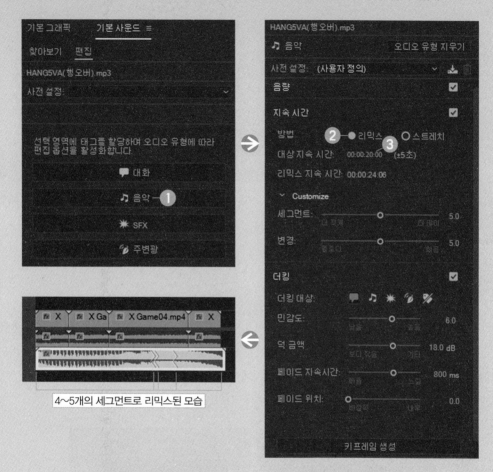

4~5개의 세그먼트로 리믹스된 모습

☑ **리믹스 도구**를 통해 오디오 클립의 끝 점을 조절하여 리믹스 작업을 할 수도 있다.

스트레치 대상 지속 시간에서 설정된 시간만큼 단순히 오디오 클립의 속도를 조절하여 맞추는 방식

세그먼트 몇 개의 마디(자연스럽게 리믹스 되는 편집 구간)를 사용하여 리믹스할 것인지 설정

변경 리믹스할 때 멜로디와 화음의 비중을 조절

더킹 오디오 유형을 재선택할 수 있으며, 오디오 민감도, 볼륨, 페이드 지속 시간과 위치 등을 설정

LESSON 11

오디오 효과와 오디오 전환 효과

영상 편집에 있어 오디오 효과 또한 중요한 부분이다. 특정 장면에 적재적소에 사용되는 오디오 효과는 프로젝트의 완성도를 높일 뿐만 아니라 지루함을 없애주기 때문에 장면에 재미와 활기를 주어 몰입도를 더욱 높혀준다.

학습시간
약 04분

🕐 오디오 효과 사용하기

오디오 효과의 적용도 비디오 효과처럼 효과를 드래그하여 오디오 클립에 갖다 놓거나 적용될 클립을 선택한 후 적용할 효과를 더블클릭하는 것이다. 오디오 효과는 재생 중에도 설정이 가능하기 때문에 소리를 들어면서 작업을 할 수 있다.

🕐 주요 오디오 효과 살펴보기

프리미어 프로에서 제공되는 오디오 효과는 대부분 실용적으로 사용되는 것들이다. 이번 학습에서는 주요 오디오 효과에 대해 살펴볼 것이며, 살펴보지 않은 나머지 효과들에 대해서는 직접 클립에 적용하거나 어도비 크리에이트 클라우드를 통해 살펴보기 바란다. 본 도서에서 설명하는 오디오 효과는 한글 버전이기 때문에 영문 버전의 이름과 위치가 다를 수 있으므로 검색기를 통해 확인하기 바란다.

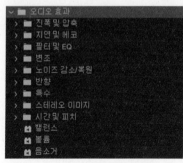

▲ 가나다순으로 되어있는 한글 버전

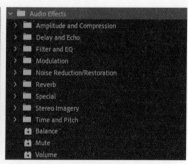

▲ ABC순으로 되어있는 영문 버전

저음(Bass) 오디오를 저음으로 만들어준다. 증폭 값을 높이면 더욱 저음으로 바뀐다.

노이즈 제거(Noise Reduction) 노이즈 주파수 대역을 분석하여 노이즈를 감소한다. 편집을 통해 세부 설정을 할 수 있다.

파라메트릭 이퀄라이저(Parametric Equalizer) 이퀄라이저는 가장 즐겨 사용되는 오디오 효과이며, EQ라는 약자로 사용된다. 오디오의 주파수 대역을 설정하여 음색의 균형을 잡거나 음색 변조를 위해 사용되며, 사용 방법은 보정하고자 하는 주파수를 선택한 후 설정하면 되는데, 편집기를 열어놓은 후 보정하고자 하는 주파수 대를 상하로 이동하여 원하는 음색을 찾으면 된다. 가장 손쉬운 설정법은 음색 조정 시 해당 주파수를 선택한 후 최대로 끌어 올린 다음 서서히 내리면서 자신이 원하는 음색이 나올 때까지 낮춰주는 형태로 설정하는 것이다.

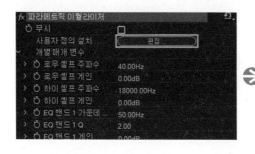
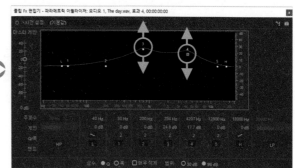

EQ는 주파수 청음 훈련이 되어있는 전문 엔지니어일 경우, 곧바로 조정이 가능하지만 훈련이 되어있지 않은 작업자라면 아래 표의 수치를 통해 조정하도록 한다.

악기	주파수(Hz)	dB 증감	목적
목소리	150	+2~3	꽉 찬 느낌을 줍니다.
	200~250	−2~3	먹먹한 느낌을 줍니다.
	3K	+2~4	깨끗한 느낌을 더합니다.
	5K	+1~2	존재감을 더합니다.
	7.5~10K	−2~3	치찰음을 줄여줍니다.
	10K	+2~3	호흡감과 밝은 느낌을 더합니다.

플랜저(Flanger) 원음과 쇼트 딜레이시킨 음을 혼합하여 딜레이 타임을 주기적으로 변화시켜 음이 회전하는 듯한 효과를 낸다. 플랜저는 풍부한 사운드를 가진 기타, 피아노, 심벌 등에 주로 사용되며, 때론 소음에 가까운 악기의 소리를 변화시킬 때에도 사용한다.

강약(Dynamics) 작은 소리 영역이 증폭되어 오디오 볼륨의 편차를 보정할 수 있다.

반전(Invert) 오디오 채널의 위상을 반전한다. 이 효과는 5.1, 스테레오 또는 모노 클립에 대해 사용할 수 있다.

서라운드 반향(Surround Reverb) 5.1 서라운드 채널의 오디오에 대한 잔향(울림)을 만들어준다.

피치 변환(Pitch Shifter) 음의 높/낮이(키)를 조정할 수 있다. 때론 피치를 놓친 음을 원음과 혼합해서 코러스 효과를 얻을 때에도 사용된다.

멀티밴드 압축기(Multiband Compressor) 소리를 보다 균일하고 선명하게 만들어준다.

멀티탭 지연(Multitap Delay) 에코(반사음) 효과를 최대 4개까지 사용할 수 있다.

왜곡(Distortion) 오디오 신호를 극단적으로 증폭시킴으로 찌그러지는 소리를 얻을 수 있다. 예로 메가폰, 락(rock), 전화기, 텔레비전, 워키토키, 기타(guitar) 톤 등이 있다.

디에서(DeEsser) 녹음할 때 생기는 [스스] 또는 [쉬~] 하는 소리를 제거한다.

코러스/플랜저(Chorus/Flanger) 원음에 딜레이로 소리를 만든 후 음정에 미세한 차이를 만들어 합창 효과를 만드는 코러스와 플랜저 효과를 동시에 사용할 수 있다.

보컬 향상(Vocal Enhancer) 음성 녹음의 품질을 향상시켜 준다. 여성 및 남성 모드를 설정하면 치찰음과 파열음이 자동으로 감소되고, 낮은 럼블과 같은 마이크 사용으로 인한 소음도 줄어든다.

자동 클릭 제거(Automatic Click Remover) 녹음 시 생기는 클릭(틱~) 노이즈를 제거한다.

지연(Delay) 메아리처럼 원음 뒤로 원음과 같은 음이 반복되는 효과를 만들어준다.

페이저(Phaser) 원음을 딜레이로 소리를 만든 후 소리의 위상 위치를 규칙적으로 조절함으로 소리의 변화를 준다.

⏱ 오디오 전환 효과 살펴보기

오디오 전환 효과는 비디오의 장면전환 효과처럼 오디오 클립 사이에 적용한다. 프리미어 프로에서는 세 가지의 오디오 전환 효과를 제공하는데, 세 가지 모두 오디오가 자연스럽게 전환되는 크로스 페이드 방식이다. 직접 적용하여 비교를 해보기 바란다.

LESSON 12

자막(타이틀) 제작

타이틀(자막)은 제목과 장면의 부가적인 설명 및 정보를 전달하기 위해 사용하며, 예능적인 요소와 감정 전달을 위한 연출을 위해서도 사용된다. 프리미어 프로에서는 기본 정지 자막과 그래픽 및 타이틀을 제공하여 누구나 쉽게 활용할 수 있다.

학습시간
약 35분

🕐 기본 자막 만들기

일반적으로 사용되는 자막은 [그래픽 및 타이틀] – [새 레이어] – [텍스트] 메뉴 또는 **도구 바의 문자 도구**를 사용하여 만들어줄 수 있다. 학습을 위해 [학습자료] – [Project] – [행오버] 프로젝트를 실행한다. 이 프로젝트는 여러 개의 클립들을 편집해 놓은 상태이며, 앞쪽에 컬러 바와 카운팅 리더 클립이 적용된 상태이다. 이제 정지 자막을 만들어주기 위해 ❶[도구] 바에서 가로로 글자를 입력하기 위해 ❷[문자 도구]를 선택한다. 그다음 자막이 적용될 지점에 ❸재생 헤드를 갖다 놓는다.

마우스 커서를 **프로그램 모니터**로 이동한 후 글자(자막)를 입력할 지점에서 **클릭**하면 글자가 입력될 수 있는 상태로 전환된다. 이 상태에서 글자를 입력하면 된다.

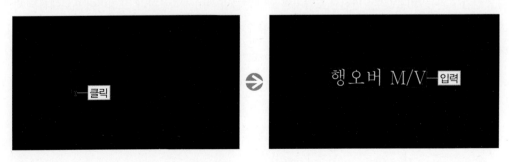

글자를 입력하면 위쪽 빈 트랙, 재생 헤드가 위치한 지점에 **자막 클립**이 생성된다. 자막의 길이는 기본적으로 5초이며, [편집] - [환경 설정] - [타임라인] - [스틸 이미지 기본 지속 시간]에서 기본 길이를 설정할 수 있다.

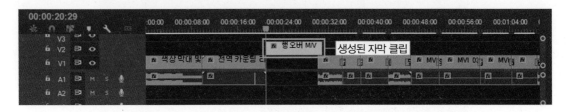

적용된 자막 클립의 길이를 아래쪽 빈 트랙의 **❶길이만큼** 조절해주고, **전체 글자**를 설정하기 위해 **❷[선택 도구]**를 선택한다. 그러면 자막(글자) 전체가 선택된다. 그다음 **❸효과 컨트롤** 패널의 텍스트 항목에서 **❹글꼴**과 **❺색상, 크기** 등을 설정한 후 **❻위치**를 조정해 준다.

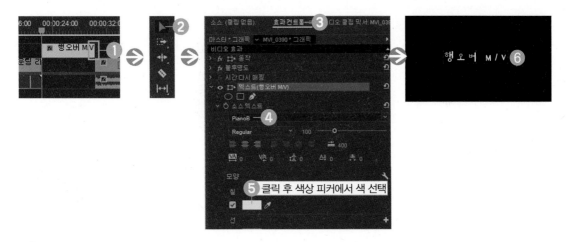

☑ 텍스트 설정의 각 옵션(기능)들에 대해 살펴보기 바라며, 다양한 글꼴(폰트)를 사용하기 위해 미리 설치해 놓기 바란다. **[학습자료] - [무료글꼴]** 폴더에 있는 다양한 무료 글꼴들을 사용할 수 있다.

페이드 인/아웃되는 자막 만들기

페이드 인/아웃되는 자막을 만들기 위해 효과 컨트롤의 **❶재생 헤드**를 **❷시작 프레임**으로 이동한 후 **❸불투명도** 값을 0으로 설정하여 자막을 투명하게 해준다. 그다음 시간을 **❹1초** 정도 뒤로 갖다 놓고, **불투명도**를 100으로 설정하여 자막이 다시 나타나도록 해주면 1초 동안 자막이 서서히 나타나는 **페이드 인**이 연출된다.

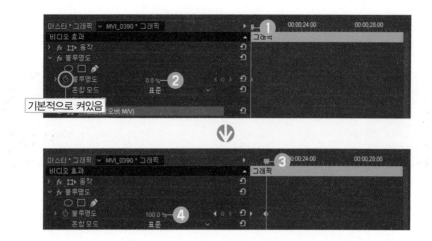

같은 방법으로 자막이 끝나는 모습은 **페이드 아웃**으로 만들어준다. 여기에서는 **페이드 아웃되기 전의 키프레임**이 **두 번째 키프레임**과 같은 값의 불투명도를 유지해야 한다.

페이드 아웃 구간

두 키프레임의 불투명도 값(100)은 동일해야 함

☑ 동일한 속성 값(불투명도)의 키프레임을 만들어주기 위해서는 **키프레임 추가/제거 버튼**을 이용거나 해당 키프레임을 **복사 후 붙여넣기** 하는 것이다.

키프레임 추가/제거

프리뷰 ▶

팁 & 노트 💡 **교차 디졸브를 이용한 페이드 인/아웃 효과 만들기**

비디오 전환 효과의 **교차 디졸브**를 클립(자막 및 비디오 클립)의 시작과 끝 점에 적용하여 간편하게 페이드 인/아웃 효과를 표현할 수도 있다.

기본 자막에 키프레임을 사용하여 **모션 자막**으로 만들어줄 수 있다. 이번 학습에서는 영화, 드라마, TV 프로그램 등의 마지막에 사용되는 엔딩 크레딧 롤을 만들어본다.

01 자막 입력하기

학습을 위해 **[학습자료] – [Project]** 폴더에서 ❶**[행오버 뮤비]** 프로젝트를 실행한다. 완성된 대학교 콘서트 클립이 타임라인에 적용된 상태이다. 엔딩 크레딧 작업을 위해 ❷**시간을 1분 30초** 정도로 이동한 후 ❸ **[문자 도구]**를 선택하여 프로그램 모니터에서 그림처럼 ❹**[클릭 & 드래그]**하여 **자막**이 입력될 **영역**을 만든다.

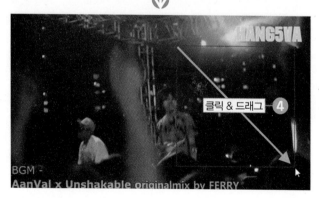

☑ 단순히 **클릭만** 하여 글자를 입력하는 것과 다르게 **클릭 & 드래그**하여 영역을 만들면 만들어진 영역 안에서만 글자(자막)를 입력할 수 있다.

방금 만든 글자 영역에 원하는 ❶**글자**를 **입력**한다. 그리고 적당한 ❷❸❹❺**글꼴**과 **색상**을 설정한다.

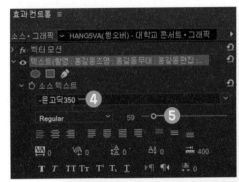
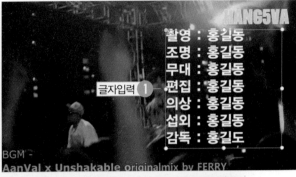

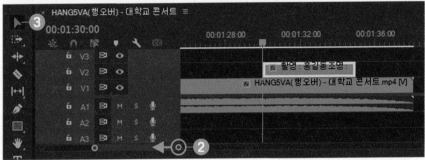

글자의 행간을 좀 더 넓혀주기 위해 **행간 값**을 증가한다. 그러면 앞서 입력된 글자가 입력 영역 범위를 벗어나게 된다.

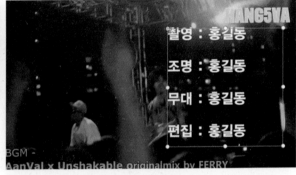

프로그램 모니터 좌측 하단의 ❶[**확대/축소 레벨 선택**]에서 화면 크기를 줄여준 후 모든 글자가 나타날 수 있도록 ❷**글자 입력 영역**의 크기를 키워준다.

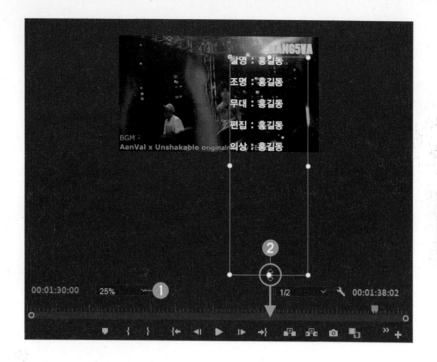

02 모션 만들기

모션(키프레임 애니메이션) 작업을 위해 시간을 ❶**시작 프레임**으로 이동한 후 ❷**위치**를 **설정**하여 그림처럼 아래쪽 화면 밖으로 이동한다. 그다음 위치에 대한 ❸**키프레임**을 켜준다.

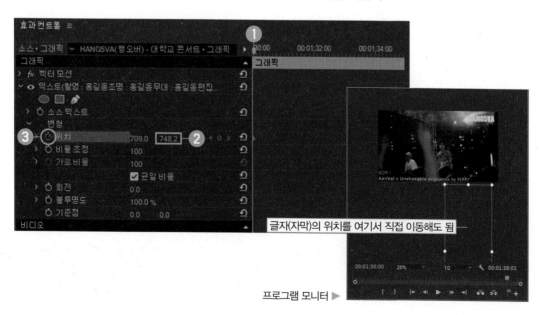

글자(자막)의 위치를 여기서 직접 이동해도 됨

프로그램 모니터 ▶

시간을 클립의 **❶아웃 포인트(1분 34초 28프레임)**로 이동한 후 **❷위치**를 설정하여 글자를 위쪽 화면 밖으로 이동한다.

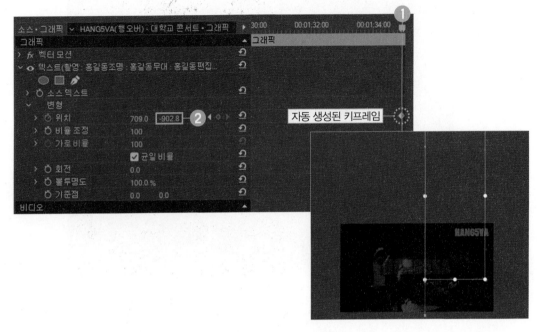

☑ 엔딩 크레딧 **모션의 속도**는 결국 **키프레임의 간격**에 의해 정해진다. 그러므로 자막의 속도가 빠르거나 느릴 경우 키프레임 간격을 조절하여 속도를 조절하면 된다.

03 정지 구간 만들기

자막이 잠시 멈추었다 다시 올라가는 모션을 만들어보자. 자막이 잠시 멈추는 장면으로 **❶시간**을 이동한 후 **위치**의 **❷키프레임 추가/제거**를 클릭하여 현재 시간에 키프레임을 추가한다.

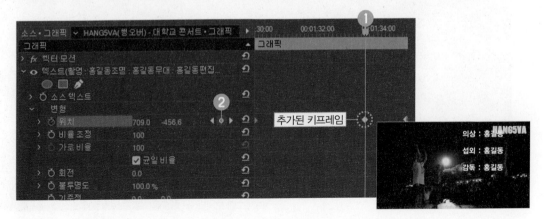

방금 생성된 **키프레임**에서 ❶❷**[우측 마우스 버튼] – [복사]**를 선택하여 해당 키프레임 속성 값을 복사한다. 단축키 [Ctrl] + [C] 키로 복사해도 된다. 그다음 자막이 멈춰있을 ❸**시간**으로 이동한 후 단축키 [Ctrl] + [V] 또는 ❹❺**[우측 마우스 버튼] – [붙여넣기]**를 선택하여 현재 시간에 복사된 키프레임을 붙여놓는다. 이것으로 자막이 멈춰있는 구간이 만들어졌다.

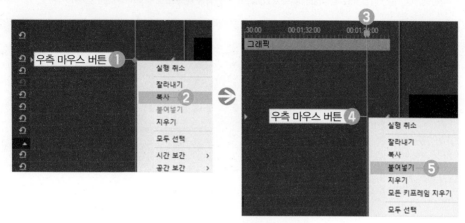

☑ 키프레임을 이동하여 멈춰있는 구간과 속도 등을 설정할 수 있다.

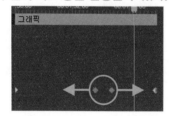

☑ 학습한 엔딩 크레딩을 활용하면 화면 하단에서 좌우로 흐르는 **크롤 자막**도 쉽게 만들어줄 수 있다.

프리뷰 ▶

팁 & 노트 💡 보호 여백(타이틀/액션 세이프 존)에 대하여

자막 작업에서 화면에 **보호 여백**을 띄우면 자막이 **플레이어(TV 화면)** 화면에서 벗어나가지 않도록 주의하며 작업할 수 있다. 모니터 우측 하단의 [설정] 버튼을 선택하여 [보호 여백]을 켜기/끄기할 수 있다. 보호 여백을 켜면 화면 가장자리에 **2개**의 사각형 박스가 나타나는데, 바깥쪽은 **작업 보호 영역(action safe zone)**이며, 안쪽은 **제목 보호 영역(title safe zone)**이다.

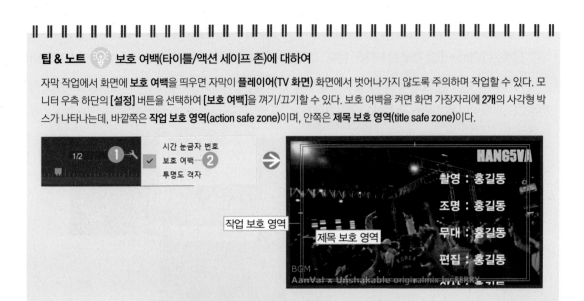

🕐 모션 그래픽 템플릿 활용하기

모션 그래픽 템플릿은 프리미어 프로 또는 애프터 이펙트에서 사용할 수 있는 [mogrt] 형식의 파일이다. 모션 그래픽 템플릿을 사용하면 전문적인 모션 그래픽 타이틀 제작이 가능하며, 애프터 이펙트에서 만든 템플릿을 프리미어 프로로 가져와 사용할 수 있다. 여기에서는 프리미어 프로에 있는 기본 그래픽 패널을 통해 템플릿을 만드는 간단한 방법과 애프터 이펙트에서 제작된 템플릿을 가져오는 방법에 대해서 알아본다.

기본 그래픽 이용하기

기본 그래픽을 만들기 위해 ❶❷[창] – [기본 그래픽] 메뉴를 선택한다. 그러면 화면 오른쪽에 **기본 그래픽 패널**이 나타난다. 기본 그래픽 패널에서 모션 그래픽 템플릿을 하나 추가해 보자. 사용하고자 하는 템플릿(필자는 클래식 로고 제공을 적용함)을 ❸드래그하여 사용하고자 하는 타임라인 트랙에 갖다 놓으면 그래픽 템플릿이 적용된다. 참고로 본 도서에서 사용되는 기본 그래픽 목록 중 일부는 필자 개인적으로 사용하고 있는 것이므로 여러분들과 다소 차이가 있을 것이다.

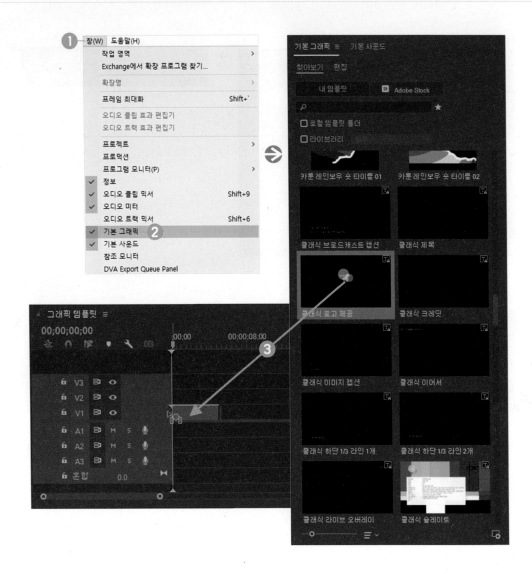

그래픽 템플릿을 타임라인에 적용하면 다음의 그림처럼 글꼴 확인 창이 나타난다. 이것은 적용되는 템플릿에 사용된 글꼴이 작업자의 PC에 설치되지 않아 동기화될 수 없기 때문에 **타이프킷(typekit)**에서 동기화하라는 설정 창이다. 만약 Typekit에서 동기화 목록에 글꼴이 나타난다면 ❶**체크**한 후 ❷**[글꼴 동기화]** 버튼을 눌러 해당 글꼴을 찾아 사용할 수 있도록 ❸**확인**한다. 참고로 이 창이 뜨지 않으면 그냥 넘어가도 되며, 개인적으로 원하는 별도의 글꼴을 사용하고자 한다면 그냥 창을 닫아도 된다.

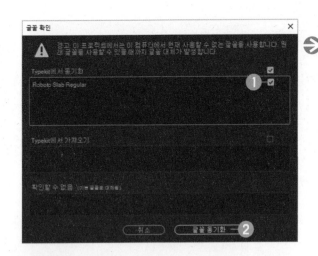

***

팁 & 노트 💡 타이프킷을 이용하여 글꼴 다운로드 받기

어도비 글꼴은 웹사이트에서 다운로드 받아 프리미어 프로(모든 프로그램)에서 사용할 수 있다. 글꼴을 받기 위해 서는 ❶❷[그래**픽 및 타이틀]** – **[Adobe 글꼴에서 글꼴 추가…]** 메뉴를 선택하여 해당 웹사이트로 들어가야 한다. 어도비 폰트 웹사이트가 열리면 사용하고자 하는 글꼴을 선택하여 다운로드받을 수 있다. 어도비 계정(아이디, 패스워드)으로 로그인해야 한다.

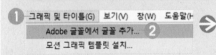

그래픽 템플릿 수정하기

적용된 그래픽 템플릿은 글꼴, 색상, 크기, 애니메이션 등을 원하는 상태로 수정할 수 있다. 수정하기 위해 해당 **템플릿 클립**을 ❶**선택**하면 ❷**효과 컨트롤** 패널과 우측의 기본 그래픽은 ❸**편집** 항목으로 전환된다. 효과 컨트롤에서는 해당 템플릿에서 사용된 모든 효과에 대한 설정 및 위치, 크기, 회전, 불투명도 등의 작업을 할 수 있으며, 편집 항목에서는 다양한 옵션들을 사용하여 애니메이션(모션)을 컨트롤할 수 있다.

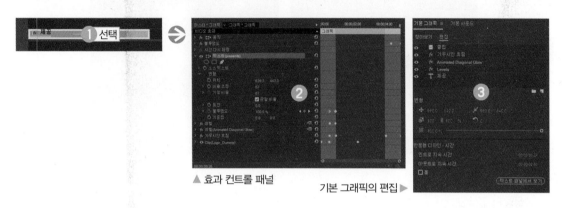

▲ 효과 컨트롤 패널

기본 그래픽의 편집 ▶

먼저 글자를 수정해 본다. 도구 바의 ❶**[문자 도구]**를 선택한 후 수정하고자 하는 글자를 ❷**클릭**한다. 글자 입력 모드로 전환되면 원하는 글자를 ❸**입력**하면 된다.

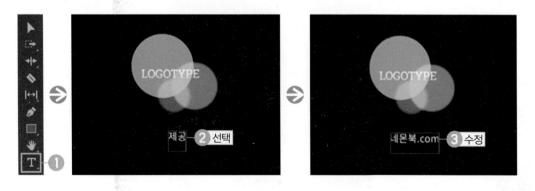

이번에는 기본 그래픽의 편집에 대해 알아보자. 편집 탭의 맨 위쪽엔 적용된 효과와 소스 목록이 있다. 현재 해당 클립에는 가우시안 흐림, Animated Diagonal Glow, Levels 효과가 적용되었고, ❶**글자가 선택**된 상태이다. 일단 맨 아래쪽에 있는 ❷**불투명도** 값을 설정해 보면 글자의 투명도가 조절된다. 그밖에 글꼴, 색상, 위치 등을 설정할 수 있다.

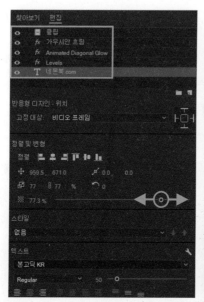 

이번엔 **클립**을 선택해 본다. 그러면 클립(로고 이미지)에 대한 위치, 크기, 불투명도에 대한 설정을 할 수 있는 상태로 전환된다. 적용된 효과 중 설정할 효과를 선택하여 설정할 수 있다.

☑ 그래픽 템플릿은 **애프터 이펙트**에서 제작된 것이다. 애프터 이펙트에서 프리미어 프로에서 사용할 수 있는 모션 그래픽 템플릿 파일을 만들 수 있으며, 각 설정 옵션을 프리미어 프로에서도 가능하도록 미리 등록해 놓을 수 있다. 자세한 사용법은 애프터 이펙트 관련 도서나 어도비 크리에이티브 클라우드를 참고하기 바란다.

애프터 이펙트에서 만든 모션 그래픽 템플릿 가져오기

애프터 이펙트에서 작업된 애니메니션을 모션 그래픽 템플릿으로 보내기(파일 만들기)하여 [mogrt] 형식의 파일로 만들어줄 수 있다. 여기에서는 미리 만들어놓은 템플릿을 가져와 살펴보자. ❶❷[그래픽] – [모션 그래픽 템플릿 설치] 메뉴를 선택한 후 [학습자료] – [그래픽 템플릿] 폴더로 들어가 보면 ❸[아이 러브 유]란 이름의 **MOGRT** 파일이 있다. 이 파일을 **선택**한 후 ❹**열기**한다. 그러면 기본 그래픽의 ❺❻**찾아보기** 항목에 등록된다.

프리뷰 ▶

등록된 그래픽 템플릿을 **타임라인에 적용**하면 기본 그래픽 패널의 편집에서 **색상과 불투명도**를 조절할 수 있는 옵션이 있다는 것을 알 수 있다. 이 옵션들은 모두 애프터 이펙트에서 만든 것이다.

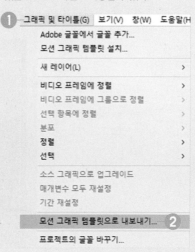

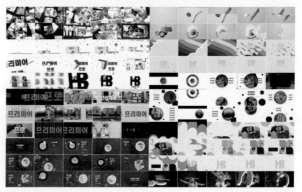

01 학습을 위해 [학습자료] – [Project] – [타이핑 치듯 나타나는 글자] 프로젝트 파일을 실행한다. 현재는 말 풍선과 스마트폰 그리고 배경이 있는 두 클립이 적용된 상태이다. 이제 말풍선 안에 타이핑 치듯 나타나는 글자 애니메이션을 만들어보자. ❶[문자 도구]를 선택한 후 위쪽 말풍선에 그림처럼 ❷[ㅎ]를 입력한다. 참고로 최종 글자는 [하이]이며, 글꼴과 글자 색상 등은 자신이 원하는 것으로 설정하면 된다. ❸시작 프레임으로 이동한 후 [소스 텍스트]의 ❹[애니메이션 켜기/끄기]를 클릭하여 키프레임을 생성한다.

02 계속해서 ❶3프레임 뒤로 이동한 후 앞서 입력한 [ㅎ]를 지우고 완전한 ❷[하]를 입력한다. 그러면 현재 시간에 자동으로 키프레임이 추가된다. 추가된 키프레임은 [하]에 대한 속성을 가지고 있다.

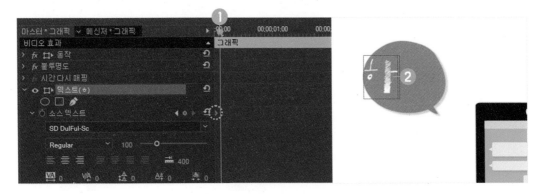

03 다음 글자인 [이]를 입력하기 위해 ❶3프레임 뒤로 이동한 후 ❷[ㅇ]을 입력한다. 그다음 다시 ❸3프레임 뒤로 이동한 후 완전한 ❹[이]를 입력한다. 이와 같은 방법으로 글자의 자음과 모음(또는 받침)을 시간을 이동해 가면서 바꿔주게 되면 키프레임에 의해 타이핑되는 애니메이션이 만들어진다.

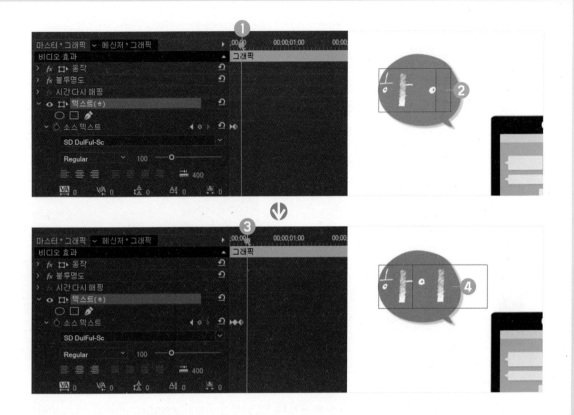

04 같은 방법으로 아래쪽 **말풍선**에도 타이핑 치듯 나타나는 글자 애니메이션을 만들어준다. 필자는 **[반가**
워]란 글자를 만들어보았다.

프리뷰 ▶

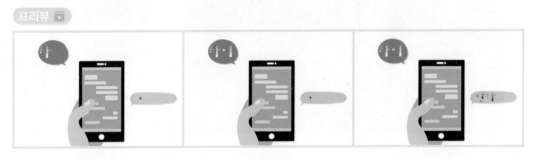

☑ 작업에서 주의할 점은 **새로운 글자**를 생성할 때 효과 컨트롤에서도 **새로운 [텍스트]**가 생성되기 때문
에 새로 생성된 텍스트의 키프레임을 이용하여 글자 애니메이션을 만들어야 한다는 것이다.

팁 & 노트 💡 참조 모니터 활용하기

참조 모니터는 편집 시 **장면**을 **비교**하면서 작업을 할 수 있도록 해주는 별도의 모니터로 **[창] - [참조 모니터]** 메뉴를 선택하여 참조 모니터를 띄워줄 수 있다. 참조 모니터에 나타나는 장면(프레임)은 **타임라인**과는 **별개**로 특정 장면을 볼 수 있기 때문에 타임라인에서의 작업 내용과 비교해 가면서 작업을 할 수 있으며, 때론 프로그램 모니터와 **동기화**하여 서로 일치된 화면으로 전환할 수도 있다.

▲ 참조 모니터(좌)와 프로그램 모니터(우)

LESSON 13

시간에 관한 작업들

시간을 조절하여 화면을 느리게 혹은 빠르게 하는 것을 말하며, 정지 장면 또한 시간의 범주에 포함된다. 프리미어 프로에서는 다양한 방법으로 속도를 조절할 수 있으며, 장면의 움직임에 대한 잔상, 픽셀 이동, 시간 왜곡 등과 같은 효과를 표현할 수 있다.

학습시간
약 18분

🕐 정지 장면 만들기

정지 장면은 엔딩 크레딧 롤 자막의 배경이나 사진 편집 등 다양한 곳에 사용된다. 프리미어 프로에서의 정지 장면은 다양한 방법으로 설정할 수 있다

특정 장면(프레임)을 정지 장면으로 만들기

학습을 위해 [학습자료] - [Video] - [Carousel] 파일을 가져와 타임라인에 적용한 후 **①정지 장면**으로 사용할 지점을 찾아준다. 그다음 클립 위에서 **②③[우측 마우스 버튼]** - [프레임 고정 옵션] 메뉴를 선택한다.

 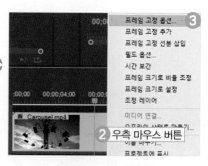

프레임 고정 옵션 창의 [소스 시간 코드]은 프레임에 대한 시간 값을 설정하여 설정된 프레임의 장면을 정지 장면으로 만들 때 사용한다. 하지만 지금은 **재생 헤드**가 위치한 지점을 정지 장면으로 만들어주어야 하기 때문에 **①[재생 헤드]**로 설정한 후 **②확인**한다. 그러면 재생 헤드가 위치한 지점이 해당 클립의 전체 장면(정지 이미지처럼)으로 사용된다.

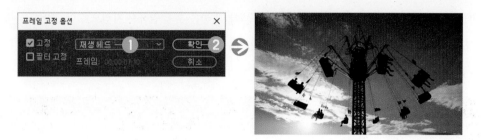

☑ 프레임 고정 옵션에서 **시작 지점** 또는 **종료 지점**으로 설정하면 해당 비디오 클립의 시작/끝 프레임의
장면이 정지 장면으로 사용된다.

특정 장면 이후부터 정지 장면으로 만들기

이번에는 재생 헤드가 위치한 지점을 기준으로 이전 장면은 동영상, 이후부터는 정지 장면을 만들기 위해 앞
서 사용한 [Carousel] 클립을 원래 상태로 **되돌려(Ctrl + Z)**준 후 정지 장면이 시작될 장면으로 ❶이동한다. 그다
음 클립 위에서 ❷❸[우측 마우스 버튼] – [프레임 고정 추가] 메뉴를 선택하면 재생 헤드가 위치한 지점을 기
준으로 클립이 2개로 잘라지며, 잘려진 앞쪽 클립은 동영상, 뒤쪽 클립은 정지 장면으로 사용된다.

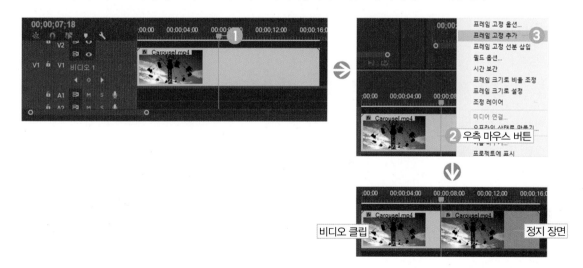

이번에는 재생 헤드가 위치한 지점을 기준으로 이후 장면이 정지 장면 그리고 다음 장면은 다시 동영상 클립

으로 만들어보기 위해 [Carousel] 클립을 원래 상태로 되돌려놓은 후 ❶원하는 지점으로 이동한 후 클립 위에서 ❷❸[우측 마우스 버튼] - [프레임 고정 선분 삽입] 메뉴를 선택하면 그림처럼 3개로 잘려지는데, 앞쪽은 동영상 클립, 두 번째는 정지 장면, 세 번째는 다시 동영상 클립으로 사용된다.

비디오 클립   정지 장면   비디오 클립

팁 & 노트 🕐 **시간 보간법 이해하기**

시간 보간(time interpolation)은 프레임과 프레임 간의 연결 방법을 의미한다. 사용되고 있는 [Carousel] 비디오 클립에서 [우측 마우스 버튼] - [시간 보간] 메뉴를 보면 3개의 시간 보간 방식이 있는데, [프레임 샘플링]은 각 프레임을 있는 그대로 연결하는 방식이며, [프레임 혼합]은 프레임과 프레임 사이에 가상 프레임을 만들어 자연스럽게 보이도록 해주는 방식, [광학 흐름]은 광학 기법을 활용하여 초고속 카메라를 통해 촬영된 장면을 표현해 주는 방식으로 빠른 장면에서 효과를 볼 수 있다.

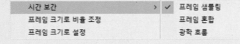

⏱ 느린 장면, 빠른 장면, 역재생되는 장면 만들기

먼저 느린 장면을 표현하기 위해 사용되고 있는 [Carousel] 클립 위에서 ❶❷[우측 마우스 버튼] - [속도/지속 시간] 메뉴를 선택한다. 속도/지속 시간 설정 창이 열리면 맨 [속도] 값을 ❸50%로 줄인 후 ❹확인하면 원래 속도의 절반으로 속도가 줄어든다. 참고로 속도가 줄면 클립의 길이는 길어진다.

이번에는 [속도 조정 도구]를 선택한 후 클립의 **아웃 포인트**를 **좌측**으로 **드래그**한다. 그러면 클립(장면)이 트리밍되는 것이 아니라 짧아진 길이만큼 속도가 빨라진다. 이처럼 속도 조정 도구를 이용하여 간편하게 클립의 속도를 조절할 수도 있다.

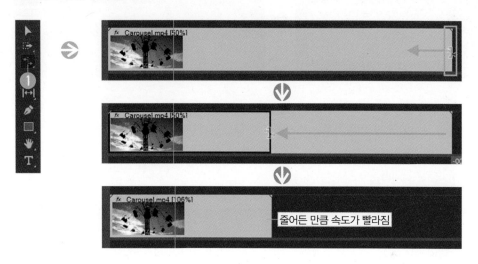

구간별 속도 조절하기

특정 구간에 따라 속도가 조절되도록 하기 위해서는 **시간 다시 매핑**(time remapping)을 사용해야 한다. 이 기능은 **효과 컨트롤**의 [시간 다시 매핑] 또는 해당 **클립**(트랙)에서 [시간 다시 매핑]을 사용할 수 있다. 여기에서는 클립에서 직접 사용해 본다. 타임 리매핑을 사용하기 위해 [Carousel] 클립 클립에서 ①②③④ [우측 마우스 버튼] - [클립 키프레임 표시] - [시간 다시 매핑] - [속도] 메뉴를 선택한다.

투명도 조절 모드에서 **타임 리매핑** 모드로 전환되면 트랙을 작업하기 좋은 크기로 조절한 후 속도를 조절하고자 하는 지점으로 ①**재생 헤드**를 이동한다. 그다음 ②[키프레임 추가/제거] 버튼을 클릭하여 키프레임을 생성

한 후 ❸다음 속도 조절 점으로 이동하여 ❹키프레임을 추가한다.

방금 만든 두 키프레임 사이의 **조절 선**에 마우스 커서를 갖다 놓은 후 위/아래로 이동해 보면 해당 구간의 속도가 조절되는 것을 알 수 있다. 여기에서는 **속도를 느리게** 해주기 위해 그림처럼 **아래**로 내려준다. 속도가 느려지는 만큼 클립의 길이도 늘어난다.

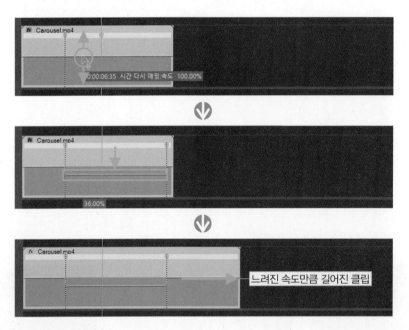

☑ 빨라지는 구간 또한 같은 방법으로 원하는 **구간(키프레임)**을 만든 후 속도를 조절하면 된다.

구간별 속도를 조절할 때 속도의 변화가 생기는 구간의 속도를 자연스럽게 하기 위해서는 **키프레임의 왼쪽** 혹은 **오른쪽** 부분을 드래그하여 **키프레임을 분리**하면 된다. 분리된 구간은 자연스럽게 가속이 붙거나 느려진다. 현재는 나눠진 구간이 위에서 아래로 내려갔기 때문에 속도가 서서히 느려진다.

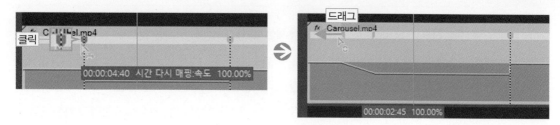

☑️ 키프레임 삭제는 효과 컨트롤 패널에서 **시간 다시 매핑**의 **[속도]**에 대한 **[애니메이션 켜기/끄기]**를 꺼주면 된다.

역재생되는 장면 만들기

역재생되는 장면을 만들기 위해 [Carousel] 클립 위에서 ❶❷**[우측 마우스 버튼]** – **[속도/지속 시간]**을 선택한 후 설정 창에서 ❸**[뒤로 재생]** 옵션을 **체크**해 주고 ❹**확인**하면 간단하게 해당 클립 전체가 역재생되는 장면으로 만들어진다.

III IIIIIIIIIIIIIIIIIIIIIIIIIIIIIIIIIIIIIIIIIIIIIIIII III

팁 & 노트 💡 필드 옵션에 대하여

필드 옵션에서는 비디오의 필드(주사선) 방식을 설정할 수 있다. 여기에서는 주로 필드 방식으로 발생되는 **플리커(flicker: 화면이 깜빡거리는 현상)**를 없애주는 작업을 한다.

01 학습을 위해 [학습자료] - [Project] - [구간별 역 재생하기] 프로젝트 파일을 실행한다. 실행된 프로젝트
는 [Escalator] 클립 3개가 각각의 비디오 트랙에 적용된 상태이다. 이제 이 세 클립으로 반복 역재생되는
장면을 만들어주기 위해 ❶첫 번째 역재생될 구간으로 이동한다. 그다음 ❷아무 클립이나 하나 선택한 후
단축키❸[M](영문 입력모드에서)을 눌러 세 클립에 모두 마커를 생성한다. 계속해서 ❹다음 지점으로 이
동한 후 단축키 ❺[M]을 눌러 두 번째 마커를 생성한다.

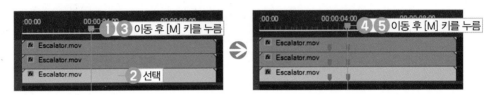

02 먼저 역재생되는 장면을 만들기 위해 맨 위쪽 클립에서❶❷[우측 마우스 버튼] - [속도/지속 시간] 메뉴
를 선택한 후 설정 창에서 ❸[뒤로 재생]을 체크하고 ❹[확인]한다. 그러면 클립 마커도 뒤바뀐다.

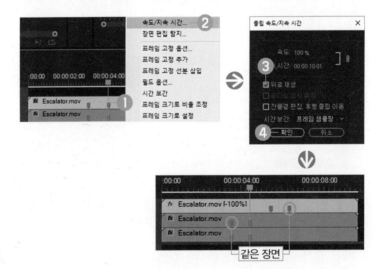

☑ 맨 위쪽 클립이 바뀌어도 앞서 만든 마커의 위치를 통해 사용되는 세 비디오 클립의 같은 장면을 찾을
수 있다.

03 이제 맨 위쪽 클립의 ❶시작 점을 조금만 트리밍한 후 두 번째 그림처럼 해당 클립의 ❷두 번째 마커를 아래
쪽 클립의 첫 번째 마커에 맞춰준다. 그다음 ❸시작 점을 아래쪽 클립의 첫 번째 마커에 맞게 트리밍한다.

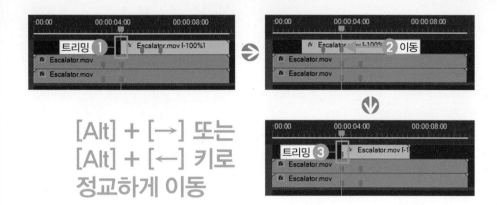

[Alt] + [→] 또는
[Alt] + [←] 키로
정교하게 이동

04 계속해서 **맨 위쪽 클립의 끝 점**을 아래쪽 클립의 **두 번째 마커**에 맞게 트리밍하고, **맨 아래쪽 클립의 시작 /끝 점**을 위쪽 클립의 **두 마커**에 맞게 트리밍한다. 그다음 클립을 **오른쪽으로 이동**하여 **시작 점을 두 번째 마커**에 맞춰준 후 **시작 점**을 좌측으로 드래그하여 **첫 번째 마커**에 맞게 늘려준다. 마지막으로 **끝 점**을 드래그하여 **두 번째 마커**에 맞게 트리밍한 후 **맨 위쪽 클립 뒤로 이동**한다. 다소 복잡하지만 이와 같은 방법으로 특정 구간에서 역재생되었다가 다시 정방향으로 재생되는 장면을 표현할 수 있다.

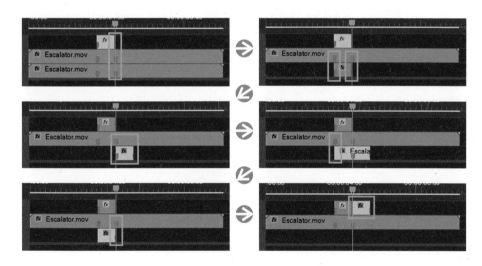

프리뷰 ▶

Premiere Pro CC 2023 Guide for Beginner

Pr

프 리 미 어 프 로

PART 03

고급편집

High-end editing

모션 그래픽(애니메이션) 제작

모션 그래픽(motion graphic)은 정적인 대상(이미지)에 움직임을 부여하고, 점, 선, 면 그리고 색을 이용하여 디자인적 요소를 가미한 영상물이다. 프리미어 프로에서의 모션 그래픽은 키프레임에 의해 이루어지기 때문에 키프레임에 대한 이해가 필요하다.

학습시간
약 35분

🕐 모션(motion)을 이용한 애니메이션

효과 컨트롤 패널의 모션에서 모션 그래픽을 표현한다. 모션 그래픽을 표현하기 위해서는 하나하나의 움직임을 애니메이션(animation)화해야 하는데, 이 과정에서 **키프레임(keyframe)**의 역할은 매우 중요하다. 이번 학습을 통해 모션을 위한 키프레임에 대해 확실하게 이해해 본다.

위치, 크기, 회전, 투명도에 대한 애니메이션

애니메이션의 기본은 위치, 크기, 회전의 변화이며 때론 투명도 변화를 주어 공간감을 줄 때도 있다. 학습을 위해 [학습자료] - [Project] - [동작을 이용한 애니메이션] 프로젝트 파일을 실행한다. 이 프로젝트는 유령, 나무, 나무숲, 배경까지 총 4개의 트랙으로 구성되어있다. 먼저 맨 위쪽에 있는 ❶[유령] 클립을 **선택**한 후 효과 컨트롤 패널의 **동작**에서 ❷**위치** 값을 설정하여 유령을 좌측 상단으로 이동한다. 그다음 ❸**시작 프레임**으로 이동한 후 위치에 대한 ❹**키프레임**을 생성한다.

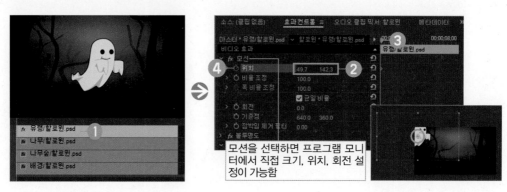

모션을 선택하면 프로그램 모니터에서 직접 크기, 위치, 회전 설정이 가능함

☑️ 사용되는 유령 클립과 나머지 3개의 클립의 길이가 10초가 아니라면 **10초**로 늘려준다.

시간을 ①5초 정도 뒤로 이동한 후 유령의 위치를 ②우측으로 이동한다. 그러면 현재 시간에 키프레임이 추가된다. 그다음 ③마지막 프레임으로 이동한 후 유령의 위치를 ④가운데 아래쪽으로 이동한다. 이와 같은 방법으로 위치에 대한 애니메이션을 만들 수 있다.

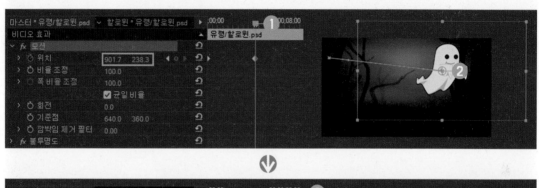

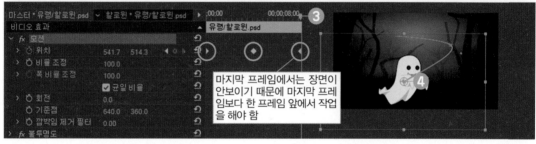

이번에는 크기에 대한 애니메이션을 만들어주기 위해 다시 ①시작 프레임으로 이동한 후 ②[비율 조정] 값을 설정하거나 프로그램 모니터에서 직접 ②클립의 모서리를 이동하여 유령의 크기를 그림처럼 작게 해준다. 그다음 ③키프레임을 생성한다. 계속해서 ④마지막 프레임으로 이동한 후 크기를 ⑤키워준다. 그러면 처음엔 작았다가(멀리 있는 것 같은 느낌) 서서히 커지는(앞으로 날아오는 것 같은 느낌) 모션이 만들어진다.

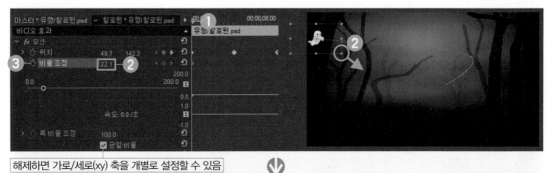

해제하면 가로/세로(xy) 축을 개별로 설정할 수 있음

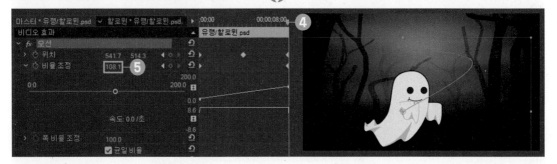

☑ 애니메이션의 시작은 항상 시작 프레임에서가 아닌 상황에 맞는 시간에서부터 시작하는 것이다.

프리뷰 ▶

이번에는 회전에 대한 애니메이션 작업을 하기 위해 유령이 오른쪽으로 갔다가 다시 왼쪽으로 방향을 바꾸는 ①시점(약 5초)으로 시간을 이동한 후 회전에 ②키프레임을 생성한다. 그다음 ③5프레임 정도 뒤로 이동한 후 ④회전을 해준다. 회전 또한 프로그램 모니터에서 ④클립의 모서리 바깥 지점을 이용하여 직접 회전할 수 있다. 살펴본 것처럼 위치, 크기, 회전은 애니메이션의 기본이며, 다루기도 어렵지 않기 때문에 몇 번의 반복 작업을 통해 쉽게 익힐 수 있다.

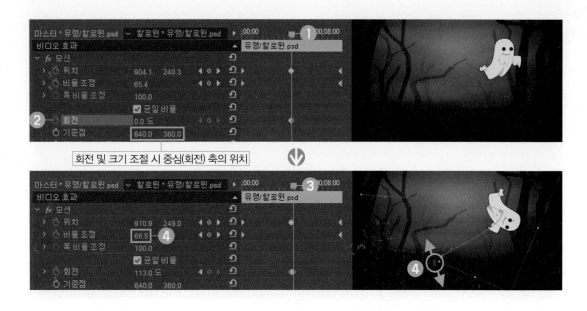

회전 및 크기 조절 시 중심(회전) 축의 위치

프리뷰 ▶

마지막으로 불투명도에 대한 애니메이션을 만들기 위해 ❶**시작 프레임**으로 이동한 후 **불투명도**를 ❷0으로 설정한다. 불투명도는 기본적으로 키프레임이 켜져있다.

두 기능의 키프레임은 기본적으로 켜져있음

시간을 ❶1초 정도 뒤로 이동한 후 **불투명도** 값을 ❷60 정도로 설정하여 반투명하게 보이도록 하였다. 지금까지 기본적인 모션(애니메이션)에 대해 살펴보았다.

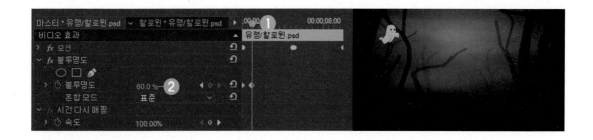

애니메이션 경로(패스) 설정하기

키프레임은 기본적으로 부드러운 경로를 위해 곡선으로 표현하지만 키프레임 핸들(handle)을 조정하여 경로의 변화를 줄 수 있다. 살펴보기 위해 [이전/다음 키프레임으로 이동] 버튼을 눌러 두 번째 키프레임으로 이동한다.

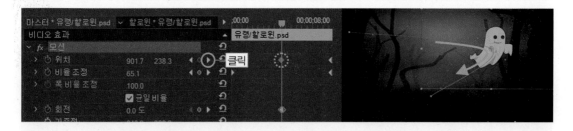

팁 & 노트 키프레임 삭제 그리고 키프레임 설정에 대하여

키프레임 삭제는 삭제할 키프레임을 선택한 후 [Delete] 키를 누르면 되며, 특정 키프레임의 수치 값을 변경(수정)하기 위해서는 해당 키프레임에 재생 헤드를 정확하게 위치시켜야 한다. 재생 헤드가 키프레임에 정확하게 위치하지 않은 상태에서 설정을 하게 되면 재생 헤드가 있는 지점에 키프레임이 추가되기 때문이다. 키프레임 설정을 위해 다음의 기능들을 기억하자.

프로그램 모니터의 **포인트(키프레임)**를 보면 양쪽에 **핸들**이 있는 것을 알 수 있다. 이 핸들을 상하좌우로 조정하여 애니메이션 경로를 설정할 수 있다.

경로를 직선으로 바꿔주기 위해 두 번째 키프레임 위에서 ❶❷❸**[우측 마우스 버튼] – [공간 보간] – [선형]**을 선택하면 곡선 경로가 직선으로 바뀌게 된다.

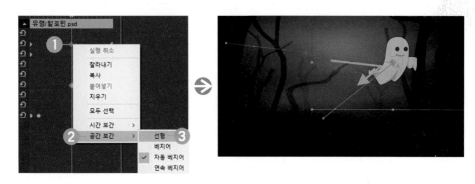

애니메이션 속도 조절하기

기본적으로 키프레임 간격을 조정하여 모션 속도를 조절하지만 **베지어 핸들**을 이용하면 **키프레임과 키프레임 사이의 속도(시작할 때와 끝날 때)**를 자연스럽게 조정할 수 있다. 지금의 작업은 **모션**의 각 옵션(위치, 비율, 회전)보다는 클립 위에서 ❶❷❸[우측 마우스 버튼] – [클립 키프레임 표시] – [동작] 메뉴가 더 효과적이다. 여기에서 일단 위치 설정을 위해 ❹[위치]를 선택해 본다.

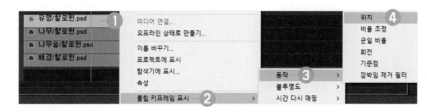

키프레임 정보가 나타나면 ❶양쪽으로 뻗어 나온 컨트롤 핸들을 조정하여 속도를 제어를 할 수 있다. 이것은 키프레임에서 ❷[우측 마우스 버튼]을 클릭했을 때 나타나는 시간 보간(keyframe interpolation)에 대한 메뉴들과 유사한 것이다.

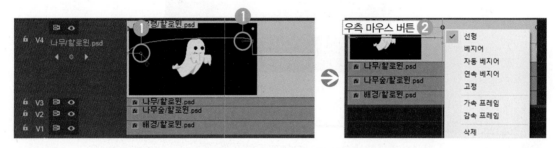

☑ 키프레임 시간 보간법에 대한 내용은 [학습자료] 폴더에 있는 [Keyframe Interpolation] 파일을 실행하여 확인해 보면 쉽게 이해할 수 있다.

Keyframe Interpolation

팁 & 노트 💡 키프레임 애니메이션의 원리(트위닝과 인터폴레이션에 대하여)

컴퓨터 그래픽을 이용한 애니메이션에서는 움직임의 변화를 주는 지점에서만 변화를 주면 나머지 구간은 자동으로 변화가 생기게 된다. 이것을 키프레임 애니메이션이라고 한다. 키프레임과 키프레임의 변수(서로 다른 값)는 두 키프레임 사이에서의 변화를 자동으로 표현해 주는데, 이러한 과정을 **인터폴레이션(interpolation)** 또는 **트위닝(tweening)**이라고 한다. 물론 이 두 단어는 같은 뜻이지만 일반적으로 인터폴레이션이라고 부른다. 아래의 그래프를 보면 보다 쉽게 이해할 수 있을 것이다.

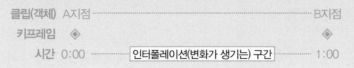

01 학습을 위해 [**학습자료**] – [**Project**] – [**PIP 멀티 화면 만들기**] 프로젝트 파일을 실행한다. 먼저 길이가 다른 5개의 클립들을 **같은 길이(가장 짧은 클립 기준)로 편집**해 준다.

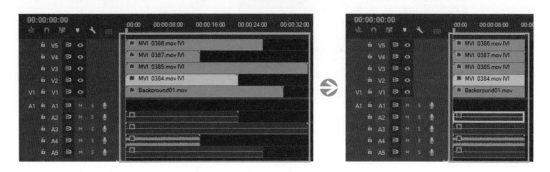

02 맨 위쪽 클립을 ❶**선택**한 후 **모션**에서 ❷**위치와 비율** 조정 값을 설정하여 **좌측 상단**에 작게 나타나게 한다.

03 방금 만든 작은 화면에 테두리를 만들어주고자 한다면 **렌즈 왜곡(lens distortion)** 비디오 효과를 적용한 후 **곡률(vertical decentering)** 값을 **4** 정도로 설정하여 테두리를 표현해 준다.

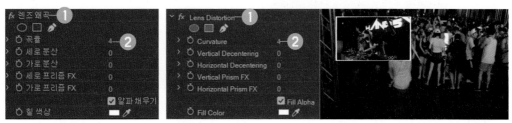

▲ 한글 버전의 모습　　　　▲ 영문 버전의 모습

04 이제 살펴본 방법으로 나머지 3개의 클립도 화면을 작게 하고 각각의 위치에 배치해야 한다. 하지만 이번에는 좀 더 편한 방법을 사용해 보자. 먼저 작업이 끝난 **맨 위쪽 클립**을 선택한 후 ❶[**Ctrl**] + [**C**] 키를 눌러

복사한 다음 **아래쪽 클립**을 ❷**선택**한 후 ❸❹**[편집] – [특성 붙여넣기(paste attributes)]** 메뉴를 선택하여
복사된 클립의 속성(위치, 크기, 효과 등)을 방금 선택한 클립에 상속한다.

☑ **특성 붙여넣기**는 복사된 클립이 속성을 다른 클립에 그대로 상속하여 같은 결과물을 얻을 수 있도록
해준다. 지금처럼 같은 작업을 반복할 때 작업 시간을 단축할 수 있는 유용한 기능이다.

05 특성 붙여넣기 창에서 ❶**동작**과 ❷**효과**의 렌즈 왜곡만 상속하기 위해 이 옵션들만 **체크**하고 ❸**적용**한다.

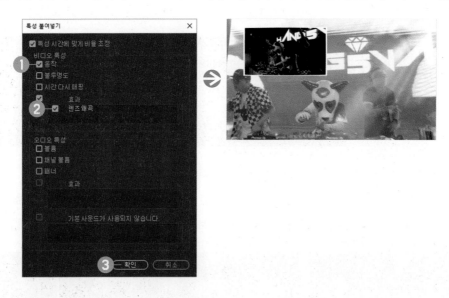

06 이제 특성이 상속된 클립의 위치만 **오른쪽으로 배치**하여 화면이 나타나도록 해준다. 같은 방법으로 배경
으로 사용되는 **맨 아래쪽 클립**을 제외한 **나머지 클립들**도 앞서 복사한 클립의 특성을 상속받은 후 **위치** 값
만 설정하여 **최종 결과 그림처럼 배치**한다.

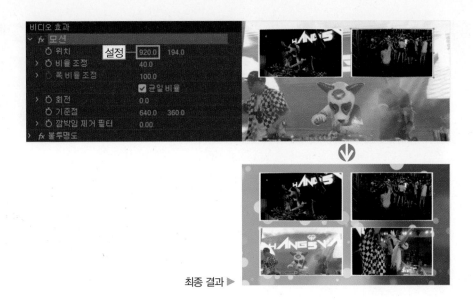

최종 결과 ▶

07 위의 결과가 완성되었다면 이번에는 화면이 커졌다 작아지는 장면을 만들기 위해 ❶**맨 위쪽 클립**을 **선택**한 후 ❷**1초**에서 ❸**위치와 비율 조정**에 **키프레임**을 **생성**한다. 그다음 ❹**2초**에서 맨 위쪽 클립의 장면만 보이도록 ❺**키워**준다. 이것으로 1초 동안 작은 화면, 2초까지 큰 화면이 되는 모션 장면이 만들어졌다.

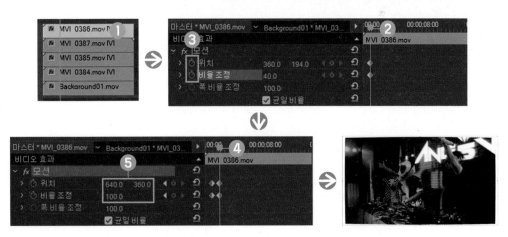

08 큰 화면 후 ❶**5초** 뒤인 **7초**에 ❷**키프레임**을 **추가**한다. 이전 키프레임부터 5초간 큰 화면이 유지된다. 그다음 ❸**1초** 뒤에서 다시 ❹**처음 크기**로 해주고, **위치**는 첫 번째 키프레임을 ❺**복사(Ctrl + C)**한 후 현재 시간에서 ❻**붙여넣기(Ctlr + V)**하여 처음 위치로 돌아가게 해준다.

☑ 같은 방법으로 나머지 장면도 화면이 커졌다 작아지는 애니메이션을 표현해 본다.

프리뷰 ▶

01 학습을 위해 **[학습자료] – [Project] – [행오버 뮤비_엔딩 크레딧 01]** 프로젝트 파일을 실행한다. 이제 크레딧 롤 자막이 진행될 때 배경 화면이 작아지도록 해주기 위해 시간을 **❶자막이 시작되는 지점**으로 이동한 후 **❷자막 아래쪽 클립을 선택**한다. 그다음 효과 컨트롤의 모션에서 **위치와 비율 조정**에 **❸키프레임을 생성**한다.

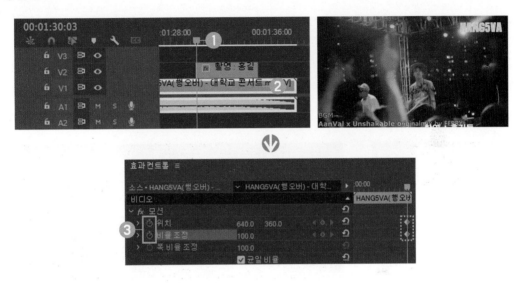

02 **❶1초 뒤**에서 **❷크기와 위치**를 그림처럼 작은 배경 화면으로 설정한다. 살펴본 것처럼 모션을 사용하면 다양한 장면을 연출할 수 있다.

⏱ 효과(effect)을 이용한 애니메이션

모션은 효과(이펙트)의 옵션(파라미터)에 대한 키프레임을 통해서도 가능하다. 준비된 몇 개의 예제를 통해 학습을 해본다.

자르기 효과를 이용한 사방으로 잘려 사라지는 장면 만들기

학습을 위해 [학습자료] - [Project] - [사방으로 잘려지는 장면] 프로젝트를 실행한다. 타임라인에 적용된 클립에 ①[자르기(Crop)] 효과를 적용한 후 효과 컨트롤 패널에서 시간을 ②10초로 이동한다. 그다음 [왼쪽]에 ③키프레임을 생성한다.

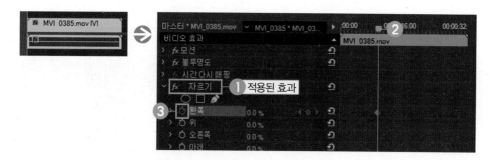

①1초 뒤에서 ②[왼쪽] 값을 설정하여 왼쪽 부분의 **화면을 잘라준다.** 그다음 [위]에 ③키프레임을 생성한다.

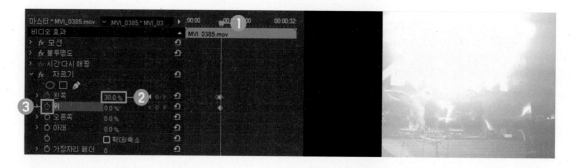

①1초 뒤에서 ②[위] 값을 설정하여 위쪽 부분의 **화면을 잘라준다.** 그다음 이번에는 오른쪽을 잘라주기 위해 [오른쪽]에 ③키프레임을 생성한다.

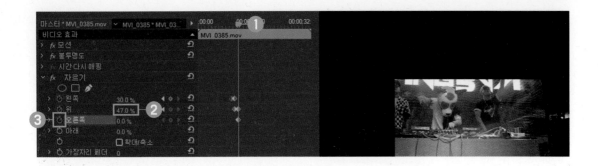

❶1초 뒤에서 ❷[오른쪽] 값을 설정하여 **오른쪽 화면을 잘라**준다. 그다음 [아래]에 ❸**키프레임**을 생성한다.

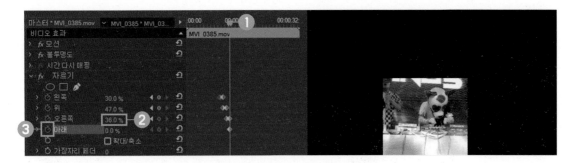

❶1초 뒤에서 ❷[아래] 값을 설정하여 마지막으로 아래쪽 화면이 완전히 사라지도록 해준다.

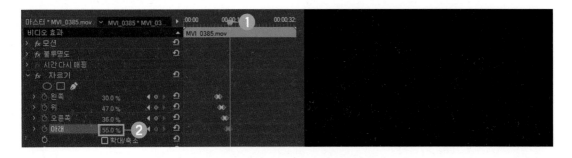

멀티 화면에서 하나의 화면으로 바뀌는 장면 만들기

학습을 위해 [학습자료] - [Project] - [멀티 화면에서 하나의 화면 만들기] 프로젝트를 실행한다. 멀티 화면을 만들기 위해 적용된 클립에 [복제(Replicate)] 효과를 적용한다.

❶시작 프레임(0프레임)에서 [픽셀 수]를 ❷[10]으로 설정한 후 ❸키프레임을 생성한다.

❶1초에서 [픽셀 수]를 최소 값인 ❷[2]로 설정하여 화면들을 4개로 줄여준다. 그러나 원하는 최종 화면의 개수는 1개이기 때문에 별도의 작업이 필요하다.

클립(Billiards)을 선택한 후 효과에 대한 애니메이션이 끝난 1초에서 [M] 키를 눌러 마커를 추가한다. 그다음 프로젝트 패널에서 현재 사용하고 있는 클립을 위쪽 트랙에 적용한다.

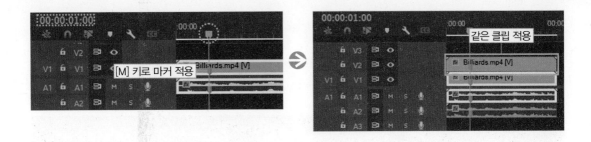

방금 적용한 위쪽 클립의 ❶시작 점을 트리밍하여 마커에 맞춰준다. 그다음 ❷[연결된 선택] 도구를 해제한 후 위쪽 비디오 클립에 포함된 맨 아래쪽 오디오를 ❸삭제(delete)한다. 이것으로 최종적으로 하나의 화면으로 바꾸는 장면이 완성되었다.

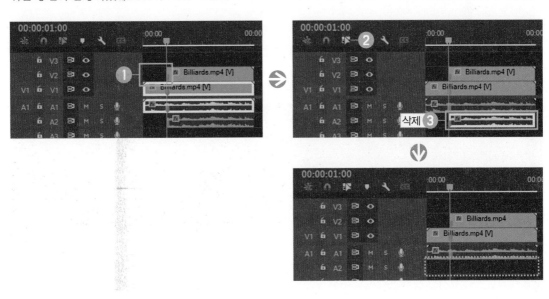

프리뷰

학습을 위해 [학습자료] – [Project] – [할로윈] 프로젝트를 실행한다. 이번 학습에서는 흐느적이면서 나타나는 유령을 표현해 본다. 맨 위쪽 유령 클립에 [파도 비틀기(Wave Warp)] 효과를 적용한다.

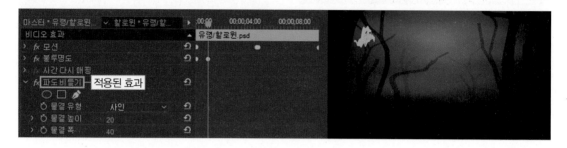

유령의 모습이 더욱 강렬하게 나타나도록 하기 위해 [물결 높이]를 ❶[40] 정도로 증가한 후 유령의 모습이 완전히 나타나는 ❷1초에서 키프레임을 ❸생성한다.

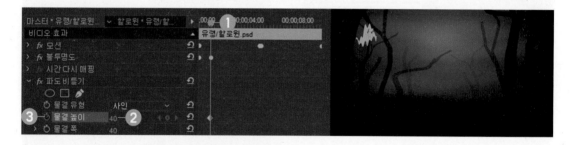

유령의 모습이 물결처럼 계속 흔들려도 되겠지만 여기에서는 이후부터 서서히 원래의 모습으로 되돌아오는 장면을 표현해 보자. ❶4초에서 [물결 높이] 값을 ❷[0]으로 설정하여 다시 원래의 평범한 유령의 모습이 나타나도록 해준다. 지금까지 유령이 나타나는 모습을 재밌게 표현해 보았다.

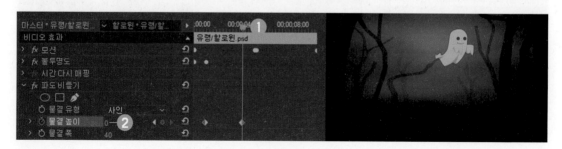

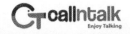

효과도 키프레임을 이용하면 다양한 애니메이션으로 표현할 수 있다는 것을 알 수 있다. 그밖에 효과를 활용하여 자신만의 효과 애니메이션을 표현해 보기 바란다.

LESSON 15
합성 작업의 모든 것

합성(composite)은 여러 장면을 하나의 장면으로 표현하는 기법이
다. 프리미어 프로에서는 마스크, 크로마키(키잉) 효과, 혼합 모드
를 이용하여 다양하고 정교한 합성 작업을 할 수 있다.

학습시간
약 37분

🕐 마스크(mask)를 이용한 합성

마스크는 특정 영역(장면)만을 표현하고 나머지 영역은 투명하게 처리하여 다른 장면(하위 클립)과 합성하기
위해서 사용되는 기능이다. 마스크는 합성 기법 중 가장 난이도가 높고, 다루기 까다롭지만 다양하고 섬세한
작업이 가능하기 때문에 반드시 익혀두어야 한다.

펜(pen) 도구 사용법 익히기

마스크(펜 도구)는 각 비디오 효과에서 사용할 수 있으며, 편집 도구의 펜 도구와 효과 컨트롤 패널의 불투명
도에서 사용된다. 펜 도구 사용법에 대해 알아보기 위해 [학습자료] - [Project] - [펜 도구 익히기] 프로젝트를
실행한다. 해당 프로젝트는 아이스크림 모양의 이미지 클립이 타임라인에 적용된 상태이다.

이 아이스크림의 가운데 또는 위쪽 부분만 색상을 바꿔주어야 한다면 어떻게 해야 할까? 정답은 마스크이
다. 여기에서는 효과 컨트롤 패널에 있는 **불투명도의 펜 도구**를 사용해 본다. **아이스크림 클립**을 **선택**한 후 효
과 컨트롤 패널의 **불투명도**를 보면 원형, 사각형, 펜 도구(자유로운 그리기 베지어)가 있다. 펜 마스크를 만들
기 위해 [**펜 도구**]를 선택한다.

불투명도의 애니메이션을 꺼놓고 작업함

직선 마스크 만들기

프로그램 모니터에서 그림처럼 아이스크림의 ❶**분홍색 영역의 아래쪽 부분**을 **클릭**하여 마스크 포인트를 생성한 후 분홍색 ❷**오른쪽 모서리** 부분을 **클릭**하여 포인트를 추가하고, 위쪽 ❸**곡선이 시작되기 전** 부분을 **클릭**하여 포인트를 추가한다. 지금까지는 **직선 마스크**이다. 직선 마스크는 단순히 **[클릭] – [클릭]**만으로 만들어진다.

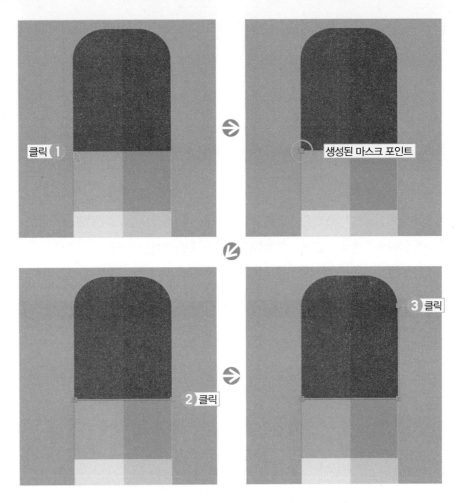

곡선 마스크 만들기

이번에는 **곡선 마스크**를 만들어주기 위해 이어서 아이스크림 상단 둥근 모서리 모양의 마스크를 만들기 위해 ❶**[클릭]**을 한 후 **마우스 버튼에 손가락을 떼지 않는 상태**에서 ❷**[드래그]**를 한다. 그러면 곡선으로 만들어진다. 이때 드래그하는 **핸들**의 거리나 위치에 따라 곡선의 모양이 결정된다. 아이스크림의 곡선과 똑같은 모양의 마스크가 되었다면 마우스 버튼에 손가락을 뗀다. 이와 같은 방법으로 곡선 마스크가 만들 수 있다.

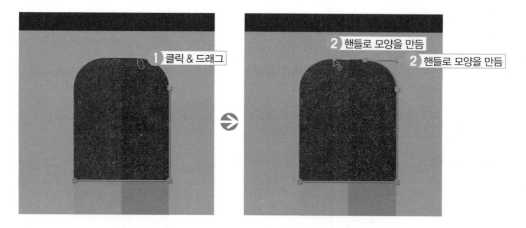

곡선에서 직선 만들기

이번에는 곡선에서 직선으로 바뀌는 마스크를 만들어본다. 아이스크림 상단의 수평선 모양은 **왼쪽 핸들**을 **[Alt]❶** 키를 **누른 상태로 선택**한 후 핸들 ❷**중심점(포인트)**으로 갖다 놓는다. 핸들을 포인트 안에 갖다 놓으면 다음 마스크 작업을 할 때에는 곡선이 아닌 직선 마스크가 만들어진다.

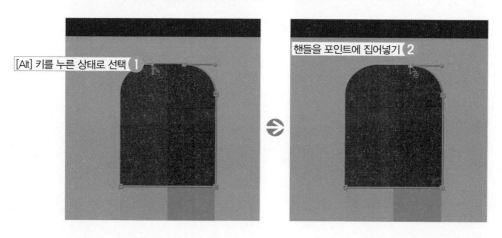

이제 **수평이 끝나는 지점**을 ❶클릭하여 직선을 만든다. 이후의 곡선은 앞서 학습한 것처럼 곡선이 끝나는 지점을 ❷**클릭 & 드래그**하여 원하는 곡선 모양으로 만들어주면 되고, 다시 직선(수직) 구간은 ❸**[Alt]** 키를 이용하여 핸들을 포인트에 집어넣은 후 만들면 된다. 이때 **마우스 버튼에 손가락이 떨어졌다 다시 클릭**하면 원치 않는 지점에 포인트가 생성되기 때문에 주의해야 한다.

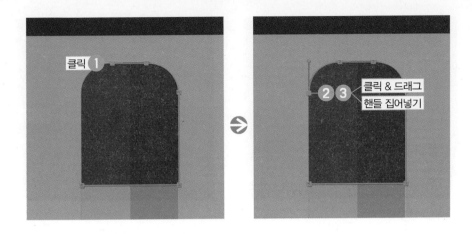

닫힌 마스크 만들기(완성하기)

지금까지 열린 마스크는 그냥 선 일뿐이다. 마스크를 완성하기 위해서는 **닫힌 마스크**가 되어야 한다. 마지막으로 **첫 번째 포인트**에 **마우스 커서**를 갖다 놓고, 커서 옆에 **동그라미**가 나타나면 **클릭**하여 마스크를 완성한다. 완성된 마크스를 보면 기본적으로 가장자리에 **페더**가 적용되어 부드럽게 표현된다.

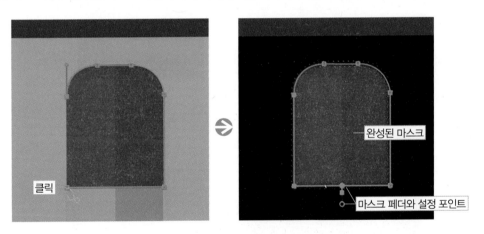

마스크 설정하기

마스크 가장자리를 부드럽게 하거나 뚜렷하게 해주기 위해서는 마스크의 **[마스크 페더]** 값을 설정하면 된다. 여기에서는 **[0]**으로 설정하여 경계를 뚜렷하게 해준다. 그밖에 마스크 패스를 이용하여 마스크의 모양 변화에 대한 애니메이션과 모션 트래킹(앞서 학습했던 추적 기능), 마스크 영역 불투명도, 마스크 영역 확장/축소, 마스크 영역 반전에 대한 설정을 할 수 있다.

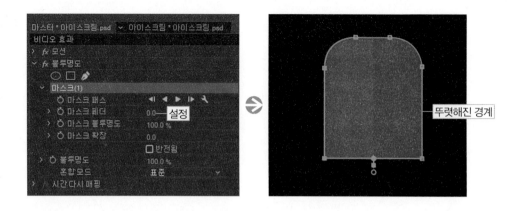

뚜렷해진 경계

마스크 영역에 효과 적용하기 – 색상 바꾸기

마스크 영역(분홍색 아이스크림)의 색상을 다른 색으로 변경하기 위해 먼저 **마스크가 적용된 클립**을 ❶**위쪽 트랙으로 이동**한 후 프로젝트 패널에서 ❷**원본 아이스크림 클립**을 아래쪽 트랙에 갖다 놓는다. 그러면 위쪽 클립의 마스크 이외의 영역(투명)에 방금 적용한 아래쪽 클립(아이스크림)의 모습이 나타난다.

❶ 위쪽 트랙으로 이동   ❷ 원본적용

마스크가 적용된 위쪽 클립에 [색상 균형(HLS)] 효과를 적용한 후 [색조] 값을 조정해 보면 위쪽 클립의 영역만 색상 변화가 생긴다. 이처럼 마스크를 이용하면 마스크 영역만 효과를 표현할 수 있다.

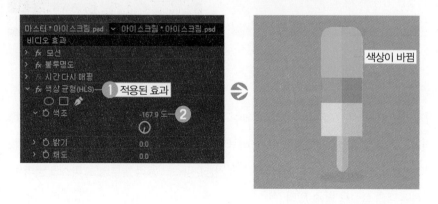

색상이 바뀜

01 학습을 위해 **[학습자료] – [Project] – [마스크와 추적기을 이용한 특정 영역 흑백으로 표현하기]** 프로젝트 파일을 실행한다. **[Tulip]** 클립이 트랙에 적용된 상태이다.

02 ❶**흑백(Black & White)** 효과를 ❷**튤립 클립에 적용**하여 흑백 영상으로 만든다.

03 ❶**시작 프레임**에서 ❷**[펜 도구]**를 사용하여 그림처럼 **가운데 있는** ❸**클립** 모양에 맞는 마스크를 만들어준 다. 그다음 ❹**[마스크 패스]**에 키프레임을 생성하고, **마스크 페더**를 ❺**[2]** 정도로 설정한다.

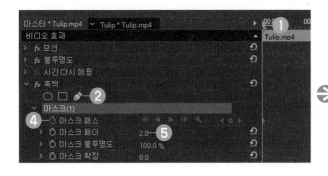 

04 ❶**2프레임 뒤** 튤립이 오른쪽으로 살짝 움직였다. **마스크 안쪽 영역**에 마우스 커서를 갖다 놓고, ❷**손바닥 모양**으로 바꼈을 때 **드래그**하여 움직인 튤립 모양에 맞게 마스크를 이동한다.

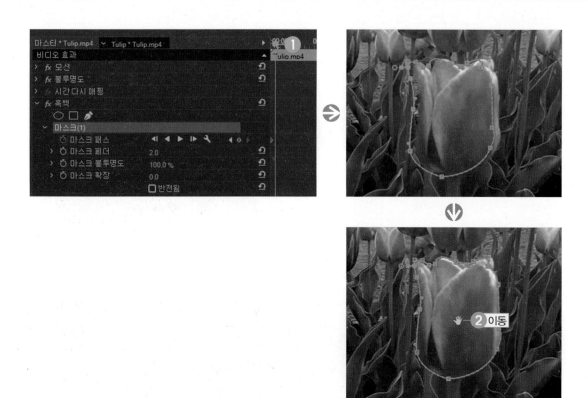

팁 & 노트 🔅 마스크 포인트 설정하기

마스크가 적용된 튤립의 모양에 변화가 생긴다면 마스크의 **포인트와 핸들**을 이용하여 변화가 생긴 튤립의 모양에 맞게 수정해 준다. 새로운 마스크 포인트가 필요하다면 필요한 지점을 **클릭(선택)**하면 되고, 불필요한 마스크는 제거할 포인트에서 **[Ctrl]** 키를 누른 상태로 클릭하면 되며, 직선 또는 곡선으로 포인트 속성을 전환하고자 한다면 전환 포인트에서 **[Alt]** 키를 누른 상태로 클릭하면 된다.

▲ 포인트 추가

▲ 포인트 삭제

▲ 포인트 전환

05 같은 방법으로 시간을 이동해 가면서 마스크 모양을 튤립에 맞게 수정하기를 반복하면 되겠지만 **[추적 기]**을 사용하면 튤립의 위치가 바뀔 때마다 마스크의 위치도 자동으로 바뀐다. 사용하기 위해 ❶**[선택한**

마스크 앞으로 추적] 버튼을 눌러 마스크가 적용된 영역(튤립)을 모션 트래킹(추적)한다. 그다음 마스크 영역을 ❷**반전**하여 작업을 마무리한다. 이처럼 마스크를 사용하면 특정 영역에 대한 변화를 줄 수 있기 때문에 정교한 합성이 가능하다.

☑ 위 작업에서 색상에 변화를 주는 효과를 적용하면 튤립의 색상을 바꿔줄 수도 있다.

학습을 위해 [학습자료] – [Project] – [줄어드는 음료] 프로젝트 파일을 실행해 보면 컵에 음료가 가득 담겨 있는 장면인 것을 알 수 있다. 음료가 줄어드는 장면을 만들기 위해 맨 위쪽 ❶[음료] 클립을 **선택**한 후 효과 컨트롤 패널의 **불투명도**에서 ❷[펜 도구]를 사용하여 그림과 같은 ❸**마스크**를 만들어준다. [마스크 페더] 값은 ❹[0]으로 설정하여 경계를 뚜렷하게 해준다. 참고로 마스크는 컵에 담긴 음료보다 조금 더 크게 만들고, 음료 위쪽의 물결 모습은 곡선 마스크로 만들어주면 된다.

마스크 애니메이션을 만들어주기 위해 ❶**시작 프레임**에서 [마스크 패스]에 ❷**키프레임**을 생성한다. 그다음 마스크의 **위쪽 곡선** 부분의 ❸**포인트들**만 **선택**한다.

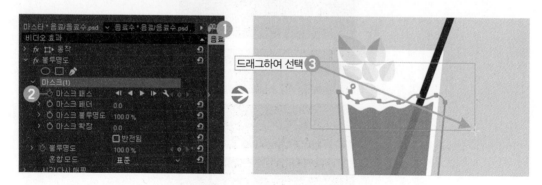

❶**3초 뒤**에서 선택된 ❷**위쪽 포인트들**을 **아래로 내려** 3초 동안 음료가 줄어드는 애니메이션을 만든다.

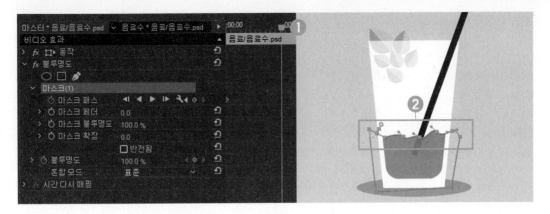

☑ 음료가 줄어드는 모습에 약간의 간격을 주거나 위쪽 곡선 마스크 모양에 변화를 주어 물결이 일렁이는 애니메이션을 만들어줄 수도 있다. 이 작업은 여러분이 직접 해보기 바란다.

☑ 마스크를 활용하면 아래 두 미리보기처럼 카툰 프레임 안에 이미지(장면)가 나타나는 장면이나 로고 가 나타나는 애니메이션을 만들 수 있다. 이 작업은 예제인 [로고가 나타나는 애니메이션] 프로젝트 파 일을 실행하여 직접 표현해 본다.

또 다른 시퀀스, 네스트 ■

시퀀스(sequence)는 실제 작업을 하는 공간이다. 하나의 프로젝트를 수행하는 데 있어 시퀀스는 반드시 하나 이상을 사용해야 하며, 때에 따라서는 수십 개의 시퀀스를 만들어 각각의 작업을 분산(구분)하여 사용할 경우도 있다. 이러한 시퀀스는 타임라인에서 사용 중인 특정 클립(들)을 선택하여 새로운 시퀀스로 만들어 하나의 클립처럼 사용할 수도 있다. 이러한 과정을 **네스트(nest)**라고 한다.

 네스트와 시퀀스의 관계를 더욱 심도있게 살펴보기 위해 **[학습자료] – [Project] 폴더**에서 **[로고가 나타나는 애니메이션_완성]** 프로젝트를 실행한다. 이 프로젝트는 마스크 애니메이션을 기법을 사용하여 로고가 나타나는 장면이 만들어진 상태이다. 여기에서 만약 로고가 나타나는 속도가 너무 느리다고 가정했을 때 **키프레임의 간격**을 좁혀 속도를 빠르게 해야 한다고 생각할 것이다. 하지만 키프레임이 많았을 때에는 쉽지 않은 작업이다. 이럴 땐 해당 클립을 **네스트화**해서 하나의 **비디오 클립**처럼 사용한다면 **속도 조정 도구(기능)**로 간편하게 조정할 수 있다. 살펴보기 위해 **맨 위쪽 로고** 클립을 선택한 후 **❶❷[우측 마우스 버튼] – [중첩(Nest)]** 메뉴를 선택한다. 이름 입력 창이 열리면 적당한 **❸이름(로고 클립 중첩)**을 입력한 후 **❹확인**하면 해당 클립이 하나의 **시퀀스 클립**으로 만들어진다. 이때 원래 사용되던 클립의 색상도 바뀌게 되어 바뀐 클립이 시퀀스 형태의 클립이라는 것을 쉽게 구분할 수 있다.

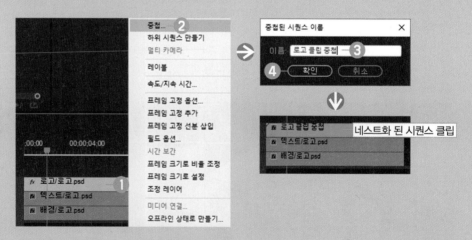

네스트가 되었다는 것은 새로운 시퀀스 하나가 자동으로 생성되고, 생성된 시퀀스에 **선택된 클립(일반적으로 여러 개의 클립을 하나로 묶을 때 사용됨)**이 옮겨진 상태이며, 최종적으로 존재하는 클립은 선택된 클립이 포함된 원래 클립을 대체한 것을 의미한다. 좀 더 쉽게 이해하기 위해 **중첩(네스트)**된 클립을 **[더블클**

릭]해 보면 해당 시퀀스 클립에 포함된 **원래의 로고 클립 중첩 클립**이 열리게 된다. 이처럼 시퀀스 이전의 클립(들)은 새로운 시퀀스에 포함되 사용된다는 것을 알 수 있다.

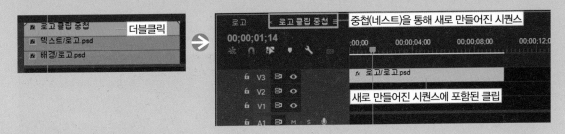

다시 ❶**시퀀스(로고)**로 이동한 후 ❷**[속도 조절 도구]**를 이용하여 ❸**속도**를 조절하면 일반 동영상 클립처럼 속도가 조절된다. 효과 컨트롤 패널의 ❹**마스크**를 보면 키프레임이 없다는 것으로 이해할 수 있다.

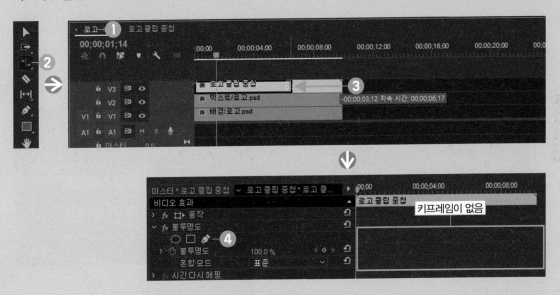

만약 하나의 클립이 아니라 **여러 개의 클립**을 사용하여 **중첩(네스트)**을 했다면 선택된 모든 클립들이 새로운 시퀀스로 옮겨지고, 옮겨지고 난 자리엔 중첩된 하나의 시퀀스 클립으로 대체될 것이다. 이렇듯 네스트는 키프레임에 의해 애니메이션되는 클립을 비디오 클립처럼 사용하기 위해 목적뿐만 아니라 여러 개의 클립을 하나로 묶어 시퀀스(타임라인) 공간을 여유롭게 하기 위한 목적으로도 사용된다.

학습을 위해 **[학습자료] – [Project] – [마스크 영역에만 자막 나타나게 하기]** 프로젝트 파일을 실행한다.
위로 흐르는 엔딩 크레딧 자막이 나타나는 모습이 특정 영역에만 나타나도록 하기 위해 **자막(글자) 클립**을
선택한다.

효과 컨트롤 패널에서 ❶**사각형 마스크**를 **적용**한 후 프로그램 모니터에서 **마스크 모서리 포인트**를 이용
하여 ❷**크기와 위치**를 설정한다. 그다음 ❸**페더(페더 설정 포인트 이용)**를 증가하여 마스크 경계를 부드럽
게 해준다.

 프리뷰

⏱ 키잉(keying) 효과를 이용한 합성

크로마키(chroma key)는 합성 작업의 가장 기본으로 **블루 스크린**(blue screen) 또는 **그린 스크린**(green screen) 등의 배경으로 촬영된 영상에서 배경을 뺀 후 다른 장면(이미지)과 합성하는 기법이다. 학습을 위해 **[학습자료]** - [Project] - [크로마키] 프로젝트 파일을 실행한다. 크로마키를 위해 준비된 6개의 클립들을 이용하여 학습을 해본다.

울트라 키를 이용한 크로마키 합성

크로마키 작업을 위해 위쪽 V2 트랙에 ❶[Blue Screen] 클립을 갖다 놓고, 일단 아래쪽 트랙은 비워둔다. 위쪽 트랙에 적용한 클립은 파란색 배경으로 촬영된 블루 스크린 영상이다. 이제 이 클립에 ❷[울트라 키] 효과를 적용한다.

효과 컨트롤 패널에서 울트라 키의 **키 색상**에 있는 ❶**스포이트를 선택**한 후 프로그램 모니터에 나타나는 화면에서 ❷**파란색 배경** 부분을 클릭한다. 그러면 클릭한 지점의 파란색 색상과 유사한 색상이 모두 빠진다. 이처럼 울트라 키를 사용하면 간편하게 특정 색상을 뺄 수 있다. 그러나 아직은 완전한 상태가 아니다. 색상을 뺀 영역이나 최종적으로 사용될 사물(모델)의 경계에 아직 깔끔하게 처리되지 않았기 때문이다.

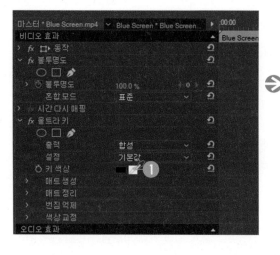

▶ 파란색 영역이 빠진 모습

세부 설정을 하기 위해 **[출력]**을 **[알파 채널]**로 선택한다. 화면이 흰색(불투명)과 검정색(투명)으로 표시되는 알파 채널은 최종적으로 나타날 사물(모델)이 흰색으로 나타나기 때문에 훨씬 세밀한 설정이 가능하다.

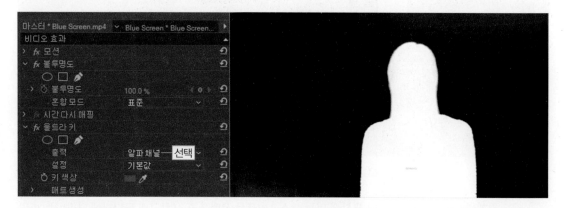

매트 생성의 **[페데스탈]** 값을 **[69]** 정도로 증가하여 검정색(투명)영역을 **완전한 검정색**으로 해준다. 그다음 **노트북 로고**가 희미하게 나타나기 때문에 **[밝은 영역]** 값을 **증가**하여 로고를 **흰색(불투명)**으로 해준다. 이와 같은 방법으로 빠지는 영역(검정)과 남아있는 영역(하양)을 명확하게 해준다.

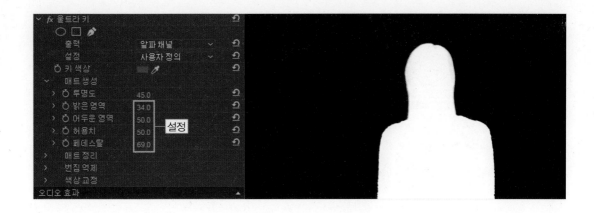

사물(모델)의 경계 설정을 위해 [출력]을 다시 ❶[합성]으로 바꾼 후 매트 정리에서 ❷[경계 감소] 값을 [9] 정도로 설정하여 경계를 조금 다듬어준다. 그리고 경계를 부드럽게 해주기 위해 [부드럽게] 값을 조금 증가하고, [대비]와 [중간 점]을 설정하여 가장 깔끔하게 보이도록 해준다.

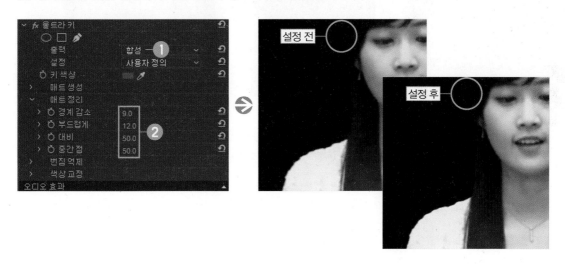

마지막으로 배경과 색상 매칭을 하기 위해 배경에 사용될 ❶[Photoshop] 클립을 비어있는 **아래쪽 트랙**에 갖다 놓고 **길이**를 위쪽 비디오 클립에 맞게 늘려준다. 그다음 다시 **위쪽 클립**에 적용된 울트라 키 효과의 채도 감소, 범위, 번짐, 루마는 그대로 사용하고, ❷**색상 교정**에 대해서만 설정해 본다. 먼저 [채도] 값을 [140] 정도로 증가하여 좀 더 생기 있게 해주고, [색조]를 [-8] 정도로 설정하여 배경 색상과 전체적으로 매칭이 되도록 하며, [광도] 값을 조금 더 증가하여 밝게 해준다.

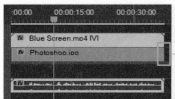

① 클립 적용 후 길이 조절

②

살펴본 것처럼 크로마키 작업에서 가장 중요한 것은 합성되는 **두 장면의 공간감**이 최대한 일치되도록 해야 하기 때문에 색상 매칭 작업도 매우 중요하다. 색 보정에 관한 것은 **[색 보정]** 편에서 자세히 살펴볼 것이다.

트랙 매트(루마) 키를 이용한 합성

이번에는 **루마(밝기 대비) 키** 방식 중 다양하게 활용할 수 있는 **트랙 매트 키** 합성 작업을 해본다. 학습을 위해 **[학습자료] - [Project] - [트랙 매트(루마) 키를 이용한 합성]** 프로젝트 파일을 실행한다. 이 프로젝트에는 2개의 비디오 클립과 1개의 매트 클립이 있으며, V3 트랙에는 매트 클립(행오버), V2 트랙에는 비디오 클립(MVI_0382)이 적용된 상태이다. 그리고 아래쪽 V1 트랙은 차후 배경으로 사용될 비디오 클립(MVI_0379)을 적용하기 위해 비워놓은 상태이다.

트랙 매트 키 합성 작업을 하기 위해 **V2 트랙**에 있는 **비디오 클립**에 **[트랙 매트 키]** 효과를 적용한다.

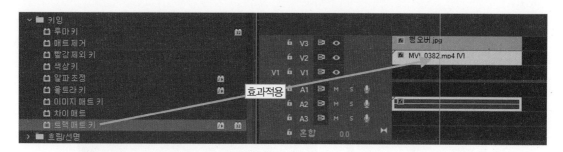

효과 컨트롤 패널에서 방금 적용한 트랙 매트 키 효과의 [매트]를 [비디오 3]으로 설정하여 효과가 적용된 비디오 클립의 매트로 V3 트랙이 되도록 한다. 현재 매트로 사용되는 클립이 **알파 채널이 아닌 이미지**이기 때문에 **[다음을 사용하여]**를 **[매트 루마]**로 설정하면 **[행오버]**라는 글자가 **검정색(투명 영역)**으로 나타나고, **나머지 영역은 제거**되어 해당 비디오 클립의 모습이 나타나게 된다.

이번에는 **[반전]**을 **체크**하여 트랙 매트 키 영역을 반전한다. 그러면 [행오버] 글자 영역이 투명해져 해당 비디오 클립의 모습이 나타나고, 나머지 영역은 **검정색(투명 영역)**으로 처리된다. 이처럼 트랙 매트 키 효과는 다양한 방식으로 합성이 가능하다.

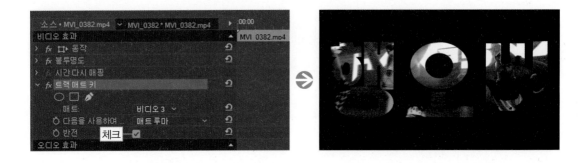

프로젝트 패널에 있는 [MVI_0379] 클립을 비어있던 V1 **트랙**에 갖다 놓는다. 그러면 **검정색(투명 영역)** 글자 **영역**에 방금 적용한 비디오 클립의 모습이 나타난다. 이것으로 3개의 클립이 하나의 장면으로 합성되었다.

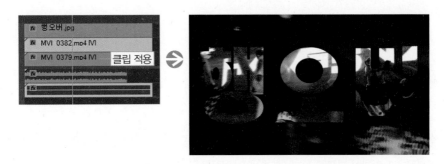

매트에 모션 만들기

앞서 학습한 루마 키 합성에서 매트로 사용되는 글자에 모션을 주어 역동적인 영상으로 만들기 위해 **맨 위쪽**에 있는 **매트 클립(행오버)**을 ❶선택한 후 모션에서 ❷[비율 조정] 값을 증가하여 글자가 **보이지 않도록** 한다. 그다음 ❸시작 프레임에서 키프레임을 ❹생성한다.

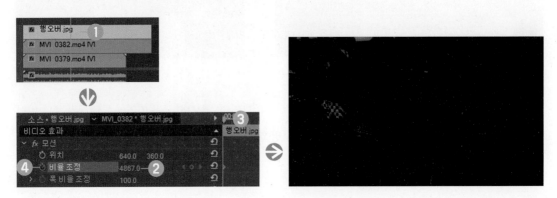

❶3초 뒤에서 ❷[비율 조정] 값을 설정하여 매트(글자)를 원래 크기로 해준다. 이제 확인해 보면 글자 사이로 나타나는 장면이 그냥 멈춰있을 때보다 훨씬 생동감 있게 느껴진다. 지금까지 루마 키 효과에 대해 살펴보았다. 학습한 내용을 응용하여 다양한 장면을 표현해 본다.

프리뷰 ▶

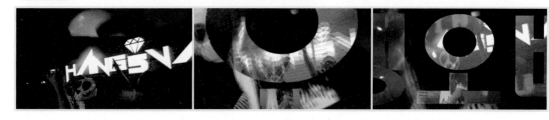

다음은 **트랙 매트 키** 효과를 응용하여 **잉크가 번지는 장면**을 매트로 사용한 예이다. 비디오 클립 매트를 이용하면 멋진 장면전환 효과도 표현할 수 있다. [학습자료] - [Project] - [잉크 매트를 이용한 합성] 프로젝트를 참고한다.

프리뷰 ▶

⏱ 모퉁이 고정(corner pin) 효과를 이용한 합성

효과를 이용한 합성은 크로마키나 루마 키뿐만 아니라 다른 효과로도 가능하다. 학습을 위해 [학습자료] –
[Project] – [코너핀 효과를 이용한 합성] 프로젝트 파일을 실행한다. 현재 벽에 걸린 TV 액정에는 아무 장면도 없
는 흰색으로 된 상태이며, 원근감(입체)이 느껴지는 상태이다.

TV 클립 위쪽에 ❶[Beach] 클립을 갖다 놓는다. 비치 클립이 TV보다 길기 때문에 ❷TV 이미지 클립을 비치 클
립에 맞게 늘려준다.

Beach 클립에 ❶[모퉁이 고정(Corner Pin)] 효과를 적용한 후 ❷왼쪽/오른쪽 위, 왼쪽/오른쪽 아래 값을 설정하
거나 직접 ❸프로그램 모니터의 모서리(코너 핀)를 이동하여 TV 모양에 맞게 조정한다. 이처럼 모퉁이 고정
효과를 사용하여 서로 다른 두 장면을 합성할 수도 있다.

다음은 **모퉁이 고정(Corner Pin)** 효과를 엔딩 크레딧 자막의 배경에 적용한 후 모양을 설정한 모습이다.

혼합 모드를 이용한 합성

혼합 모드(blend mode)를 사용하면 위아래로 배치된 2개의 클립(이미지, 동영상)의 색상, 밝기, 채도 값을 연산하여 독특한 합성물을 만들 수 있다. 학습을 위해 **[학습자료] – [Project] – [합성 모드]** 프로젝트를 실행한다. **위쪽 클립(Image23)**을 **선택**한 후 컨트롤 패널의 불투명도에 있는 **[혼합 모드]**를 보면 현재 선택된 **[표준]** 모드는 기본 모드이며, 아무런 변화가 생기지 않은 모드이다.

혼합 모드 살펴보기

혼합 모드는 색상, 채도, 밝기를 혼합하여 결과물을 산출한다. 다음은 각 혼합 모드에 대한 설명으로 위아래 두 이미지(트랙)에 대한 합성 결과물에 대한 설명이다.

▲ 위쪽 Image23 클립의 모습

▲ 아래쪽 Image21 클립의 모습

디졸브(Dissolve) 위쪽에 알파 패널이 포함된 단일 색상의 장면(글자)을 사용할 경우 장면을 입자 형태로 보여준다. 여기에 흐림(blur) 효과를 적용하여 수치를 증가하거나 불투명도를 낮출 경우 입자가 더욱 도드라진다.

어둡게 하기(Darken) 두 장면(이미지)에서 가장 어두운 영역만 도드라지게 합성된다.

곱하기(Multiply) 두 장면(이미지)의 색상을 1:1로 혼합한다. 위쪽 장면의 어두운 영역은 그대로 표현되며, 전체적으로 어두워진다.

색상 번(Color Burn) 두 장면(이미지)에서 위쪽 장면의 영역이 흰색보다 어두울 경우 불에 탄 것처럼 어둡게 표현된다.

선형 번(Linear Burn) 위쪽 장면(이미지)이 아래쪽 장면보다 어두운 영역은 제외되고, 나머지 영역에 빛을 추가하여 불에 탄 것처럼 표현된다.

어두운 색상(Darker Color) 두 장면(이미지)의 색상에서 어두운 색상이 도드라지게 표현된다.

밝게 하기(Add) 두 장면(이미지)이 전체적으로 밝게 합성된다. 강렬한 화면을 표현할 때 사용된다.

밝게 하기(Lighten) 두 장면(이미지)에서 더욱 밝은 영역의 색상이 표현된다.

화면(Screen) 두 장면(이미지)을 1:1로 혼합하며, 위쪽 장면에는 영향이 없지만 아래쪽 장면의 흰색 영역은 더욱 밝게 표현된다.

색상 닷지(Color Dodge) 위쪽 장면이 검정색보다 밝을 경우 색상의 밝은 부분이 아래쪽 장면에 투영된다.

선형 닷지(추가)(Linear Dodge)(Add) 스크린과 비슷하지만 위쪽 장면의 밝은 부분을 증가시켜 아래쪽 장면에 반영한다.

밝은 색상(Lighten Color) 두 장면(이미지)의 색상에서 밝은 색상이 도드라지게 표현된다.

오버레이(Overlay) 두 장면(이미지)에서 곱하기와 화면을 섞어놓은 것과 같이 반반씩 혼합되어 표현된다.

소프트 라이트(Soft Light) 오버레이와 비슷하며, 조명을 비춘 것과 같이 표현된다.

하드 라이트(Hard Light) 소프트 라이트보다 강한 조명을 비춘 것과 같이 표현된다.

선명한 라이트(Vivid Light) 리니어 라이트와 비슷하지만 아래쪽 장면의 색상에 따라 콘트라스트가 증가하거나 감소되어 표현된다.

선형 라이트(Linear Light) 하드 라이트와 비슷하지만 아래쪽 장면의 색상에 따라 밝은 부분이 증가되거나 감소되어 표현된다.

핀 라이트(Pin Light) 선명한 라이트와 선형 라이트 모드의 중간 정도의 색상 톤으로 표현된다.

하드 혼합(Hard Mix) 핀 라이트와 반대의 결과로 위쪽 장면에 아래쪽 장면의 콘트라스트가 증가되어 어둡고 거친 느낌으로 표현된다.

차이(Difference) 위쪽 장면의 색상이 아래쪽 장면의 색상에 의해 반전되어 보이게 되며, 검정색일 경우에는 아무런 영향을 받지 않는다.

제외(Exclusion) 차이(디프런스)와 비슷하지만 콘트라스트가 낮아 탁한 회색톤으로 표현된다.

빼기(Subtract) 두 장면(이미지)의 어두운 값을 기준으로 합성을 해준다.

나누기(Divide) 두 장면(이미지)의 색상을 분할하여 흰색에 가까울수록 기본 색상으로 표현된다.

색조(Hue) 위쪽 장면(이미지)의 색상이 아래쪽 장면의 명도와 채도에 의해 흡수된다.

채도(Saturation) 위쪽 장면(이미지)의 채도가 아래쪽 장면의 채도에 의해 흡수된다.

색상(Color) 두 장면(이미지)에서 위쪽 장면의 색상과 채도, 아래쪽 장면의 명도가 반반씩 혼합되어 표현된다.

광도(Luminosity) 컬러와 반대되는 모드로 아래쪽 장면의 밝은 영역이 위쪽 장면의 채도를 흡수한다.

LESSON 16

색 보정(컬러 커렉션)

색 보정은 주로 후반 작업에 이루어지며, 대표적으로 장면과 장면의 컬러 매치(color match), 색상의 문제를 보정하는 컬러 밸런스(color balance), 색상(채도, 명도 포함)에 변화를 주는 체인지 컬러(change color)로 구분된다.

학습시간
약 27분

비디오 스코프 이해하기

비디오 스코프(video scope)는 영상의 색상, 채도, 밝기를 객관적인 수치로 판단할 수 있도록 나타내는 그래프이다. 프리미어 프로에서는 기본적으로 파형 RGb(waveform), 벡터스코프(vectorscope), 막대(histogram), 퍼레이드 RGB(parade) 방식이 제공되어 섬세한 색 보정 작업을 수행할 수 있다. 비디오 스코프를 사용하기 위해서는 [창] 메뉴에서 [Lumetri 범위]와 [Lumetri 색상]을 선택하면 된다.

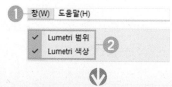

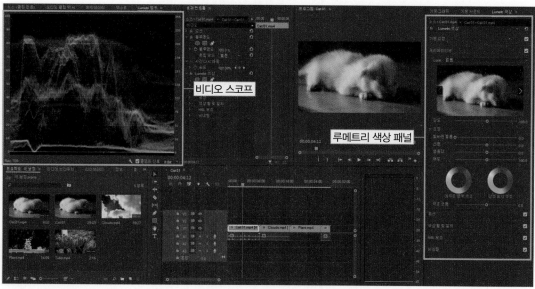

비디오 스코프

루메트리 색상 패널

색(color) 이해하기

비디오 스코프를 이해하고 사용하기 위해서는 먼저 색(color)에 대한 이해가 필요하다. 에디터에게 있어 색이 어떤 원리로 생성되고, 색을 어디서 어떻게 표현해야 하는지 이해하고 있어야 한다.

RGB 이해하기

영상 편집에서의 색은 인쇄(CMYK) 매체와는 다른 **빛의 삼원색인 RGB(빨강, 초록, 파랑)** 색상 채널을 사용한다. 기본적으로 **8비트**에서는 **256 단계의 색**이 표현되고, **16비트**에서는 **65536 단계의 색**까지 표현된다. 이렇듯 RGB 색상의 가산 혼합으로 엄청난 양의 색을 표현할 수 있다.

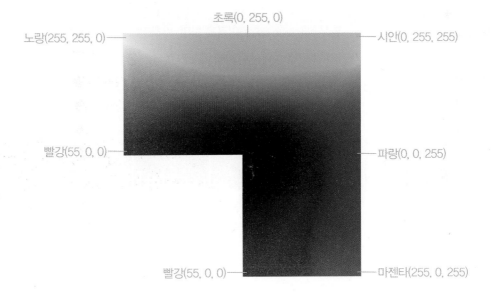

색상, 명도, 채도 이해하기

색의 속성에는 색상과 밝기에 대한 명도 그리고 색상의 선명한 정도에 대한 채도가 있다. 색상은 빛의 파장에 따라 종류도 매우 다양하며, 색상의 성질을 **색(hue)**이라고 한다. 유채색은 각각의 색에 따라 색감과 성질이 다른데, 특히 원색이나 순색은 그 특성이 분명하게 구별되지만 혼합색인 경우 색상을 지각하기 쉽지 않다.

명도(brightness, lightness, value) 색의 밝음과 어두움에 대한 것이다. 피사체의 표면에서 빛이 흡수되는 것으로 어두운 정도를 느끼고, 빛이 반사되는 것으로 밝은 정도를 느끼게 된다. 그러므로 명도는 색의 밝고 어두움을 나타내는 색의 속성이며, 유채색과 무채색 모두 공통적으로 갖는 성질이기도 하다. 참고로 하얀색을 증가할 수록 명도가 높아지고, 검은색을 증가할 수록 명도는 낮아진다. 명도와 관계가 깊은 **콘트라스트**(contrast)는 대비라(밝기 대비)고 하는데, 콘트라스트가 높다는 것은 명도차가 크다는 것이고, 콘트라스트가 낮다는 것은 명도차가 낮다는 것이다.

▲ 명도 단계

채도(saturation, chroma) 색상의 선명한 정도, 다시 말해 색의 맑고 탁한 정도를 의미한다. 색 중에 가장 깨끗한 색으로 채도가 가장 높은 색을 **맑은 색**(clear color)이라고 하며, 탁하거나 선명하지 못한 색을 **탁색**(dull color)이라고 한다. 또한 동일한 색상의 맑은 색 중에서도 가장 채도가 높은 색을 **순색**(pure color)이라고 하는데, 색채의 강하고 약한 정도, 즉 색 파장이 얼마나 강하고 약한가를 느끼는 것으로 특정한 색 파장이 얼마나 순수하게 반사되는가의 정도를 나타내며, 색의 순도 또는 포화도를 채도라고 이해하면 된다.

▲ 채도 단계 ← 고채도　　중채도　　저채도 →

⏱ 비디오 스코프 사용하기

프리미어 프로에서는 다양한 방식의 비디오 스코프를 제공하여 섬세한 색 보정 작업을 할 수 있다. 학습을 위해 [학습자료] – [Project] – [색 보정] 프로젝트 또는 자신이 원하는 비디오 클립을 사용한다.

벡터스코프 살펴보기

벡터스코프는 영상(이미지)의 색상 및 채도의 범위를 측정하는 비디오 스코프로 둥근 휠 형태로 나타내며, 그래프의 범위는 색 보정을 위한 기준으로 사용된다. 벡터스코프를 비롯한 모든 비디오 스코프를 디스플레이하기 위해서는 **Lumetri 범위** 패널 **우측 하단**의 [설정] 버튼을 클릭하여 나타나는 메뉴에서 선택할 수 있다. 먼저 벡터스코프에 대해 알아보기 위해 [벡터 스코프 YUV]만 선택하여 열어준다.

둥근 휠 형태의 벡터 스코프 YUV는 색상 및 채도에 대한 색 보정을 하기 위해 사용된다. 벡터스코프 **가운데 지점을 기준점**으로 색의 분포를 확인 및 설정할 수 있는데, 흰색 **트레이스(trace)** 영역이 기준점과 멀어질수록 채도에 대한 **문제(지나치게 채도 값이 높은 것)**가 있다는 것이고, 기준점에 근접할수록 정상적인 색에 가까워진다. 왼쪽의 벡터스코프 YUV 주변을 보면 R, Mg, B, Cy, G, Yl의 각 색상이 표시되어있어 어떤 색상의 채도에 문제가 있는지 쉽게 파악할 수 있다.

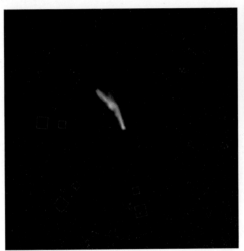

▲ 왼쪽 스코프에 대한 현재 장면

위의 스코프를 보면 **흰색 트레이스** 영역이 가운데에서 지나치게 많이 벗어나 좌측으로 기울어진 상태이다. 이 것은 현재 장면(클립)이 R(레드) 색상, 즉 지나치게 붉은 색이 많은 문제가 있는 장면이라는 것을 알 수 있다. 만약 이와 같은 색상에 대한 문제를 해결하고자 한다면 **색상 도구(Lumetri 색상)**를 이용하여 정상적인 색상으로 보정해야 한다.

　다음의 그림은 흰색 트레이스 영역이 가운데에 가까워질수록 정상적인 색상(채도) 값을 갖는 다는 것을 알 수 있게 해준다.

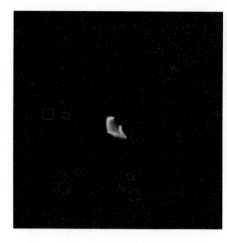

▲ 왼쪽 스코프에 대한 현재 장면

벡터스코프에 **흰색 트레이스** 영역이 없고, **스킨 톤 인디케이터**(skin tone indicator) 라인으로만 되어있다면 이 것은 색상 정보가 전혀 없는 **그레이 스케일**(gray scale), 즉 흑백 영상이라는 의미이다. 흑백 영상은 밝기와 상 관없이 트레이스 영역이 가운데에 위치하며, 색상 정보가 없기에 벡터스코프에서도 색상 정보가 나타나지 않 는다.

스킨 톤 인디케이터 라인

▲ 왼쪽 스코프에 대한 현재 장면

파형 RGB 살펴하기

파형은 영상(이미지)의 밝기, 즉 휘도(노출)의 범위를 측정하는 비디오 스코프로 웨이브(파형) 형태로 되어있다. RGB 색상 채널별로 확인을 할 수 있으며, 그래프의 **0%**가 **가장 어두운 레벨**이고, **255%**가 **가장 밝은 레벨**이다.

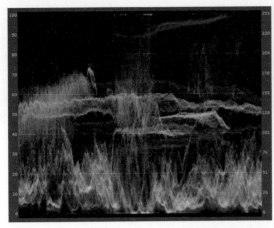

▲ 왼쪽 스코프에 대한 현재 장면

색 보정 작업 시 **가장 먼저 파형**을 통해 **밝기(휘도)**에 대한 설정을 하는 것이 좋다. 파형은 기본적으로 RGB로 사용되며, 상황에 따라 파형을 루마나 YC, YC 크로마 없음 등으로 사용할 수 있다.

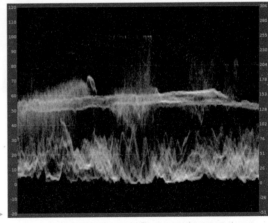

루마 파형 유형일 때 ▶

다음의 두 그림 중 **위쪽**은 노출(휘도) 값이 너무 낮았을 때의 화면이고, **아래쪽**은 노출이 지나치게 높았을 때의 화면이다. 위쪽은 지나치게 어둡고, 아래쪽은 지나치게 밝기 때문에 정상적인 화면으로 사용할 수 없다. 그러므로 파형에서 정상적인 밝기를 위해 각 색상 채널의 **레벨 값이 0~100** 사이에서 골고루 분포되도록 설정해야 한다. 방송에 적합한 파형은 레벨 값이 100을 넘어서는 안되며, 100 레벨이 넘는 **슈퍼 화이트(super white)** 신호는 송출 과정에서 검은 점으로 변형되고, 음향에도 영향을 미칠 수 있으므로 주의해야 한다.

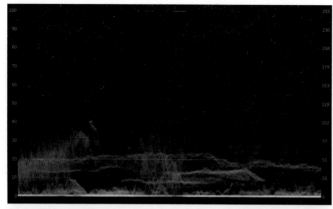

▲ 왼쪽 스코프에 대한 현재 장면

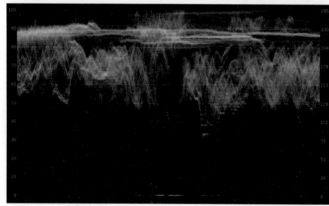

▲ 왼쪽 스코프에 대한 현재 장면

파형을 3등분 했을 때 위쪽 1/3은 하이라이트(highlights: 밝은 영역), 가운데 1/3은 미드톤(midtone: 중간 밝기 영역), 아래쪽 1/3은 셰도우(Shadow: 어두운 영역) 톤으로 구분되며, 파형은 퍼레이드 RGB 방식과 함께 사용하면 보다 세밀한 분석을 할 수 있다.

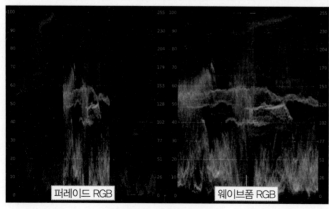

퍼레이드 RGB   웨이브폼 RGB

▲ 왼쪽 스코프에 대한 현재 장면

막대 그래프는 영상(이미지)의 밝기와 색상 범위를 측정하는 비디오 스코프로 **웨이브(파형)** 형태로 되어있다. RGB 색상 채널별로 확인할 수 있으며, 그래프의 오른쪽이 낮은 레벨이고, 왼쪽으로 갈수록 레벨이 높아진다.

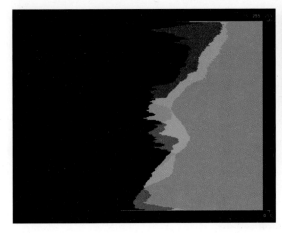

▲ 왼쪽 스코프에 대한 현재 장면

막대 그래프는 벡터스코프와 웨이브폼에 비해 그래프를 분석하기가 다소 까다롭게 때문에 사용 빈도가 떨어지지만 색상과 밝기를 동시에 측정할 수 있다는 장점을 가지고 있다. 아래 그림은 G(초록) 색상 값이 낮아져 상대적으로 RB(**빨강, 파랑**) 색상 값이 증가된 것처럼 표현된 막대 그래프의 모습이다. 이렇듯 각 색상 채널이 균등하지 않게 되면 색상에 문제가 발생된다.

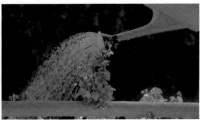

▲ 왼쪽 스코프에 대한 현재 장면

아래 그림은 **휘도(노출)** 값이 지나치게 높아 막대 그래프의 분포가 위쪽으로 많이 치우쳐있는 상태이다. 이 또한 밝기에 대한 문제가 되기 때문에 전체적으로 균등하게 설정을 해야 한다. 지금까지 살펴본 비디오 스코프들은 색상, 채도, 밝기에 대한 범위를 분석할 수 있기 때문에 상황에 맞는 비디오 스코프의 선택과 각 그래프를 읽는 방법에 대해 확실하게 이해해야 한다.

▲ 왼쪽 스코프에 대한 현재 장면

⏱ 색 보정(프라이머리 보정)하기

프리미어 프로에서는 루메트리 색상 패널에서 기본 교정, 크리에이티브, 곡선(curve), 색상 휠, HSL 보조, 비네팅으로 세분화하여 보정할 수 있다.

자동 설정으로 화이트(컬러) 밸런스 맞추기

컬러 밸런스(color balance)에 문제가 있는 영상일 경우에는 간편하게 자동으로 보정할 수 있다. **[색 보정]** 프로젝트를 보면 Cat.01, Clouds, Plant, Tulip 클립이 차례대로 적용된 상태이다. 먼저 첫 번째 새끼 고양이가 있는 클립을 보면 붉은 톤이 강하다는 것을 알 수 있다. 이제 자동화 기능을 통해 정상적인 색상으로 보정을 해본다. **[Cat01]** 클립을 선택 또는 **재생 헤드**를 해당 클립이 있는 지점으로 이동한다.

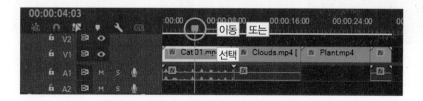

색 보정 자동화 기능을 사용하기 위해 [**기본 교정**]의 ❶[**자동**] 버튼을 클릭하면 몇몇 설정 옵션들에 변화가 생기고, 해당 장면에도 변화가 생긴다. 하지만 생각한 것보다 미흡한 결과이다. 벡터스코프에서도 별 차이가 없다는 것을 알 수 있다. 확인이 끝나면 ❷[**다시 설정**] 버튼을 눌러 초기 상태로 돌아온다.

☑ 일단 Lumetri 색상 패널에서 설정이 이루어지면 해당 클립에 Lumetri 색상에 대한 효과가 적용된다. 이 또한 하나의 효과이기 때문이다. 만약 색상 효과가 필요 없다면 삭제한다.

방금 살펴본 자동화 기능은 매우 실망스러운 결과가 나타났기 때문에 이번에는 비디오 효과를 적용하여 색 보정을 해보자. [**사용되지 않음(Obsolete)**]의 [**자동 색상(Auto Color)**] 효과를 [Cat01] 클립에 적용한다. 그러면 이전과는 다르게 제법 정상적인 색상으로 보정이 된 것을 알 수 있다. 하지만 이 또한 실제 작업자의 눈으로 보는 것(생각했던 것)과 차이가 날 수 있기 때문에 보다 세밀한 색 보정 작업을 원한다면 자동화 기능보다는 직접 색 보정 작업을 하는 것을 권장한다.

 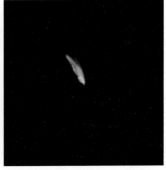

팁 & 노트 💡 인간이 인지하는 색과 소프트웨어(AI)가 인지하는 색에 대하여

색은 인간의 눈을 통해 보고 느끼는 것으로 결과물을 만들게 된다. 하지만 인간의 눈으로 보는 사물의 색은 과연 정확한 것일까? 이것에 대해 색 보정 자동화 기능은 인간의 눈에 오류가 있음을 지적하고 있을지도 모른다. 다음의 두 그림을 보면 물조리개로 물을 뿌리고 있는 장면이다. 이 두 장면 중 어떤 장면의 색이 정상적인 색으로 보이는가? 각자 느끼는 것이 다르겠지만 필자의 눈에는 왼쪽 그림이 더 정상적인 색으로 느껴진다.

▲ 원본 클립의 모습   ▲ 자동화 기능을 이용한 색 보정 후의 모습

하지만 인공지능(소프트웨어)이 보는 이 장면에서의 색은 정상적인 색이 아님을 인지하였다. 앞서 색 보정 자동화 효과를 통해 확인했기 때문이다. 위의 두 그림 중 오른쪽 그림은 색 보정 자동화 효과를 적용한 모습이다. 왼쪽의 원본과 색상이 달라진 것에서 알 수 있듯 어쩌면 인간은 감각적으로만 색을 인지하고 있는지도 모른다는 생각이 든다.

Lumetri 색상 도구 패널을 이용한 색 보정

루메트리 색상 도구를 이용한 색 보정은 작업자가 일일이 설정을 하여 원하는 색을 찾아야 한다. 이처럼 수동화 작업은 다소 까다롭게 느껴질 수도 있지만 결국 최종 결정자의 눈을 충족시키기 위해서는 수동화 작업을 할 수 밖에 없다는 것을 깨닫게 될 것이다. 루메트리 색상 도구를 통해 색 보정을 하기 위해서는 일반적으로 기본 교정을 시작으로 상황에 맞게 아래쪽의 색 보정 도구를 이용하면 된다.

이제 ❶[기본 교정]을 사용하여 색 보정을 해보자. 사용되는 클립은 색상에 문제가 있는 [Cat01] 클립이다. 먼저 흰색 트레이스 영역을 가운데 지점으로 분포되도록 ❷[온도] 값을 좌측으로 이동하고, [색조] 값 또한 좌측으로 이동한다. 그러면 원본 상태보다 훨씬 좋아진 것을 알 수 있다. 하지만 기본 교정에서는 노출, 대비, 밝고 어두운 영역, 흰색, 검정색에 대한 톤 설정과 채도 설정만 가능하기 때문에 지금보다 세밀한 보정은 할 수 없다.

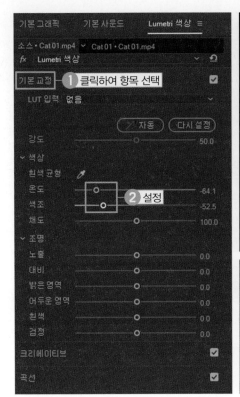

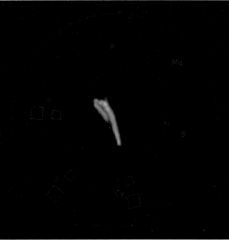

색조 보정

이번에는 색조에 대한 설정을 해본다. ❶[크리에이티브] 항목을 선택한 후 ❷[어두운 영역 색조] 휠 가운데 부분을 파란색 영역으로 **드래그**하면 조금 더 정상적인 색으로 바뀐다. 지나치게 많은 붉은 톤을 상쇄하고자 파란색 톤을 더 추가한 결과이다. 크리에이티브에서는 강도, 선명, 진동, 채도, 색조 균형 등을 설정할 수 있다. 특히 **[Look]**에서는 다양한 색상 Look과 LUT를 사용할 수 있다.

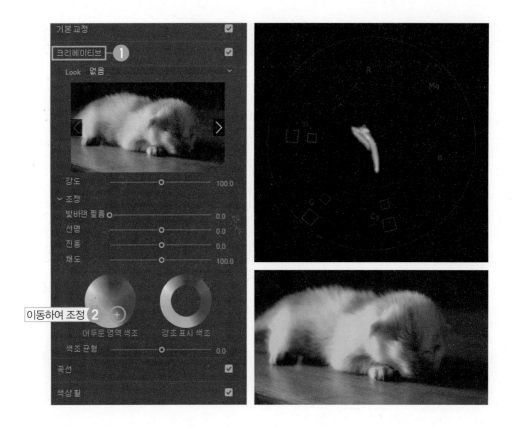

색상 톤 보정

이번에는 색상 휠을 이용하여 각 색상 톤에 대한 세부적인 설정을 해본다. **[색상 휠 및 일치]** 항목으로 이동한 후 어두운 영역, 미드톤(중간 영역), 밝은 영역의 휠을 각각 그림처럼 설정하여 붉은 톤을 최소화한다.

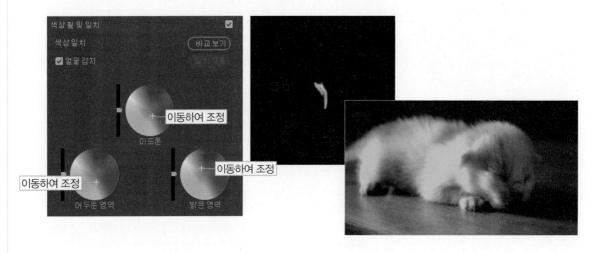

색상 채널 보정

마지막으로 ❶[**곡선**] 항목에서 ❷[**색조 및 색조**]에 포인트(클릭하여 추가함)를 추가하여 설정한 후 ❸[**RGB 곡선**]의 빨간색 채널을 **선택**한다. ❹**포인트 추가**되면 곡선을 설정하여 정상적인 색상과 가장 근접하도록 해준다. 이처럼 수동화 색 보정 작업은 시간이 다소 소요되지만 최상의 결과를 얻을 수 있다.

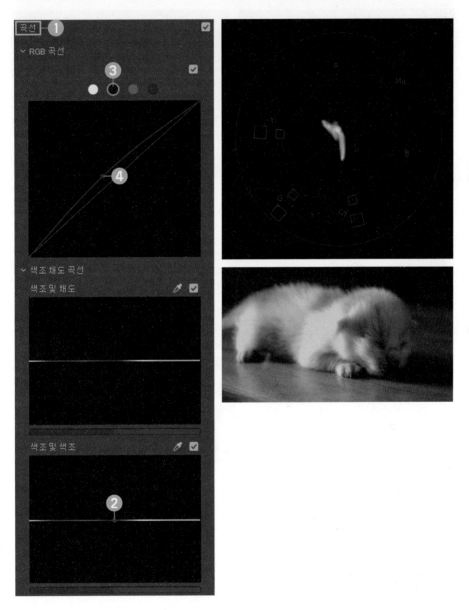

색 보정 작업의 순서는 정해진 것이 없다. 작업자가 편하게 느끼는 방법을 우선적으로 사용하면 된다. 다만 기본적으로 노출, 즉 밝기에 대한 설정부터 하기를 권장한다. 그것은 적당한 밝기가 만들어지면 색상에 대한 설정이 훨씬 쉬워지기 때문이다. 아래 그림은 색 보정 전(왼쪽)과 후(오른쪽)의 모습이다. 물론 필자는 몇몇의 색상 도구(채도, 노출, 대비, 선명 등)를 통해 더욱 세밀한 설정을 하였다.

Lumetri 색상 패널의 그밖에 **[HSL 보조]** 항목에서는 H(색조), S(채도), L(밝기)에 대한 색상 설정 및 색상 추가/제거를 할 수 있으며, 맨 아래쪽 **[비네팅]** 항목에서는 촬영 시 렌즈 주변부의 광량(노출) 저하로 이미지(사진)의 모서리나 외곽 부분이 검게 가려지는 비네팅(vignetting)현상을 의도적으로 표현할 수 있다.

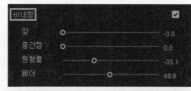

▲ 비네팅 효과로 설정된 모습

색은 사물의 감정과 상태(계절) 등을 표현할 때에도 사용된다. 예를 들어 채도 값을 낮추면 피부톤이 창백해져 건강에 문제가 있어 보이게 되며, 채도를 높이면 매우 흥분된 느낌과 뜨거운 느낌, 명도를 낮추게 되면 우울(암울)한 느낌과 공포스러운 느낌, 빨간색을 증가하면 여름의 뜨거움, 파란색을 증가하면 차가움, 초록색을 증가하면 봄의 싱그러움을 느끼게 된다. 이렇듯 색은 사물의 감정과 상태를 섬세하게 표현할 수 있기 때문에 색에 대해 연구가 필요하다.

LUT 설정하기

LUT(lookup table)는 색상(hue), 채도(saturation), 조도(brightness)를 수학적 연산으로 정확하게 조정하여 특정 카메라로 촬영된 **원본(RAW 및 LOG)** 이미지(영상)의 RGB 값을 새로운 RGB 값으로 만들어주는 기술이다. LUT를 사용하기 위해서는 [**기본 교정**] 항목의 [**LUT 입력**]을 이용하면 된다. 프리미어 프로에서는 클립에 직접 적용할 수 있는 여러 LUT가 사전 설정되어 있으며, 저장한 사용자 정의 LUT를 선택할 수도 있다.

　두 종류의 LUT 중 첫 번째는 **테크니컬 LUT**이다. LUT는 사용자로부터 하나의 **색 공간(color space)**에서 다른 색 공간으로 이동할 수 있도록 해준다. 특정 이미지로부터 다른 특정 이미지로 혹은 고화질 색 공간으로부터 디지털 영상 색 공간으로 이동이 가능하도록 되어있는 것이 바로 테크니컬 LUT이다.

　두 번째는 **창의적(creative) LUT**이다. 이것은 이미지의 콘트라스트를 확장시키는 역할을 한다. ARRI의 경우 **12종류의 LUT**을 제공하는데, 사용자의 목적에 알맞은 LUT을 선택하여 사용할 수 있다. 참고로 어떤 카메라 제조사들은 LUT을 제공하지 않기도 한다. 아무튼 LUT에 있어 가장 중요한 것은 LUT를 사용하는 목적(의도)을 제대로 파악해야 한다는 것이다. 그렇지 않으면 LUT 적용 후 또 다시 보정을 해주어야 할 확률이 99퍼센트 이상 되기 때문이다. 이렇듯 LUT는 이미지를 한 번에 보기 좋게 만들 수도 있지만, LUT을 사용하기 전에 이미지(장면)에 많은 준비를 해놓아야 하며, LUT을 이미지에 적용한 후에도 **장면 매칭(shot matching)** 혹은 마무리 보정 등을 해주어야 한다는 것을 명심해야 한다.

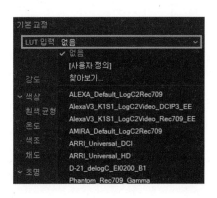

세컨더리 보정(부분 보정)하기

세컨더리(secondary) 색 보정을 2차 색 보정이라고 한다. 세컨더리 색 보정은 특정 영역에 대해서만 보정을 하게 된다. 물론 프라이머리 색 보정이 완벽하게 끝났다고 판단됐을 때에는 굳이 세컨더리 보정을 할 필요는 없다. 세컨더리 색 보정을 위한 영역은 주로 크로마키나 마스크를 이용한다. 그러므로 세컨더리 색 보정 작업을 하고자 한다면 앞서 학습한 크로마키 및 마스크에 대한 프로젝트를 실행하여 살펴보기 바란다.

사단법인 이음예술문화원 행사
후 원
노블 한방병원
Genie's Coffee
AVON HOTEL GUNSAN
전라북도 문화관광재단
협 약
군산종합사회복지관
사) 장애인인권연대 군산시지회
인문학 창고 정담
ELCOMPANY
ALL ABOUT SHOW BUSINESS
Freegian
이음
이음예술문화원
E-um Art & Culture Center
주 소 | 군산시 나운 4길 7-5
Email | eumart2021@naver.com
후원계좌 | 전북은행 / 사단법인 이음예술문화원
1013-01-4170815
문의전화 | 010-6371-7174

LESSON 17

최종 출력(파일 만들기)

작업이 완료되면 작업한 내용을 동영상 파일로 만들어야 한다. 이 과정을 렌더(render)라고 하며, 프리미어 프로는 내보내기 메뉴를 통해 다양한 형식의 동영상, 이미지, 오디오 파일을 만들 수 있다.

학습시간
약 13분

비디오(동영상) 파일 만들기

프리미어 프로에서는 유튜브, 페이스북, TV, 영화, 모바일 등의 다양한 매체를 통해 감상할 수 있는 동영상 파일을 ❶❷[파일] – [내보내기] – [미디어] 메뉴를 통해 간편하게 만들 수 있다.

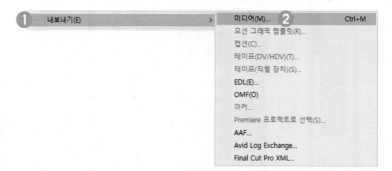

☑ 내보내기 메뉴에서는 그밖에 모션 그래픽 템플릿, 캡션, 비디오 테이프로 녹화 작업 그리고 프리미어 프로에서 작업한 내용(시퀀스)을 다른 프로그램(파이널 컷 프로, 아비드 등)에서 가져와 사용할 수 있게 해주는 EDL, OMF, AAF, Avid Log Exchange, Final Cut Pro XML 작업 데이터 파일을 만들 수 있다.

☑ 내보내기는 풀다운 메뉴 아래쪽에 있는 **내보내기**를 통해서도 가능하다.

유튜브(SNS)를 위한 동영상 파일 만들기

최근 가장 많이 활용되고 있는 유튜브 업로드용 동영상 파일을 만들어본다. 그밖에 동영상 파일도 같은 방법으로 만들면 되며, [내보내기] 메뉴를 사용하기 위해서는 내보내기할 시퀀스(타임라인)가 선택(활성화)되어있어야 한다.

1 **미디어 선택** 즐겨 사용되는 미디어 규격을 선택할 수 있다. 가령 YouTube를 활성화하면 유튜브에 적합한 규격 사용과 로그인하여 직접 업로드할 수 있다.

2 **내보내기 설정** 출력(파일 만들기)할 파일 형식 선택 및 세부(화면 크기, 비율, 프레임 속도 등) 설정을 할 수 있다. 파일 이름과 파일이 만들어질 위치(폴더) 등을 설정한 후, 비디오 또는 오디오를 개별로 만들 수 있다.

3 **출력 구간 설정** 파일이 만들어질 구간(장면)을 설정할 수 있다. 작업된 내용 중 원하는 일부만 파일로 만들 때 사용하며, 양쪽 2개의 파란색 슬라이더를 이동하여 출력 구간을 지정할 수 있다.

4 **출력 정보 표시** 최종 출력을 위해 설정한 정보를 보여준다.

5 **내보내기** 미디어 인코더를 사용하지 않고 곧바로 파일을 만들 때 사용된다.

6 **Media Encoder로 보내기** 미디어 인코더로 출력할 때 사용된다. 미디어 인코더를 사용하면 각각 다르게 설정된 정보를 추가하여 한꺼번에 파일들을 만들 수 있다.

내보내기 설정

미디어 선택을 **유튜브**로 선택했다고 가정하고, **사전 설정**을 ❶**고화질 1080p HD** 선택, ❷**위치**의 **파란색 글자**를 클릭하여 출력될 파일이 저장될 위치와 파일명을 입력한다. 만약 렌더 후 곧바로 자신의 유튜브 채널로 업로드하고자 한다면 ❸로그인, 채널 선택, 재생 목록, 제목, 설명 등을 할 수 있다.

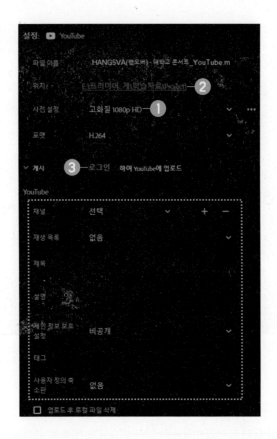

H.264은 최근에 가장 많이 사용되는 파일 형식(코덱)으로 최종적으로 MP4 포맷의 파일이 만들어지며, 유튜브(SNS), 인터넷, 스마트폰, 테블릿 PC, 네비게이션 등과 같은 모바일 장치 그리고 PC에서도 일반적인 재생(감상)용으로 사용된다. H.264 형식을 선택하면 사전 설정에서 즐겨 사용되는 규격을 선택할 수 있는데, 여기에서는 다양한 사전 설정 규격을 사용할 수 있다. 만약 원본 데이터 보관을 위한 무손실 고화질 파일로 만들고자 한다면 AVI(비압축) 형식을 사용하면 된다.

비디오 설정

비디오 항목에서는 프레임 크기, 프레임 속도(초당 사용되는 프레임 개수), 필드 방식(순서), 종횡비 등을 설정할 수 있다. 그밖에 [기타]를 통해 최대 렌더링 품질 사용, 알파 채널만 렌더링, 시간 보간, 성능, 비트 전송률(메가 바이트당 초당 전송률)를 설정할 수 있으며, VR 비디오를 체크하여 360 VR 비디오를 만들 수 있다.

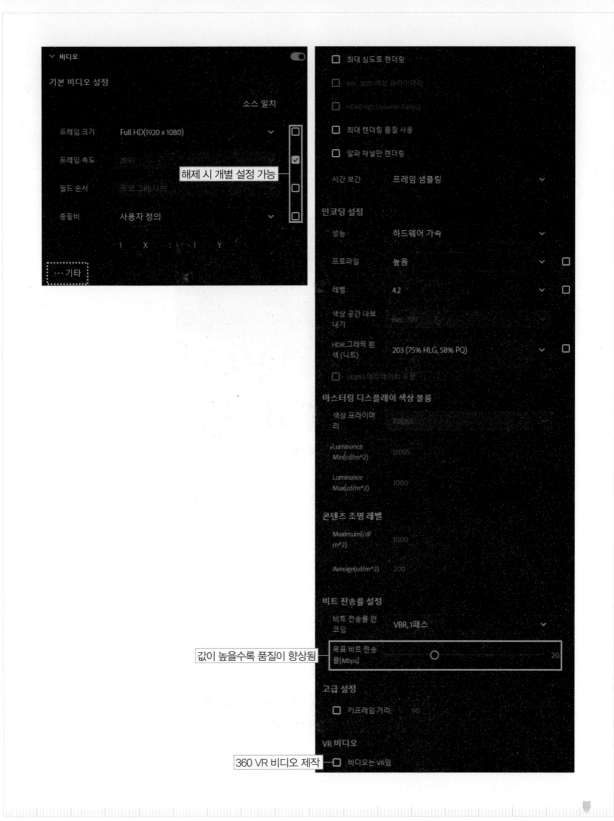

오디오 설정

오디오 항목에서는 오디오 형식을 설정할 수 있다. 일반적으로 AAC(H.264 형식을 사용했을 때) 코덱(압축 방식)을 사용하며, 샘플 속도는 오디오 음향 주파수에 영향을 주기 때문에 높은 값이 유리하지만, 오케스트라와 같은 고음질 오디오가 필요한 것이 아니라면 44100 Hz(헤르츠)급이나 그 이하도 문제없다. 채널은 일반적으로 스테레오 채널을 사용한다. 비트 전송률 또한 오디오 품질에 영향을 주기 때문에 상황에 맞게 설정하면 되는데, 256~320kbps(킬로 바이트당 초당 전송률) 정도면 특별한 문제는 없다.

채널을 5.1로 사용하기 위해서는 작업 시 5.1 채널에 대한 오디오 편집이 이루어져야 하며, 촬영 시 5.1 채널을 대비한 오디오 레코딩 작업을 해놓아야 만족스런 5.1 서라운드 입체 음향을 얻을 수 있다.

내보내기

오디오 설정이 끝나면 일반적인 설정은 끝난 것으로 볼 수 있기 때문에 특별한 설정이 필요하지 않는 한 파일로 출력하기 위한 [내보내기] 버튼을 클릭하면 된다. 그러면 인코딩 과정을 거쳐 최종적으로 파일이 완성된다. 완성된 파일은 실행(재생)하여 확인하고, 문제가 있는 부분은 수정 후 다시 렌더링한다.

☑ 여러 가지 형식(규격)을 설정한 후 한꺼번에 렌더링을 하고자 한다면 **미디어 인코더로 보내기**를 사용하면 된다.

360 VR 비디오 만들기

게임, 엔터테인먼트, 부동산, 쇼핑몰 등의 웹(모바일)사이트에서 피사체를 회전하여 볼 수 있는 360 VR 비디오는 말 그대로 사물, 즉 공간을 회전하면서 공간과 사물 전체를 볼 수 있는 영상이며, 촬영 시 360도 카메라를 통해 촬영해야만 원하는 동영상을 얻을 수 있다. 프리미어 프로에서는 360도로 촬영된 영상을 가져올 때 자동으로 VR 환경에서 편집할 수 있도록 해준다. 또한 작업이 끝난 후에는 **미디어 메타데이터(media metadata)**와 같은 변환 프로그램 없이도 360 VR 동영상 파일을 만들어줄 수 있다. 살펴보기 위해 [학습자료] - [Project] - [360 VR] 프로젝트를 실행한다. 이 프로젝트에는 360도로 촬영된 영상과 간단한 자막이 포함된 상태이다.

VR 비디오로 만들기 위해 [파일] - [내보내기] - [미디어] 메뉴를 선택한다. 그다음 ❶**파일 형식**, 저장 위치 등을 설정한 후 비디오 항목의 ❷[비디오는 VR임]이 체크한다. 프레임 레이아웃 방식은 일단 ❸[모노]로 해준다. 설정이 끝난 후 ❹[내보내기] 버튼을 누르면 별도의 변환 프로그램 없이 360 VR 비디오 파일이 만들어진다.

새롭게 설정한 규격을 지속적으로 사용하고자 한다면 사전 설정에서 [사전 설정 저장]으로 등록할 수 있다.

유튜브로 업로드하기

360 VR 비디오 파일이 만들어졌다면 유튜브로 업로드해 본다. 유튜브로 들어가 자신의 채널에 로그인을 한 후 우측 상단의 ❶❷[만들기] – [동영상 업로드] 메뉴를 선택하여 동영상 업로드 창이 열리면 방금 만든 **360 VR 비디오** 파일을 가져온다. ❸**파일 선택** 버튼 또는 **드래그**하여 직접 가져다 놓을 수도 있다. 유튜브는 자동으로 360 VR 비디오 속성을 분석하여 360 VR 비디오로 변환해 준다. 그후 ❹**[게시]** 버튼을 눌러 파일을 등록하면 된다.

유튜브에 업로드된 파일을 실행한 후 화면을 회전해 보면 360 VR 비디오가 정상적으로 작동(마우스로 회전)되는 것을 알 수 있다.

⏱ 이미지 파일 만들기

특정 장면(프레임)을 정지 이미지로 만든 후 포토샵이나 무료 포토샵인 픽슬러와 김프 같은 프로그램에서 사용하거나 시퀀스 파일을 만들어야 할 경우 프리미어 프로에서는 프로그램 모니터의 **프레임 내보내기**나 **내보**

내기를 통해 간편하게 이미지 파일을 만들 수 있다.

정지(스틸) 이미지 만들기

이미지는 주로 포토샵 같은 프로그램에서 이미지 보정, 표지 디자인, 썸네일 디자인 등에 사용된다. 프리미어 프로에서는 작업 중 원하는 장면(프레임)을 간단하게 이미지 파일로 만들어줄 수 있다. 아래 그림처럼 **재생 헤드**가 있는 지점의 장면을 이미지 파일로 만들어주기 위해 **프로그램(또는 소스) 모니터** 하단에 있는 **❶카메라 모양**의**❷ [프레임 내보내기]** 버튼을 누른다. 프레임 내보내기 창이 열리면 적당한 **❸파일명**과 **형식(일반적으로 JPEG, JPG)** 그리고 **저장될 위치**를 선택한 후 **❹[확인]** 버튼을 누르면 된다.

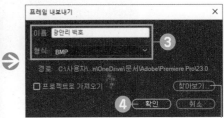

저장될 파일 위치 설정

시퀀스 파일 만들기

번호가 붙은 시퀀스 파일은 비디오 파일보다 우수한 화질의 결과물을 얻을 수 있으며, 장면을 개별로 활용할 수 있다는 장점을 가지고 있다. 또한 시퀀스 파일은 프리미어 프로와 같은 동영상 편집 프로그램에서 동영상처럼 사용할 수 있다. 시퀀스 파일을 만들기 위해 **[파일]** - **[내보내기]** - **[미디어]** 메뉴를 선택하거나 작업 창 상단의 ❶[내보내기]를 선택한다. ❷미디어 파일을 켜주고, 비교적 용량이 적은 ❸PNG 형식을 선택한 후 ❹파일 명과 저장될 위치를 설정한다. 그다음 ❺[시퀀스로 내보내기]를 체크하여 파일에 번호가 붙도록 한 후 [내보내기] 버튼을 누르면 시퀀스 파일이 만들어진다.

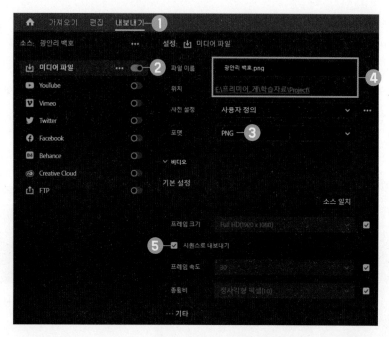

☑ 시퀀스 파일은 오디오가 없기 때문에 내보내기 설정에서 파일 형식만 설정하면 된다. 일반적으로 PNG, TIFF, TGA 등을 사용하는데, 그 이유는 이 파일들 모두 알파 채널 데이터가 포함되기 때문이다.

⏱ 오디오 파일 만들기

동영상 편집 프로그램인 프리미어 프로에서 오디오 파일로 출력하는 경우는 매우 드문 일이지만, 만약 오디오 파일을 만들어주어야 한다면 [내보내기]에서 [포맷]을 오디오 형식으로 선택하면 된다. 프리미어 프로에서 제공되는 오디오 포맷은 AAC, AIFF(애플용), MP3, WAV(파형 오디오) 등이 있으며, 일반적으로 WAV와 MP3 오디오 형식을 사용한다. 특히 **MP3**는 **가청 주파수(인간의 청각으로 들을 수 있는 음역대)**를 제거하여 파일의 용량은 줄이고, 소리의 유실은 최소화한 파일이기 때문에 재생(감상)을 위한 목적이 아닌 편집용으로도 즐겨 사용된다. 물론 전문 오디오 작업에서는 MP3보다는 WAV 형식을 권장한다.

포맷을 MP3로 선택했을 경우 오디오 비트 전송률은 128~256Kbps 정도로 설정해도 음질에 대한 차이는 느낄수 없다.

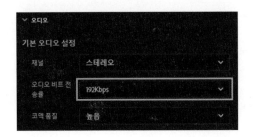

지금까지 작업한 내용을 다양한 형식의 파일로 만들어주는 방법에 대해 살펴보았다. 살펴본 것처럼 프리미어프로는 대부분의 파일을 가져오거나 파일로 만들 수 있다는 것을 알 수 있다. 이제 자신만의 콘텐츠를 만들어유튜브, 페이스북, 인스타그램, 비메오, 영화, 드라마, 뮤직비디오, 광고, 교육 등 다양한 곳에 활용해 보기 바란다.

LESSON 18

알아두면 유용한 기능들

이번 학습에서는 앞서 살펴보지 않았던 기능 중 좀 더 쉽고 간편하고 편리한 편집을 할 수 있게 해주는 유용한 기능들과 사용법에 대해 알아본다.

학습시간
약 25분

클립(오디오) 동기화하기

여러 대의 카메라를 통해 촬영된 장면(클립)들은 촬영이 시작되는 타이밍이 차이가 나기 때문에 모든 클립에 대한 동기화 작업을 해주어야 한다. 프리미어 프로에서는 시작/끝 점, 타임코드, 마커, 오디오 파형을 기준으로 동기화 작업을 자동으로 수행할 수 있다. 학습을 위해 [학습자료] - [Project] - [클립 동기화] 프로젝트 파일을 실행한다. 타임라인에 적용된 4개의 클립들은 각각 다른 앵글에서 동시에 촬영된 장면들이지만 소리를 들어보면 약간씩 차이가 있는 것을 알 수 있다. 이렇듯 동시에 촬영된 장면이라도 **싱크(동기화)**가 완전하지 않기 때문에 작업을 하기 전에는 먼저 동기화 작업을 해놓는 것이 필요하다.

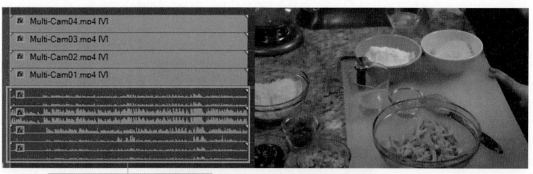

싱크가 맞지 않은 각각의 오디오 클립들

4개의 클립을 한꺼번에 동기화하기 위해 **모든 클립**을 **선택**한 후 ❶❷[클립] - [동기화(Synchronize)] 메뉴를 선택한다. 클립 동기화 설정 창이 열리면 동기화될 방식을 선택하면 되는데, 여기에서는 오디오 파형을 기준으로 동기화하기 위해 ❸[오디오]를 체크하고, **트랙 채널**은 오디오 파형에 문제가 **없는** ❹1을 **선택**한다. 설정이 끝나면 ❺[확인] 버튼을 눌러 동기화한다. 참고로 트랙 채널은 **좌우 스테레오** 채널을 말하며, 좌우 채널의 파형 중 문제가 없는 채널을 선택하며, 두 채널 모두 문제가 없다면 아무 채널을 선택해도 상관없다.

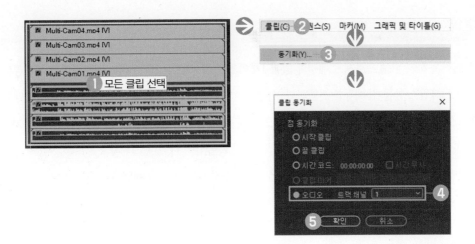

동기화 작업이 끝난 후의 클립들을 보면 위치에 대한 변화가 생긴 것을 알 수 있다. 이제 **가장 오른쪽으로 많이 밀려난 클립의 시작 점**에 나머지 클립들의 시작 점을 트리밍하여 맞춰주면 되고, 최종적으로 사용할 하나의 오디오 클립만 남겨두고 나머지는 **제거(또는 음소거)**하면 된다.

동기화에 의해 위치가 바뀐 클립들

🕐 멀티 카메라 활용하기

멀티 캠 편집은 여러 대의 카메라로 촬영된 비디오(오디오) 클립을 가지고 각 앵글을 선택해가면서 편집을 해주는 작업이다. 이 편집 방법은 중계, 공연, 예능, 교양 등의 프로그램을 촬영할 때처럼 **스위처(switcher)**를 통해 각 카메라에서 들어오는 장면(신호)을 선택하고 믹싱하는 것과 유사하다. 프리미어 프로에서는 여러 카메라로 촬영된 각각의 클립들에 대한 동기화를 자동으로 수행해 준다. 학습을 위해 **[학습자료] - [Project] - [멀티 캠 편집]** 프로젝트 파일을 실행한다.

멀티 캠 편집을 위한 시퀀스 클립 만들기

멀티 캠 편집을 하기 위해 프로젝트 패널에 있는 **4개의 클립**을 ❶**모두 선택**한 후 ❷**[우측 마우스 버튼]** – **[멀티 카메라 소스 시퀀스 만들기]** 메뉴를 선택한다. 설정 창이 열리면 ❸**클립 이름**을 입력하고, 동기화될 방식을 ❹ **오디오**로 설정하며, **시퀀스 사전 설정**은 ❺**자동**으로 해준다. 이 과정은 앞서 살펴본 **[클립 동기화하기]**와 같다. 시퀀스 설정은 ❻❼**[모든 카메라]**로 설정하여 모든 오디오 클립이 나타나도록 하고, 카메라 이름은 ❽**클립 이름**으로 사용한다. 설정이 끝나면 ❾**[확인]** 버튼을 눌러 선택된 클립들을 **시퀀스 클립**으로 만들어준다. 그다음 프로젝트 패널에 만들어진 **시퀀스 클립**을 드래그하여 ❿**[새 항목]**에 갖다 놓아 새로운 시퀀스를 생성한다.

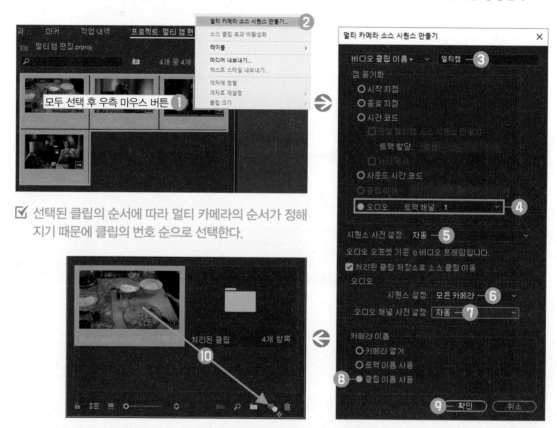

☑ 선택된 클립의 순서에 따라 멀티 카메라의 순서가 정해 지기 때문에 클립의 번호 순으로 선택한다.

새로운 시퀀스가 생성되면 소리를 들어본 후 ❶**[연결된 선택]** 도구를 사용하여 오디오 클립 중 **가장 좋은 음질** 의 클립만 남겨두고 나머지는 ❷**제거**한다. 그리고 최종적으로 사용될 오디오 클립을 위쪽 ❸**A1 트랙**으로 이 동한다.

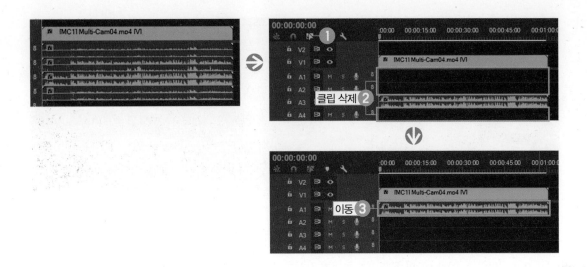

멀티 카메라 모드로 전환 및 편집하기

멀티 캠 편집을 위한 네스트, 즉 시퀀스 클립을 만들었다면 이제 멀티 카메라 편집을 하기 위해 프로그램 모니터의 ❶[설정] 메뉴에서 모니터 뷰 모드를 ❷[멀티 카메라]로 전환한다. 이것으로 멀티 캠 편집을 할 수 있는 상태가 되었다.

2개로 분할된 화면 중 왼쪽은 4개의 작은 화면(각 카메라 앵글)은 위쪽부터 1, 2, 3, 4 카메라 순(번호 참고)이며, 왼쪽 하나의 화면은 현재 선택된 카메라의 장면이 나타난다. 현재는 1번 클립(카메라)이 선택된 상태이며, 이 상태에서 **재생**을 하거나 **재생 헤드**를 이동하여 편집할 장면의 카메라(클립)를 선택해 가면 된다.

여기에서 일단 **재생**을 해보면 도입부에서 **큐사인** 소리가 들린 후 여자 MC의 목소리가 들릴 것이다. 이때 큐사인 소리는 제거하고, 여자 MC의 목소리가 들리기 직전까지 편집(스위칭)이 되어야 한다. 다시 처음부터 **재생 ❶**한 후 방금 설명한 지점에서 **❷2번 카메라**를 클릭(선택)한다. 그러면 앞서 선택되었던 1번 카메라에서 2번 카메라로 장면이 전환(스위칭)된다.

☑ 멀티 카메라 편집은 **재생 중일 때** 카메라를 선택해야 한다. 즉 정지 상태에서 카메라를 선택하면 단순히 해당 카메라를 선택하는 것뿐이기 때문이다. 편집된 모습을 확인하기 위해서는 **[정지]** 버튼을 눌러 재생을 멈추어야 한다.

첫 번째 편집(스위칭)을 했다면 여기에서 일단 **[정지]** 버튼을 눌러준다. 그러면 시퀀스 비디오 클립이 해당 편집 점에서 잘려진 것을 알 수 있다. 이와 같은 방법으로 나머지 장면을 편집(스위칭)해 나가면 된다.

잘려진(편집된) 지점

다시 ❶재생을 하여 장면과 소리를 들어본다. 이번에는 여자 MC의 시작 멘트 중 남자 요리사를 소개하는 부분에서 남자 요리사의 얼굴만 나오는 ❷3번 카메라를 선택한다. 그러면 이 시간부터는 3번 카메라의 장면이 나타난다. 같은 방법으로 나머지 장면을 편집해 본다.

멀티 캠 편집이 끝나면 편집된 클립들을 병합해 주는 것이 좋다. 여기서 **병합**이란 편집된 클립, 즉 장면들에 대한 원본 클립으로 전환하여 합쳐준다는 의미이다. 병합하기 위해 편집된 클립을 모두 **선택**한 후 [클립] – [멀티 카메라] - [병합] 메뉴를 선택한다. 그러면 초록색이었던 클립들이 다시 **파란색**으로 바뀐 것을 알 수 있다.

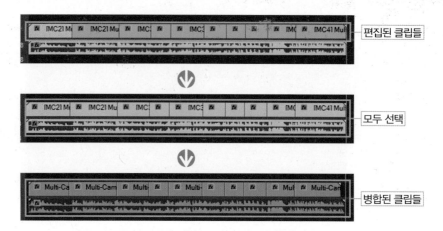

편집된 클립들

모두 선택

병합된 클립들

재생을 하여 병합된 클립 중 맨 앞쪽에 있는 **큐사인** 부분(비디오 클립)을 제거한 후 **최종적으로 사용되는 오디**
오 클립의 ❶**시작 점**을 트리밍하여 여자 MC의 소개 멘트가 시작되는 동영상 클립의 시작 점에 맞춰준다. 그리
고 오디오 클립의 ❷**끝 점** 또한 트리밍하여 **맨 마지막 비디오 클립의 끝 점**에 맞춰준다.

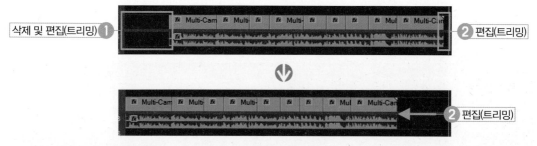

삭제 및 편집(트리밍) ❶   ❷ 편집(트리밍)

❷ 편집(트리밍)

☑ 편집된 모든 클립을 선택한 후 [클립] – [그룹화] 메뉴를 선택하여 그룹으로 만들어주면 한꺼번에 선
택, 이동, 삭제가 가능하다.

⏱ 시퀀스 자동화로 선택된 클립 한꺼번에 적용하기

시퀀스 자동화는 선택된 클립들을 한꺼번에 타임라인에 적용할 수 있다. 적용되는 순서는 선택된 클립 또는
클립의 이름 순이며, 때에 따라 시퀀스 마커를 기준으로 적용할 수도 있다. 학습을 위해 [학습자료] - [Project]
- [시퀀스 자동화] 프로젝트 파일을 실행한다. 실행된 프로젝트는 타임라인에 아무 클립도 적용되지 않은 상
태이다. 이제 시퀀스 자동화 기능을 사용하기 위해 프로젝트 패널에 있는 ❶**모든 클립**을 **선택**한 후 [**시퀀스 자**

동화]❷ 버튼을 클릭하여 시퀀스 자동화 창을 열어준다. 여기에서는 일단 **순서 지정**을 ❸[선택 순서]로 설정하여 선택된 클립 순으로 적용되도록 해주고, 나머지는 기본 값을 사용한다. 설정 후 ❹[확인] 버튼을 눌러보면 순서대로 타임라인에 적용되며, 각 클립과 클립 사이에는 기본 장면전환 효과(교차 디졸브)가 적용된 것을 알 수 있다. 이렇듯 시퀀스 자동화를 사용하면 여러 클립들을 한꺼번에 타임라인에 적용할 수 있다.

설정한 대로 적용된 클립들

순서 지정 프로젝트 패널에서 선택된 순서 또는 파일명(가나다, 알파벳, 번호 등) 순을 선택할 수 있다.

배치 선택된 클립의 순서대로 적용할 것인지 시퀀스 마커를 기준으로 적용할 것인지 설정할 수 있다. 시퀀스 마커 방식으로 배치하기 위해서는 사전에 시퀀스 마커를 만들어주어야 한다.

방법 타임라인에 클립이 있을 경우 클립을 덮어쓰기 편집(오버랩) 혹은 삽입 편집(인서트)을 할 것인지 설정한다.

클립 오버랩 클립과 클립 사이에 장면전환 효과를 사용할 수 있으며, 지속되는 시간을 설정한다.

시작/종료 범위 사용 적용되는 클립이 정지 이미지 클립일 경우 환경 설정에서 설정된 기본 길이(시간)를 사용한다.

스틸당 프레임 수 적용되는 클립이 정지 이미지 클립일 경우 적용되는 길이(시간)를 설정할 수 있다.

전환 동영상오 또는 오디오 클립에 대한 전환 효과 사용 유무를 설정한다.

무시 옵션 적용되는 클립에서 동영상 또는 오디오 클립을 포함시키지 않고자 할 때 사용한다.

🕐 캡션 활용하기

캡션(caption)은 영화나 드라마, 강의와 같은 동영상의 대사(대본)나 다큐멘터리의 내레이션에 대한 자막을 위해 사용된다. 프리미어 프로에서는 캡션을 만들고 캡션을 별도의 파일로 만들 수 있다. 학습을 위해 [학습자료] - [Project] - [캡션 만들기] 프로젝트 파일을 실행한다. 실행된 프로젝트에는 1개의 클립이 적용된 상태이다. 이 장면에 캡션을 만들어보기 위해 ❶[텍스트] 패널에서 ❷캡션 탭의 ❸[새 캡션 트랙 만들기]를 선택한다.

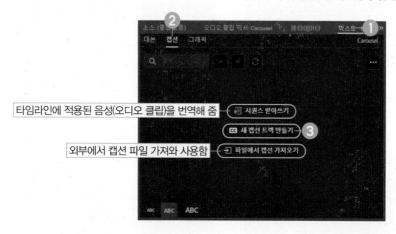

새 캡션 트랙 창에서 **형식**을 ❶CEA-708, 스트림을 ❷서비스 1로 설정하고 ❸확인한다. 그러면 타임라인 상단에 **캡션 트랙**이 생성된다. 그다음 캡션이 만들어질 지점에 ❹**타임 헤드**를 갖다 놓고, 캡션 탭의 ❺**옵션** 메뉴에서 ❻[새 캡션 세그먼트 추가]를 선택하여 캡션을 생성한다.

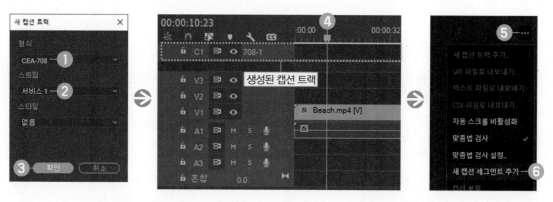

☑ 형식에서 CEA-608은 영어, 스페인어, 프랑스어, 포르투갈어, 이태리어, 독일어, 네덜란드어를 지원하고 CEA-708은 한글을 지원하며, 텔레텍스트(Teletext)는 PAL 방식일 때 사용된다.

프로그램 모니터를 보면 화면 하단에 방금 적용한 캡션이 나타나는 것을 알 수 있다. 이렇듯 캡션은 타이틀이나 모션을 위한 자막이 아닌 언어(대사, 대본) 및 정보 전달을 위해 사용된다.

캡션은 동영상, 이미지, 오디오 클립을 편집할 때처럼 **시작 점과 끝 점** 그리고 위치를 **이동**하여 **시간과 길이**를 조절할 수 있다. **새로운 캡션**을 만들기 위해서는 **타임 헤드**를 이동한 후 앞서 사용했던 **새 캡션 세그먼트 추가**를 하면 된다.

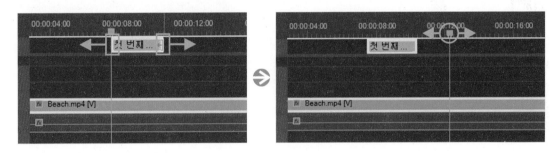

캡션 내보내기

캡션은 옵션 메뉴에서 SRT, CSV 그리고 일반적인 텍스트 파일로 만들어줄 수 있다. 별도로 만들어진 캡션 파일은 다양한 용도로 활용할 수 있다. 프리미어 프로에서는 SIM 형식은 지원되지 않고, SRT 형식만 지원된다.

⏱ 다이내믹 링크 활용하기

애프터 이펙트와 함께 프리미어 프로를 사용하며, 이 둘의 프로그램에서 사용된 **컴포지션(composition)**과 시 **퀀스(sequence)**를 서로 공유하고자 한다면 **다이내믹 링크(dynamic link)**를 사용할 수 있다. 다이내믹 링크는 ❶ ❷**[파일]** – [Adobe Dynamic Link] 메뉴에서 세 가지 방식을 사용할 수 있다. 여기에서는 맨 아래쪽 ❸**[After Effect 컴포지션 가져오기]** 메뉴를 선택해 본다. 애프터 이펙트 컴포지션 가져오기 창이 열리면 ❹**컴포지션이** 있는 위치를 찾아 준 후 ❺**확인**하여 가져오면 된다. 이와 같은 방법으로 프리미어 프로에서 애프터 이펙트의 컴포지션을 클립처럼 사용할 수 있다.

☑ 다이내믹 링크는 애프터 이펙트가 설치되고, 컴포지션 작업을 해놓은 경우에만 사용할 수 있다.

☑ [After Effects 컴포지션으로 바꾸기] 메뉴는 현재 프리미어 프로의 시퀀스를 애프터 이펙트의 컴포 지션으로 변환하여 애프터 이펙트에서 가져올 수 있으며, [새 After Effects 컴포지션] 메뉴는 프리미 어 프로에서 새로운 컴포지션 만들어 사용하고자 할 때 사용된다.

⏱ 단축키 만들기

단축키는 키보드에 할당(조합)된 키를 눌러 특정 메뉴나 기능을 신속하게 수행되도록 해준다. 프리미어 프로 에서는 기본적으로 지정된 단축키 이외에 새로운 단축키를 만들어 사용할 수 있다. 단축키 설정을 하기 위해 서는 [편집] – [키보드 단축키(Keyboard Customization)] 메뉴를 선택한 후 키보드 단축키 설정 창이 열리면 그 림처럼 키보드의 모습과 보라, 초록, 회색의 자판을 통해 설정할 수 있다. **보라색** 키는 프리미어에서 전반적으 로 사용되는 단축키이고, **초록색** 키는 작업 패널 고유의 단축키이며, **보라색과 초록색**이 같이 있는 키는 현재 할당되어있는 단축키이다.

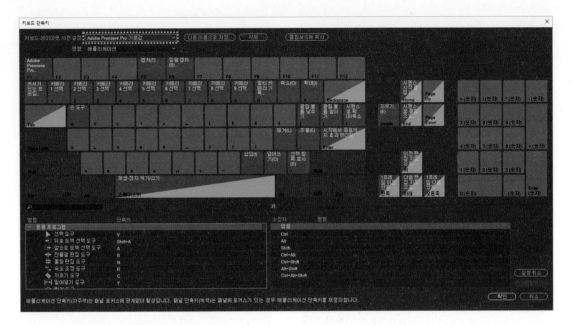

☑ 상단의 [키보드 레이아웃 사전 설정]에서 프리미어 하위 버전에서 사용되던 단축키와 아비드, 파이널 컷 프로의 단축키로 전환하여 사용할 수 있다.

새로운 단축키를 만들어주기 위해서는 **단축키가 없는 것을 선택**한 후(필자는 사각형 도구를 선택했음) 위쪽 키 중에서 원하는 키를 드래그하여 선택된 기능에 갖다 놓으면 된다. 만약 [Ctrl], [Alt], [Shift] 키와 같은 보조키를 병행하여 사용한다면 그림처럼 원하는 ❶❷**보조키**를 먼저 선택한 후 사용될 키를 ❸**드래그**하여 선택된 기능에 갖다 놓으면 된다. 이때 새로 설정된 단축키가 다른 기능에서 사용되지 않는다면 [**확인**] 버튼을 눌러 적용하면 된다.

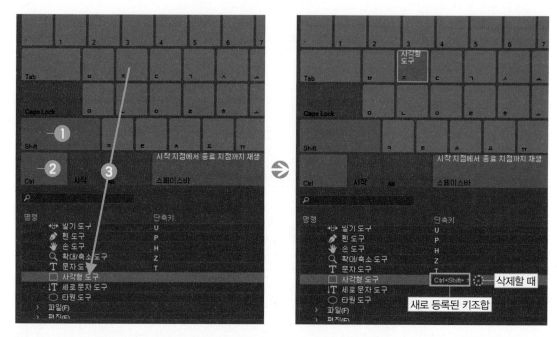

☑ 새로 설정된 키를 제거하고자 한다면 해당 단축키 우측의 [X] 버튼을 누르면 된다.

팁 & 노트 💡 작업에 사용되지 않은 클립 제거하기

작업에 사용하지 않은 클립은 **[편집] – [사용되지 않는 항목 제거]** 메뉴를 선택하여 제거할 수 있다.

⏱ 작업에 사용된 파일 통합하기

작업에 사용된 클립(파일)들은 대부분 다양한 경로(폴더)를 통해 가져와 사용하기 때문에 작업이 끝난 후에는 흩어져있는 클립들을 한 곳에 모아놓은 것이 좋다. 프리미어 프로에서는 **프로젝트 관리자**를 통해 작업에 사용된 클립들만 특정 위치에 모아놓을 수 있으며, 통합된 클립들은 다른 PC에서 사용할 때에도 문제가 없다. 살펴보기 위해 **[파일] – [프로젝트 관리자(Project Manager)]** 메뉴를 선택하여 프로젝트 관리자 창을 열어준다. 여기에서는 기본적으로 **[대상 경로]**의 ❶**[찾아보기]**를 통해 파일들이 저장될 경로 선택과 저장 공간이 충분한지 확인하기 위해 ❷**[계산]**을 한 후 ❸**[확인]** 버튼을 눌러 작업 파일을 통합하면 된다.

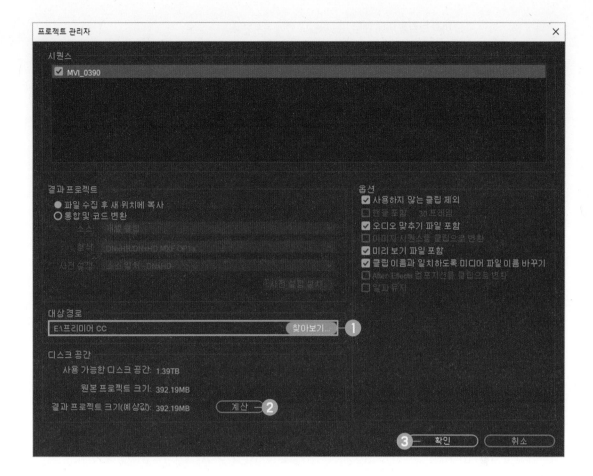

시퀀스 통합할 시퀀스를 선택한다. 프로젝트에 여러 개의 시퀀스를 사용할 때 주로 사용한다.

파일 수집 후 새 위치에 복사 작업에 사용된 클립들을 새로운 위치(폴더)에 복사한다.

통합 및 코드 변환 작업에 사용된 클립들을 새로운 규격으로 설정한 후 복사한다.

대상 경로 파일이 복사될 위치(폴더)를 설정한다.

디스크 공간 복사될 클립(파일)들의 용량과 복사될 위치의 공간을 사전에 계산한다.

사용하지 않는 클립 제외 작업(타임라인)에 사용되지 않는 클립을 복사 대상에서 제외한다.

핸들 포함 클립이 편집(트리밍)된 구간, 즉 핸들링 구간이 있다면 다시 복원할 수 있는 여유의 구간을 설정한다.

오디오 맞추기 파일 포함 원본 프로젝트에서 맞춘 오디오가 새 프로젝트에서도 일치되도록 한다.

이미지 시퀀스를 클립으로 변환 이미지 시퀀스 클립을 비디오 클립으로 변환한다.

미리 보기 파일 포함 미리 보기를 위해 렌더링된 파일도 함께 복사한다.

클립 이름과 일치하도록 미디어 파일 이름 바꾸기 작업에 사용된 클립과 같은 이름으로 복사한다.

After Effects 컴포지션을 클립으로 변환 다이내믹 링크를 통해 애프터 이펙트의 컴포지션을 가져왔다면 컴포지션을 비디오 클립으로 변환한다.

알파 유지 알파 채널이 포함된 클립의 속성을 그대로 보존한다.

프로젝트 관리자를 통해 통합된 결과를 확인해 보면 설정된 내용에 맞게 프로젝트 파일 및 모든 클립들이 복사된 것을 알 수 있다.

⏱ 하위(서브)클립 만들기

서브 클립은 편집(트리밍)된 클립의 새로운 클립이다. 편집된 비디오 클립을 다른 곳에서 사용한다면 하위 클립으로 만들어 개별적으로 사용할 수 있다. 서브 클립을 만들기 위해서는 클립 위에서 ❶❷[**우측 마우스 버튼**] - [**하위 클립 만들기**] 메뉴를 선택한 후 설정 창에서 적당한 ❸**이름**을 **입력**한 후 ❹[**확인**]을 하면 된다.

팁 & 노트 💡 **작업(타임라인)에 사용된 클립 찾기**

타임라인에서 사용되는 클립을 프로젝트 패널에서 찾거나 원본 클립이 있는 폴더에서 찾아야 한다면 타임라인에 있는 클립 위에서 [**우측 마우스 버튼**] - [**프로젝트에 표시**] 메뉴나 [**탐색기에 표시**] 메뉴를 선택하면 된다.

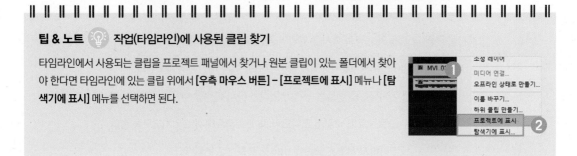

⏱ 360 VR 비디오 활용하기

프리미어 프로에서는 360 VR 카메라로 촬영된 동영상을 표현할 수 있는 VR 편집 및 제어 기능을 제공하여 간편하게 VR 편집 작업을 할 수 있다. 학습을 위해 [학습자료] - [Video] - [360_VR_Emotionplayground] 파일을 가져와 ❶[새 항목]에 갖다 놓으면 클립의 속성에 맞게 360 VR 편집 모드로 전환된다. 여기에서 VR 제어를 하기 위해 프로그램 모니터의 ❷[설정] 메뉴에서 ❸❹[VR 비디오] - [사용] 메뉴를 선택해 본다.

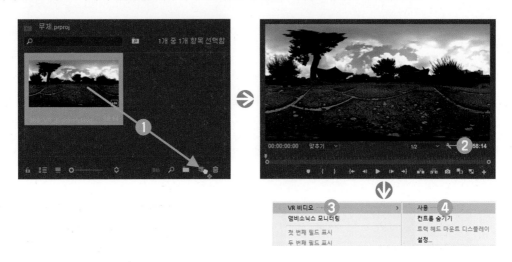

그러면 VR 화면을 제어할 수 있는 상태로 전환되기 때문에 실제 VR 비디오에 대한 결과를 미리 확인할 수 있다. VR 편집도 일반적인 편집과 같으며, 작업이 끝나면 특별한 변환 작업 없이 출력하여 사용하면 된다.

☑ VR은 피사체(공간) 전체를 360도로 볼 수 있기 때문에 게임, 엔터테인먼트, 부동산, 쇼핑몰 등의 웹(모바일)사이트 등에서 각광을 받고 있다.

⏱ 오프라인 클립의 활용법

오프라인 클립은 원본 클립의 경로에 문제가 생겨 발생되지만, 편집 시 아직 결정되지 않은 장면(클립)의 자리를 채워놓기 위해 사용되는 경우도 있다. 오프라인 클립을 만드는 방법과 최종적으로 사용할 클립으로 대체하는 방법에 대해 알아본다.

오프라인 클립 만들기

오프라인 클립을 만들기 위해 [학습자료] – [Video] 폴더에서 **여러 개의 비디오 클립**을 가져와 타임라인에 갖다 놓는다. 적용된 클립 중 만약 **세 번째 클립**이 아직 결정되지 않았다면 자리 보존을 위한 오프라인 클립으로 만들기 위해 세 번째 클립 위에서 [우측 마우스 버튼] – [오프라인 상태로 만들기] 메뉴를 선택한 후 설정 창이 열리면 원본은 그대로 유지하기 위해 [미디어 파일 디스크에 유지]를 체크하고 [확인]한다. 그러면 해당 클립이 **빨간색** 배경의 오프라인 클립으로 전환된다.

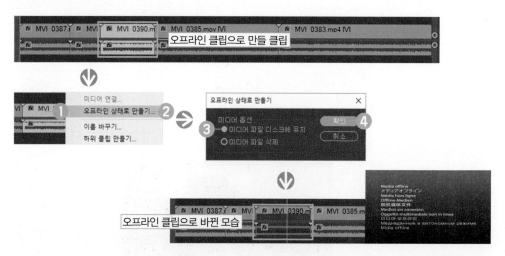

☑ 오프라인 클립으로 전환하면 클립에 정보가 없기(가볍기) 때문에 시스템 리소스를 최소화할 수 있으며, 클립의 색상도 눈에 띄기 때문에 최종 클립으로 대체할 때 쉽게 찾을 수 있다.

다른 클립으로 대체하기

오프라인 클립은 [**미디어 연결**]이라는 메뉴를 통해 다시 정상적인 모습으로 되돌려줄 수 있지만, 이 방법은 원래의 클립으로 다시 연결하는 것이므로 이번 학습에서 설명하고자 하는 의도와는 거리가 있다. 오프라인 클립을 최종적으로 사용할 클립으로 대체하기 위해 **프로젝트 패널**에서 **오프라인 클립**을 선택한 후 ❶❷**[우측 마우스 버튼] – [푸티지 바꾸기]** 메뉴를 선택한다. 그다음 대체할 ❸**클립**을 찾아 ❹**선택**한다.

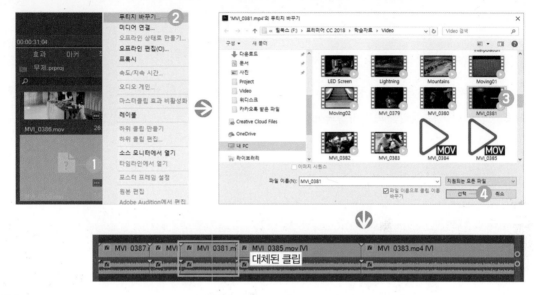

☑️ 푸티지 바꾸기는 일반 미디어 클립을 다른 클립과 대체하고자 할 때에도 유용하다.

단축키를 이용하여 클립 대체하기

타임라인에 사용되는 클립을 프로젝트 패널에 있는 다른 클립으로 대체할 수도 있다. 단축키 **[Alt]**를 누른 상태로 대체될 클립을 드래그하여 타임라인에 있는 클립 위로 갖다 놓으면 된다.

🕐 화면 안정화하기

흔들리는 상태로 촬영된 화면이나 스마트 폰 및 DSLR과 같은 디지털 카메라로 촬영 시 카메라를 빠르게 움직일 때 물결치듯 출렁임이 발생되는 **롤링 셔터**(rolling shutter) 현상은 프리미어 프로의 **비틀기 안정기**와 **롤링 셔터 복구** 효과를 통해 간단하게 해결할 수 있다.

흔들리는 화면 안정화하기

흔들리게 촬영된 화면은 **흔들림 안정화**(Warp Stabilizer) 효과를 적용하여 안정적인 화면으로 만들기 위해 [학습자료] - [Video] - [흔들리는 화면 안정화하기] 프로젝트 파일을 실행해 보면 화면이 많이 흔들리는 장면이 적용된 것을 알 수 있다.

프리뷰 ▶

이제 흔들리는 화면을 안정시키기 위해 [Walking] 클립에 [**흔들림 안정화**(Warp Stabilizer)] 효과를 적용하면 화면을 분석하는 **백그라운드 분석**(analyzing in background) 과정과 **안전화**(stabilizing) 과정을 거쳐 화면이 안정화된다. 이렇듯 비틀기 안정기 효과를 이용하면 간단하게 흔들리는 화면을 안정화할 수 있다.

백그라운드에서 분석 중(1/2단계) ➡ 안정화 중

☑ 흔들림 안정화 설정은 효과 컨트로 패널에서 이루어지며, 안정화 방식 선택 및 세부 설정을 할 수 있다.

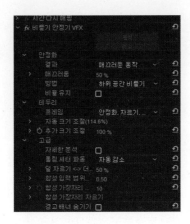

분석(Analyze) 화면을 다시 분석할 때 사용한다. 분석을 실행하면 자동으로 실행되기 때문에 기본적으로 비활성화 되어있지만, 옵션 값을 수정하면 수정된 값을 다시 분석할 수 있다.

안정화(Stabilization) 화면의 안정화에 대한 방식을 설정한다. 매끄러운 동작(smooth motion)은 카메라의 움직임을 유지한 상태로 매끄럽게 안정화되는데, 값이 낮을수록 원래 동작에 가깝고, 높을수록 더욱 매끄러워진다. 동작 없음 (no motion)은 최대한 움직임을 제거한다. 방법(method)은 화면을 안정화하는 작업 방식을 설정하는데, 위치 (position)는 위치를 기반으로 안정화하며, 위치(position), 크기(scale), 회전(rotation)은 위치, 크기, 회전에 대한 데이터 방식, 원근(perspective)은 전체 프레임이 효율적으로 모서리에 고정되는 방식, 하위 공간 비틀기(subspace warp)는 기본 값으로 프레임의 다양한 부분을 서로 다르게 비틀어서 안정화하는 방식이다.

테두리(Borders) 테두리에 대한 설정으로 프레임 방식을 설정한 후 테두리에 대한 방식을 설정한다.

고급(Advanced Detailed Analysis) 이 옵션을 체크하면 다음 분석 단계에서 추적할 요소를 찾는 작업을 추가적으로 수행하게 된다. 롤링 셔터 파동(rolling shutter ripple)은 카메라가 빠르게 움직일 때 발생되는 화면의 파동(출렁거림)을 제거할 때 사용되는데, 큰 파동일 경우에는 고급 감소(enhanced reduction)를 사용하는 것이 효과적이지만 화면의 흔들림이 아닌 파동을 제거하고자 한다면 다음에 학습할 롤링 셔터 복구 효과를 사용하길 권장한다.

롤링 셔터를 이용한 출렁이는 화면 안정화하기

롤링 셔터(rolling shutter)는 스마트 폰이나 DSLR과 같은 디지털 카메라로 비디오 촬영 시 카메라를 빠르게 움직일 때 물결이 치듯 출렁이는 왜곡 현상이다. 이러한 문제는 **롤링 셔터 복구** 효과를 통해 간단하게 안정화할 수 있다. 살펴보기 위해 **[학습자료]** - **[Project]** - **[롤링 셔터]** 프로젝트 파일을 실행해 보면 타임라인에 적용된 장면(클립)이 카메라가 좌우로 패닝될 때 화면이 많이 기울어지면서 출렁이는 것을 볼 수 있다.

롤링 셔터 현상을 제거하기 위해 [Rolling Shutter] 클립에 [롤링 셔터 복구(Rolling Shutter Repair)] 효과를 적용한다. 그러면 심각하게 기울어졌던 화면이 곧바로 안정화되는 것을 알 수 있다.

☑ **롤링 셔터 속도**는 기울기 보정 상태(각도)를 설정하며, **스캔 방향**은 보정할 방향, **고급**은 안정화 방식을 설정할 수 있다. 또한 **자세한 분석**을 체크하면 더욱 섬세한 안정화 작업이 이루어진다.

🕐 클립 레이블 색상 활용하기

클립의 색상을 다르게 하면 각 클립의 특성(장면, 효과 등)을 구분하여 관리할 수 있다. 학습을 위해 [학습자료] - [Project] - [클립 레이블 색상] 프로젝트 파일을 실행해 보면 첫 번째와 네 번째 클립만 주황색으로 되어 있는 것을 알 수 있다.

다른 클립도 색상을 바꿔보도록 한다. 이번에는 **일곱 번째 클립**의 색상을 주황색으로 바꿔주기 위해 클립 위에서 [우측 마우스 버튼] – [레이블] – [주황색]을 선택한다.

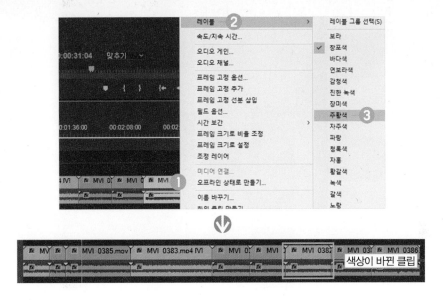

이번에는 같은 색상을 가진 클립을 한꺼번에 선택하기 위해 **아무 주황색 클립**에서 ❶[우측 마우스 버튼] ❷❸ [레이블] – [레이블 그룹 선택] 메뉴를 선택한다. 그러면 주황색 클립들이 모두 선택된다.

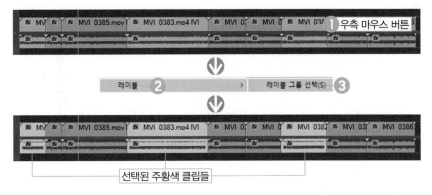

☑ 클립 레이블 색상을 추가하거나 수정하고자 한다면 [편집] – [환경 설정] – [레이블] 항목에서 색상 및 이름을 새롭게 설정할 수 있다.

이것으로 프리미어 프로의 기본 학습이 끝났다. 다음은 유튜브 편집을 위한 다양한 모션 기법과 템플릿 활용법에 대해 살펴볼 것이다.

Premiere Pro CC 2023 Guide for Beginner

Pr

프리미어 프로

PART 04

유튜브 편집

YouTube editing

LESSON 19

유튜브 편집 테크닉

이번 학습에서는 유튜브 동영상 편집 작업에서 가장 많이 사용되
는 주요 편집 기법을 대해 알아본다.

학습시간
약 39분

원형 PIP 만들기

화면 위에 나타나는 동그란 화면은 PIP 중에서도 매우 까다로운 기법이지만 프리미어 프로에서는 **마스크와**
도형 도구를 사용해서 쉽게 표현할 수 있다. 학습을 위해 [학습자료] - [Project] - [원형 PIP 만들기] 프로젝트
파일을 실행한다. 실행된 프로젝트에는 위쪽에는 동영상 클립, 아래쪽에는 이미지 클립이 적용된 상태이다.

1 원형 마스크 만들기

현재는 위쪽 동영상 클립의 모습이 화면에 꽉 찬 상태이다. 이제 책을 소개하는 진행자의 얼굴만 작은 원형에
나타나도록 한 후 적당한 위치로 이동해 본다. 위쪽 동영상 클립을 ❶**선택**한 후 효과 컨트롤의 불투명도에서
❷**타원**을 선택한다.

①**마스크 페더**는 **0**으로 설정하고, 프로그램 모니터에 생성된 원형 마스크의 모습을 그림처럼 ②**포인트**를 이동하여 진행자의 얼굴만 보이도록 동그랗게 해준다.

효과 컨트롤의 **모션**에서 **위치와 비율 조정**을 설정하여 원형 마스크에 나타나는 장면을 작게 만들고 우측 하단으로 이동해 준다.

1 테두리 만들기

방금 만든 원형 PIP를 그대로 사용해도 되지만 일반적으로 테두리를 사용하게 된다. 프리미어 프로에서는 테두리를 만들어주는 효과나 기능이 없기 때문에 도형 도구로 응용을 해야 한다. 도구 바에서 ①**[타원 도구]**를 선택한 후 **타임 헤드**를 ②**시작 프레임**으로 이동한다.

원형 PIP가 있는 부근에서 **클릭 & 드래그**하여 동그란 원을 만들어준다. 아직은 원형의 모양(크기)과 위치가 제대로 되지 않은 상태이기에 수정이 필요하다.

도형 클립이 만들어지면 ❶**길이**를 **아래쪽 동영상 클립**과 같게 늘려주고, 두 클립의 ❷**위아래 위치**를 바꿔준다.

수정을 위해 다시 ❶**[선택 도구]**를 선택한 후 테두리로 사용되는 **그래픽 클립**을 ❷**선택**하여 컨트롤 패널을 활성화한다.

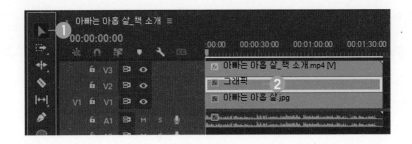

효과 컨트롤의 **모양**에서 **칠**을 선택하여 **테두리 색상**을 설정한다. 그다음 **모양**을 선택한 후 **프로그램 모니터**에

서 **도형 포인트**를 이동하여 그림처럼 원하는 두께의 테두리가 되도록 한다.

☑ 원형 PIP 클립과 테두리 클립을 **그룹이나 중첩(네스트)**으로 만들면 하나의 클립처럼 사용할 수 있다.

프리뷰

⏱ 좋아요, 구독, 알람, 댓글, 공유 버튼 애니메이션 만들기

유튜브 편집 시 가장 많이 사용되는 것 중 자신의 콘텐츠와 채널을 구독 요청하기 위한 아이콘 제작이 있다. 이와 같은 작업은 프리미어 프로의 모션을 통해 만들 수 있다. 학습을 위해 [학습자료] - [Project] - [유튜브 버튼 애니메이션] 프로젝트 파일을 실행한다. 실행된 프로젝트에는 하나의 동영상 클립이 적용된 상태이며, 프로젝트 패널에는 5개의 유튜브 관련 아이콘과 손가락 이미지가 포함된 상태이다.

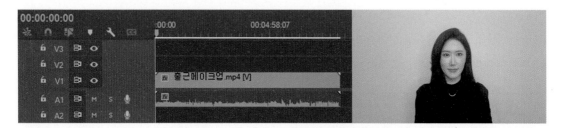

1 아이콘 애니메이션 만들기

아이콘 작업을 위해 먼저 **좋아요(68_01)** 이미지를 동영상 클립 위쪽 트랙의 ❶**마지막 장면 근처(7분)**로 갖다 놓은 후 길이를 ❷**끝 점**에 맞춰준다.

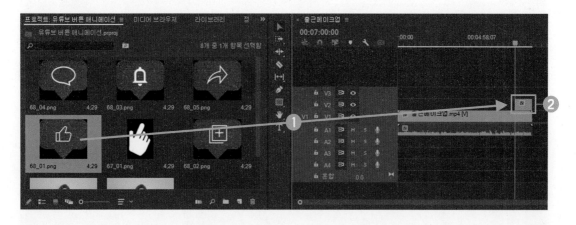

효과 컨트롤의 **모션**에서 **기준점**을 좋아요 아이콘 ❶**아래쪽 가운데**로 이동하고, ❷**위치와 크기**를 그림처럼 좌측 하단으로 이동한다. 그다음 ❸**시작 프레임**에서 **비율 조정**에 ❹**키프레임**을 생성한다.

애니메이션을 위해 **비율 조정**을 ❶0으로 설정하여 시작될 때의 아이콘이 보이지 않게 해준다. 그다음 ❷10프레임 뒤에서 ❸크기를 70 정도로 설정하여 애니메이션을 만들어준다.

프리뷰 ▶

바운스(스프링)되는 장면을 만들기 위해 ❶**4프레임 뒤**에서 ❷**크기**를 **40** 정도로 줄여준다.

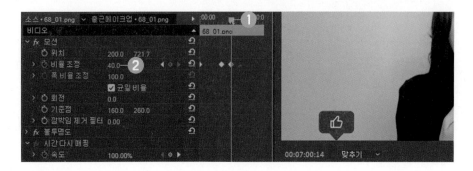

❶**2프레임 뒤**에서 ❷**크기**를 **65** 정도로 키워준다. 그다음 ❸**2프레임 뒤**로 이동한 후 **최종 크기**인 ❹**60**으로 설정한다. 이것으로 바운스되면서 커지는 아이콘 애니메이션이 완성되었다.

☑ 만약 바운스되는 속도가 마음에 들지 않는다면 키프레임 간격과 크기를 재설정하기 바란다.

2 특성 붙여놓기로 아이콘 애니메이션 만들기

다른 아이콘에 대한 애니메이션을 위해 이번엔 **구독하기** 아이콘을 **좋아요** 아이콘 클립 ❶**위쪽 트랙**에 갖다 놓은 후 **시작 점**을 좋아요 아이콘 클립보다 **❷1초 뒤**로 조절한다. 그리고 **전체 길이(끝 점)**는 **❸동일**하게 해 준다.

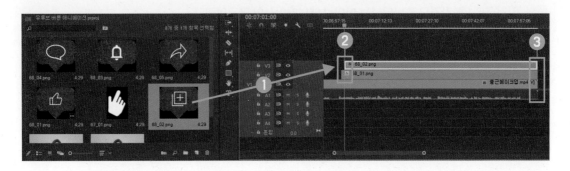

아래쪽 **좋아요** 클립을 **❶복사(Ctrl + C)**하고, 위쪽 **구독** 클립을 선택한 후 **❷특성 붙여넣기(Ctrl + Alt + V)**한다. 설정 창이 열리면 **동작**을 **❸체크**한 후 **❹확인**한다. 그러면 앞서 작업했던 아이콘 클립의 모션(애니메이션) 속 성이 구독 아이콘 클립에 상속된다.

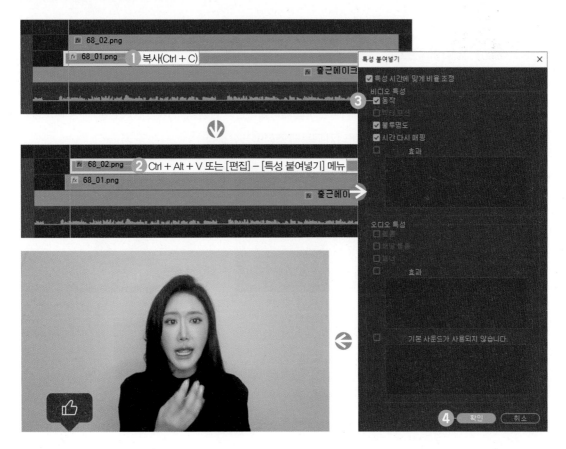

이제 **위치**를 설정하여 그림처럼 특성 붙여넣기를 통해 만들어진 **구독** 아이콘의 위치를 오른쪽에 나타나도록 한다. 이것으로 **1초 간격**으로 나타나는 **아이콘 애니메이션**이 만들어졌다.

같은 방법으로 나머지 **알람**, **댓글**, **공유** 아이콘에도 애니메이션을 만들고, 위치를 조정한다. 최종의 모습을 보면 5개의 아이콘의 위치가 가운데가 아니기 때문에 조정이 필요하다.

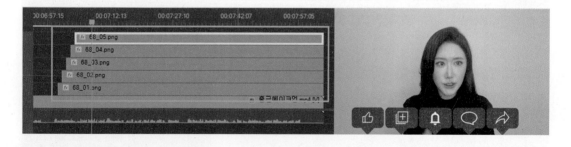

3 **아이콘 클립 하나로 합치기**

5개의 아이콘 클립은 하나로 합쳐주기 위해 ❶**모두 선택**한 후 ❷**[우측 마우스 버튼] – [중첩]**을 선택한다. 이름 입력 창에서 적당한 ❸**이름**을 **입력**한 후 ❹**확인**한다.

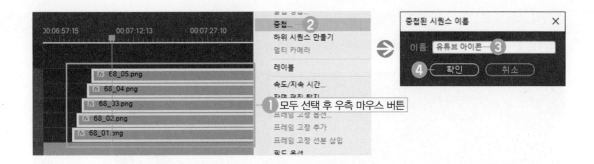

하나로 중첩된 유튜브 아이콘들은 이제 하나의 클립으로 사용되기 때문에서 **①선택** 후 **②모션**에서 위치를 한꺼번에 조정할 수 있다.

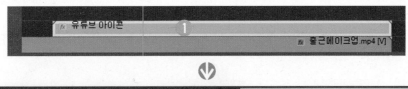

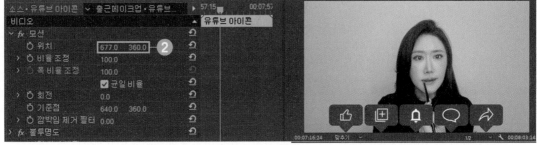

아이콘이 나타난 후 손가락으로 터치하는 장면을 만들기 위해 **①손가락 이미지(67_01)**를 맨 위쪽 트랙에 있는 아이콘 애니메이션이 **②끝난 시간(7분 5초)**에 맞게 적용한다. 그리고 **③길이**를 아래쪽 클립에 맞춰준다.

손가락 클립의 **모션**에서 ❶**위치와 비율 조정(크기)**을 그림처럼 설정한 후 ❷**키프레임**을 **생성**한다. 그다음 ❸ **5프레임 뒤**에서 위치를 첫 번째 ❹**좋아요** 아이콘 위로 갖다 놓고, ❺**크기**에 **키프레임**을 추가한다.

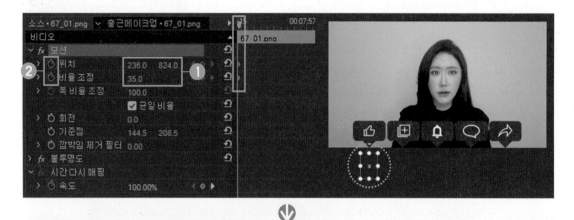

❶**2프레임 뒤**에서 ❷**크기**를 조금 작게 하여 터치하는 장면을 만들어준 후 ❸**위치**에 키프레임을 추가한다. 그 다음 ❹**5프레임 뒤**에서 ❺**위치**를 그림처럼 두 번째 **구독** 아이콘 위에 갖다 놓고 ❻**크기**를 원래 크기로 조절한다.

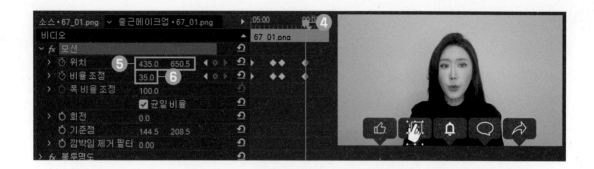

❶**2프레임** 뒤에서 ❷**크기**를 조금 작게하여 터치하는 장면을 만들고 ❸**위치**에 **키프레임**을 추가한다. **같은 방법**으로 **나머지 아이콘**에도 손가락 터치 장면을 만들어준다.

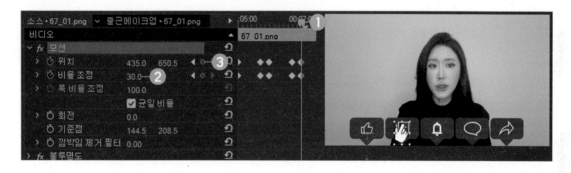

살펴본 것처럼 유튜브 아이콘에 대한 작업은 아주 다양하게 표현할 수 있다. 학습에 사용된 아이콘이나 본 도서의 독자들에게만 선사하는 **템플릿** 소스들을 활용하여 자신만의 독특한 유튜브 아이콘을 제작해 보기 바란다.

⏱ 말풍선 만들기

말풍선은 인물의 대화를 보다 직접적으로 표현하고, 때론 재미 요소를 가미하기 위해 사용된다. 프리미어 프로에서는 펜 도구를 사용하여 쉽게 표현할 수 있다. 학습을 위해 [학습자료] - [Project] - [말풍선 만들기] 프로젝트를 실행한다. 실행된 프로젝트는 세로 동영상이 적용된 상태이다.

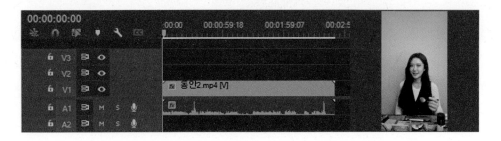

1 펜 도구 사용하기

말풍선을 만들 ❶장면(13초)으로 타임 헤드를 이동한 후 ❷펜 도구를 선택한다. 그다음 프로그램 모니터에서 그림처럼 ❸말풍선 모양(대략적인 모양)을 만들어준다. 펜 도구의 활용법은 마스크(직선, 곡선, 닫힌 마스크) 학습 편에서 펜 도구를 통해 살펴본 적이 있다. 말풍선 모양의 수정은 [펜 도구]가 선택된 상태에서 각 ❹도형 포인트를 이동하거나 포인트 양쪽으로 뻗어나온 ❺핸들을 이동하여 모양을 잡아나가면 된다.

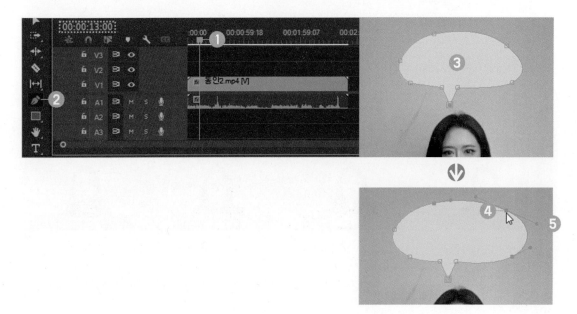

말풍선의 색상은 효과 컨트롤의 ❶**모양**에서 ❷**칠**을 클릭하여 열린 **색상 피커**에서 선택한다. 그리고 **테두리**는 ❸**선**을 **체크**한 후 원하는 ❹**색**과 **두께**를 설정할 수 있다.

☑ 말풍선에 글자 입력하기

❶**타임 헤드**가 앞서 만든 **말풍선 클립 구간**에 있는 상태에서 ❷**[문자 도구]**를 선택한다. 글자 입력 시 비어있는 **V2** 트랙의 타임 헤드가 있는 곳에 적용되기 때문에 타임 헤드를 **말풍선 클립**이 있는 곳에 갖다 놓으면 별도의 글자 클립이 생기지 않고 말풍선 클립에 포함된다.

프로그램 모니터에서 말풍선에 들어갈 ❶**글자(얼굴을 싹~ 감싼다.)**를 입력한 후 **효과 컨트롤**의 ❷**텍스트**에서 글꼴, 크기, 정렬, 색상(칠), 위치를 그림처럼 설정하여 말풍선 안쪽에 위치하도록 한다.

☑ 글자를 입력하면 별도의 글자 클립이 생성되지만 앞서 말풍선 클립 구간에 타임 헤드가 위치했기 때문에 글자는 말풍선 클립에 포함되어 별도의 글자 클립이 생성되지 않는다.

③ 말풍선 애니메이션 만들기

말풍선과 글자를 함께 애니메이션으로 만들어주기 위해 **❶벡터 모션**를 선택한 후 프로그램 모니터에서 **❷기준점**을 말풍선 아래쪽 모서리로 이동한다.

❶**시작 프레임**에서 **비율 조정**을 ❷0으로 설정하여 보이지 않는 크기로 해주고 ❸**키프레임**을 생성한다. 그다음 ❹**10프레임 뒤**에서 비율 조정을 ❺100으로 설정하여 원래 크기로 해준다. 이것으로 말풍선과 글자가 함께 나타나는 애니메이션이 만들어졌다.

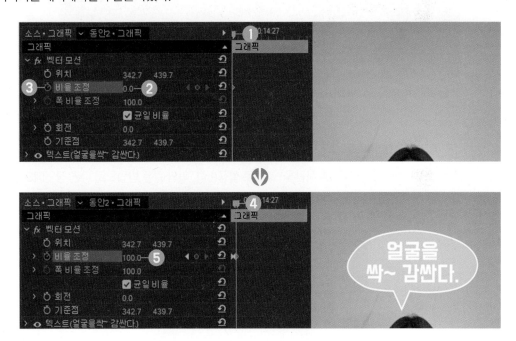

☑ 말풍선이 나타날 때 키프레임을 이용하여 바운스(스프링) 효과를 만들 수도 있다. 유튜브 버튼 애니메이션을 참고한다.

자동 롤 애니메이션을 만들기 위해 ❶**기본 그래픽**의 ❷**편집**에서 ❸**롤**을 체크한다. 그러면 말풍선과 글자가 화면 아래쪽에서 시작하여 위쪽으로 흐르면서 사라진다. 이 기능은 주로 엔딩 크레딧 자막에서 사용된다.

말풍선이 시작될 때의 위치를 원래 위치에서 시작되도록 하기 위해 ❶**화면 밖에서 시작**을 해제하고, 3초 정도 머물다가 위로 흐르도록 하기 위해 **프리롤** 시간을 ❷**3초**로 설정한다. 이와 같은 방법으로 다른 장면에도 말풍선을 만들어본다.

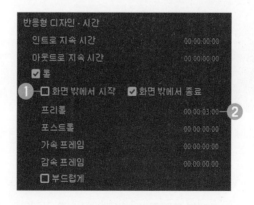

ㅋㅋㅋ ㅎㅎㅎ 만들기

유튜브 동영상에서 황당하거나 웃기는 장면에 ㅋㅋㅋ 혹은 ㅎㅎㅎ 글자들기 화면 꽉 찬 상태로 지나가는 장면을 보았을 것이다. 프리미어 프로에서는 **문자 도구**와 **모션**을 사용하여 쉽게 표현할 수 있다. 학습을 위해 [학습자료] - [Project] - [ㅋㅋㅋㅎㅎㅎ 모션 만들기] 프로젝트 파일을 실행한다. 실행된 프로젝트에는 동영상 클립 1개가 적용된 상태이다.

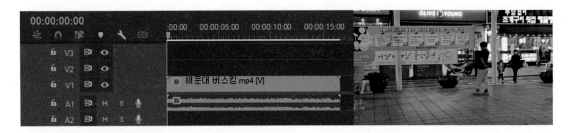

▣ 글자 입력하기

글자를 입력하기 위한 **❶시간(12초)**으로 이동한 후 **❷[문자 도구]**를 선택하여 프로그램 모니터에서 그림처럼 ㅋㅋㅋ **❸글자**를 화면에 꽉 차도록 입력한다. 글꼴, 크기, 색상은 자신이 원하는 것으로 설정한다.

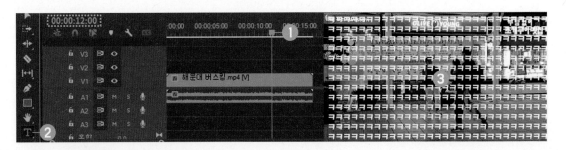

▣ 글자 애니메이션 만들기

❶시작 프레임에서 벡터 모션의 **❷위치**를 설정하여 글자들을 우측 화면 밖에서 보이지 않게 한다. 그다음 **위치**에 **❸키프레임**을 생성한다.

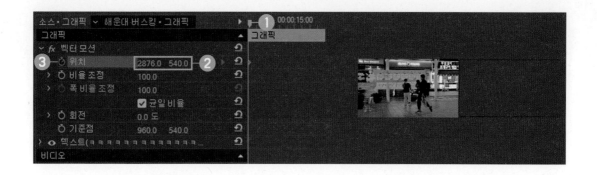

①1초 10프레임 뒤에서 **②위치**를 설정하여 글자들이 좌측 화면 밖으로 이동하여 보이지 않게 해준다. 이것
으로 간단하게 ㅋㅋㅋ 애니메이션을 만들어보았다.

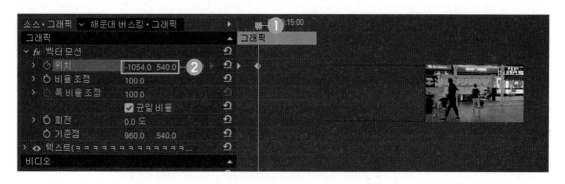

프리뷰 ▶

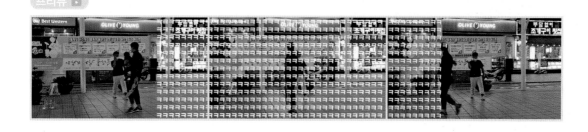

지금까지 프리미어 프로에서 가장 기본적이고도 중요한 기능 설명과 몇몇 예제를 통해 해당 기능에 대한 활용
법에 대해 학습해 보았다. 더 좋은 결과물을 얻기 위해 이제부터는 전적으로 여러분 **자신의 창의력**이 중요하
다. 지금까지 학습한 내용을 참고하여 자신만의 멋진 결과물을 만들어보기 바란다.

LESSON 20

템플릿 활용(부록 편)

이번에는 독자들을 위해 준비한 템플릿 소개 및 간단한 사용법에 대한 학습이다. 본 도서에서만 특별히 제공되는 템플릿들은 유튜브뿐만 일반 동영상 편집에서도 아주 유용하게 사용된다.

 학습시간
약 58분

⏱ 모션 템플릿 사용하기

모션 템플릿은 유튜브 동영상 편집 시 가장 많이 사용되는 각 분야의 아이콘과 모션 시퀀스 클립들을 제공한다. 템플릿 자료는 책바세.com 또는 네몬북.com으로 들어가 ❶[템플릿] - [템플릿 자료받기]에서 해당 도서의 **모션 템플릿 01, 02, 03, 04, 05** 파일을 ❷**다운로드**받은 후 ❸[vol 1] 압축 파일을 풀면 전체 파일의 압축이 함께 풀린다. ❺**비밀번호**는 ❹**보안상** 카카오 아이디(ID) chackbase 또는 QR코드를 통해 **친구 추가**하여 **요청**하면 된다.

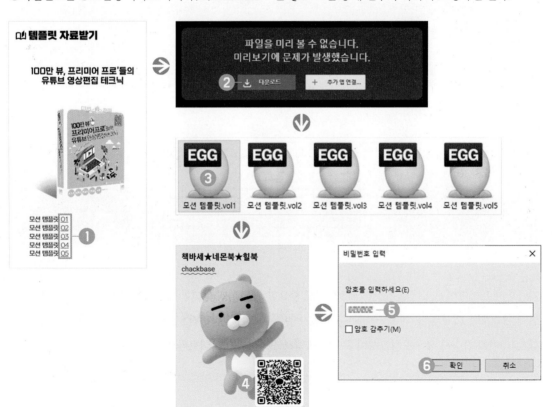

모션 템플릿 폴더로 들어가면 그림처럼 **방대한 분량**의 **템플릿**이 장르별로 구분되어있다. 여기서 하나 살펴보기 위해 [소셜 미디어 & 인터넷 & 커뮤니티] 폴더에 들어가 본다.

[소셜 미디어 & 인터넷 & 커뮤니티] 폴더에는 해당 장르에 사용되는 다양한 아이콘 이미지와 폴더들이 있있다. **아이콘 이미지**는 일반적인 방법으로 사용되며, **폴더**에 있는 파일들은 **시퀀스** 형태로 가져와야 한다.

모션 템플릿 시퀀스로 가져오기

모션 템플릿의 각 폴더에 있는 파일들은 시퀀스 형식의 파일이다. 그러므로 동영상처럼 사용할 수 있다. 앞선 학습에서도 살펴보았지만 시퀀스 형식은 **가져오기** 창에서 ❶**이미지 시퀀스**를 ❷**체크**한 후 첫 번째 번호의 파일을 선택한 후 ❸**열기**해야 한다.

시퀀스 형식으로 가져온 파일을 타임라인에 적용하면 프리뷰처럼 투명한 배경의 동영상으로 사용할 수 있다.

다음은 본 도서의 독자들을 위해 준비한 유튜브 동영상 편집 작업에 가장 즐겨 사용되는 [**모션 템플릿**] 파일들의 모습이다. 실제 작업에 효율적으로 사용해 보길 바란다.

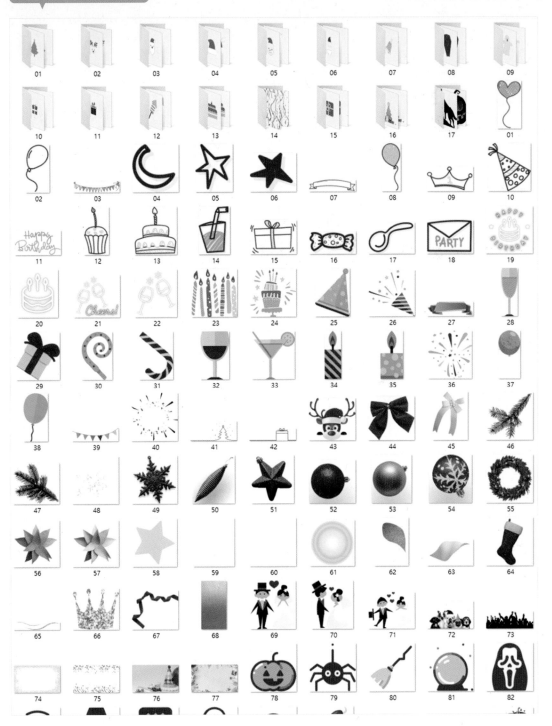

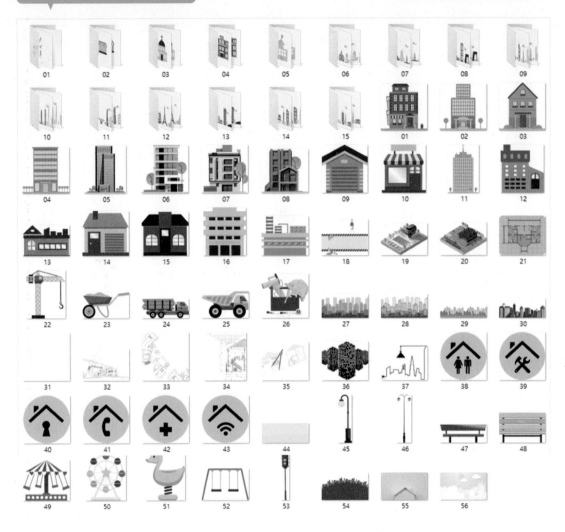

경제 & 머니 & 비지니스

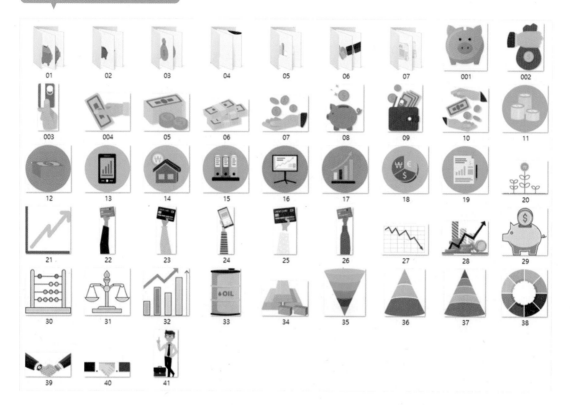

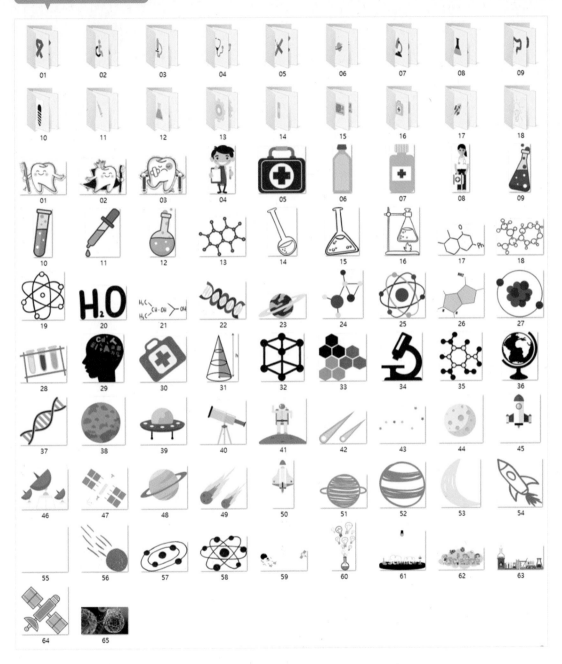

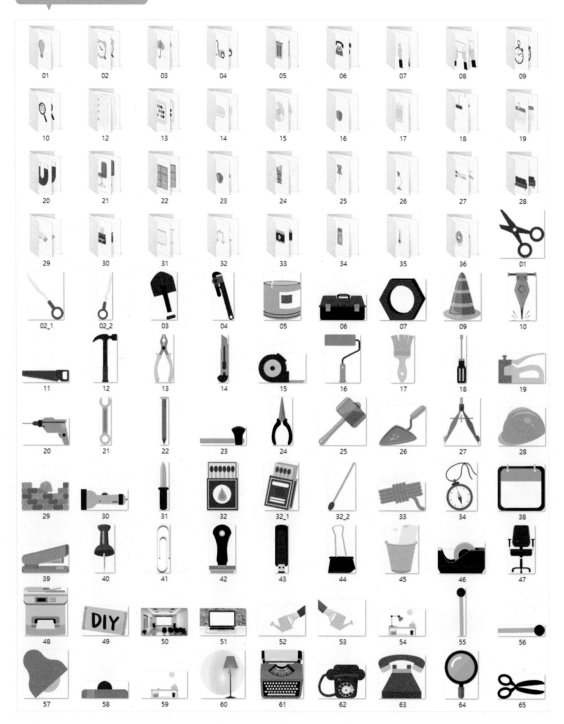

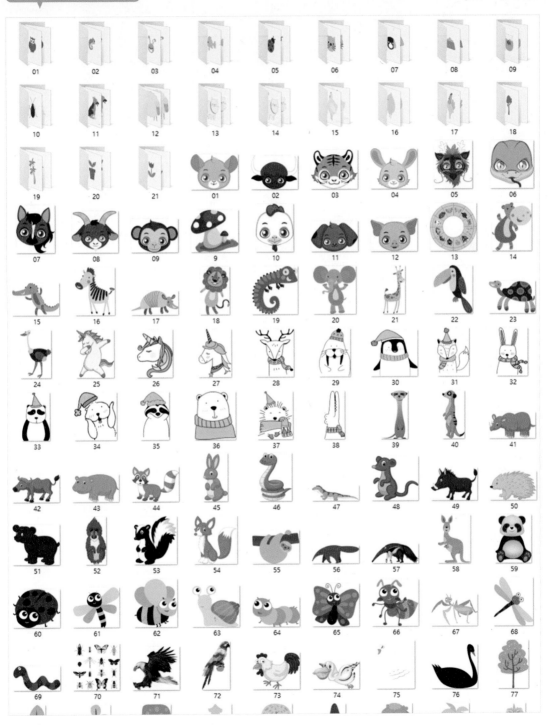

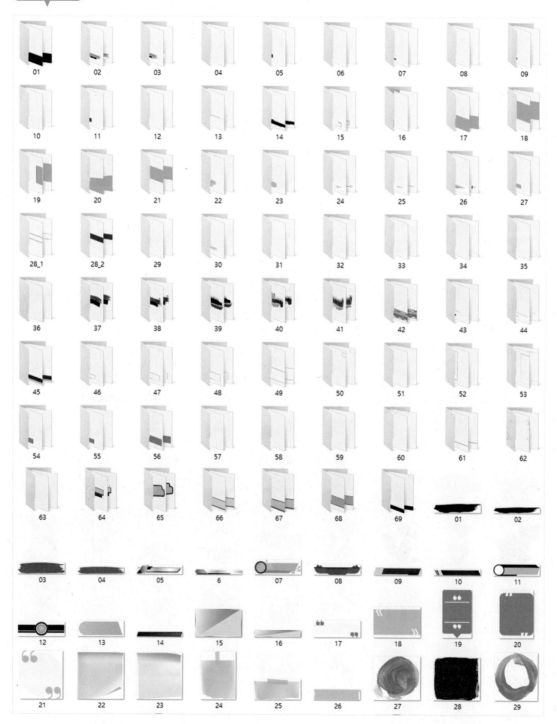

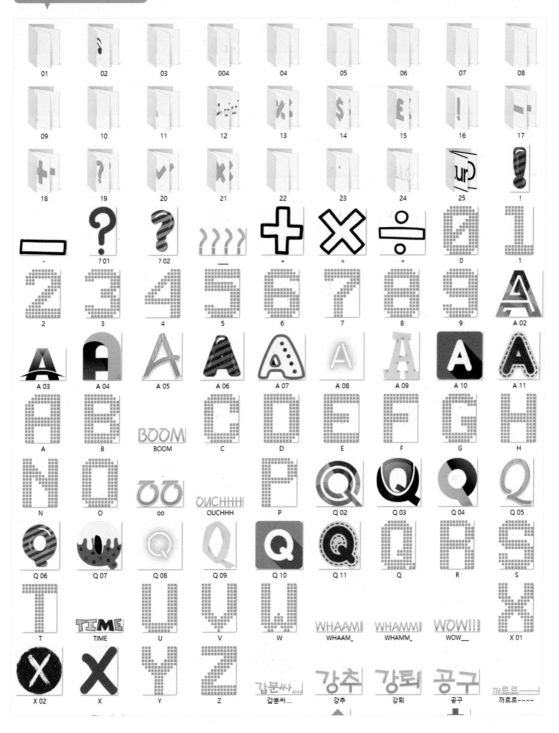

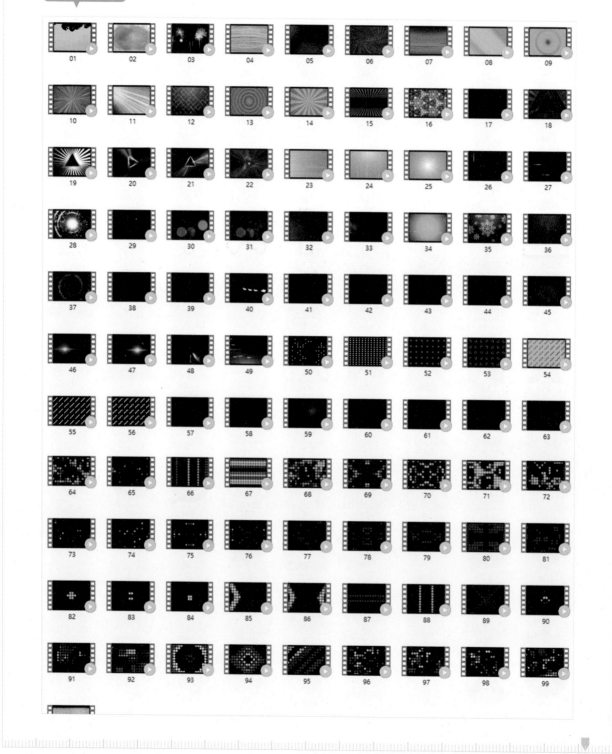

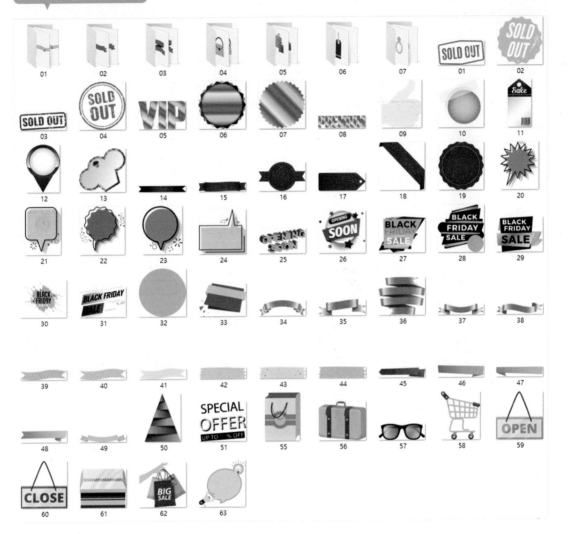

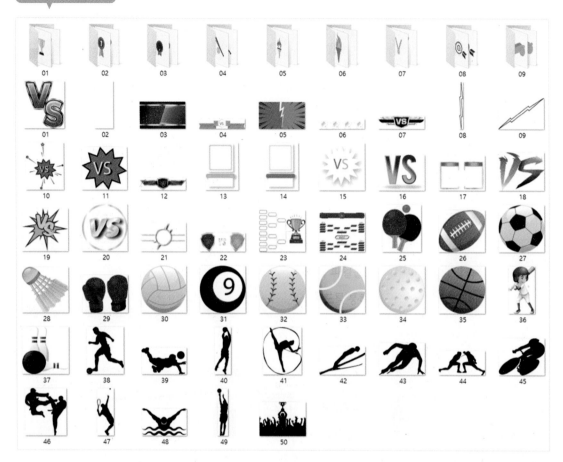

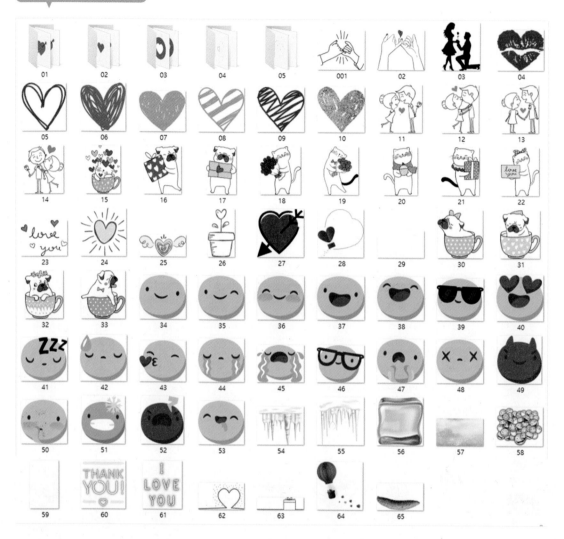

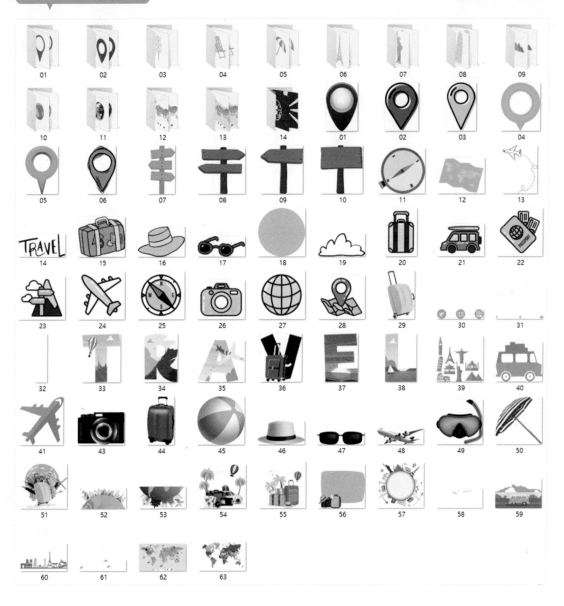

영화 & 예술 & 문화

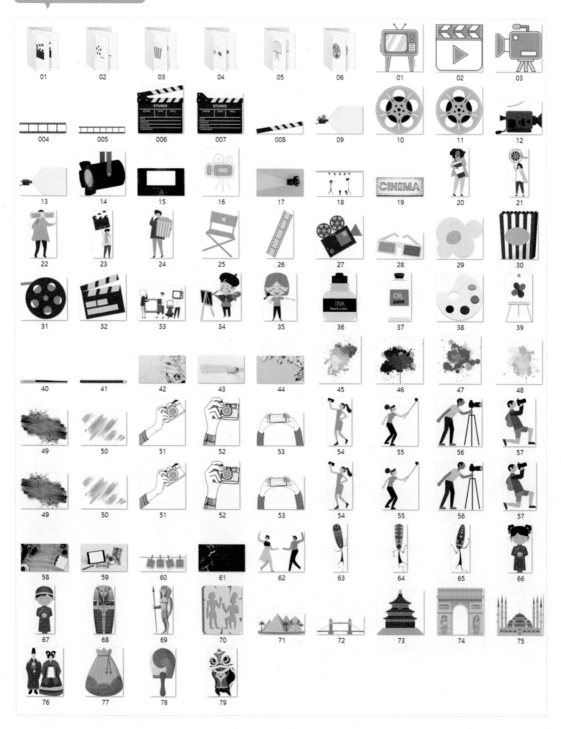

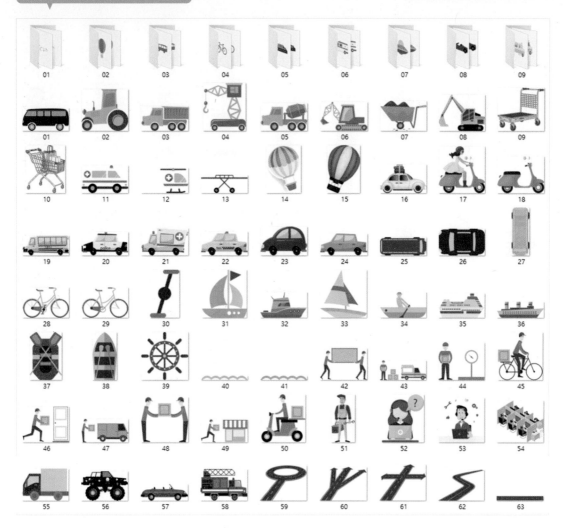

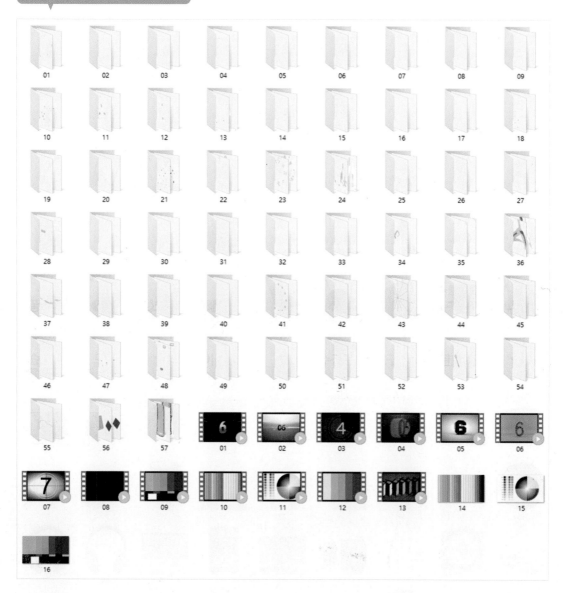

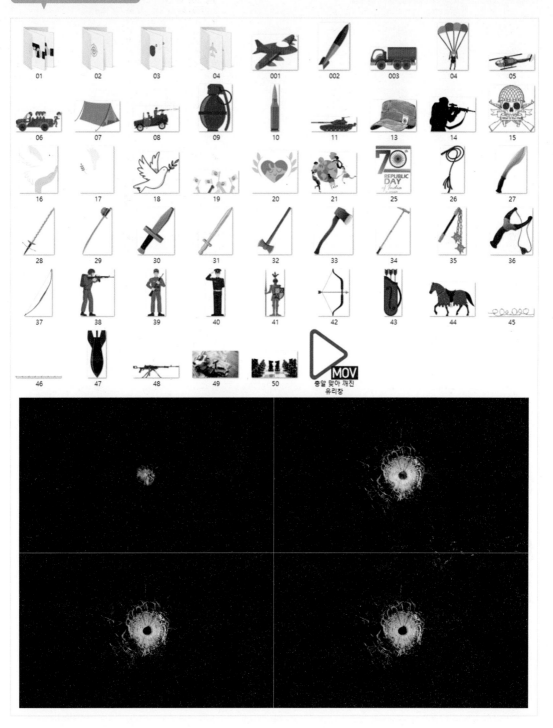

01 02 03 04 001 002 003 04 05

06 07 08 09 10 11 13 14 15

16 17 18 19 20 21 25 26 27

28 29 30 31 32 33 34 35 36

37 38 39 40 41 42 43 44 45

46 47 48 49 50 총알 맞아 깨친 유리창

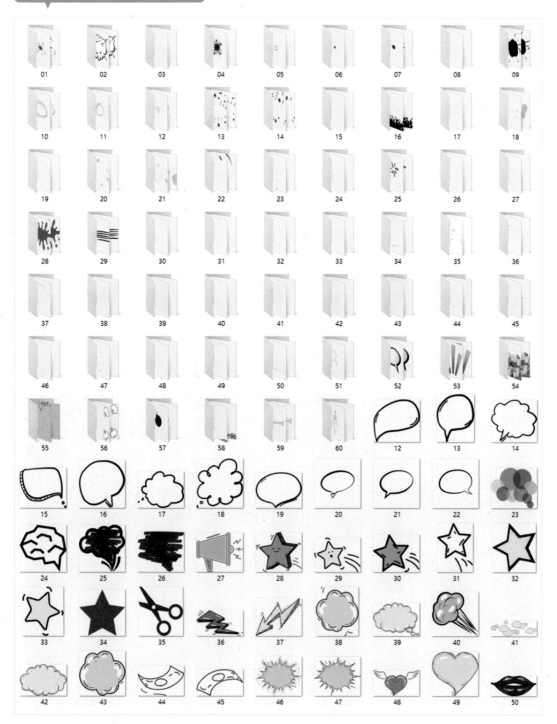

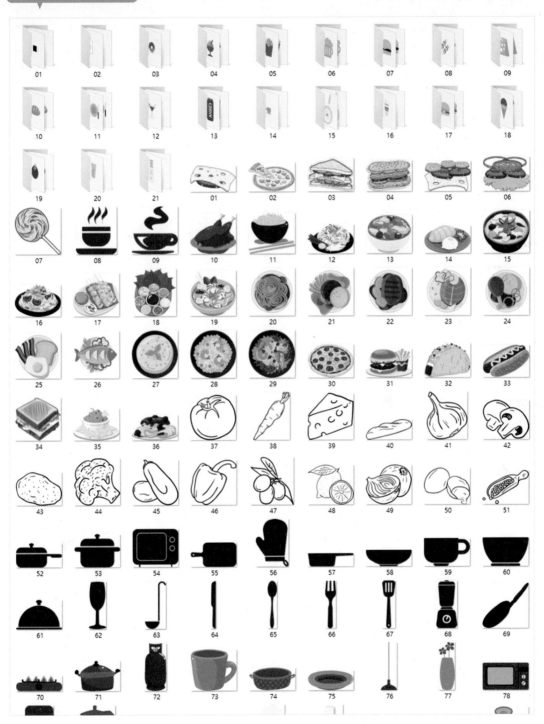

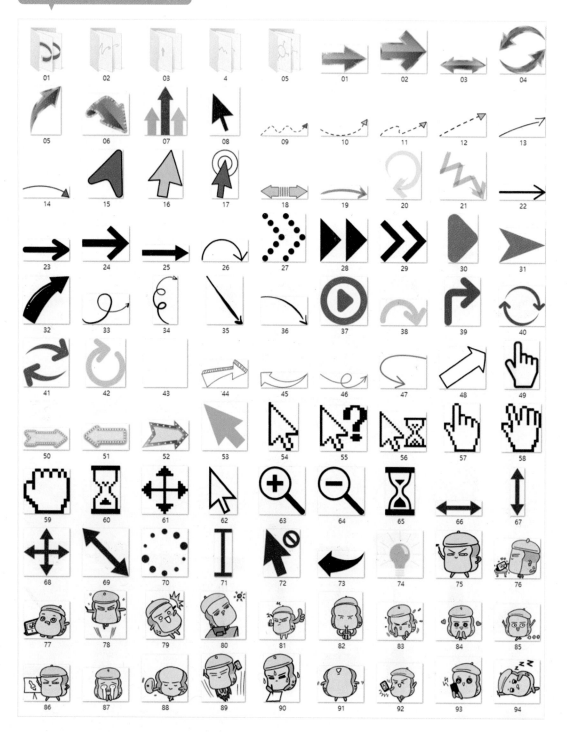

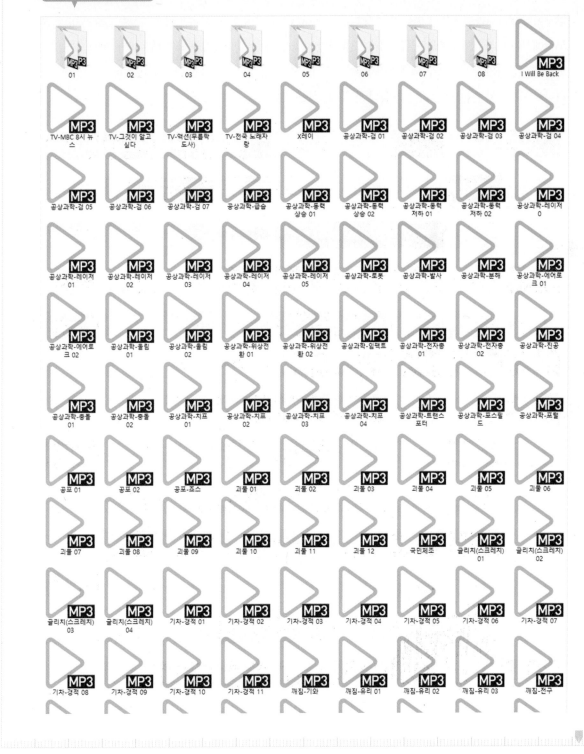

01	02	03	04	05	06	07	08	I Will Be Back
TV-MBC 8시 뉴스	TV-그것이 알고 싶다	TV-액션(무릎팍 도사)	TV-전국 노래자랑	X레이	공상과학-검 01	공상과학-검 02	공상과학-검 03	공상과학-검 04
공상과학-검 05	공상과학-검 06	공상과학-검 07	공상과학-급습	공상과학-동력 상승 01	공상과학-동력 상승 02	공상과학-동력 저하 01	공상과학-동력 저하 02	공상과학-레이저 0
공상과학-레이저 01	공상과학-레이저 02	공상과학-레이저 03	공상과학-레이저 04	공상과학-레이저 05	공상과학-로봇	공상과학-발사	공상과학-분해	공상과학-에어로크 01
공상과학-에어로크 02	공상과학-울림 01	공상과학-울림 02	공상과학-위상전환 01	공상과학-위상전환 02	공상과학-임팩트	공상과학-전자총 01	공상과학-전자총 02	공상과학-진공
공상과학-충돌 01	공상과학-충돌 02	공상과학-치프 01	공상과학-치프 02	공상과학-치프 03	공상과학-치프 04	공상과학-트랜스포터	공상과학-포스필드	공상과학-포털
공포 01	공포 02	공포-죠스	괴물 01	괴물 02	괴물 03	괴물 04	괴물 05	괴물 06
괴물 07	괴물 08	괴물 09	괴물 10	괴물 11	괴물 12	국민체조	글리치(스크레치) 01	글리치(스크레치) 02
글리치(스크레치) 03	글리치(스크레치) 04	기차-경적 01	기차-경적 02	기차-경적 03	기차-경적 04	기차-경적 05	기차-경적 06	기차-경적 07
기차-경적 08	기차-경적 09	기차-경적 10	기차-경적 11	깨짐-기와	깨짐-유리 01	깨짐-유리 02	깨짐-유리 03	깨짐-전구

⏱ 자막 스타일 사용하기

디자이너가 아니라면 자막을 만들 때 항상 디자인에 대한 부담감이 있다. 하지만 이제 걱정할 필요가 없다. 본 도서에서는 디자인에 약한? 분들을 위해 **2,310개**의 자막(글자) 스타일을 제공하기 때문이다. 자막 스타일은 포토샵 전문가가 아니더라도 쉽게 사용할 수 있으며, 스타일이 적용된 자막은 PNG나 PSD 파일로 만들어 **프리미어 프로**에서 유튜브, 광고, 강의 등의 자막으로 사용할 수 있다.

자막 스타일 목록(주제)

애니멀(Animal)

아쿠아(Aqua)

버튼(Button)

시네매틱(Cinematic)

카툰(Cartoon)

도트(Dot)

엣지(Edge)

엠보스(Emboss)

패브릭(Fabric)

플래그(Flag)

푸드(Food)

게임(Game)

가든(Garden)

글라스(Glass)

글로시(Glossy)

그레이디언트(Gradient)

호러(Horror)

아이스(Ice)

레더(Leather)

메탈(Metal)

네온(Neon)

페이퍼(Paper)

파티(Party)

패턴(Pattern)

펜슬 & 크레용(Pencil & Crayon)

레트로(Retro)

심플(Simple)

스노우(Snowe)

스페셜(Special)

스톤(Stone)

빈티지(Vintage)

우드(Wood)

자막 스타일은 유튜브 동영상 편집 시 가장 많이 사용되는 주제별 포토샵 스타일을 제공한다. 스타일 자료는 **책바세.com** 또는 **네몬북.com**으로 들어가 ❶[템플릿] - [템플릿 자료받기]에서 해당 도서의 자막 스타일 01, 02 파일을 ❷다운로드받은 후 ❸[vol 1] 압축 파일을 풀면 전체 파일의 압축이 함께 풀린다. ❺비밀번호는 ❹보안 상 카카오 아이디(ID) chackbase 또는 QR코드를 통해 **친구 추가**하여 **요청**하면 된다.

포토샵 스타일 폴더에 들어가 보면 다음의 그림처럼 **주제별 스타일** 파일들이 있는 것을 확인할 수 있다. 포토 샵 스타일 파일을 사용하기 위해서는 어도비 포토샵이 설치되어있어야 한다. 만약 포토샵이 설치된 분이라면 스타일리쉬한 자막 제작에 사용해 본다.

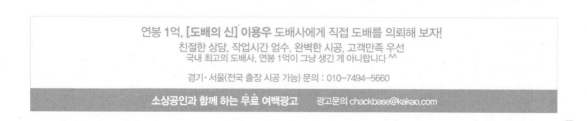

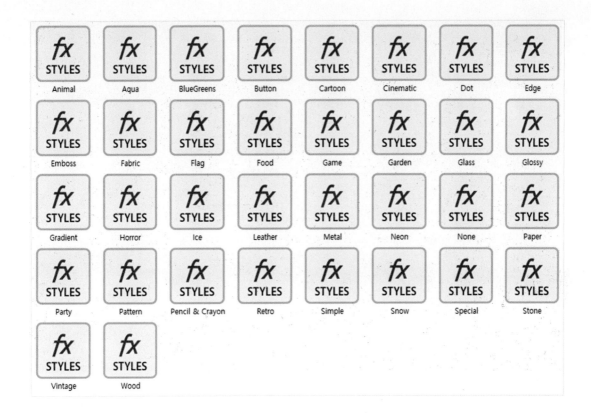

1 포토샵에서 스타일 자막 만들기

포토샵을 실행한 다음 ❶❷[파일] – [새로 만들기] 메뉴를 선택한다.

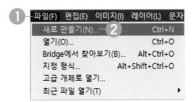

새로운 문서 만들기 창의 ❶영화 및 비디오 탭에서 ❷HDVT 1080p를 선택한 후 ❸[만들기] 버튼을 눌러 새로운 도큐먼트(캔버스)를 만든다.

좌측 툴바에서 ❶문자 도구를 선택한 후 적당한 ❷글자 크기와 ❸글꼴을 선택한 후 ❹글자를 입력한다.

포토샵 스타일을 사용하기 위해 ❶❷[창] − [스타일]을 선택하여 스타일 패널을 열어준 후 일단 ❸기본 사항에서 ❹두 번째 스타일을 클릭해 본다. 참고로 첫 번째 스타일은 스타일을 해제할 때 사용된다.

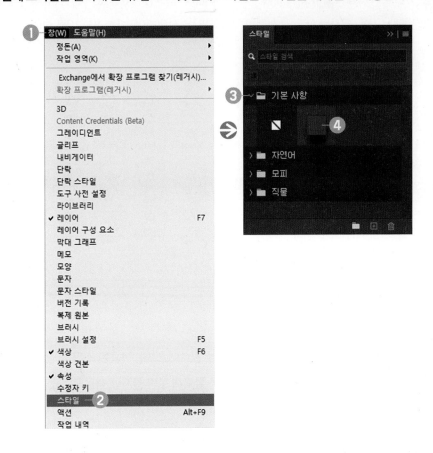

두 번째 스타일이 적용되면 글자는 바닥에서 떨어진 그림자가 있는 글자 스타일로 바뀐다. 이렇듯 스타일을 사용하면 간편하게 디자인된 스타일을 글자나 이미지에 적용할 수 있다.

포토샵 자막 스타일 만들기

스타일 패널 우측 상단의 ❶**플라이아웃** 메뉴에서 ❷**[스타일 불러오기]** 메뉴를 선택한 후 앞서 다운로드받은 ❸**[포토샵 스타일]**에서 사용(필자는 Animal 선택)할 ❹**스타일을 선택**하여 ❺**[불러오기]**를 한다.

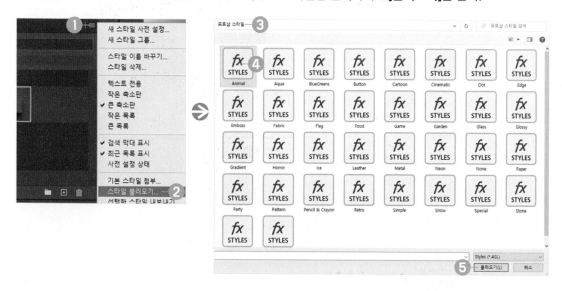

방금 불러온 스타일(Animal)이 스타일 패널에 적용된 것을 알 수 있으며, 적용된 스타일에는 다양한 동물 무늬의 스타일이 있는 것을 알 수 있다. 이제 적용할 스타일을 **클릭**해 보면 글자에 적용되는 것을 알 수 있다.

이제 방금 적용한 스타일 글자를 프리미어 프로에서 사용하기 위해 스타일 글자 레이어에서 ❶❷[우측 마우스 버튼] – [PNG로 빠른 내보내기] 메뉴를 선택한다. 저장하기 창이 열리면 적당한 ❸폴더와 ❹이름으로 ❺[저장]한다.

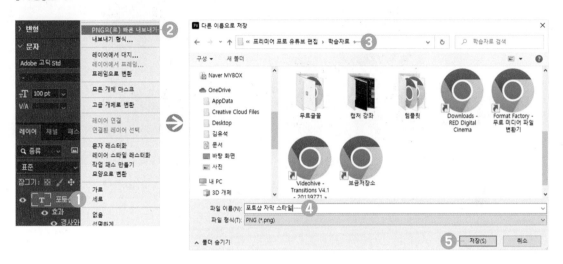

프리미어 프로로 가져오기

[학습자료] – [Project] – [포토샵 스타일 자막] 프로젝트를 실행한 후 앞서 저장한 스타일 자막을 가져온다. 그리고 **위쪽 트랙**에 **적용**하여 자막으로 사용한다.

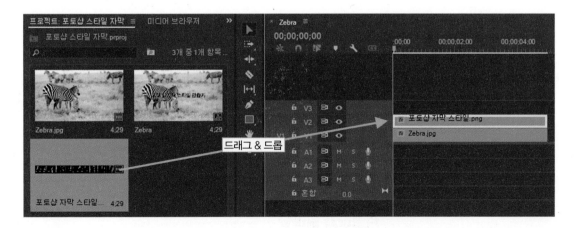

적용된 스타일 자막은 모션 패널에서 크기, 위치, 회전, 불투명도 등을 사용하여 모션 자막으로 만들어줄 수 있다.

본 도서에서 제공되는 스타일을 사용하여 다양한 자막(글자) 스타일을 만들어 사용하길 바란다. 참고로 2,310가지의 포토샵 자막 스타일 목록을 차트로 보면서 사용하고자 한다면 [유튜브 자막 걱정하지 말아요] 도서를 활용하면 된다.

모션 그래픽(MOGRT) 템플릿 사용하기

스타일리쉬한 모션 자막의 중요성이 높아지고 있는 시대, 프리미어 프로에서는 자체 제작에 한계를 극복하기 위해 애프터 이펙트에서 제작된 모션 그래픽 템플릿을 프리미어 프로에 가져와 간편하게 사용할 수 있다. 모션 그래픽 템플릿 자료는 **책바세.com** 또는 **네몬북.com**으로 들어가 ❶[템플릿] – [템플릿 자료받기]에서 해당 도서의 **MOGRT 템플릿** 파일을 ❷다운로드받은 후 ❸압축을 푼다. ❹비밀번호 [202022]를 입력한 후 ❺확인을 한다.

MOGRT 템플릿 폴더로 들어가 보면 113가지의 MOGRT 파일이 있는 것을 알 수 있다. 이 MOGRT 파일들은 유튜브 동영상 편집에서 가장 즐겨 사용되는 것들만 모아놓은 것이다.

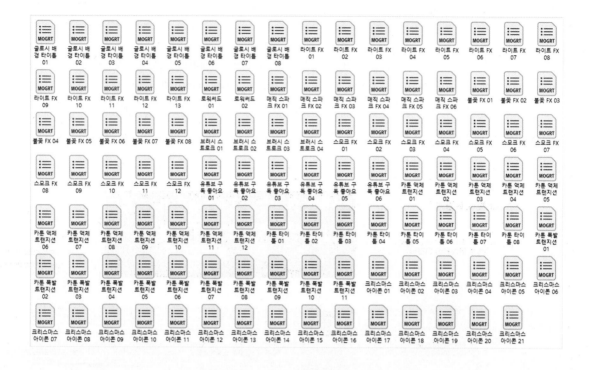

MOGRT 파일 사용하기(기본)

MOGRT 폴더에 있는 파일들의 사용법은 동일하지만 몇몇 파일들은 프리미어 프로의 기능(효과)을 적용하여 더욱 세련된 결과물을 얻을 수 있다. 이번에는 **[매직 스파크 FX]** 파일을 사용하여 MOGRT 기본 사용 방법에 대해 알아본다. 학습을 위해 프리미어 프로를 실행한 후 ❶❷**[창] – [기본 그래픽]** 메뉴를 선택하여 기본 그래픽 패널을 열어준다.

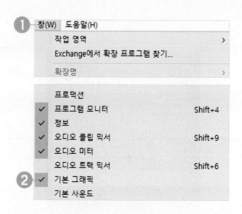

기본 그래픽 패널이 열리면 프리미어 프로의 기본 MOGRT 목록들이 있으며, 우측 하단에 ❶❷❸❹**[모션 그래픽 템플릿 설치]** 버튼을 누르거나 MOGRT 파일을 **직접 패널에 끌어다** 놓으면 새로운 모션 그래픽 템플릿을 사용(등록)할 수 있다.

또는

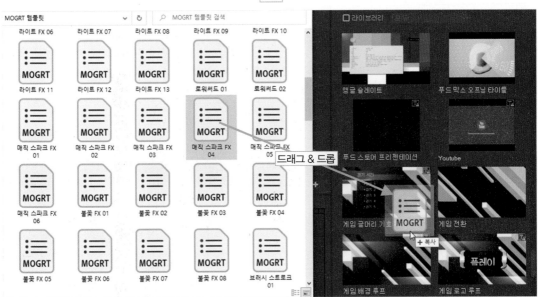

방금 적용된 MOGRT 파일을 사용하기 위해 **검색기**에서 **[매직]**이라고 입력하여 ❶**[매직 스파크 FX 04]**를 찾아준 후 ❷**끌어서 위쪽 트랙**에 적용한다. 참고로 필자는 미리 타임라인에 하나의 동영상 클립을 적용한 상태이다.

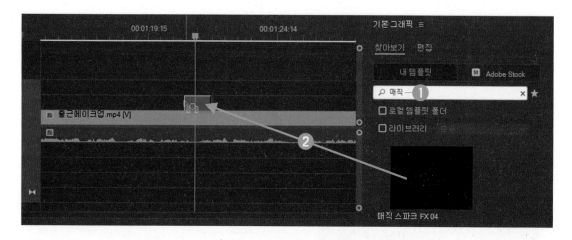

효과 설정을 위해 ❶**MOGRT 클립**을 선택한다. 그러면 기본 그래픽 패널의❷ **[편집]** 탭이 활성화된다. 여기에서 해당 MOGRT의 세부 설정을 할 수 있다. 이번에는 색상만 바꿔보기 위해 컬러 컨트롤의 ❸**글로우 컬러**를 클릭하여 ❹❺❻**다른 색**으로 바꿔본다.

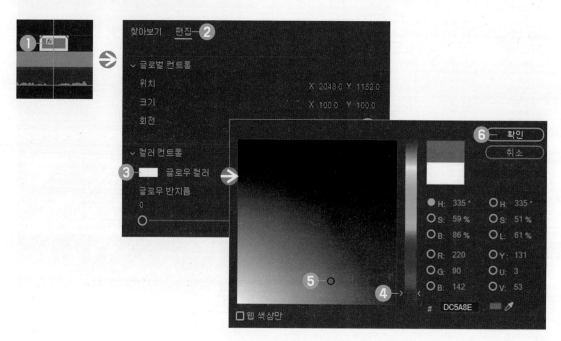

MOGRT 클립은 **애프터 이펙트**에서 만들어진 파일이기 때문에 정해진 규격이 있다. 그러므로 **프리미어 프로의 프로젝트(시퀀스) 규격**과 맞지 않을 수도 있다. 이럴 땐 적용된 MOGRT 클립 위에서 **[우측 마우스 버튼] – [프리임 크기로 비율 조정]** 또는 **[프레임 크기로 설정]** 메뉴를 선택하여 사용 중인 프리미어 프로의 시퀀스 규격에 맞춰주면 된다.

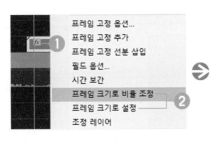

MOGRT 파일 사용하기(타이틀)

MOGRT는 기본적인 효과뿐만 아니라 모션 타이틀에서도 유용하다. 학습을 위해 이번에는 ❶[카툰 타이틀 05]를 **기본 그래픽** 패널에 **적용**한 후 끌어다 **각자 준비한 프로젝트**의 ❷**타임라인**에 적용한다.

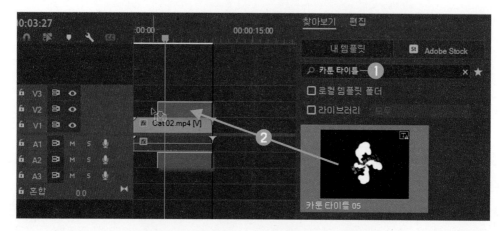

☑ 글자가 포함된 MOGRT 파일을 사용할 경우 자신의 PC에 글꼴이 없다면 아래와 같은 글꼴 확인 창이 뜬다. 일단 무시하고 **확인**하고 나온 후 원하는 글꼴로 바꿔주면 된다.

설정을 하기 위해 적용된 **카툰 타이틀** 클립을 **선택**한다.

해당 MOGRT 클립의 편집 탭을 보면 이전에 살펴본 MOGRT 클립보다 훨씬 다양한 설정 옵션이 있는 것을 알수 있다. 여기에서는 글자와 글꼴, 색상, 엘리먼트 색상에 대한 설정을 해본다. 먼저 ❶글자 컨트롤의 글자01에서 원하는 ❷글자를 입력한다. 그리고 텍스트 속성에서 ❸글꼴과 ❹크기도 바꿔준다.

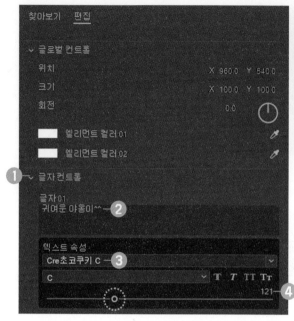

글자 02에 대해서도 ❶글자와 글꼴, 크기 등을 설정한 후 색상도 글자 ❷01과 ❸02를 다르게 설정해 본다.

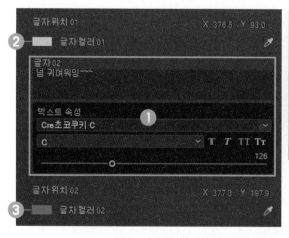

처음과 끝에 나타나는 엘리먼트의 색상도 바꿔줄 수 있다. 살펴보기 위해 **글로벌 컨트롤(전체 설정을 위한 옵션)**에서 **엘리먼트 컬러 01**의 색상을 바꿔본다. 이처럼 타이틀 관련 MOGRT 파일은 글자와 색상, 크기, 위치, 회전 등의 설정을 할 수 있다.

MOGRT 파일 사용하기(트랜지션)

MOGRT는 트랜지션(장면전환) 효과로도 사용된다. 학습을 위해 이번에는 **[카툰 액체 트랜지션 02]**를 기존 **그래픽 패널**에 적용한 후 각자 준비한 프로젝트의 **타임라인**에 적용한다. 이때 사용되는 **2개의 트랙**엔 각각 다른 동영상 클립을 사용해야 한다.

MOGRT 트랜지션 효과는 각각 사용법이 다를 수 있지만 이번에는 **트랙 매트 키**를 사용하여 표현해 본다. ①
효과 패널에서 ②**트랙 매트 키**를 찾아 ③**위쪽(V2)** 트랙의 동영상 클립에 적용한다.

①**V2 트랙 동영상 클립**의 **시작 점**과 **끝 점**을 위쪽 MOGRT 클립의 **시작 점**과 **끝 점**에 맞춰 편집한다. ②**효과**
컨트롤에서 **트랙 매트 키**의 **매트**를 위쪽 ③**비디오 3** 트랙으로 선택한다. 그러면 해당 동영상 클립의 모습은 **불**
투명한 영역에 나타나 장면전환되는 장면이 연출된다.

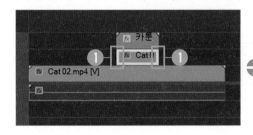
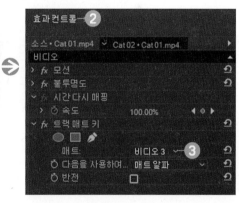

이번에는 액체 트랜지션의 경계를 부드럽게 해주고, 색상까지 설정해 본다. ❶카툰 액체 트랜지션 클립과 위쪽 동영상 클립을 한 칸씩 위쪽 트랙으로 이동한 후 동영상 클립이 선택된 상태에서 트랙 매트 키의 매트를 비디오 4❷로 변경(한 칸씩 위쪽 트랙으로 이동했기 때문)해 준다.

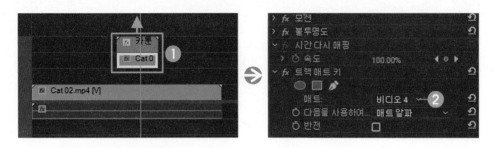

비어있는 V2 트랙에 맨 위쪽 카툰 액체 트랜지션 클립을 ❶[Alt] 키를 누른 상태로 끌어서 V2 트랙에 복제한다. 그다음 복제된 트랜지션 클립의 기본 그래픽 패널에서 컬러 컨트롤의 ❷글로우 반지름을 설정하여 트랜지션 경계를 부드럽게 해주고, 글로우 불투명도를 ❸100으로 설정하여 선명하게 해준다.

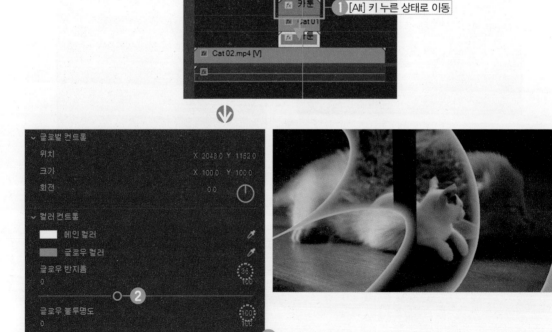

글로우 색상을 동일하게 해주기 위해 **컬러 컨트롤**의 **메인 컬러**를 글로우 컬러와 동일한 색상으로 해준다. **스포이트 클릭** 후 원하는 색상을 선택하면 된다.

다음은 본 도서의 독자들을 위한 유튜브 동영상 편집 작업에 가장 즐겨 사용되는 [MOGRT] 파일들의 모습이다. 실제 작업에 사용해 보길 바란다.

글로시 배경 타이틀 시리즈

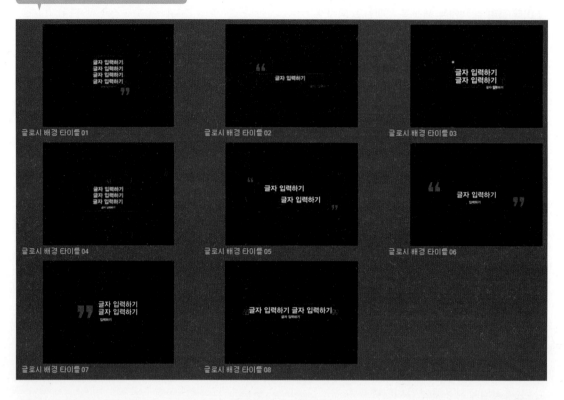

글로시 배경 타이틀 01

글로시 배경 타이틀 02

글로시 배경 타이틀 03

글로시 배경 타이틀 04

글로시 배경 타이틀 05

글로시 배경 타이틀 06

글로시 배경 타이틀 07

글로시 배경 타이틀 08

라이트 FX 시리즈

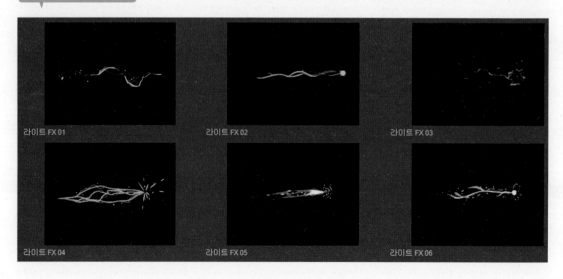

라이트 FX 01

라이트 FX 02

라이트 FX 03

라이트 FX 04

라이트 FX 05

라이트 FX 06

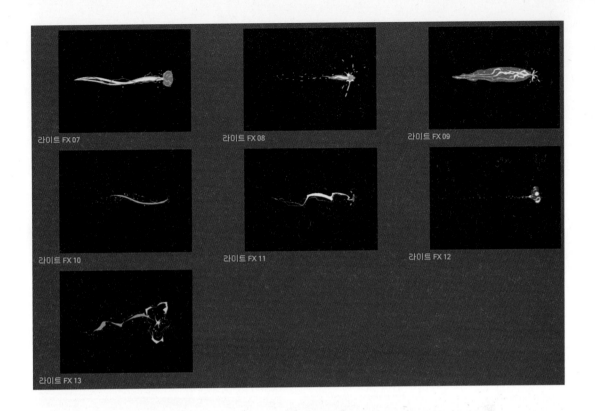

라이트 FX 07   라이트 FX 08   라이트 FX 09

라이트 FX 10   라이트 FX 11   라이트 FX 12

라이트 FX 13

매직 스파크 시리즈

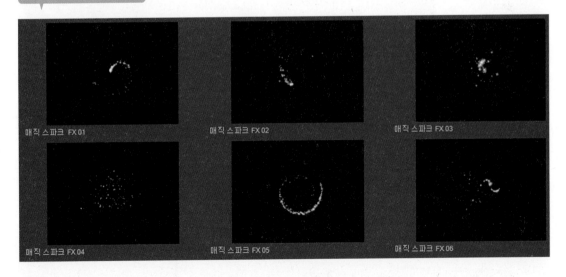

매직 스파크 FX 01   매직 스파크 FX 02   매직 스파크 FX 03

매직 스파크 FX 04   매직 스파크 FX 05   매직 스파크 FX 06

브러시 스트로크 시리즈

브러시 스트로크 01

브러시 스트로크 02

브러시 스트로크 03

브러시 스트로크 04

불꽃 FX 시리즈

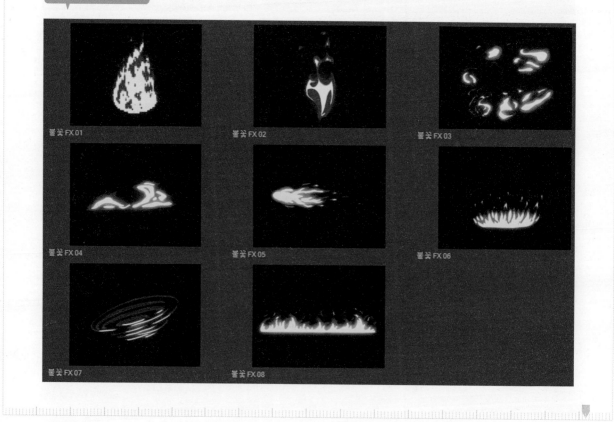

불꽃 FX 01

불꽃 FX 02

불꽃 FX 03

불꽃 FX 04

불꽃 FX 05

불꽃 FX 06

불꽃 FX 07

불꽃 FX 08

로워써드 시리즈

로워써드 01 로워써드 02

스모크 FX 시리즈

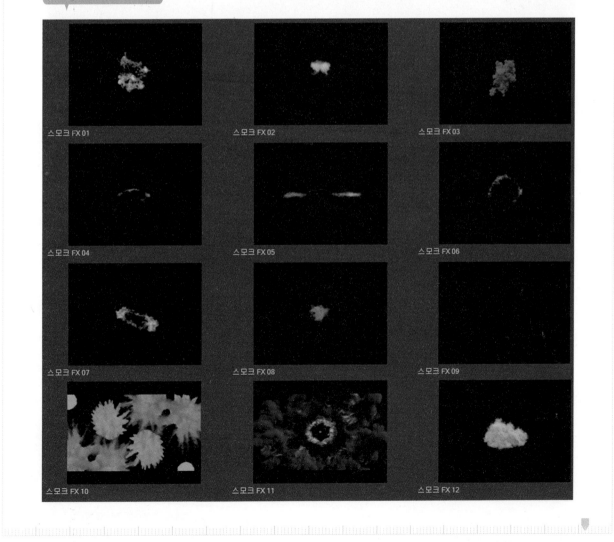

스모크 FX 01 스모크 FX 02 스모크 FX 03

스모크 FX 04 스모크 FX 05 스모크 FX 06

스모크 FX 07 스모크 FX 08 스모크 FX 09

스모크 FX 10 스모크 FX 11 스모크 FX 12

유튜브 구독 좋아요 시리즈

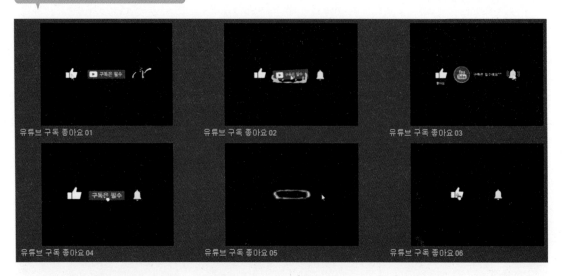

유튜브 구독 좋아요 01

유튜브 구독 좋아요 02

유튜브 구독 좋아요 03

유튜브 구독 좋아요 04

유튜브 구독 좋아요 05

유튜브 구독 좋아요 06

카툰 타이틀 시리즈

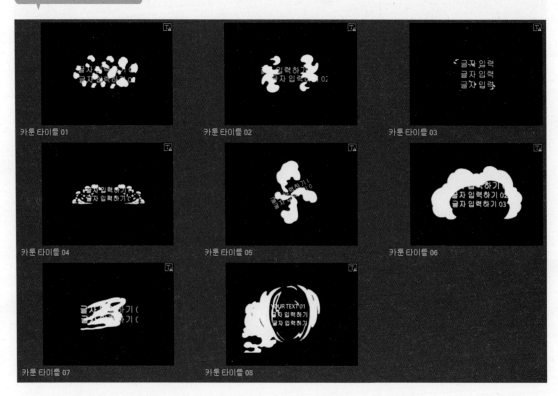

카툰 타이틀 01

카툰 타이틀 02

카툰 타이틀 03

카툰 타이틀 04

카툰 타이틀 05

카툰 타이틀 06

카툰 타이틀 07

카툰 타이틀 08

카툰 액체 트랜지션 시리즈

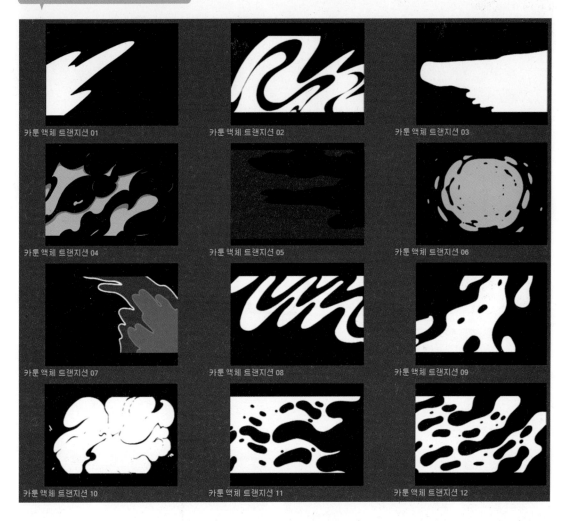

카툰 액체 트랜지션 01

카툰 액체 트랜지션 02

카툰 액체 트랜지션 03

카툰 액체 트랜지션 04

카툰 액체 트랜지션 05

카툰 액체 트랜지션 06

카툰 액체 트랜지션 07

카툰 액체 트랜지션 08

카툰 액체 트랜지션 09

카툰 액체 트랜지션 10

카툰 액체 트랜지션 11

카툰 액체 트랜지션 12

카툰 폭발 트랜지션 시리즈

카툰 폭발 트랜지션 01

카툰 폭발 트랜지션 02

카툰 폭발 트랜지션 03

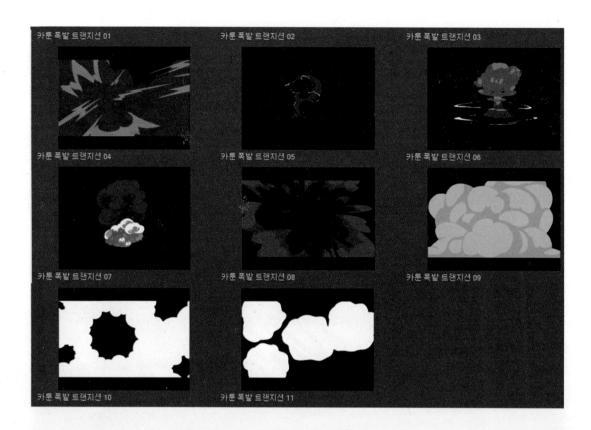

카툰 폭발 트랜지션 01 　카툰 폭발 트랜지션 02 　카툰 폭발 트랜지션 03
카툰 폭발 트랜지션 04 　카툰 폭발 트랜지션 05 　카툰 폭발 트랜지션 06
카툰 폭발 트랜지션 07 　카툰 폭발 트랜지션 08 　카툰 폭발 트랜지션 09
카툰 폭발 트랜지션 10 　카툰 폭발 트랜지션 11

크리스마스 아이콘 시리즈

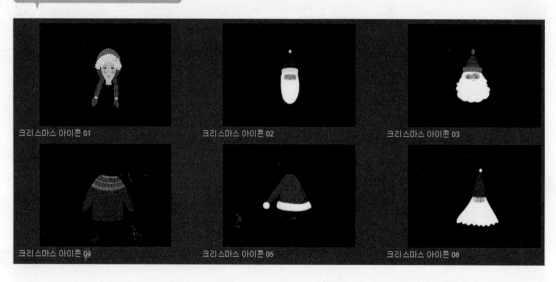

크리스마스 아이콘 01 　크리스마스 아이콘 02 　크리스마스 아이콘 03
크리스마스 아이콘 04 　크리스마스 아이콘 05 　크리스마스 아이콘 06

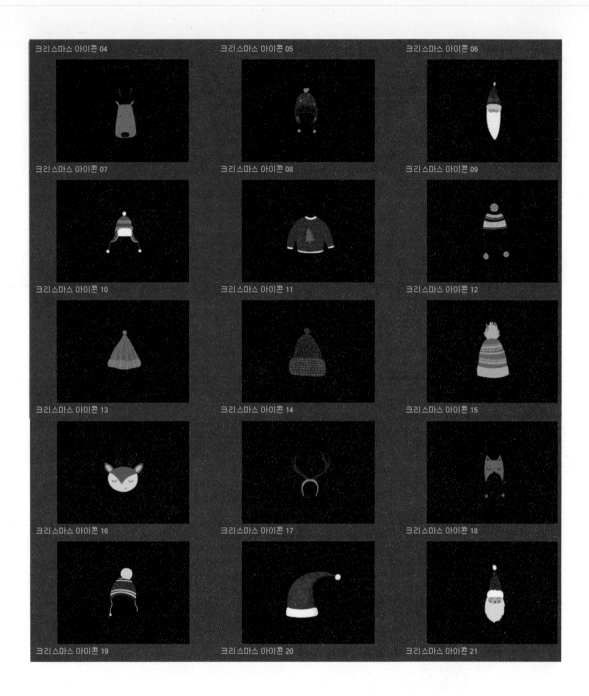

프리미어 프로 주요 단축키

단축키를 사용하면 작업 시간을 단축할 수 있다. 아래에서 소개하는 단축키는 프리미어 프로에서 가장 즐겨 사용되는 단축키이기 때문에 작업 효율을 높이기 위해 반드시 외워두자. 참고로 **윈도우(Windows)**의 **[Ctrl]**와 **[Alt]** 키는 **맥(MAC)**의 **[command]**와 **[option]** 키와 같다.

프로젝트 관련 단축키

새 프로젝트 만들기 [Ctrl] + [Alt] + [N]

클립 가져오기 [Ctrl] + [I]

프로젝트 저장하기 [Ctrl] + [S]

저장된 프로젝트 열기 [Ctrl] + [O]

파일 내보내기 [Ctrl] + [M]

시퀀스 관련 단축키

새 시퀀스 만들기 [Ctrl] + [N]

클립 가져오기 [Ctrl] + [I]

작업 영역 렌더링하기 [Enter]

시퀀스 다음 간경으로 이동하기 [Shift] + [;]

시퀀스 이전 간격으로 이동하기 [Alt] + [;]

비디오 전환 효과 적용하기 [Ctrl] + [D]

재생 관련 단축키

재생/일시 정지하기 [Spacebar]

재생 헤드 한 프레임씩 앞(우측)으로 가기 [←]

재생 헤드 한 프레임씩 뒤(좌측)로 가기 [→]

배속 재생하기 [L]

배속 재생 정지하기 [K]

역 배속 재생하기 [J]

타임라인 패널 관련 단축키

작업 취소하기 [Ctrl] + [Z]

잘라내기 [Ctrl] + [X]

붙여넣기 [Ctrl] + [V]

그룹 만들기 [Ctrl] + [G]

비디오 트랙 확대하기 [Ctrl] + [=]

오디오 트랙 확대하기 [Alt] + [=]

작업 취소 복구하기 [Ctrl] + [Shift] + [Z]

복사하기 [Ctrl] + [C]

삭제하기 [Delete]

그룹 해제하기 [Ctrl] + [Shift] + [G]

비디오 트랙 축소하기 [Ctrl] + [−]

오디오 트랙 축소하기 [Alt] + [−]

클립 관련 단축키

클립 한 프레임 앞으로 이동하기 [Alt] + [←]

클립 시작/끝 점으로 이동하기 [↑] 또는 [↓]

클립 한 프레임 뒤로 이동하기 [Alt] + [→]

재생 헤드 지점 클립 자르기 [Ctrl] + [K]

마커 관련 단축키

마커 추가하기 [M]

마크 인 지정하기 [I]

다음 마커로 이동하기 [Shift] + [M]

선택한 마커 삭제하기 [Ctrl] + [Alt] + [M]

마크 아웃 지정하기 [O]

이전 마커로 이동하기 [Ctrl] + [Shift] + [M]

기타 유용한 단축키

재생 헤드 지점에서 클립 시작점 트리밍하기 [Q]

시작 프레임으로 이동하기 [Home]

선택한 클립 끝 점으로 이동하기 [Shift] + [End]

느리게 재생하기 [Shift] + [L]

모든 트랙 확장하기 [Shift] + [=]

마커 지점의 패널 전체 화면 만들기 [`]

효과 패널 열기 [Shift] + [7]

시간자(타임라인) 확대하기 [=]

타임라인 공간 좌우로 이동하기 [휠 버튼 회전]

재생 헤드 지점에서 클립 끝 점 트리밍하기 [W]

선택한 클립 끝 점으로 이동하기 [Shift] + [Home]

느리게 역재생하기 [Shift] + [J]

재생 헤드 지점의 클립 선택하기 [D]

모든 트랙 축소하기 [Shift] + [−]

재생 헤드 지점의 클립 선택하기 [D]

효과 컨트롤 패널 열기 [Shift] + [5]

시간자(타임라인) 축소하기 [−]

단축키가 실행되지 않는다면 글자 입력 모드가 한글 입력 모드로 되었는지 확인한 후 영문 입력 모드로 전환한다. 모든 단축키는 영문 입력 모드에서만 실행이 가능하다. 여기에서 살펴보지 않은 단축키 중에서 필요한 단축키가 있다면 [편집] – [키보드 단축키] 메뉴를 통해 확인 및 설정하기 바란다.

{ 찾아보기 }

{ 찾아보기 }